U0947379

落马青云
五大贼王
1

图书在版编目（CIP）数据

五大贼王．1，落马青云／张海帆 著．—北京：东方出版社，2019.8
ISBN 978-7-5207-0964-4

Ⅰ．①五… Ⅱ．①张… Ⅲ．①长篇小说—中国—当代 Ⅳ．① I247.5

中国版本图书馆 CIP 数据核字（2019）第 068064 号

五大贼王：1 落马青云
（WUDA ZEIWANG: 1 LUOMA QINGYUN）

作　　者：张海帆
责任编辑：朱　然
出　　版：东方出版社
发　　行：人民东方出版传媒有限公司
地　　址：北京市朝阳区西坝河北里 51 号
邮　　编：100028
印　　刷：北京市大兴县新魏印刷厂
版　　次：2019 年 8 月第 1 版
印　　次：2019 年 8 月第 1 次印刷
开　　本：710 毫米 ×960 毫米　1/16
印　　张：22.5
字　　数：380 千字
书　　号：ISBN 978-7-5207-0964-4
定　　价：39.80 元
发行电话：（010）85924663　85924644　85924641

《阴符经》

神仙抱一演道章

观天之道，执天之行，尽矣。天有五贼，见之者昌。五贼在心，施行于天。宇宙在乎手，万物生乎身。天性，人也。人心，机也。立天之道，以定人也。天发杀机，移星易宿。地发杀机，龙蛇起陆。人发杀机，天地反覆。天人合发，万变定基。性有巧拙，可以伏藏。九窍之邪，在乎三要，可以动静。火生于木，祸发必克。奸生于国，时动必溃。知之修炼，谓之圣人。天生天杀，道之理也。

富国安民演法章

天地，万物之盗。万物，人之盗。人，万物之盗。三盗既宜，三才既安。故曰："食其时，百骸埋。动其机，万化安。"人知其神而神，不知其不神而所以神也。日月有数，大小有定。圣功生焉，神明出焉。其盗机也，天下莫能见，莫能知。君子得之固穷，小人得之轻命。

强兵战胜演术章

瞽者善听，聋者善视。绝利一源，用师十倍。三返昼夜，用师万倍。心生于物，死于物，机在目。天之无恩，而大恩生。迅雷烈风，莫不蠢然。至乐性愚，至静性廉。天之至私，用之至公。禽之制在气。生者，死之根。死者，生之根。恩生于害，害生于恩。愚人以天地文理圣，我以时物文理哲。人以愚虞圣，我以不愚圣。人以奇期圣，我以不奇期圣。沉水入火，自取灭亡。自然之道静，故天地万物生。天地之道浸，故阴阳胜。阴阳推而变化顺矣。圣人知自然之道不可违，因而制之。至静之道，律历所不能契。爰有奇器，是生万象，八卦甲子，神机鬼藏。阴阳相胜之术，昭昭乎尽乎象矣。

落马青云

目录

一 | 国之重器 | 001

二 | 奉天小贼 | 017

三 | 火行乱盗 | 037

四 | 水火不容 | 051

五 | 难分水火 | 062

六 | 水火交融 | 076

七 | 火命犹坚 | 091

八 | 水无定态 | 104

九 | 风生水起 | 115

十 | 落马恶债 | 130

十一 | 初显神通 | 142

十二 | 火能生土 | 158

十三 | 火邪之能 | 173

十四 | 火炙金融 | 193

十五 | 差之毫厘 | 213

十六 | 重回奉天 | 233

十七 | 黑石火令 | 254

十八 | 青云客栈 | 277

十九 | 火灵乍现 | 299

二十 | 火门三关 | 327

一、国之重器

我是一个法律记者，说实话不过是个实习记者，没什么经验。今年五月份，重庆市公安局给我打了一个电话，说有个犯人希望我采访一下，这个犯人很重要，是当地有名的小偷，除此以外，什么都不肯说，只是不断强调那犯人点名让我去见他，路费则由当地公安局报销。

我觉得奇怪，一个小偷这么大排场？点名让我去采访？我本来有点犹豫，口头上说我请示一下，猜想请示单位领导，估计领导不相信也不允许，没想到下午重庆市公安局就给单位发了邀请函的传真件。这个传真件我没有看到，单位领导却显得十分重视，说让我尽快动身。

这倒让我好奇心顿起，反正对方付费，我也就赶紧回家收拾行李，准备好第二天动身。

到了重庆机场，公安局的人已经等着我了，还专门派了一辆车接我，我有点受宠若惊，一路上问开车的警察怎么回事，那警察始终笑而不语，只是不断地说到了就知道。

车一直开进了重庆市第X看守所，一群警察似乎早就在门口等着我，有个自称陈国放（谐音）的领导很热情地和我寒暄了两句，就把我请到了一个地下室。我们在地下室里走了半天，才算进了一个房间。开车的警察神秘兮兮地说让我等一会儿，很快就听到门外哐啷哐啷的铁链的声音，有个犯人被带了进来。

我算是见过不少犯人，但绝对是第一次见到这样古怪的一个犯人！

这个犯人从头到脚都被铁链锁着，手上至少有七八层的锁具，脚上穿着军靴，从脚踝到膝盖，至少还有五套脚镣，头上还带着一个大大的头盔，只露出两只眼睛。

他那两只眼睛非常锐利，好像从眼睛中能喷出两把刀子来，他和我对视一眼，我顿时背上一阵发凉。之前，就算是我见过的最毒辣、最阴险的犯人，也从来没有看我一眼，就能让我脊柱发凉的。

这犯人算是被一群警察架着，悬空挪到一张椅子上坐下，警察才十分紧张地给他解开头盔，把头盔拿下以后，他嘴里还绑着铁球，合不拢嘴，说不了话。

警察向陈国放请示了一下，他点了点头，警察才上前小心翼翼地把嘴里的铁球取出来。

那犯人张了张嘴，哈哈笑了两声，左右摇了摇脑袋，才抬起头直直地看着我。他那两只眼睛如同有射线一样，在我脸上扫来扫去，似乎能把我穿透一样，看得我起了一身鸡皮疙瘩。

这个人四十多岁的年纪，小平头，精瘦，鹰钩鼻。

他看了我好一会儿，才喘了口气，说道："你就是严郑？"

严郑是我的名字。

我回答："是我，我就是严郑。"

他似乎有点郁闷，看着陈国放说道："哦？没弄错吧？"

陈国放很客气地说道："没错，就是他。"

他"哦"了一声，说道："没想到是个普通人，嘿嘿，也罢也罢，也就你吧。"

我有点生气，这个犯人怎么这么嚣张，但更奇怪的是，众多警察无不对他十分客气，甚至有点敬畏的神情。

犯人说道："陈队长，既然人来了，就让他单独和我聊聊吧，聊完了以后，按约定我会配合你的工作。”

陈国放眉开眼笑，说道：“好，那严先生自便。”说罢挥了挥手，其他警察居然要退出房间，连陈国放自己都有要离开的意思。

我一愣，怎么这个犯人也姓严？看到警察要离开，又是一阵慌乱，怎么回事？留我和这个犯人单独在一起？

我走上一步，问陈国放：“陈队长，我和他单独聊？我还不知道是怎么回事呢。”

陈国放说道：“没事的，没事的，你们单独聊，他不会对你怎么样的。放心吧，放心吧。”他嘴上说着，将一头雾水的我独自一人丢在了房间里。

我莫名其妙，好奇心刺激得我脸微微有点红，心想这样一个全身被绑得如同粽子一样的犯人，还能把我怎么样不成？

我坐在犯人对面，从包中掏出了纸笔和录音笔，说道：“你好，你怎么称呼？”

犯人的神情倒是轻松起来，说道：“我姓严，名一，严一，和你同姓，放心，我和你一点亲戚关系都没有。”

我说道：“你犯了什么罪？有什么话要和我说吗？”

严一哈哈笑道：“我是个贼，偷东西的，重庆市黑白两道上，都叫我火严，客气点的，叫我声火爷。”

我应道：“哦，我还是叫你严先生吧。”

严一笑道：“你果然是什么都不知道，什么都不清楚，根本不是我们贼道中人。可惜啊可惜，我还以为你是个什么人呢，老爷子这么看重！”

我说道：“老爷子？”

严一说道：“我找你来，其实要和你说的就一句话——老爷子想见你。”

我满肚子疑惑，继续问道：“老爷子到底是谁？”

严一嘿嘿笑了两声，嘴巴努了努，喉头一响，只见一根黑色的弯弯曲曲的钢针从嘴里吐出来，叼在嘴中。

我大吃一惊，唰的从座位上站起来，指着他说道：“你要干什么？”

严一说道：“放心，你是老爷子的客人，我不会对你怎么样。你不要喊叫，否则我们谁都没有好处。”严一说着低下头来，不知使了个什么花样，只听咔咔咔咯咯咯几声，严一上半身的铁链齐刷刷地落下，严一身子扭了扭，一只手腕就伸到嘴前，看着我笑了声，说道：“让你看看贼的本事。”

严一话音刚落，手上的手铐就已经脱落了。

我站在原地，惊得目瞪口呆，一句话都说不出。

严一捏了捏手腕，手放下去，又是咔咔咔几声，脚上的脚镣等锁具一一脱落，严一站起身来，伸了个懒腰，说道：“这些锁具，也太差劲了！没意思。”

严一看了我一眼，笑了一下，竟向我走过来，我拿着钢笔对着他，说话都不利索了：“你要干、干什么？再过来我喊了！”

严一手一伸，我眼前一花，不知道他用了什么法子，已经将我的钢笔和上衣口袋中的录音笔拿了去。严一随手将我的东西丢在一边，说道：“我和你说的，你还是用脑子记住比较好。盗亦有道！无论哪个行当，都是有规矩的。”

我也不知道我是怎么迷迷糊糊一个人走上大街的，时间已经是晚上九点了，我一个人站在街头发呆。下午发生的一切，就像做梦一样。那个叫严一的犯人和我说了一番话，告诉了我一个地点，让我今天晚上十二点之前必须赶到。我没有和警察说，警察甚至也不问我和严一聊了什么，只是一拥而上将严一再次捆好，架了出去，似乎早就知道严一一定会解开所有的铁链一样。我被警察开车送到看守所外面一两公里的地方，把我请下车，说了声“回头见”，就一溜烟地开走了。

我真是丈二和尚摸不到头脑，呆呆地在大街上走了十来分钟，还是一点头绪都理不出来。严一说的“盗亦有道”几个字一直在我脑海中乱窜着，好像这句话我曾经听过无数次，但无论如何也想不起来了。

我看了看时间，伸手打了一辆出租，说了严一告诉我的地点，出租车司机连句普通的寒暄都没有，开着车飞驰而去。

严一告诉我的地方，非常好找，沿着一条胡同钻进去，顺着门牌数，看到028便是了。

这是一个十分老旧的宅子，估计是民国那时候留下的，院墙高耸，整整一面墙上也就一扇老旧的暗黑木门，连个窗户都没有。

我看了看门牌号，没错，就是028。

我走上前去，敲了敲木门，咚咚咚，没有反应，我又敲了三下，还是没有反应，里面静悄悄的，门缝中一丝光亮也没有。我不便高声喊叫，只好退后一步，看看有没有门铃之类的按钮，很快就在左手边的门框上看到一个似乎是按钮的东西，我摸了摸，可以按下，就轻轻按了下去。只听门内慢慢地由小到大地传出一阵旧时音乐，类似《夜上海》那样的曲调，但从来没有听过。

这音乐响了约半分钟才停下，可还是没有动静。

我心中生疑，担心是不是走错了地方，又退后一步打量门牌。就在一抬头时，那扇木门就突然吱吱嘎嘎地开了，着实把我吓了一跳。

门里探出一张笑脸来，是个四十多岁的中年妇女，模样寻常，但看着十分亲切，她冲我笑着问道："您找哪位？"这话一点重庆口音都没有，倒是极标准的普通话。

我愣住了，严一并没有告诉我找谁，只说让我来这里找人。我抓了抓头，生挤出一句："我找……老爷子。"

这妇人笑了笑，说道："是严郑先生吧？"

我赶忙回答："哎！是我，是我！"

妇人说道："严先生请进，老爷子等候你多时了。"

妇人将门拉开，请我进去，我尴尬地笑了笑，迈进了这间老宅。

于是，关于"五大贼王"的故事，那不可思议的盗术和防盗术，以及那些极少为常人所知的一切，拉开了沉重的帷幕。

光绪三十四年（1908年）十一月，京城，夜深人静。

颐和园的一扇侧门飞快地打开，随即三顶软轿跨入，尽管只是两人把持的轿子，可一看就知道绝不寻常，显然轿子里坐着的是皇家极为尊贵的人物。

只是奇怪，方圆百步之内，竟见不到几个兵卒，就算是开门迎轿子入内的兵勇，也都是神色紧张至极。那三顶轿子进了颐和园，随行的不过六个轿夫、一个太监、三五个带刀侍卫，而那几个侍卫，竟也是穿着罕见的黑色常服。

三顶软轿在黑暗一片的园子里火速前行着。天空黑压压的一片，连颗星星都看不见，而偌大的颐和园竟也没有一丝一毫的灯光，一路上连个兵卒也没有，整个园子鸦雀无声，仅仅能听到这一行人的脚步声。

抬轿的人都是极好的轿夫，肩膀不见耸动，脚下却如同风火轮一样小步疾行着，就算如此，前行的速度仍然不是很快，显然轿夫对轿子的平稳，十分在意。第一顶轿子旁边，一个身着太监服饰的瘦小男人一边擦着自己满脸的汗水，一边不断催促着："快点，快点！"

两轿夫随后拼命加快了脚步，可遇着台阶，轿子仍然无法保持平稳，颇有些颠簸。

那太监又喊："慢点，慢点，你们倒是稳着点啊！"

第一顶轿子的轿帘微微揭开，里面一个女子十分费力地咳嗽两声，那太监赶忙侧身问道："老佛爷！您还好吗？"

那第一顶轿子里坐着的就是慈禧太后，此时慈禧已经病入膏肓，将不久于世了。

慈禧十分费力地说道："莲英，不用管我，切勿耽搁了时辰！"

那太监便是慈禧身边的红人李莲英。

李莲英十分悲苦地说话，几乎要滴下泪来："老佛爷，奴才心疼您的身子……"

慈禧哀声道："我这身子比起大清国来，又算什么！不用管我！"

那三顶轿子，便在颐和园里以加快一倍的速度疾行而去，奇怪的是，轿子并不是向着颐和园里的万寿山，而是绕着昆明湖向对岸更深远处的林中行去。

三顶轿子先后停在密林中的一间小院中，那小院十分狭小残破，孤零零地在院中，只有一间佛堂似的屋子，看着也像是年久失修。三顶轿子停在院中，已然占了个满满当当。

那佛堂中有亮光一闪，似是有人划着了火柴，随即亮起蚕豆大小的灯光。佛堂里迎出两人，一人穿戴着一品顶戴花翎的官服，而另一个人则是一身土黄色的长袍，面无表情，垂手而立。

那一品大员便是载沣。载沣乃是溥仪之父，光绪皇帝之弟，三岁年纪的溥仪就位后，载沣和光绪皇后隆裕共同摄政。

载沣抢一步赶到轿前，慈禧太后已被李莲英扶出，慈禧一脸病态，却一丝不苟地穿戴着太后服饰，这架势绝不是简简单单的出行，显然是有极重要的事情来到此处。载沣正要上前搀扶，慈禧说道：“我还能走动，你去扶着皇帝吧。”

载沣连忙应了声，赶去第二顶轿子前，那轿子中的人也被侍卫们慢慢扶下，不是别人，正是大清皇帝光绪帝！只见光绪帝也是一副病入膏肓的模样，面如死灰，双眼无神，嘴唇乌青，似乎已经命悬一线。就算如此，光绪帝也和慈禧一样，穿戴得极为隆重正式。

载沣赶忙上前扶住，低声道：“皇上，您还好吧。”

光绪嘴唇微颤，挤出几个字来：“还……撑得……住……走……”

载沣扶着光绪向前，目光却向第三顶轿子看去，只见轿子里已走下一妇人，手中牵着一个三岁年纪的孩童。这个妇人便是光绪皇后隆裕，她手中牵着的，就是载沣之子、未来的天子、清逊帝——爱新觉罗·溥仪。隆裕皇后也如慈禧太后和光绪皇帝一样，衣着正式。

慈禧、光绪、隆裕三人，穿戴得都如登朝理事，出席皇家盛典一般，却密密匝匝挤在这颐和园里破陋的小院中，而且光绪、慈禧都是垂死之人，平日哪能这样颠簸折腾，这让他们此行更是奇了！难道这佛堂中有什么天大的秘密不成？

慈禧在前，光绪在中，隆裕、溥仪在后，一行人十分艰难地向佛堂走来。那一直站在佛堂门边动也不动的土黄长袍男人不跪不拜，见若不见，只是微微点了一下头，向佛堂内做了个请的手势，引着众人步入佛堂中去。

佛堂里豆大的烛光微晃，只听得咔咔咔连声机关作响，佛堂正中的佛龛

下，慢慢显出一个洞口来，能容三人并行而入，向下看去，似乎有漫长的楼梯蜿蜒而去，看不到尽头。

土黄长袍男子还是做了一个请的手势，率先步入洞中，走了两步，那洞中便逐渐亮起柔和光芒。小溥仪紧紧拉住隆裕的手，奶声奶气地说道：“娘娘，我怕。”

隆裕说道：“不怕，不怕，皇上和额娘都在呢。”隆裕尽管这么说，也还是心中战栗，身子微微颤抖起来。

慈禧和光绪倒见怪不怪的样子，李莲英却犯了愁，一脸冷汗，盯着洞中，眼睛都不敢眨。

慈禧说道：“莲英，走吧。”

李莲英喉咙发紧，只能强行镇定着说道：“是，是！”这李莲英常年跟在慈禧身边，也算是见闻多广，没事还能给慈禧讲讲江湖中的奇闻轶事，但一路上见到这般诡异情景，还是心中惴惴不安，惊到脚跟发凉。除了慈禧和光绪帝以外，载沣等一干众人无不神色大变，一时间竟都呆住了。

光绪帝本是一脸病容，见那洞中亮起光芒，神色一振，抖擞着站直了身子。

慈禧看在眼里，不禁哼了一声，转回头去，跟着那土黄袍的汉子，径直向那洞中走去。众人见慈禧先行，也都硬起头皮，很快一行人都走入洞中。

众人全部进到洞内，向下走不了几步，洞口就咔咔咔合拢起来，好在洞中已经亮如白昼，才没把众人惊倒。

这向下的楼梯看着蜿蜒漫长，实际是洞口刚打开时洞内不十分明亮，且楼梯曲折的原因，真正走下来，也就二十多个台阶而已。众人走下楼梯，就是一个已然灯火通明的大厅，十分宽大，面积远超地面的佛堂。而在大厅一侧，站立了三排穿着各色衣服的蒙面汉子，每排五人，分别着黄、红、青三色锦服，皆以与衣服同色的头套遮面，仅露出两只眼睛。

这十五个怪人垂手肃立，如同泥塑木雕般一动不动，走在最前的那土黄长袍汉子连击了三下手，啪啪啪作响，那十五个人才活动起来，从墙边脚下抽出了木板等物，瞬间便拼成了三张软椅，五人一组，分别向慈禧、光绪等人拥来。

李莲英吓得大喊："你们好大的胆子，还不跪拜！胆敢惊扰圣驾！"

这些怪人也不搭理，径直走上前来，将慈禧、光绪、隆裕等人扶上软椅，抬了起来。

李莲英这时候已经缓过神来，知道他们并无恶意，但犹自骂道："哪里来的狂徒！你们……"

慈禧扶着软椅扶手，微微颤了颤手，李莲英赶忙闭嘴不语，慈禧低声道："切勿多言！"

土黄袍汉子见慈禧、光绪、隆裕已经就座，转过身去，一掌拍在墙上，五指齐齐用力，只见墙上一砖石被他抽出，他双手齐上，在砖上一压，只听得又是咔咔咔作响，这面墙竟从中间缓缓分开，里面显出一条宽大的通道来。

土黄袍汉子转过身来，这时才向慈禧微微一个鞠躬，沉声道："惊扰太后、皇上了，请移驾入殿。"

慈禧点头示意，这土黄袍汉子领着众人，又向前行。

不知走了多远，只听数声鼓响，前方一片通明，赫然是一间巨大的殿堂，众人走进这个大堂，只见正中摆着一张八角祭台，足足有两人之高，各个面上刻着密密麻麻的祭文图案，明眼人一看便知，所刻文图，乃是五行八卦推算之数，分别是：九顺九和義通三界、慈悲为本、道德必存、拾面八方、中孝義通三界、案六道六、礼义必先、三世国果。

在这八角祭台之上，则有一尊宝鼎置于正中。

这大厅四周，还站立了十余人，皆穿黄、红、青三色服饰，蒙着头脸，只露出眼睛。在这八角祭台一侧，还有一面高台，上面站立着穿红色长袍和青色长袍的两人，垂手而立，却不蒙面。台下有五面大鼓，奇怪的是，五面鼓边只站了三人，还有两面鼓前空无一人。

有一身着黄、红、青、白、紫五色彩衣的神汉模样的老者上前呼喊道："吉时已到！请五行至尊圣王鼎！"

那慈禧面色微动，身子颤巍巍便要起来，李莲英赶忙上前扶住，问道："老

佛爷，您这是要起身吗？”

慈禧颤声说道：“扶我跪下！”

李莲英一惊，也不敢违抗，搀着慈禧下来。慈禧走上前几步，扑通跪在这八角祭台前。光绪帝、隆裕等人也忙不迭跟着，按照皇家规矩跪了一地。

只见那二人多高的祭台微微作响，渐渐降下，一直降到半人多高时，这才停住。

土黄袍汉子上前一步，将祭台上那鼎取下，面色严肃，转过身慢慢走至慈禧面前，将该鼎递于慈禧接着。

慈禧接过此鼎，只见该鼎不过一抱拳的大小，古色古香，非金非铁非木非玉，五条盘龙环绕鼎身，活灵活现，龙头聚于此鼎顶部，又分五个方位探出头来，张牙舞爪，十分逼真。那五条龙中，有三条龙的嘴中似乎衔着夜明珠，分别从龙眼中渗出黄、红、青三色光彩，更显威武。但还有两条龙，口中无物，眼中也黯然失色，如同此龙的魂魄已失，毫无生气。

慈禧也看到那两条黯然失色的龙，长叹一声，悲戚戚地说道：“难道我大清朝真要亡了吗？”

李莲英听到此话，吓得磕头如同捣蒜，念咒一般嚷道：“大清万世长存！大清万世长存！”

慈禧也不理他，跪在地上转过身来，将鼎递于光绪帝，悲道：“皇上，将此鼎传于溥仪吧。”光绪帝颤巍巍接过此鼎，抱在怀中，双目无神，念道：“溥仪、载沣、隆裕，你们过来。”

那隆裕见此光景，不知是惊是怕，还是预感到光绪命不久矣，大清气数将尽，已经哭成一个泪人。他们三人跪到光绪面前，溥仪在前，看着光绪还是懵懂不知所措，光绪帝看着这三岁的孩童，叹了口气，抖擞精神，叹道：“溥仪听旨！”

溥仪年纪虽小，这句话还是听得懂的，赶忙跪在地上，奶声道：“孩儿听旨！”

光绪帝道：“寡人怀中抱着的，名为五行至尊圣王鼎，自始皇帝流传至今，乃是历朝历代皇家至高至尊不传之秘，得此鼎者，得天下；失此鼎者，失天下。此鼎又分五行，称之为金涅、木广、水灵、火煞、土盘，皆聚于此鼎之内，以龙嘴灯闪亮示人。若五灯皆灭，则五行皆散，气数已尽，必失此鼎。此鼎由五行盗王看管，闲人不得妄动。载沣、隆裕！”

光绪帝知道溥仪听不懂，也记不住他所说的话，其实这番言语，完全是说给载沣和隆裕听的。载沣心里明白，字字句句听得真切，听到此处也是倒吸一口冷气，心中念道：“果然我大清朝是有镇国镇邦的重器！那些宫中传闻竟是真的！”

载沣听到光绪帝叫他，赶忙镇定下来，应了一声。

光绪喉头发紧，刚才那番话已经耗尽他体内残存的真气，颤声对载沣说道：“此鼎上，所刻之典法，万万遵照，不可……不可妄为，保住……保住此鼎，我大清朝，还有飞黄腾达之日。”光绪帝说到此处，一口鲜血吐出，惨呼一声，身子后仰，竟似气绝，那鼎光绪帝也把持不住，骨碌碌从怀中滚落。

众人听到光绪帝这番话，已明白此鼎乃保住大清残脉的至尊之物，见此鼎滚落，无不惊呼，载沣腿脚快，扑过去想去接住，谁知还是差了一指，仅仅摸到鼎的边际，生生看着此鼎从光绪帝怀中滚落地上。

那鼎骨碌滚到小溥仪面前，溥仪倒是机灵，一把抱住，揽入怀中。

光绪帝已然翻倒在地，隆裕管不了这许多，扑到光绪帝身边哀哭，光绪帝此时已经魂飞魄散。那李莲英爬将过去，探了探光绪帝的脉搏，惨呼一声：“皇帝驾崩了！”顿时众人乱成一团。

溥仪还不知生死为何物，对光绪帝也没有什么感情，童心未泯，只顾着看此鼎，看了一两眼，就转头看着载沣，奶声奶气地说道：“爹爹，只有一条龙亮着了。”

载沣早就看出光绪帝命悬一线，倒是并不惊慌，也不哀伤，正转头看那被溥仪抱起的五行至尊圣王鼎，就听到溥仪对他说了这么一句。载沣也知道大事不好，赶忙俯下身子，从溥仪怀中拿起那鼎，果然，原本亮着的红光、青光已经消失无迹，仅留一盏黄光残存，看那样子竟也如风吹残烛一般，忽明忽暗，闪烁不停。

载沣正不知如何是好，只听慈禧尖声骂道："死便死了，号哭个什么！能死在圣王鼎跟前，乃是光绪帝天大的福气！"

慈禧直呼光绪帝驾崩为"死便死了"，这可大大地违背了清宫常理，跪在光绪帝周围号哭的众人无不吓了一跳，都止住哭声，呆呆看着慈禧。慈禧面孔扭曲，竟似发癫了一般，尖声骂道："还不护着圣王鼎！我大清就是毁在你们这些不知轻重的小儿手中了！"

众人这才抛下光绪帝，又围拢在慈禧身边。

载沣抱着圣王鼎，不知是自己该继续抱着，还是还给慈禧或者溥仪，一时间也不知该怎么办，慈禧骂道："载沣，你就好好抱着！"载沣连声称是，将鼎牢牢抱在怀中，那黄色光芒渐渐平稳下来，不再闪烁。

慈禧尖声道："这五行至尊圣王鼎，乃是我大清朝命脉所在，须以命相护！若在你们手中丢了此鼎，你们从此就是大清朝的千古罪人，万世万代都要在阴间受苦！记住没有？！"说完剧烈咳嗽不止。

众人无不跪拜在地，连连磕头。

等众人抬起头来，却看到本来站在旁边高台之上的穿红袍和青袍的两人已经悄然走到慈禧身边，一个穿红袍的人向慈禧微微一鞠躬，说道："太后娘娘，火煞灯既然灭了，严家人必须走了。"

慈禧说道："走吧，你们要走，便走吧！"

那红袍男人又是微微一鞠，说道："谢太后！若火煞灯再亮，严家人会再回来守护此鼎。"红袍人说完，向载沣走去，载沣一惊，将鼎抱紧，斥责道："你是何人？哪有说来就来说走就走的道理？"

红袍男人也不答话，两手伸出，也没碰到载沣身子，就在空中飞快一握，再摊开手，只见一只手上捏了一粒珠子。载沣大惊，低头一看，两条龙嘴里的珠子已经不见，丝毫没有看到这红袍男人是用了什么手段将这两颗本在龙嘴里的珠子取走的。

红袍男人笑了声，说道："日后自然有人告诉你。"他说完转身，将左手的珠子弹向青袍男人，青袍男人伸手接过，握入手中，微微侧头向慈禧点了点头，径直离开。

红袍男人对慈禧说道：“林家人脾气古怪，太后见谅。”说罢竟也掉头走开。

慈禧拦也不拦，垂头不语。

载沣贵为皇亲国戚，哪受过这个窝囊气，就算这些人摸不清来路，但如此鄙视他，戏耍他，还是无法忍受，载沣腾地站起来，指着这两人的背影骂道：“大胆狂徒，皇权在上，岂容你们放肆！侍卫！将这两人拿下！”

话音刚落，本跪在地上的四个带刀侍卫就已经纵起身子，拔出腰刀，几个箭步冲上前来。这些侍卫均是万里挑一的满族高手，他们身手敏捷，身经百战且忠贞不贰，此时才显出本事，眼中杀气纵横，举刀直指红袍、青袍两人。

慈禧尖叫一声：“放肆！还不退下！”那四个侍卫听到慈禧发话，顿时身子一软，温顺得如同绵羊一般，弓着身子退到一边。

载沣说道：“太后！他们……”

慈禧说道：“你懂什么，他们是五行门下的高手，就凭这几个寻常侍卫，能阻得住他们吗？”

载沣不语，愤愤然退到一边。

红袍男人笑道：“谢太后不杀之恩！”仍然脚步不停，和青袍男人走出殿堂，呼呼啦啦，这殿堂中穿红色和青色服装的蒙面怪人也一并跟着走了个干净。

慈禧咳嗽两声，转向一旁肃立良久的土黄袍男人，颤声说道：“田家护法，幸亏土盘灯尚存，请将圣王鼎尽速收回地宫吧。”

土黄袍男人微微点头，说道：“金、木、水、火四行已散，那五行地宫四道机关已毁，仅凭土行……其他人找不到地宫也就罢了，若找到地宫，地宫则形同虚设。太后不如嘱咐皇上，将圣王鼎留在身边，日夜看护，也比留在地宫稳妥。”

慈禧说道：“田家护法，我这紫禁城里，早就不安生了，请你还是将圣王鼎收回地宫吧。那地宫寻常人就算知道方位，恐怕也要找个十年八年的。”

土黄袍男人干笑一声：“田家护法听太后吩咐。”

慈禧转头吩咐载沣：“载沣，将鼎还给田家护法。”

载沣尽管颇多不解，也只好将鼎递给土黄袍男人。土黄袍男人接过，悠悠然看了看亮着的土盘灯，将鼎收入怀中，双手一揉，那鼎顷刻间竟然消失不见。土黄袍男人说道：“请太后移驾，此地已不便久留。”

那溥仪拉着载沣的衣袖问道：“爹爹，那人是会戏法吗？怎么将鼎变没了？”

载沣只好答道：“不是变没了，是藏在身上了。”

溥仪仍然好奇：“藏身上做什么？怕人偷吗？”

载沣答道：“是啊，怕人偷。”

慈禧等人带着已经驾崩的光绪帝尸身，出了佛堂，坐入轿中，那土黄袍男人在佛堂口向众人微微一抱拳，退入佛堂，随即那豆大烛光熄灭，佛堂内好像从未有人存在的一样。

三顶轿子飞快地移出密林，只听身后有墙倒屋塌的声音，响成一片。

载沣说道：“快走！到正门！”一行人飞快地向颐和园正门赶去，走到半路，就见正门口逐渐人声鼎沸，火光攒动，似乎有大批人马赶到。

又往前走了小半里路，路边闪出十余名带刀侍卫，李莲英喊了声“停”，轿子停下，那十来个侍卫上前，将六个轿夫拽到一边，还没等那六个轿夫回过神来，扑哧扑哧一刀一个，那六个轿夫还没能喊出一声，已经命丧黄泉。

侍卫里又上来六个，抬起轿子，急奔而去。

两天后，才传出光绪驾崩的消息，又过了两天，慈禧也在北京西苑的仪鸾殿一命呜呼。半个月后，溥仪在太和殿即位，由光绪皇后隆裕和载沣摄政。第二年改年号为宣统，就这样溥仪登上了大清王朝末代皇帝的宝座。

李莲英办理完慈禧的丧事，于宣统元年（1909 年）二月初二，离开生活了五十一年的皇宫。当时内宫主政的隆裕太后，为感谢他在宫中服役多年，准其“原品休致”，就是带原薪每月六十两白银退休。李莲英出宫后深居简出，但最终还是被人在后海附近暗杀，恐是慈禧死前密授隆裕和载沣，怕李莲英是汉人，知道了五行至尊圣王鼎的事情，留他不得。李莲英死于宣统三年，时年六十四岁。

宣统三年（1911年）辛亥革命爆发，次年2月12日，隆裕太后被迫代溥仪颁布了《退位诏书》，溥仪退居紫禁城中的养心殿，宣告了清王朝的灭亡和延续了两千多年的封建帝制的结束。

隆裕在民国二年（1913年）就病倒了，而且一病不起。临死之前，她要太监将逊位的宣统皇帝溥仪抱到身边，对周围的人说："你们不要难为他。"

在清朝的最后三年中（1909—1911），载沣是中国实际的统治者。载沣继承了其父懦弱的性格，才疏识短，难当大任。他面对鼎沸的局势，又屡屡举措失当，加速了清朝的灭亡。1911年辛亥革命后，载沣辞去摄政王一职，闭门家居，从此沉默寡言，不问政治，不参加张勋的复辟活动，此后再也未参加伪满洲国的任何职务。他在日伪统治下没有屈从日本人的一再劝诱，坚持不去东北，在政治上和"满洲国"划清了界限。中华人民共和国成立后，载沣将家存图书、文物捐赠北京大学，响应淮北水灾捐款，带头购买"胜利折实公债"。1951年初，因多年老病感染风寒，于2月3日病故。

1917年6月，张勋带领辫子军入京，和康有为等保皇党一起，在7月1日宣布溥仪复辟。12日，在全国一片声讨中，溥仪再次宣告退位。1924年11月5日，冯玉祥派鹿钟麟带兵入紫禁城，逼溥仪离宫，历史上称这为"逼宫事件"。溥仪搬进北府（载沣的居处），继而又逃进日本公使馆。溥仪被逼宫后，日本各大报章都刊登出同情溥仪的文章，为以后建立伪满洲国造势，具有讽刺意味的是，八国联军侵华的时候派兵最多、打得最狠的就是日本。不久，溥仪被日本人护送到天津。

1932年3月1日，日本扶持溥仪为日本傀儡政权"满洲国"的执政，建年号为"大同"。

1934年改国号为"满洲帝国"，改称皇帝，改年号为"康德"，是康熙和德宗光绪的缩称，意在纪念，并寄托了续承大清基业之愿。

至于五行至尊圣王鼎去了哪里，普天下只有溥仪、载沣和满洲国第一任国务总理郑孝胥知道。当然，还有那绝对不为人知的五行世家。除此以外，各路军阀、野心家，也对末代王朝留下的宝鼎觊觎不已，皇帝梦仍然萦绕在中华大地，尽管只有蛛丝马迹，却无一不在苦苦追寻。

更糟糕的是，日本天皇裕仁终于通过种种手段，确定了五行至尊圣王鼎的存在，对裕仁天皇来说，将五行至尊圣王鼎据为己有，是大日本帝国彻底征服中国，日本天皇成为名正言顺的中华帝王的精神基础，或者说是最重要的一条，以至于，日本对宝鼎的欲望的强烈程度，已经达到了不惜一切代价，倾国之力……

二、奉天小贼

我捧着一杯清茶，坐在一藤椅上，听得入神。我面前坐着一个耄耋之年的老者，坐在躺椅上，半靠半坐，手上还挂着吊瓶。尽管如此，这老者说起话来，仍然中气十足，分外清晰，他说话的口音，一听就知道他应该是北方人。

我所在的房间，无论家具墙面地板，均是十分古旧，但是干净整洁，还有淡淡的香草气味。这老者面对窗户坐着，窗檐上摆着数盆鲜花，上面的花朵，开得正艳。那鲜花我也从未见过，只感觉花朵透着一股子极为妖艳的气势，不禁多看了几眼。

这老者伸出手拿起椅边矮桌上的茶杯，慢慢喝了一口。

我早就忍不住，小心谨慎地问道：“老爷子，那五行至尊圣王鼎到底是什么？怎么叫‘得鼎者得天下，失鼎者失天下’呢？难道这个鼎里有什么一统天下的法宝吗？”我脑子中布满了类似阿拉丁神灯那样，一揭开盖子就会飞出激光炸弹或者无敌武器的画面。

老者轻笑一声，说道：“哪有什么法宝！这不过是一个传承的信物罢了。”

我说道：“一个信物？我还是不太明白……这不是没啥用吗？”

老者说道：“你是新社会的人，不太了解中国还有皇帝时的观点。这当皇帝的啊，最是相信冥冥之中，必有天意，改朝换代，定有征兆！那五行至

尊圣王鼎，就是天意的代表。从秦始皇当上始皇帝之后，这个鼎就有了，据说是始皇帝在泰山顶上封禅时，天上坠下一块奇石，五色斑斓，便将此鼎打造而成。而后朝代更替，无不围绕着这鼎明争暗斗，无论往后的唐宋元明清，无不是从前朝手中夺了此鼎，才坐稳了江山。此鼎本没有什么本事，但历代皇帝哪敢有所闪失？那元朝何等强悍，就是因为找不到此鼎所在，不过几十年光景，就天下尽失。又有传说，明末李闯王攻入北京城，本已拿到此鼎，不知为何竟然被人偷了，辗转到了满族人手中，那满族人本没有机会夺了天下的，可得到此鼎后，似乎天意所向，平白闹出个吴三桂、陈圆圆的风流韵事，吴三桂引了清兵入关，从此成就了清朝三百年的天下。”

我似乎有点明白了，但还是有无数疑问要问，便挑了一个，问道：“老爷子，那五行世家又是什么人呢？”

老者笑了笑，说道：“五行世家，都是贼。”

“贼？”我一愣。

老者说道：“五行世家之说，起于汉代，据说是汉朝皇帝生怕有人把鼎偷了，就寻遍天下的既善偷又善防偷的高手，竟发现偷盗的技术也分为五行，金木水火土，彼此能够相生相克，只要有五行的偷盗高手共同推断出防盗的法子，那鼎恐怕就再也没人盗得走了！于是，汉皇帝就和这五行盗术中的最顶尖高手签订契约，封他们为五行世家，专为皇家守鼎，万世万代不愁吃穿用度。这五行世家的称呼传到民间，又是另一种说法，称他们为五大贼王。”

“贼王？”我一惊。

老者点点头，继续说道：“贼王可不是好当的！这做贼的人，自古以来不是为生计所迫就是贪图享受，才进了这贼道！投机取巧、鸡鸣狗盗、精于算计等手段无不是做贼的人的拿手好戏，自然也就心胸狭窄，比不上那些绿林好汉般豪爽仗义。所以这五大世家，不仅彼此钩心斗角，也要日日夜夜防着觊觎这贼王封号的其他贼术高手偷袭。俗话说，越是乱世，越是贼道繁荣，横行无忌的好时光，天下的众多恶贼，哪容得太平盛世长久不衰？甚至五大世家中人，也觉得守着这圣王鼎太过无聊。巧的是，始皇帝造这鼎的时候，因那天降奇石中的五道光华分开，以龙嘴灯示人，龙嘴中含一珠子，和龙嘴灯同亮同灭，把珠子取出，就算相隔十万八千里，也丝毫不会妨碍。五大世家便和皇族约定，如果代表自己金木水火土的那盏灯灭了，便不用守鼎，取了龙嘴中的珠子便走，皇族不可阻拦；若龙嘴灯又亮起来，他们拿走的那个珠子也会亮起，他们便再回来，只是鼎这个时候落在谁人手上，他们就不管了。”

我追问：“那如果珠子丢了呢？”

老者哈哈笑道：“丢了？如果谁能把这珠子从贼王手中偷去，那他就是新的贼王了！五行世家，并不是父子兄弟聚在一起，相当于每个世家都是一个帮会，也有等级师承的。”

我“哦”了一声，不知怎么想的，突然问出一句：“老爷子，你把做贼的都说得很坏，但我觉得，做贼的也有义贼吧，什么鼓上蚤时迁啊，什么香帅楚留香啊，不都是劫富济贫的好人吗？”

老者看着我，突然哈哈哈笑了起来，他笑得很开心，前俯后仰，嘴上也说道：“说得好，说得好！义贼！好小子，真有你的！”

我摸摸头，不知道他为什么笑得如此开心。

1926年1月，由于日军入满援奉，郭松龄被处死[①]，奉天城里遍布日军，到处插满了日本鬼子的膏药旗。奉天城大街上不时有日军军车横冲直撞，疾驰而过，人人都急忙避让，一片惶恐，日军军车一开过，所有人都收紧了衣领袖口，匆匆而逃。

---

①1926年12月5日，原为奉系的郭松龄倒戈大军占领锦州。13日攻克营口，沈阳震动。张作霖准备下野，逃往旅顺。郭松龄两次致电日本公使和驻华外交团，声明保护在东北的外国人，尊重既成条约，要求日本和各国严守中立，不要干涉中国内部事务。7日，日本关东军迅速由铁岭、辽阳、海城等地结集于奉天府警戒，并声明，表示不干涉中国内战，同时警告郭松龄部和奉军不得扰及满铁附属地及日军守备区域。15日，日本内阁决定：从其本土和朝鲜调动大批日军到满洲，增援张作霖。同日发表第二号警告，严禁对南满铁路两侧以及离铁路二十华里以内有直接战斗行为，并禁止对附属地治安有紊乱之虞的军事行动，否则一概缴械。18日，关东军司令官移驻奉天省城，坐镇指挥日军。

19日，增派满洲援张日军全部抵奉，总司令为斋藤义夫少将。日军代张守卫奉天省城，（转下页）

一个街角的避风处，三个破衣烂衫十三四岁的半大小子挤成一堆，蹲在角落。奉天这个季节十分寒冷，这三个小子衣着单薄，尽管挤成一团，但还是冻得龇牙咧嘴。

居中的一个戴着狗皮帽子的小胖子说道："大哥怎么还不回来？"

旁边一个消瘦的小子边冲着手哈气，边说道："大哥不会出事了吧，外面这么乱。"

另一个年纪看着最小的十分肯定地说道："大哥不会出事的。"

胖子冲消瘦小子嚷道："老关，你这乌鸦嘴，能不能说点好话！"说着拍了消瘦小子一掌。

这消瘦的小子绰号就叫"老关枪"，中间那胖子绰号叫"浪得奔"，年纪最小的则绰号"瘪猴"，这三个小子都是奉天城里的流浪儿。

老关枪让浪得奔一掌打得吃痛，摸着后脑骂道："浪得奔，别打人成不？疼死了！"

浪得奔骂道："你这乌鸦嘴，就是欠打！"

老关枪气呼呼的，也不敢顶嘴，缩了缩脖子，三个人继续挤成一团。

张之卫队急速开赴前线作战。同时，日兵又乔装张军，向郭军左翼侧击，日本的士兵和大炮加入奉军防线。22日，郭军与奉军在巨流河展开激战。日军一方面以八十架飞机，用重型炸弹轰炸新民一带，配合奉军正面战场，一方面借"南满附属地不得干犯"为由阻止郭军前进；同时以乔装奉军从左侧压迫郭军，并掩护吴俊升部骑兵抄袭白旗堡郭军后方。郭军三面受敌，23日战败。郭松龄夫妇弃军潜逃营口，在新民被捕。同日，张作霖下令将郭氏夫妇就地枪决。

郭松龄反奉事件使日本获得机会。本来他们无助郭反奉之心，但郭松龄明确警告日本不要干涉中国内政，终使日本继续支持张作霖。在关键的巨流河之战中，日本炮手就起了很大的作用。而当时关东军开入奉天一带的兵力已达四万人，将日旗遍插各处，勒令郭军不得通过，遂使郭军走入死胡同。在郭军咄咄逼人时，日本即向张作霖提出签订密约，作为出兵襄助的条件，密约包括五条：

一、日本臣民在东三省和东部内蒙古，均享有商租权，即与当地居民一样有居住和经营工商业权利；

二、间岛地区行政权的移让；

三、吉敦铁路的延长，并与图们以东的朝鲜铁路接轨和联运；

四、洮昌道所属各县均准许日本开设领事馆；

五、以上四项的详细实施办法，另由日中外交机关共同协商决定。

当时的张作霖正慌不择路，马上一口应允。 但是这个条约是不成文的，而且有"另外协商决定"的约定，故张作霖事后即予反悔。这为日后日本制造"皇姑屯事件"炸死"东北王"埋下了伏笔。

三人又蹲了一会儿，不断打量着路口，浪得奔也似乎有点沉不住气了，嘀咕道：“大哥都去了这么久了，要不咱们也去看看吧。”

瘪猴嚷道：“不行，不行！大哥让我们在这里等着，哪里都不要去。”

老关枪倒是同意浪得奔的意见，说道：“瘪猴，要是大哥真出了点什么事，我们在这里躲着，不是一点江湖义气都没有了！老浪，咱们去看看吧。”

浪得奔扶了扶帽子，狠狠抽了抽鼻涕，嚷道：“走！”说罢，已经站了起来。

老关枪也跟着站了起来，瘪猴还是不起来，生生被老关枪拉起，骂道：“你这龟孙样！数你胆子最小。”

这三人抖擞了一下精神，一前一后地钻出街角，走上大街，刚沿着街走了没两步，拐角处齐刷刷奔出一队日本兵，列队向前奔跑。他们三人赶忙缩到路边，看着那队日本兵跑过，浪得奔冲着这队日本兵的背影骂道：“小日本！”

瘪猴拉着浪得奔的衣角，说道：“老浪，快走啊，快走！”

这三人又哆哆嗦嗦地前行而去，转了个弯，钻到一巷子里，在墙边又蹲了下来，都是神色紧张，四下张望。浪得奔抬头看去，他们靠着的是一面极高的围墙。浪得奔说道：“瘪猴，踩着我肩膀，到围墙上看看。”

瘪猴这时胆子倒大了些，听浪得奔招呼，站起来就要踩住浪得奔的肩头往上攀爬。瘪猴刚刚站稳，就听到围墙里一阵大乱，里面人大喊大叫：“抓贼啊！抓贼啊！在那边！那边！抓住他！打死他！”

瘪猴吓得一颤，脚下没踩住，径直从浪得奔肩头跌下，老关枪上前扶住，也还是被瘪猴身子一带，三个人摔成一团。

这三人摔倒在地，只见墙头一个身影一闪，一个人已经从墙头一跃而下，正好落在他们脚边。这个跳下的人，十五六岁的年纪，也戴着一顶破破烂烂的狗皮帽子，眼睛不大但极有神，脸上脏兮兮的，还挂着一道血痕。这少年落在浪得奔他们脚边，定眼一看，不禁骂道：“你们怎么来了？”

浪得奔三人都不约而同地喊道：“大哥！”

这少年骂道：“你们怎么不听话！快跑啊！”

话音刚落，只见街头路口也冲进人来，乃是五六个伙计打扮的人，人人手中拎着一根烧火棍，指着他们四个嚷道："小贼在这里！在这里！"说着就向他们冲来。

这少年拉起瘪猴，四个人拼了命地撒腿向前跑去，身后众人紧紧追来。

少年跑在最前，老关枪紧跟在后，浪得奔身子虽胖却也咬牙跟上，只有瘪猴落在后面。最前面那少年嚷道："分开跑！快！老地方见！"眼看前方就是一岔路口。

可就在这时，瘪猴大叫一声，脚下一个不稳，咕隆隆滚倒在地。少年、老关枪、浪得奔都是一愣，本来已经跑出七八步，回头见瘪猴摔倒，也没有什么犹豫，都转身回来，齐齐上前去拉瘪猴起来。

浪得奔气得大骂："瘪猴！你个废物！爷爷们要死在这里了！"

三人刚把瘪猴拉起，瘪猴腿却吃不上力，丝毫跑不动了。少年见状，叹了一口气，骂道："叫你们别来！"

少年叹完气，身后那群伙计已经追上，拽住他们几个劈头盖脸一顿棍打。他们四个抱作一团，用手护着脑袋，高声大叫："打死人了！打死人了！"

这群伙计揍了片刻，才停下手来，又拿脚连踢带踹，把四个人逼到墙角。

少年嚷道："又没偷你们什么金贵玩意儿，还你们便是！别把人往死里打啊！打死了我们变鬼也要纠缠你们！"

一持棍伙计骂道："小兔崽子！还顶嘴！敢到张四老爷家里偷东西！打死你们也白打死！"

少年嚷道："别打，别打，还你们就是。"说着从怀中摸出一个布袋，丢在这群伙计脚边。

从伙计身后气喘吁吁钻进一个管家模样的中年人，奔得急了，用手扶着帽子，瞪着眼睛，也说不上话。伙计对着管家模样的人报告："刘管家！就是这几个小贼！抓到了！一个不少！"

刘管家总算喘上气来，身板一直，指着四个少年骂道："小王八羔子的！折腾死爷爷我了！你们，谁是头？"

少年也是强硬，颤巍巍从地上爬起，应道："我就是！"

刘管家上下一打量这少年，骂道：“胆子不小啊！谁指使你们来张四爷家偷东西的？”

少年说道：“小爷我自己的主意！这位当家的，不就是偷了你们一些点心吗，至于这么大惊小怪的吗？”

刘管家骂道：“大惊小怪？张四爷家容得你们进进出出？一些点心？就算是你拿根针出来，也要打断你们的腿！来啊，给我继续打！把这四个小王八羔子的腿都给我打折喽！让他们还敢偷四爷家的东西！”

几个伙计应了声，提着棍子就要冲上。

少年骂道：“慢着！慢着！难道你们没见过小爷吗？小爷的名头叫拿破天！你们要是把我惹急了，保管你们谁都讨不到好！东西都还你们了，再打，就别想在奉天城混江湖了！”

这少年说得中气十足，毫无惧色，几个伙计的棒子已经抡起，听他这么嚷嚷，都有点犹豫，一齐向刘管家看来。

刘管家大怒：“什么拿破天！拿他祖宗的天哦！给我打！”伙计们见有刘管家撑腰，抡起棒子就要打下。

这小年心中惨道：“完了，没骗住他们，估计咱们几个今天要去见阎王老子了！”

这少年眼一闭，双手护头，就等着挨上一顿棍棒。少年闭了半天眼睛，迟迟不见棍棒落下。他微微睁开眼睛看了看，只见伙计们放下棍棒，一个小丫鬟打扮的俊俏妮子在刘管家耳边说了什么。

刘管家连连点头，指着少年他们骂道：“今天便宜了你们！张四爷大好日子，不想见血腥！你们快快滚蛋，以后见了你们，见一次打一次！让你们长点记性！呸！”

刘管家啐了一口，挥了挥手，带着一帮伙计，便跟着刚来的那小丫鬟快步赶了回去。

那少年对着他们的背影低声骂道：“狗日的，等你爷爷我发达了，女的全卖到窑子去，男的通通去当炮灰！”少年说完也向地上啐了一口！少年眼前一亮，他从怀中丢出来的布袋子还躺在街上，不禁心中一乐，赶一步上前把袋子捡起。

浪得奔哼哼唧唧地嚷道："大哥，好一顿打！还以为要死了呢！"

老关枪也爬起来，揉肩摸脸，说道："有本事就单挑！一群人拿着大棍子打人，算个鸡毛的本事！"瘪猴也有点害怕地站起来，说道："大哥、老浪、老关，都怪我摔跤，都怪我！"

那少年上前一步，使劲拍了拍瘪猴的肩膀，笑道："说啥呢！有福同享，有难同当！"浪得奔也挤过来，嬉皮笑脸地对瘪猴说道："哈哈，他们那顿棍棒，全当给爷爷们按摩了！"

少年一拳打在浪得奔头上，骂道："浪得奔，是不是又是你让大家来找我的？不是说了吗，不准来找我！"

浪得奔龇牙咧嘴，摸了摸头，说道："还是大哥的拳头厉害！好疼，好疼！咳！我也是怕大哥出事。"老关枪也挤过来，对少年说道："大哥，你就原谅我们吧。"

少年倒笑了，把袋子提起来，说道："今儿个尽管是惨了点！白白挨了顿啊！但大哥我承诺给你们偷到的上好点心，也总算是可以一饱口福了！"

浪得奔、老关枪、瘪猴盯着少年手中的袋子，无不大咽口水，欢呼道："大哥英雄！大哥英雄！"

这少年，就是这四个流浪儿的头头，无名无姓，在奉天混得久了，倒也有了一个绰号，本来是个极不雅的名字"祸小鞋"，这少年生生将自己绰号改了，叫作——火小邪。

这四个流浪儿经常受人欺负，三天两头挨顿打早就是家常便饭，都有了一身扛打的本事，知道怎么护着自己的要害，所以，尽管他们挨了一顿棍棒，全身无处不疼，无处不酸，却也只是皮外伤，没有大碍。他们几个彼此捏捏揉揉，蹬腿拽手，也就算是没大碍了，彼此搀扶着尽快离开了此处。

这四人摸清了方向，拣着沟边小路，避人之处快步而行，直到天色黑了，才走至北城荒地里几间破败的草房，打量了一下四下无人，这才钻了进去。他们早就饿了，这时肚子都饿得咕咕直响，浪得奔、老关枪、瘪猴三人无不看着火小邪手中的袋子大咽口水。他们也都懂规矩，大哥火小邪不发话，谁都别想吃。

东北奉天城一带做贼的规矩便有这一条，若是从别处偷到了好吃的好用的大把金钱，路上不能分、不能露，一定要避着人快快回到老巢，才可瓜分。贼道里有俗话说得好，偷来的东西刚拿到手上，都思念着旧主，变着法子要跑，你若是不找到万全之处把它们镇着，没准闹出什么事端来。

就算东北的大盗，偷到什么玩意儿，也都是捆扎包裹得严严实实，铆足了劲儿奔逃，绝不敢中途拿出来卖弄。

火小邪他们从小为了能够活命，偷鸡摸狗，这些规矩自然懂。他们刚出来就被打了一顿，一路上更是不敢造次，尽管馋得吞了一肚子口水，也都是回到住所，这才思量该如何享用。

火小邪看着浪得奔、老关枪、瘪猴那样，心里也明白，让他们缩到屋角草炕上，自己去把油灯点了，才返身回来，和他们挤成一团。火小邪把装着点心的袋子丢在中间，低头念叨："不是我偷了你，而是我们有缘，既然你已经来了，还请安心，我一定好好待你。"

火小邪这一通自言自语，也是贼道里的一条规矩，就是偷来的东西无不带着怨气，偷东西的人要安抚一番，才可享用，不然这些偷来的东西怨气不解，还是会带来灾祸。偷到金钱的，一般都要"打钱"，有道是金钱气势最硬，好言好语是听不进去的，故而要"打"，用牙咬，用鞋底拍，曝晒，火烤，水浸，适时而为。若是偷到吃的穿的，则要好言相劝，这样才吃了不伤身，穿了不被抓。

所以火小邪一干人都如同哄着捡来的小狗一般，对那袋子点心废了半天的话，火小邪才呼喝了一声："好了！咱们吃吧！"其他人都是一阵欢呼。火小邪打开袋子，分别给大家递上一块。

那张四爷是奉天城里数一数二的大户人家，据说和东北大军阀头子张作霖的关系颇深，算得上奉天城里可以呼风唤雨的人物，自然他家的点心，也都是精美至极。尽管那些点心用袋子装了，弄得烂乎乎脏兮兮的，却并不妨

碍他们大吃大嚼。浪得奔吃得急了，噎得直翻白眼，嘴里仍然呼喊着：“好吃好吃！真好吃！”

老关枪吃着吃着竟哭了起来，火小邪一巴掌打过去，骂道：“吃就吃，哭个什么？”老关枪抹了抹眼泪，说道：“大哥，我吃着这么好吃的东西，不由得想起我爹妈来，他们这辈子恐怕都没吃过这么好吃的东西呢。”瘪猴年纪小，听老关枪这么一说，也眼泪翻滚，两行泪滚入嘴中，而他仍然奋力咀嚼，合着眼泪一起吞咽，也不说话。

浪得奔缓过气来，骂道：“老关！瘪猴！你们两个丧气包！吃点好的就这样！真是没种！”浪得奔转头看向火小邪，说道：“大哥，你说是不是……”浪得奔看见火小邪也是神色黯然，便没敢再说话。这浪得奔从小就是孤儿，根本不知道父母是什么样子，自然体会不到老关枪、瘪猴和火小邪的心情。

这四个少年沉默了片刻，火小邪把脸上的沮丧神情一收，换了张坚毅的脸，笑道：“我以后一定要让大家过上好日子！天天有酒喝有肉吃，出门就坐洋车！大家说怎么样！”

老关枪、瘪猴、浪得奔都齐声高呼：“好啊！好啊！听大哥的！听大哥的！”说到这里，他们才又都提起了精神，几个人吃着点心，做着发财、出人头地的梦。

老关枪说道：“等我发达了，我就天天吃大肥肉，用粉条炖的一放嘴里就化的那种！”

浪得奔骂道：“你就这点出息？要是我，我就天天找奉天城里最红的小德张他们来唱二人转，要他们唱过桥就过桥，一百八十出，天天不能重样的！瘪猴，你呢？”

瘪猴想了想，说道：“我要发达了，我就盖栋大宅子，让奉天城里像我们这样的都住进去，再不挨饿受冻，再不用偷别人东西挨打。”

浪得奔推了瘪猴一把：“嘿，你小子还真仗义啊！”老关枪也扑过去胳肢瘪猴，嚷道：“你小子还有这好心肠哪！我看看你到底是不是长了一副佛爷相！”这三人顿时闹成一团。

浪得奔缩着脖子笑哈哈地退出战团，看见火小邪若有所思，不禁问道：“大哥，你在想什么呢？”

火小邪说道：“倒也没想什么。”

老关枪和瘪猴停止打闹，都看着火小邪，老关枪说道：“大哥，说说吧，如果你发达了，你最想干什么呢？”

火小邪说道：“真不知道想干啥。”

瘪猴挤上一步说道：“大哥，你就说吧，你肯定早就想好了。”

“就是，就是！”浪得奔嚷道。

火小邪看了大家一眼，抓了抓头，傻乎乎地笑了笑，说道：“其实吧，和你们说了，你们也别笑。”

“说吧说吧，保证不笑！”大家嚷道。

火小邪慢慢地说道：“如果我发达了，我、我很想去找……”话刚说到这里，这屋子的破门让人嗵的一脚踹开了。

只见一个尖嘴猴腮的汉子，穿着狗皮袄子，走了进来，在他身后还跟着两个一看也不是善类的男人。这汉子踹门进来，顿时把火小邪他们吓得一愣，等看清来人，四人脸上都是一脸惧色。

这汉子骂道：“狗崽子们，你们躲在这里，以为老子就找不到了？”

火小邪赶忙答道：“齐老大，我们打算这就回去的！”

这汉子便是火小邪他们四个真正的老大，名叫齐建二，火小邪他们几年前让齐建二收罗了，这几年没少教唆着让他们干些偷摸的坏事。齐建二生性好赌，手气又极烂，最近一段日子，更是输了个底儿掉，便日日催促着自己手下的流浪儿去偷钱来孝敬自己。而最近一段日子，奉天城因为郭松龄起兵和张作霖作对，大批日军涌入奉天城，战事也急，奉天城内几乎家家闭户，来往做生意的人也都躲着战乱，不敢进城，所以火小邪他们已经多日没有什么收获。

这火小邪四人，算是齐建二极得意的“弟子”，特别又以火小邪为首，几乎得了齐建二的“真传”，而且火小邪胆大心细，身手敏捷，如果光论掏人钱袋的本事，恐怕在奉天城里火小邪已算流浪儿中数一数二的高手。

本来火小邪等人每日都要回齐建二的“耗子楼”报数，但近日没什么收获，没少挨齐建二的耳光，打得火小邪心里恨极，却也不敢公然违抗齐建二。这奉天城里做贼的，彼此之间都是知根知底，也是论资排辈，齐建二这种带着一帮孩童偷窃的，称为“上五铃”，火小邪他们称之为“下五铃”，下五铃若是没有老大罩着，别说在奉天城里偷窃，就是连改邪归正干点正经事情，也会被群起而攻之。俗话说“上贼船易，下贼船难”，便是这个道理。

民国乱世，各地战火不熄，群雄割据，各行各业讲究抱团，自然做贼的也不例外。而且，越是做下贱营生的，诸如做贼、行乞、打家劫舍、黑恶帮会、土匪响马的这些，越是讲究抱团，江湖一口气，不离不弃，同生共死，除非你做到大当家、大掌柜、大在行这类能插上香的辈分，才可说句“老子金盆洗手”，像模像样地退出。

火小邪也思量过带着浪得奔他们逃跑，脱离齐建二的掌控，可这兵荒马乱的，奉天城还算能讨到口饭吃，怎么也算是有个落脚之地，跑又往哪里跑去？其他地方没准比这奉天城更加险恶。做贼的，俗名也叫作荣行的，最是害怕陌生人入伙，怕抓到一个，供出一串，跑到其他地方，若还是做贼，要想立足下来，除非你有通天彻地之能，否则只能投靠帮派，就要能忍住“穿三刀”之刑，说白了就是三把刀，腿上扎两刀，肩上扎一刀，还要扎准扎狠，刀不能倒。如此这般，才能让大家信你是个有义气之人。

做贼的规矩颇多，暂且表过，日后再讲。

齐建二见火小邪迟迟不回“耗子楼”报数，心中火大，就带了两人寻出来。这奉天城里能让火小邪四人躲着的地方，齐建二比火小邪还清楚，远远看到这几间破屋中有微弱亮光，就蹑手蹑脚摸过来，果然听到火小邪他们几个在里面说话，自然抬起一脚把门踹开，进来抓人。

齐建二听火小邪还敢顶嘴，上前一步啪的一声抽了火小邪一大耳刮子，骂道：“也不瞧瞧都什么光景了！还敢顶嘴！”火小邪被这一耳光抽得头昏脑涨，摔倒在地，浪得奔几个赶忙上前来扶着。众人都是一脸惧色，丝毫不敢反抗，挤成一堆看着齐建二。

火小邪挨了一耳光，心中愤恨，也不敢摆在脸上，只是心中暗骂：“齐耗子！打你爷爷我，日后一定加倍奉还！唉！怎么这么快让齐耗子找到我们了！”

齐建二搓了搓手，猛然鼻子抽了抽，四下看了看，说道：“怎么一股子油脂香味？”齐建二东嗅西闻，很快就将目光落在四个人的嘴上。火小邪他们几个刚吃了点心，嘴角边上无不沾着点心碎末。齐建二哼了一声：“你们几个小兔崽子！不回来报数！躲在这里偷吃？”

齐建二“上五铃”的辈分也不是虚名，做贼的最是眼尖，说到这里上前一步就将藏在四人脚边的装点心的袋子拽了出来，瞪了四人一眼，打开袋子，伸手进去抓出一块点心来，放在鼻子边闻一闻，喃喃自语道：“这点心油可用得重啊，不是寻常人家的点心！”说着，将点心送到嘴边咬了一口，嚼巴嚼巴咽了下去。

齐建二脸色一沉，将手中的点心丢回袋子里，将袋子一握，指着火小邪等人骂道：“说！你们去谁家偷的点心！说半句假话，就打断你们四个的腿！”

浪得奔、老关枪、瘪猴都不由自主地望向了火小邪，火小邪知道瞒着一点意义没有，于是咽了咽口水，说道：“是张……张四爷家的点心。”

“张四爷？你们能偷到张四爷家的点心？你们敢去张四爷家偷东西？”齐建二十分不信。

“是，是张四爷家的。”火小邪无精打采地回答道。

“他娘的！你们还能活着回来？说！怎么偷的？”齐建二似乎对能偷到张四爷家的东西十分感兴趣。

“张四爷家围墙边，有一棵歪脖树，从树杈边能荡到一个屋檐下面，那屋檐下能容一个人爬过去，爬个一二丈远，躲过走廊的人，有一个板子松动了，能钻到房梁里，再从房梁里，沿着香味寻去，就能到一个佛堂上面，里面人很多，忙忙碌碌往内屋走进走出，等了一个时辰，才算没人了，我用绳打着活套，吊下去将点心拉上来的。”火小邪说得含糊，看似轻松寻常，其实火小邪这一趟，可真是惊险绝伦，光是从树杈边荡到屋檐下这招，若不是火小邪豁出性命去，也难做到。此行曲折，绝不是火小邪这三言两语讲得完的。

火小邪这样讲着，那齐建二也听得极为仔细。

火小邪说道："就这样了。出来的时候，还是一个不小心，从屋檐下来上树的时候，让他们发现了，一直追我追到院外，把我们四个用棍棒打了一顿，幸好来了个小丫鬟，说是张四爷大喜的日子，才算饶了我们一命，也没把点心收回去。"

火小邪抬眼看了看齐建二，齐建二正在思量着什么事情，火小邪叫了声："齐老大，我说完了。"

齐建二这才缓过神来，一张面皮倒变得怪异得很，说道："祸小鞋，你说的都是真的？"

火小邪说道："齐老大，我有一句谎话，我就挨千刀万剐。"浪得奔、老关枪、瘪猴三人也是连连点头。浪得奔说道："齐老大，他们下手很重，真是差点没打死我们。"老关枪也道："是啊，是啊，齐老大你看我的脸，这半边还是肿的呢。"

齐建二沉吟一声，说道："今天老子就先饶了你们！滚起来，跟我走！"

火小邪他们四个没想到齐建二能这么便宜了他们，心中一喜，哪管齐建二到底打什么鬼心眼，赶忙都站起来，跟着齐建二走去。

齐建二走得飞快，火小邪他们四个身上疼痛，苦苦在身后跟着，火小邪沿路一看，并不是齐建二的住所"耗子楼"方向，忍不住上前一步问道："齐老大，不回'耗子楼'吗？"

齐建二骂道："少废话！跟着走好喽！"

火小邪也不敢多问，想齐建二这鬼鬼祟祟的样子，估计也没啥好事要干。火小邪自从跟了齐建二，又何尝碰到什么好事情，所以也不去想齐建二要带他们去哪里。

他们一行人急匆匆走了一个时辰，才来到奉天城东郊门口的一栋宅子跟前，让跟着他来的那两人散开去把风，带着火小邪四个走到宅门前。火小邪看了看，猛然想起这地方他以前来过，乃是奉天"荣行"（做贼这个行当的雅称）的"大在行"刘逢宝的一处住所。刘逢宝在奉天贼道中又称"三指刘"，他自幼左右手不知遭了什么病灾，都只剩下大拇指、食指、中指三根指头，却练就了偷盗的奇术，能够将整个手掌并上三根指头，缩成仅有手腕粗细的锥状，手指指尖更是又细又长，如同一把如意随行的三爪锥，擅取人身上细小金贵的物件。

要知道这些偷过往行人钱财的贼，物件一般大小倒不是很难，最难的就是偷细小之物，按贼道的俗话说：小一毫，险五成；偷针尖，乃称圣！也就是说，要偷的东西如果小了那么一点，想不被人发现，又能够快速得手，就要比偷大一些的东西危险五成，如果能将人身上针尖大小的东西偷走，那就是圣手了！大家想，针尖大小的东西，就算放在桌上，让你用镊子夹住，都要极为小心，聚精会神才可能，何况是在人身上，埋在衣物里面。

三指刘尽管还达不到偷针尖的本事，但是据说他能够从妇女耳环中不动声色地取下镶嵌的玉石玛瑙，也是让火小邪感叹不可思议了！

火小邪是“下五铃”中的“品二”，也就是“下五铃”中排第二的辈分，乃是这刘逢宝三指刘在此亲自给火小邪提的铃，火小邪怎敢不记得这个住所？

齐建二走到门前，左右看看无人，上前敲了二短二长的“拜山扣”，转头瞪了火小邪他们一眼，低声骂道：“谁都不准乱说话！”火小邪等人都连忙点头，大家这时都明白齐建二来见极为重要的人。

齐建二骂完，只听院中传来脚步声，走至门前，也不开门，一老妇的声音道：“黑灯瞎火，有什么事情这个时候来找？睡了，睡了！”

齐建二赶忙抱拳，毕恭毕敬地说道：“风高月亮圆，城北齐二滚子来给老爷子点蜡。”

门内那老夫人“哦”了一声，问道：“没带甜果子来吗？”

齐建二说道：“还没种下！没那糕点劲。”

这两人说话听着莫名其妙，实际乃是奉天荣行中的黑话，其实转成白话乃是——

齐建二：“我是城北的齐二滚子，有老爷子想知道的事情，不敢耽搁，赶快来向老爷子禀告。”

老妇："你要是身边有麻烦事情就不要进来了。"

齐建二："绝对没有！我用脑袋发誓！"

话说成这样，老妇便开了房门，一行人低着头快步走进院中。

老妇将门关上，打量了火小邪等人一番，目光锐利，看得火小邪心中一阵发毛。火小邪他们知道自己的辈分地位，都赶忙垂着头，身子微躬，双手手指绷直，紧紧贴着裤线，仅用小腿微微迈动着行走。这种姿势也是规矩，做贼的人，行事之前都要四下打望，挺身仰头，寻个好时机，那手臂手指也要抬起、蓄势，摆好方位，待时机出现，便要用最短的距离伸出手去，以求快准稳。所以，火小邪他们这个姿势，便是摆明自己身份低微，绝对不敢造次的尊敬之意。

老妇人引了他们进来，在前带路，穿过一间黑漆漆的前厅，直至后院一厅房中。厅房不大，点着香烛，倒也古色古香。老妇人说道："齐二滚子，在此等着！"

齐建二连声称是，也不敢坐下，将火小邪他们一拉，让他们站在自己身后，自己则笔直地站在厅中，头也不敢乱转，只有眼珠子还四下转动打量。

过不了片刻，内屋传来咳嗽声，慢慢走出一五十多岁的老者，拄着一根红木拐杖，那握着拐杖的手，只有三指，形状如锥，说是手吧，还不如说是用黑铁打成的一件爪形器械。来人正是刘逢宝！

齐建二见到，赶忙将双手先前亮出，让三指刘能看到自己的手掌，随即两个大拇指勾在一起，握住拳头，整个人也向下深深一鞠躬，说道："刘大爷爷。"

三指刘倒也不似个阴沉之人，面色平易地笑了笑，沙哑地说道："哦！是齐二滚子啊！坐吧！坐吧！"

齐建二说道："不敢，不敢，我站着说就好了。"

三指刘也不再客气，走到厅中主座坐下，咳嗽一声，说道："齐二滚子，你很久没来看望我了，今天给我带什么好消息来了啊？"三指刘说着，目光也向火小邪他们四个看去，接着说道，"想必是这几个小子知道了什么吧？"

齐建二说道："刘大爷爷，正是这几个小子知道了些您让小辈们打听的事情。”

三指刘说道：“哦？齐二滚子，你还让下五铃的小子们去打听？不妥啊！”

齐建二赶忙说道：“刘大爷爷，我哪敢啊，是这几个小子不知怎么机缘巧合，进到张四爷他们家的佛堂去了！”

三指刘一把抓紧拐杖，眼中精光乱闪，说话声音竟也不沙哑起来，喝道：“齐二滚子！说话当真！”

齐建二吓得一愣：“当真，当真，他们绝不敢骗我，我把他们都带来了，让他们亲口讲给您听！”

三指刘一跺拐杖，震得地面咚的一响，喝道：“讲！”

齐建二一把将火小邪抓到身边，急切地叮嘱道：“祸小鞋！把你怎么进到张四爷家佛堂上面的事情，原原本本地和刘大爷爷讲讲！”

火小邪本来一路上颇为紧张，听他们两人大惊小怪的，反而不在意起来，心想：“不就是偷点心那点事吗？讲就讲啦。”

火小邪懂得规矩，小心翼翼地道了声：“刘大爷爷，给您请安，我叫火小邪……”

火小邪低着头，把怎么去张四爷家里佛堂上面偷到点心的事情慢慢道来，和他给齐建二说的并无二致。

那三指刘仔细听完，半晌无语，顿了顿拐杖，叹道：“没想到你这个小娃娃，还有这个能耐！”

火小邪听到三指刘夸奖，不知道该如何是好，向齐建二张望，齐建二已经面露喜色，只顾着观察三指刘的神色，齐建二心想：“估摸着这次三指刘一定重重有赏！这么多天了，也没有人知道张四爷家佛堂里到底摆设了什么，竟然让我下面的小铃铛看到了！哈哈！”

三指刘闭目沉思，却听内堂中传来哈哈哈连声大笑，一人又快步走了出来。

齐建二抬头一看，顿时吓得膝盖一软，差点跪倒在地。

只见来人是个黑脸大汉，个头一般，精瘦得很，留着山羊胡，梳着个板寸头，左脸齐眉处有道刀疤直劈到耳际，身穿一黄棕色大衣，敞开着衣服，腰间系了一粗大黑色的牛皮皮带，皮带上挂着一圈暗青色的蛇皮马鞭。

这大汉边走边笑，直勾勾地看着火小邪等人。

这人乃是当时东北著名的四大盗之一，江湖人称“黑三鞭”，一张黑脸，一道刀疤，一圈蛇鞭，乃是东北下八行里无人不知无人不晓的人物！黑三鞭本是习武出身，不知何故进了贼道，曾经一夜之间连盗奉天城九家大户人家，每家都丢下了张画着黑蛇的图片，从此逃出奉天城，仅有江湖传说黑三鞭的种种轶事!

据说黑三鞭不仅偷盗，而且杀人如麻，你若是阻了他偷东西，他发起飙来，全家无论男女老少，通通宰掉。有人说曾经震动东北的宫小川全家十六口人一夜被杀的宫家堡案，就是黑三鞭所为。

所以这个黑三鞭猛然出现在三指刘家里，还冲着他们哈哈大笑，自然让齐建二吓得腿脚发软。

齐建二心想：“怎么黑三鞭回奉天了？难道三指刘让我们去打探张四爷家的情况，和黑三鞭有关？”

火小邪见到黑三鞭，想起江湖中传说的“黑脸刀疤蛇鞭”，又看到齐建二吓到身子微晃，也多少猜到来人是谁了。

火小邪心中不安，寻思着：“难道这黑三鞭不相信我说的？若是他问起张四爷佛堂里的事情，我到底说还是不说，说了他能相信吗？”原来火小邪在张四爷家佛堂上方，的确看到一件他前所未见、闻所未闻的怪事，只是过于怪异，火小邪心想说出来也没人相信，便将这段略去不说。

黑三鞭走到三指刘跟前，止住笑声，冲三指刘抱了抱拳，说道：“刘大哥请勿见怪，我在里面听他们说得有趣，就忍不住出来了。”

三指刘也十分客气，点头道：“黑兄弟见外了，我也正想着叫你出来呢。”

黑三鞭道：“我可否问这个娃娃几句？”

三指刘道：“请问便是，都是些下五铃的小崽子，不用客气。”

黑三鞭转过身来，一双细长的眼睛牢牢盯着火小邪，背着手向前走了两步，问道："你这娃娃，我问你，张四爷家佛堂中供的什么佛，烧的什么香？"

火小邪心想："果然要问佛堂里的事情。"

火小邪也不敢怠慢，回答道："回爷的话，供的是地藏菩萨，烧的是九支三尺高香。"

黑三鞭一笑，哼道："佛前摆了什么？"

火小邪暗骂："真狠！他怎么知道！"原来这佛堂的佛前摆的东西，就是火小邪倍觉古怪的事物。

火小邪略有犹豫，"嗯"了片刻，抬眼看了看黑三鞭。

黑三鞭哼道："你若去了，这些东西还看不到吗？"

火小邪连忙低头，说道："回爷的话，我怕我说了爷不相信。"

黑三鞭说道："只管说便是！你黑爷爷走南闯北，见的事情多了。"

火小邪说道："那佛堂的佛前地上，摆了一个半裸身子的女子……"

众人听了，连本来安坐着的三指刘也是大为震惊，一双小眼瞪得溜圆。

齐建二骂道："祸小邪！瞎说什么！住嘴！"

黑三鞭黑脸泛红，沉声道："让他说！"齐建二吓得赶忙闭嘴，屁也不敢放一个。

火小邪倒不惊慌，似乎又回到佛堂上方的景象，火小邪理了理思路，慢慢说道："我开始也是吓了一跳，还以为是个活人，可仔细看了看，丝毫不像有人气的。这女子尽管穿得少，但从头饰打扮可以看出来，不是大清朝的人，应该更像是前朝的。"

黑三鞭问道："这女子什么姿势？"

火小邪说道："平躺着，仰面朝天，双手交叉放在小腹上。对了，对了，那女子额头上似乎画了一道朱红色的符。"

黑三鞭哼了一声，唰的从怀中变出一张纸来，抖开了亮在火小邪面前，说道："是不是这个符？"

火小邪一看，只见纸上赫然画着一个如同三个螺旋拼在一起的图案，正和佛堂女子头上的符一模一样。

火小邪连连点头，说道：“就是啦，就是这个！”

黑三鞭手一晃，又将纸收入怀中，一张黑脸涨得黑里透红，说道：“你个娃娃，算你运气，竟能见到这等宝贝！”

三指刘站起身来，走到黑三鞭跟前，说道：“黑兄弟，你说的莫非是女身玉？”

黑三鞭笑道：“正是此物！我此行来奉天，就是来偷这个女身玉的！嘿嘿，果然落在这个张四爷家里了！来！娃娃，这次你对黑爷我有大大的功劳，这是赏你的！”黑三鞭说罢，从怀中摸出几片金叶子，唰的丢在火小邪跟前。

火小邪这辈子都没有见过这么多钱摆在眼前，想也不想，就要蹲下去捡。齐建二见了金叶子，早就把畏惧黑三鞭的心思丢到九霄云外去了，眼睛一亮，动作麻利得如同黄鼠狼　偷鸡的最后一招，一个躬身冲去，将火小邪撞开，眨眼就将几片金叶子捡起来，连声道谢：“谢谢黑爷，谢谢黑爷！”谢完还不忘侧头瞪了眼火小邪，嘴中骂骂咧咧：“回去再收拾你！”

三指刘说道：“你们几个就回去吧！嘴巴上干净点！若再让人知道，你们知道下场！”

齐建二应道：“是，是，刘大爷爷，您放心，您放心！”

齐建二拉着火小邪等人就要离开，几个人刚走了几步，只听黑三鞭在他们身后叫道：“且慢！”

三、火行乱盗

齐建二带着火小邪他们几个正要快步出去，听到黑三鞭在后面喊，心中一惊，想道：“我的爷爷，您还有什么事情啊！”齐建二脚步一个趔趄，差点摔倒在地。

齐建二站稳身子，赶忙转过头来躬身道：“黑爷爷，您还有什么吩咐？”

黑三鞭嘿嘿一笑，说道：“这个谁，把说话的娃娃留下！以后跟着我办事！”

齐建二心中一松，说道：“好，好，好，好！”说着就把火小邪拽到前面来，叮嘱道：“祸小鞋，你留在这，听你黑爷爷的吩咐！”

火小邪心里一百个不愿意，他见这个黑三鞭绝对不是什么善类，心中也是畏惧得紧，巴不得尽早离开。可黑三鞭让他留下，齐建二屁也不敢放，火小邪又能有什么法子？

火小邪被齐建二拉出来，浪得奔、老关枪、瘪猴他们见到，心里也都怕火小邪留在这里无异于身处龙潭虎穴。别看浪得奔、老关枪、瘪猴他们年纪小，但和火小邪都有着过命的交情，八九岁的时候就混在一起，一起玩乐戏耍，也一起挨打偷东西，尽管没有正儿八经地拜过把子，彼此心中早就认对方是亲兄弟了。

齐建二拉扯着浪得奔、老关枪、瘪猴他们，骂道：“走，走！走啊！”

少年人没有那么多世故，感情真切，火小邪又是他们的大哥，浪得奔根本顾不了那么多，伸手拉住火小邪的衣角死死不愿松开，老关枪和瘪猴更是要哭出声来，仍由齐建二拉扯着，三个人就是一动不动，不愿离开。齐建二着急上火，也不敢发作，只好大巴掌直往浪得奔他们几个的脸上抽。

火小邪见浪得奔他们这个样子，心中发酸，想到他们四个自从相识以来，几乎没有分开过一天，晚上都是挤在一块儿睡觉，眼下竟然要分开，于是眼圈也红了，但嘴上还硬：“没事，没事，我完事了再去找你们。”

黑三鞭哼了一声，说道：“你们四个小子，倒都是够兄弟嘛！”

齐建二赶忙说道：“黑爷，马上走，马上走！”上前又是硬拽，齐建二到底还是劲大，眼看着就把浪得奔他们拽开，瘪猴忍不住，哭了起来：“大哥，大哥，我和你一起。”

浪得奔也咣的一声跪下，连连磕头不止，嘴上哭喊道：“黑爷爷，黑爷爷，我们不想和大哥分开，求求你也留下我们吧。”

老关枪也立即跪下来，连连磕头，顿时三个娃娃跪了一地，磕头声咚咚作响，此起彼伏。

黑三鞭倒乐了，说道：“我倒是奇了，我又不是阎王老子，还怕我将他的命带走不成。”

火小邪见状，也跪了下来，哀声道：“黑爷爷，我们几个从小就在一起，从来没有分开过一天，我们平日里都是一起做事，黑爷爷，求你也让他们留下吧！您一定用得上我们！”

黑三鞭皱了皱眉，回头看了眼三指刘。

三指刘思量了一下，沉声道：“这四个娃娃，倒是下五铃里出类拔萃的好手，彼此配合得不错，也信得过，黑兄弟也许用得上他们。”

黑三鞭嘿嘿一笑，说道：“也好！你们四个娃娃，起来吧，都留下！”

浪得奔、老关枪、瘪猴都欢呼一声，连声道：“谢谢黑爷爷，谢谢黑爷爷！”火小邪转头看了他们三个一眼，真是少年不知愁滋味，这点说不上是好是坏的事情，已经让他们又乐成一团。

三指刘冲齐建二说道：“齐二滚子，你这几个小铃铛，就先留给黑爷使唤着吧。”

齐建二连忙说道：“是，是。”

三指刘说道：“那你就走吧！有什么事儿，我找人支吾你！”

齐建二连声应了，悻悻然看了火小邪他们几个一眼，转身快步退出厅堂，外面那老妇早就等着，引着齐建二离去。

其实齐建二心里也不好受，毕竟火小邪他们从小就跟着自己，怎么也算是一把屎一把尿带出来的，而且还颇得自己真传，眼看着他们四个齐齐离开身边，不知还会不会回来，也是神色黯然，心中如同灌了半壶醋一样，酸溜溜的。

黑三鞭见齐建二走了，将大衣一撩，坐在三指刘旁边的客位上，嘿嘿直笑，看得出心情不错。

黑三鞭指着火小邪他们说道：“你们四个，从小到大把自己的名号说了！各自会些什么，也都一起说了！”

火小邪他们四个互看一眼，瘪猴畏畏缩缩地先站出来说道：“黑爷爷，我叫瘪猴。现在能打哨子。”这打哨子的意思是说，在几人配合偷窃的时候，一个人故意吸引或者干扰“马儿”（被盗之人）的注意力，以便他人得手，也能够监视、望风、预警等。

老关枪在四人中排老三，瘪猴说完，老关枪说道：“黑爷爷，我叫老关枪，能跟背风和解三铃了。”这跟背风是说，在确定马儿身上的“旺子”（钱财等，分不同等级的旺子，一到九旺，代表钱财的价值）以后，一直跟着马儿，方便时下手。解三铃是偷东西的能力级别，也就是说人身上挂着铃铛，你去偷东西，不能让铃铛发出声音，最厉害的高手，据说能解二十四铃。

浪得奔站出来说道：“回黑爷爷的话，我叫浪得奔，最擅长的是捏旺儿，能解四铃。”捏旺儿，就是偷东西的人要先判断出马儿身上的旺子放在什么地方，多大多小，多轻多重，确定能用什么法子拿到。

最后轮到火小邪，火小邪想了想，说道：“回黑爷爷的话，我叫火小邪，

已经能做到拿盘儿了。”

黑三鞭仔细地听着，前面瘪猴、老关枪、浪得奔说的话，他倒是不觉得惊讶，寻常的路子而已。而听到火小邪能拿盘儿，不由得吃了一惊！

黑三鞭不太相信地问道：“祸小鞋，可不要在你黑爷爷面前说大话！你小小年纪，能拿盘儿？”

这拿盘儿是“荣行”里的一门本事，十分讲究。乃是在黑暗之中，给你一深底盘子，或磁或木或铁，反正不管是何种盘子，在里面放上一把珠子，也是不限质地，数量在五十之内。会拿盘儿的人，要捏着盘子，让盘子里的珠子或转或动，然后判断出盘子里到底有多少颗珠子。必须十猜九中，错的一次也不能差落过一两颗，能做到这个，就叫会拿盘儿了。这本事，考量的是心、手、耳合一，心中要十分清净，沉得住气；手中要触觉敏锐，动作准确；耳中要听的干脆利落、毫微可辨。能做到拿盘儿的人，第一要天资聪慧，第二要心静时如冰，第三要心手耳合一，端的是极难的一门本事。

所以火小邪说自己会拿盘儿，也就是说自己至少有解九铃以上的身手，打哨子、跟背风、捏旺儿都不在话下了！

要知道做贼的人，普通的讲究便是胆大、心细、劲足、身稳、手快、眼尖、耳亮、鼻子灵，往上再高级些，便要“合一”。这拿盘儿的本事，就是其中一个“合一”的法子。

黑三鞭之所以不信，是因为他会拿盘儿的时候，已经二十五六岁开外的年纪，在“荣行”算是极快的了。可眼前这火小邪不过十五六岁的年纪，跟着齐建二这种上不了台面的“师傅”，怎么可能会拿盘儿？

火小邪也是年少，不懂得含蓄一下，听黑三鞭口气中透着不相信的劲儿，有点急了，说道：“我就是会拿盘儿了，黑爷爷要是不信，我可以玩给黑爷爷看！”照“荣行”规矩，这话可不能这么说，火小邪这种小辈，会拿盘儿也必须要说自己略懂而已，当着黑三鞭这种大盗逞能，恐有杀身之祸。火小邪平日里，顶到天才见到三指刘这种算是对他们知根知底的行家，哪想过能碰到黑三鞭这种人物，不懂规矩也是情有可原。

果然，黑三鞭听火小邪这么说，心中骂道：“好大胆！这么多年没人敢如此冲撞我了！我看你是不想活了！”黑三鞭心中想，眼中杀气一盛，哼道：“好啊！我倒想看你玩玩！”

火小邪这小贼，眼尖得很，最会观察人的眼神变化，见到黑三鞭眼色一变，知道自己刚才说话糟糕，定是惹到这黑三鞭，让他动了杀机。火小邪知道不妙，赶忙口气软了，说道：“黑爷爷请原谅小子不懂事。”

黑三鞭嘿嘿笑了两声，说道：“不妨！不妨！玩玩！”

三指刘对黑三鞭十分了解，知道黑三鞭已经动了杀机，如果火小邪真的要玩一下，盘子拿出来之时，就是火小邪的死期！

三指刘笑了笑，说道：“黑兄弟，我看免了，这祸小鞋的拿盘儿，我见过，他只能玩七八个珠子，倒是有点天赋。我看他能玩七八个珠子，曾经给他提过铃。小娃娃不知道拿盘儿到底是啥，也没见过世面，嘴上有些托大吧。我们还是商量要事得紧！”

黑三鞭听三指刘这么说，倒是气顺了，心中也想：“我料这小子最多也就七八个珠子的本事，嘿嘿，罢了！”

火小邪早就不敢说话，黑三鞭见火小邪也老实了，说道：“好了！今天就不玩了！不过祸小鞋，七八个珠子也不简单，年少有为啊！”

火小邪赶忙低声答道：“谢黑爷爷夸奖！”

黑三鞭说道：“你们四个小子，本事不错！黑爷很是高兴！往后几日，你们听黑爷我的差遣！今晚上，你们就住这里吧！没我的吩咐，不能离开此地一步！”

三指刘点了点头，喊道：“王妈！”

那老妇从外门进来，说道：“老爷吩咐。”

三指刘说道：“带他们几个去柴房睡觉！和孙高子一起！”

王妈应了声，过来对火小邪他们说道：“跟我来吧。”

火小邪他们如释重负，都跪下给刘大爷爷和黑三鞭磕了个头，跟着王妈就要出去。

黑三鞭眼珠子一转，突然指着火小邪问道：“祸小鞋，你那个祸是哪个字？”

火小邪本想说自己是“火”字，此时他心里明白，不要逞能，于是老老实实地答道：“祸害的祸。”

黑三鞭“哦”了一声，又问：“你父母叫什么名字？”

火小邪答道：“从小就没见过父母。”

黑三鞭点了点头，说道：“走吧！”

火小邪等人诺诺连声，低着头，并着腿，快步跟着王妈出了屋。

三指刘和黑三鞭见他们离开，三指刘才说道：“黑兄弟，你对火家的人还是忌讳颇深啊！那个祸小鞋的‘祸’字，你也担心是个‘火’字吧。”

黑三鞭撇了撇嘴，脸上一寒，说道：“我已经躲了火家十年了……呵呵，多少听到‘火’字，还是有点心惊。”

三指刘说道：“这火家的人当真这么厉害？”

黑三鞭摸了摸头，仿佛心有余悸一般，说道：“厉害！厉害啊！太厉害了啊！贼王啊！我们这些荣行的，在他们眼中就和鸡崽子一样。”说完似乎又想到了什么，神色黯然，微微叹气。

三指刘默然不语，也是若有所思。

半晌之后，三指刘才慢慢说道：“听我师傅他老人家说过，金木水火土五大世家齐现江湖，当是天下大乱之时，但也听说，有一个什么宝物，谁能得到，让五大世家聚首，天下就是谁的了。”

黑三鞭也悠悠然说道：“自从我十年前碰到火家的人以后，咱们荣行中的传言也越来越多，说是金、木、水、火四大世家的人都已经现身，各地的军阀头子，都在寻找他们的下落，据说只要攀上一个世家，找到那一统天下的宝物就有希望！邪乎得很，也不知是真是假！”

三指刘听着，也想到什么，突然“咦”了一声。

黑三鞭问道：“怎么？”

三指刘说道：“黑兄弟，你觉得日本人会知道吗？你看眼下我们这奉天城里，遍布日本小鬼子。”

黑三鞭说道：“日本人？他们知道又能怎么样？难道日本小鬼子还想把

中国占了，当中国的皇帝老子？”

三指刘说道：“这可不一定！你和我是汉族人，不妨和你说一句，那大清朝，还不是女真族的鞑子占了天下，当上我们汉人的皇帝？眼下，日本小鬼子在东北屯兵十来万，恐怕他们的心思绝不是咱们东三省这一点地方。”

黑三鞭笑了起来，说道：“刘大哥，你还挺操心这个呢？咱们做贼的，天下是谁的咱管个屁啊，倒是天下越乱越好呢！”

三指刘说道：“也是，也是！天下太平了，哪有我们的饭吃？不说这个，不说这个，那些玄之又玄的东西，咱们也搞不懂。”

黑三鞭说道：“只要火家的人不来找我麻烦便好。呵呵！”

两人相视而笑。

三指刘说道：“黑兄弟，既然女身玉就在张四爷家佛堂，你打算如何？”

黑三鞭嘿嘿笑了声：“尽快动手！”

三指刘说道：“这四个娃娃，你都用得上吗？如果用不上，就散了吧。”

黑三鞭说道：“用得上，用得上，极好的喂狗的肉馅子。”黑三鞭说完，哈哈哈笑了起来！

三指刘微微一笑：“莫非黑兄弟已经想到好办法了？张四爷家可不是那么好进的。”

黑三鞭低声说道：“刘大哥，我打算这么办，你也给我掌掌……”

两人窃窃私语起来。

张四爷家大宅，是奉天城里数一数二的大宅地，八进八出的庭院，高墙广驻，里面数十间房子，供养的老老少少、管家护院，有近两百多口子。这张四爷据说和东北军阀张作霖有着过命的交情，加上张四爷家似乎从来不缺钱财，所以这大宅的戒备，绝非是寻常富贵人家可比，在院内巡视的家丁，也都是荷枪实弹，身手高强。至于张四爷到底是干什么买卖的，如何有这等威风，倒是没几个人说得清楚。

黑三鞭连盗奉天城八家宅子，打起自己名头的时候，唯独没进张四爷家。

倒不是黑三鞭和张四爷有什么交情，而是奉天城里的“荣行”有个不成文的规矩，乃是“宁盗奉天府，不摸四爷门”。这是因为有关张四爷家的事情在“荣行”里传得也邪，主要的传说有四件，第一桩传说是张四爷家后院里养着一种大狗，专吃人肉，这狗和其他狗不同，寻常的狗不能上树，而张四爷家的狗却能上树、钻洞，速度极快；第二桩传说是张四爷家的后院，是专门为张作霖这种东北大亨存宝物的，遍布机关毒气，走错一步就有杀身之祸；第三桩是张四爷家里有恶神保佑，你若是偷了张四爷家的值钱东西，不管你躲在何处，都会晚上有一群从天而降的“钩子兵”过来，用大钩子将你骨头穿了拖走，从此渺无音讯；第四桩是最邪门的，说是张四爷家里有一面勾魂镜，你若是对张四爷家心存歹意，摸了张四爷家的门窗，就有勾魂镜从天而降，落在你面前，你只要看了镜子中的自己，过不了几日，保准肠穿肚烂而死。

这些传说传得邪乎了，做贼人渐渐没人追究是真是假，只是多少心中忌讳，混口饭吃也没必要招惹这神秘兮兮的张四爷，说不定还搭上性命去！所以这么多年来，张四爷家后院中到底啥样，也没人说得准确。

火小邪当然是知道这些传说的，之所以他敢偷进张四爷家，第一是他胆子大，不信邪；第二是他对浪得奔、老关枪、瘪猴他们夸下了海口；第三是火小邪进的是张四爷家的中院，而不是后院，让火小邪进后院，火小邪还是不敢的；第四是火小邪认定自己去偷的不过是吃的点心，偷吃的东西在“荣行”里不算偷，也就算没有歹念。

就在火小邪被黑三鞭留下的两日之后……

子夜时分，奉天城大街上两辆黑色轿车飞驰而过，轿车身后还有四马三人，马上人穿着黑衣，卖力抽打着马匹，让马撒开了蹄子狂奔，紧紧跟着前面的轿车。

也是奇了，按这种肆无忌惮的架势，就算东北军不拦，日本人怎么也要出面阻挡盘查的，可偌大一个奉天城中，他们沿路奔来，竟整条街上空无一人，任由着他们撒欢狂奔！

等这些人驶过，才从街边巷角钻出巡城的士兵，呼呼啦啦将道路如同往常一样封了，继续巡视起来。

这两辆轿车、四匹马，一直奔到张四爷家门口，才戛然而停。骑马的黑衣人不等马儿停稳，就已经从马背上翻身而下，身手极为敏捷。黑衣人穿得倒也寻常，不过普通的武师装扮，只是在他们腰间，却系着一条红带子，上面吊着一面红通通的方牌。

三个黑衣人拥到一辆车前，车也才算刚刚停稳，其中一个黑衣人上前将车门拉开，一个穿暗灰长袍的人从车中钻出，冲大家点了点头。

这穿暗灰长袍的男人，三十多岁年纪，长方大脸，留着平头，一脸的胡子碴儿，颧骨高耸，看着极为精干，他和这些黑衣人一样，腰间系着红带，吊着红牌，显然是这些黑衣人的头目。

从两辆轿车里总共钻出了五六个人，其中一个显然是日本军官，穿着一身黄褐色的军大衣，别着一把军刀，四十多岁的年纪，脸上如同刀削斧砍一般，毫无表情。这日本军官身边，还跟着一个穿着笔挺的西装大衣的男人，四五十岁年纪，戴着眼镜、礼帽，手中提着一只小皮箱。这两人一下车，走了几步，前面那日本军官小声和这学者打扮的男人用日语交流了两句，看得出都是彼此尊敬，绝非上下级的关系。

而其他人，都穿着便衣，看模样也都是很不简单的人物，只是人人都神情严肃。

这些人都下了车，从张四爷家的院子中也早就拥出了七八个精壮汉子，一个六十多岁的干瘦小老头，迎着他们做了一个请的手势。

这一行人也不客气，一言不发，都快步向门口走去，那干瘦老头将他们迎入院中，挥了挥手，院门便立即关上。

这干瘦老头打量了一下众人，目光落在日本人和其他便装打扮的人身上，显得颇为不屑，但是在看到灰长袍男人身上时，一下注意到这男人腰间的红牌，顿时显出一股敬畏的神情！也不知这干瘦老头到底是和谁说话，顿时微微一个弯腰，向大家抱了抱拳，说道：“张四爷在里面候着各位呢！请跟我来！”说罢，赶紧在前面带路。

这一行人都微微点头，跟着这干瘦老头便向前行，过了前院，又穿过几间敞房，便都来到这张四爷家的中堂。这中堂乃是坐落在一个院子里的一栋三层楼高的大屋，修得古色古香，极为精致，门前挂着一面硕大的镶金牌匾，上书三个朱红大字：镇宝堂。

那日本军人见到这牌匾，转头和那学者打扮的男人交谈两句，似乎在问这匾上写的是什么意思，那学者定是个中国通，解释了几句，日本军人连连点头。

干瘦老头领着众人，过了一石桥，走到门前，自己站在门边，请他们入内。

这干瘦老头的眼神一直落在走在最后的系红带的四个人身上，打头的那个方脸男人冲干瘦老头微微一笑，也不搭理这干瘦老头，带着人走入房中。那干瘦老头看着这几个黑衣人的背影，赶忙抬头擦汗。

众人刚走进厅堂，就听到楼上传来爽朗的笑声，一人喊道："有失远迎，有失远迎，各位请坐！请坐！周先生，看茶！"

这来人就是奉天城内颇有名也颇神秘的张四爷，只见他是一个四十开外的魁梧汉子，头发梳得工整，尽管其貌不扬，但一言一行，透出一股子霸气来。张四爷呼喊的周先生，就是迎他们进来的干瘦老头。

张四爷噔噔噔噔从楼梯上走下，十分客气地向众人团团抱拳，说道："我就是张四，这个镇宝宅的主人！"一个便衣打扮的中年人走上来，抱了抱拳，说道："张四爷，打扰了！"

张四爷一见此人，说道："郑副官，你我不要客气！快，快！大家请坐！"

周先生已经招呼了丫头过来，摆好了桌椅，端上了茶水点心。

郑副官指着日本军官介绍道："这位是日本关东军依田极人少将！"依田少将站起来，微微一个鞠躬，用半生不熟的中文说道："张四爷，久仰大名，幸会！"张四爷笑道："请坐！请坐！"

郑副官又介绍那日本学者："这位是日本东京大学的宁神渊二教授！乃是日本天皇身边的中国历史顾问！"宁神教授同样微微一鞠躬，用纯正的中文说道："张四爷，请多多关照，能来张四爷的家中，是我的福气！"

张四爷笑道："哪里！哪里！"

郑副官依次介绍下来，都是张作霖的东北军中有头有脸的重要人物，张四爷一一会过。郑副官走到灰袍男人那群人跟前，似乎有点犯难，略有犹豫地说道：“这几位，是张大帅的重要客人，说是帮着给掌掌宝。他们叫……叫……”

那灰袍男人站起身来，笑道：“哦，张四爷，我姓严，叫我严景天就行了。我身后的几位，是我的小兄弟，就不一一介绍了。”

张四爷看着这灰袍男人，笑盈盈地抱拳说道：“哦！严兄弟！幸会，幸会！”张四爷表面上一团和气，其实心里觉得奇怪，这严景天若是张作霖的重要客人，以自己和张作霖的关系，怎么听着完全陌生呢？这东北江湖中，哪有姓严的这号人物能让张作霖带他们到自己家里来？想到这，张四爷的目光不禁向不远处的周先生看去，只见周先生目光犀利，直勾勾看着张四爷，飞快地伸手做了一个上抬的手势。

张四爷神色微微一变，知道周先生的意思是说这几个人来头极大，绝不可小视。张四爷什么风浪没见过，马上定下神来，继续说道：“请坐！请坐！”

严景天微微一笑，坐了下来。

张四爷心想：“这严景天，看着是个精壮的汉子，应该是练家子，不过气质却平常得很，显不出来他什么来头！奇怪啊！”

张四爷回到自己的座位，坐了下来，点头向郑副官示意。这郑副官是何人？来头也不简单，乃是张作霖身边的贴身副官，专门处理和日本关东军的关系，可谓是东北军里举足轻重的人物！

郑副官上前一步，说道：“在座各位都应该知道，前段时间，张大帅在关东军依田少将的帮助下，得到一个名为女身玉的稀罕宝贝！此宝极为稀罕，别处也不敢存放，就只能拜托张四爷给暂存着！同时，也请张四爷将这女身玉的宝相掌清楚了，这女身玉中果然有宝胎！这宝胎才是价值连城的宝物。今天晚上就是取出女身玉宝胎的极好的时候。所以，邀请大家到这里来，共同见证从女身玉中取出宝胎的历史一刻！张大帅本想亲至，但临时有要务缠身！深表遗憾！”说着郑副官向依田少将和宁神教授微微颔首，依田少将和宁神教授也点头回礼。

郑副官说完，向张四爷示意。张四爷哈哈一笑，站起身来，说道：“请

大家稍坐！这女身玉的宝胎取出，时间上不能偏差分毫！还有约半个时辰的光景，请大家先用茶，吃点糕点！我先去准备一下！”

张四爷给大家抱了抱拳，离座转到后室，周先生也早就会意地跟过来。张四爷问道：“周先生，那姓严的人，十分古怪啊。”

周先生说道：“张四爷，若是你猜，你猜他们是谁？”

张四爷慢慢说道：“这几个人深藏不露，显不出本事，张大帅却让他们跟着过来掌宝，我乱猜一下，他们，是火家的人……”

周先生神色严肃，说道：“张四爷，他们腰上都别着一个红通通的牌子，系着红腰带……”

张四爷一惊：“难道真是火家的人？”

周先生点头应道：“八九不离十。”

张四爷沉吟一声，摸着下巴低头沉思，在堂中不断踱步。

周先生说道：“如果真是火家的人，会来我们这里看女身玉，来者不善啊！”

张四爷说道：“火家人哪瞧得起女身玉这种二流宝物？周先生，我们的镇宅之宝玲珑镜现在还好吧。”

周先生说道：“没有问题，我从他们进来的时候，就已经派人去看了，所有天锁地锛已经全部关上，就算他们是火家的人，也不是想拿走就能拿走的！”

张四爷说道：“我们静观其变，在不明确他们真正目的之前，千万不要让他们觉得我们有所警惕！张大帅是怎么找到他们的？”

周先生说道：“这二十年间，金、木、水、火四大世家都重现江湖了，只剩土家还没有踪迹。火家人择良木而栖，没准是他们自己找到张大帅的。”

张四爷说道：“好了，周先生，咱们现在多想也没用，女身玉开宝时间也差不多了，我们准备一下吧，别误了时辰。”

这两人说着，向后面快步走去。

约莫过了半个时辰，周先生快步走入众人休息的厅堂，团团身给大家做了一鞠，说道：“各位客人，时辰已到，请各位跟我来。”

众人早就等得不耐烦，听到周先生这么说，都轰然应了，起身跟着周先生就走。郑副官在前，日本人跟在他身后，再是东北军的几个人物，最后才是严景天他们。

这一行人穿过这栋镇宝堂，走过一道长廊，眼前豁然开朗，赫然显出一个庭院来。那庭院中密密匝匝围了一圈高举火把的魁梧大汉，目不斜视，木桩子一样扎在地上，眼睛都眨也不眨一下，除了火把燃烧发出的毕剥声外，整个院子内几乎鸦雀无声。而这些人围着的，正是一个佛堂。佛堂大门敞开，里面也是火光如织，亮如白昼！

张四爷从佛堂中迎出来，抱了抱拳，笑道：“各位久等了！”

这张四爷此时也已经换了一身非道非儒的法袍，头戴一顶白色方帽，这身打扮，若是在大街上闲逛，定会被斥责为神经有问题，但在这个地方、这个时辰、这分光景，倒也合适。

郑副官可能见得多了，也不吃惊，而依田少将、宁神教授等人，从前面走过来，四周都是一片安静，也没见到几个家丁，感觉不过是一个普通大户人家的庭院而已。直到他们走到这里，看到这种景象，感受真是天上地下一般，都惊讶得有些木讷了，一时间手足无措，不知该往哪里看，怎么迈脚出去。

好在他们也非泛泛之辈，强作镇静，都走上前来。

张四爷将他们迎入佛堂，只见佛堂正中有一张大桌，铺着白布，上面躺着一个半裸的女子。没见过这女身玉的人，见到这种景象，无不“啊呀”一声，叫出声来。连见过女身玉的日本人也都连连皱眉。

正如火小邪认为的一样，肃穆庄严的佛堂之中，地藏菩萨的法眼之下，摆着一个半裸女人，而且那女身玉栩栩如生，毛发五官俱全，颜色也和肌肤无异，又穿着一些衣服，好像一个翻身就能坐起一样。猛一看怎么都像一个活人，简直有辱菩萨，邪门得要命。

张四爷知道大家惊讶什么，笑了笑，说道：“这看着像女尸一样的玩意儿，就是女身玉，乃是用与肌肤同色的玉石做成。”

张四爷走到这女身玉的面前，端详着这玉石女子的脸庞，继续说道：“女身玉是个宝物，却是个至凶至阴的宝物！旧时，有大户人家的女子怀孕，胎儿刚刚成形，却死在腹中，导致腹中畸变，那女子便难受个七八十天，受尽人间苦楚，才终于恨恨而死。这女身玉的面孔，便是按照这死去的女子面貌雕刻出来的。因为死时太惨，恐化成僵尸怨鬼，就将尸身烧掉，用这女身玉下葬。有的人家，将死胎的骨骸取出，在女身玉的腹中埋下，若碰上机缘巧合，这骨骸引了女身玉上的玉气，凝聚成团，化成一粒宝胎，约有半个拳头大小。所以，这具女身玉，身上怨气太深！不得不摆在地藏菩萨面前，日日夜夜轮番摆设瓜果点心，请童子来诵经，七七四十九日后才敢取出宝胎，否则恐遭厄运！”

众人听了张四爷这番解释，才都恍然大悟，频频点头。宁神教授赞道：“张四爷！今天真是大开眼界！张四爷果然见多识广！”

张四爷笑道：“哪里，哪里，我知道的这些都是些上不了台面的江湖传说，下八行里的本事，见不得光，见不得光！知道再多，也只能偷鸡摸狗的。”

宁神教授笑道：“张四爷谦虚了，中国文化里最精深的东西，并不是寻常人知道的，都是皇帝、贵族和权臣掌握的秘密。我就听说，中国皇帝有个金木水火土五行的宝物，是由五大世家看护着……”

张四爷笑了起来，算是打断了宁神教授的话：“哈哈，大清朝我们不知道的事情多了，我们现在是民国时代，没有皇帝了。”

宁神教授似乎兴趣并不在女身玉身上，而是在张四爷这里，仍然不依不饶地问道：“张四爷，你不知道大清皇帝有个五行的宝物，有个五大世家吗？听说，民间叫五大世家作五大贼王。”

张四爷摇了摇头，叹道：“这皇帝老儿身边的事情，我这个蛮荒汉子还真弄不清楚。哦！时辰差不多了，宁神教授，要不这个问题，我们找时间再谈？”

宁神教授扶了扶眼镜，说道：“也好，也好！”

张四爷笑了笑，说道：“请大家略退一步，尽量不要出声，看我取宝胎出来。”

众人应了一声，都退下一步。谁知灰袍男人严景天并未退后，鼻子抽了抽，说道：“你们没闻到一股子汗臭味吗？”

四、水火不容

严景天突然说出这么一句大煞风景的话，把在场众人都弄了个丈二和尚摸不着头脑，也是好笑，人人都不自觉地抽了抽鼻子，闻了一闻。那几个东北军的干员，更是把肩膀抬起来闻了闻自己的腋下。大家互看两眼，尽管没有说话，却都暗自骂道：“哪有什么汗臭味？”

张四爷面皮有点发烫，心中骂道：“就算你们是火家的人，也不该这么放肆吧！”

张四爷喜怒不形于色，也故意闻了闻，说道：“哦！可能是这里护院的家丁不喜欢洗澡吧！”众人本就对严景天这些人不是太待见，郑副官心中不悦已经摆在脸上，正想埋怨两句，听张四爷这么一说，也都作罢。

张四爷给自己下了个台阶，继续说道：“严兄弟请退后一步，我要取宝了！”

严景天干笑一下，说道：“那好，那好！”说罢也退到一步之外。

张四爷抖擞了一下精神，看向周先生，周先生将手中一硕大的风水盘摆了摆，向张四爷点了点头。

张四爷神情专注，搓了搓手，就要伸出手去。早就等候在旁边的两个同样穿着法袍的男子，也端着盛水的银盆等物，靠了过来。

严景天说什么汗臭味，在场众人不过当是个不合时宜的玩笑，而有两个人听到这句话，却吓得全身冷汗直冒。这两人就是正静静趴在佛堂屋顶的黑三鞭和火小邪。

原来自从火小邪和黑三鞭待在一起了以后，黑三鞭便仔仔细细地询问了火小邪进入佛堂的方法，觉得确实有惊无险，于是黑三鞭算计好偷女身玉的法子，由火小邪带路，真的如同火小邪所说，一直爬到这佛堂上面来。黑三鞭本想着佛堂中无人的时候，偷摸着下去，将女身玉的宝胎取了，谁知今天整整半天，佛堂里一直密密麻麻地人来人往，而且始终有人看守，所以一直没有找到机会下手，也就只好一动不动地趴了大半天。

火小邪这种流浪儿，就算是夏天，也不经常洗澡，更别说这寒冬腊月的，所以身上发汗一多，就有一股子汗臭味。黑三鞭和火小邪相处时间长了，平日里也就闻不出来。他们两个在佛堂屋顶趴着，佛堂里火烛高烧，暖气都涌在屋顶，他们尽管穿得不多，但屋顶既不通风，温度也高，所以两人都已然一身臭汗，彼此都能闻到身上有股子酸臭味。

那严景天一说有汗臭味，他们两个做贼心虚，以为是下面那个灰袍男人闻到了他们的气味，更是冷汗直冒。火小邪忍不住，身子吓得轻抖，好在黑三鞭不是寻常人物，尽管也是心惊，但只要火不烧到屁股上，就不会自我暴露。黑三鞭伸出手去将火小邪嘴巴捏住，不让他再乱动。好在张四爷并没有在意严景天的话，又拿了其他理由自我解嘲，没有什么反应，这才让黑三鞭和火小邪松了一口气，知道躲过了一劫。

严景天在下面看着张四爷取宝，心中暗笑：“这个张四，还以为他能有什么本事，只不过是个掌宝的而已，不听我的警告，随便你好了。”

张四爷此时全神贯注，慢慢戴上细羊皮的手套，紧紧盯着女身玉的小腹，探出一只手去，按入小腹中。只见女身玉小腹中光华闪动，似乎有什么能发光的物件被惊动之后，终于显性。张四爷心中喝了声好，低声喝道：“拿药水来！”旁边一个端银盘的男人赶忙上前。张四爷又喊道：“鸭嘴钳！”另一个男人连忙将一把钳头宽大形同鸭嘴的钳子递到张四爷手中。

张四爷将这钳子也小心翼翼地插入女身玉的腹中，顿了一顿，说道：“灌！”

拿银盘的男人上前，顺着张四爷持钳子的手慢慢倒水，那水一片暗绿色，也不知道是什么做成的。只见灌了片刻，猛听嘶的一声响，从张四爷双手之间猛然冲出一股子酸腐臭味的黑气！众人都惊得叫了一声，猛然往后退去！

周先生赶忙喊道：“请各位勿慌！这气已经无毒，刚刚被药水化掉了！”

女身玉小腹中的黑气冒了一阵，也就散去。张四爷身子动也不动，双手继续向内插入，喃喃自语道：“竟然是一对玉胎！奇了！”

众人再次围拢，大气都不敢出，牢牢盯着张四爷取宝。

女身玉腹中光华渐盛，那光华在女身玉的玉体中流转不停，映得整个人体一片透亮，真如九天仙女下凡一般。火小邪在屋顶，看得也是痴了。

张四爷嘿嘿笑了两声，嘴里喝了声：“出来！”双手一抖，只听咔啦脆响，那女身玉从腹间轰然断成两截，张四爷手一提，一团光芒顺着张四爷的手，离开女身玉的腹中。

张四爷长喘一口气，将手掌摊开，说道：“各位！这就是女身玉的宝胎，也叫作玉胎珠，今天我们也是造化，竟然是一对！”

只见张四爷手掌中，赫然躺着两个并不是圆滚滚的珠子形状的东西，猛然看去，更像是两块毫无规则的石子。只是这“石子”一看就不寻常，随着张四爷的手掌转动，有光芒从这两块“石子”的各处透出，或红或黄或红黄交错。

众人看着这两块石子，都痴了。郑副官说道：“怎么不是珠子？”

张四爷答道：“郑副官糊涂啊，玉不磨不成器，哪有玉珠是天然而成的，都是要打磨的。”

郑副官恍然大悟，面露喜色，说道：“哎！真是糊涂了！”

依田少将、宁神教授和其他人都要挤过来细细观看，张四爷摆了摆手，说道：“不忙！不忙！待我装在器皿中！来人！”

张四爷话音刚落，又有穿法袍的男人上前，捧着一个半尺高细长的玻璃容器，里面盛着淡绿色的药水，张四爷将这两颗“玉胎珠”放入。两颗玉胎珠慢慢沉下，光芒衬着容器中的绿色液体，显得分外妖异！

张四爷将盖子盖好，已经有一人推了一张方桌过来，并将放着已经齐腰断裂的女身玉的桌子移开。张四爷将这个玻璃容器放在桌上，说道：“现在玉胎珠已经取出，但毒性仍大，还需要浸泡一些日子去毒才可打磨。请各位观赏吧！”

众人走上前来，围着这容器内的玉胎珠指指点点，宁神教授说道：“张四爷，不知道能不能拿起来看看？”

张四爷把羊皮手套脱掉，丢在一边的银盘中，笑道：“请便！”

宁神教授推了推眼镜，将容器一手拿起，左右晃了晃，那里面两颗玉胎珠随着晃动轻轻起伏，不断散发出红黄两色光芒。宁神教授默默点头，将容器传给依田少将，依田少将如样看了，也是分外喜爱。

这容器传至郑副官的手中，郑副官赞叹道：“没想到玉胎珠是这样的！”郑副官将容器拿在手上，左看右看，爱不释手。

宁神教授和依田少将有点心不在焉，他们似乎对这玉胎珠的兴致并不是很高，而是对张四爷更感兴趣，两人也不围在玉胎珠旁边，交头接耳两句，宁神教授便向张四爷走来。

张四爷知道宁神教授心怀鬼胎，但也不好躲着他，仍然对宁神教授满脸笑意。

宁神教授说道：“中华地大物博，宝物甚多，今天大开眼界！张四爷的本事绝非寻常人可比啊！”

张四爷笑道：“宁神教授客气了！”

宁神教授推了推眼镜，说道：“其实我也不妨直说，我和依田少将知道见到张四爷不容易，所以特地借来看女身玉的机会，希望能和张四爷交个朋友，向张四爷多多学习！”

张四爷说道：“我哪有什么可以学的。”

宁神教授说道：“张四爷客气了，如果张四爷方便，能否私下交流几句？”

张四爷正想着如何把这个纠缠不休的宁神教授打发掉，却猛然听轰隆隆两声巨响，从佛堂顶上的天花板上坠下两条黑影，直落玉胎珠上方。

这两条黑影，正是黑三鞭和火小邪！

黑三鞭和火小邪趴在上方，早就等得不耐烦了。黑三鞭见张四爷把玉胎珠取出，装入容器任其他人把玩，知道时机已到，和火小邪叮嘱一声，使出全身蛮力，将屋顶一脚踏烂，落了下来。

黑三鞭落在空中，就已然大吼一声：“奶奶的！拿来！”黑三鞭使的是蛇鞭，鞭子又细又长，这可是黑三鞭的拿手绝活，鞭子一扬，哗啦就把郑副官手中的盛着玉胎珠的玻璃容器卷住，使劲一抽，郑副官这时吓得面无人色，哪里把持得住，顿时就让黑三鞭将玉胎珠卷走。

火小邪也是身手灵活，一落地就向郑副官奔去，手中持着黑三鞭交给他的剔骨尖刀，趁着郑副官惊魂未定之时，那刀尖已经顶上了郑副官的脖子！

火小邪真要做事，也是虎虎生风，“恶向胆边生”，绝对不是犹犹豫豫之辈。事情已经如此，火小邪心里也明白，他和黑三鞭已经是一条绳上的蚂蚱，哪容得思前想后？所以这火小邪下手也毒辣得很，他尽管比郑副官个人还矮了半头，但他上手抓住郑副官的头发，拉得郑副官一矮，刀子顶上脖子，扎入半寸深浅，再反手将郑副官胳膊拧住，这就算得了一个人质。

火小邪在郑副官耳边低声吼道：“别动！动一下就宰了你！”

郑副官也是个有身手的人，换平时火小邪想将他这样拿住，绝无可能，怪只怪这个郑副官看着宝贝心痒难耐，毫无戒备，又被黑三鞭一鞭从自己手中抢走了宝贝，更是不知所措，这样才让火小邪得手。

黑三鞭是什么人，东北四大盗之一，审时度势的本事可不一般，早就看出郑副官不仅地位重要，而且有机可乘，才会和火小邪商量出这个对策。

这番惊天之变，也就眨眼的工夫，讲究的就是出其不意！这在贼道里叫作“耳边吼一吼，天王老子也要愣愣神”，黑三鞭特喜欢玩这一手，按黑三鞭的话说：“准备三天三夜，还不如吓他个愣神时下手！”

黑三鞭和火小邪这出戏，还真就得手了。

黑三鞭从腰中抽出一把郎宁枪，一手持鞭，一手持枪，大吼道：“都别过来！”说着，火小邪和黑三鞭已经退在一边，火小邪牢牢架着郑副官，躲在黑三鞭身侧。一时间，屋子里的人成对峙之势。

张四爷、依田、宁神等人算是完全反应了过来，依田大叫一声“八嘎”，唰的把军刀抽出来，双手持刀，指着黑三鞭和火小邪。

张四爷倒是镇静，看了黑三鞭两眼，哼道：“我说谁这么大胆子，原来是名震东北的大盗黑三鞭黑爷！黑爷来我张四家，也不早打个招呼！”张四爷说到这里，也已经满脸杀气！

黑三鞭骂道：“张四爷，得罪了！我受人所托，就是要这玉胎珠，张四爷大方的话，把珠子赏了我，我黑三鞭认张四爷的仁义，日后若张四爷有事，自当相助！否则的话，咱一拍两散！这位老爷的命也就陪我喝趟阎王老子的好酒了！”

依田少将多少能够听懂，又是瞪着眼睛大叫：“八嘎！死啦死啦的！”

黑三鞭骂道：“小日本鬼子，关你鸟事，你支吾个屁啊！”

郑副官让火小邪控制着，脖子上鲜血直流，总算也静下心来，颤声道：“黑爷，身后这位小爷。”郑副官不知道火小邪是谁，只能叫“这位小爷”，“咱们有话好好说！有话好好说！这珠子，也不是我的，是日本人弄来的。”

佛堂这番巨变，已经惊动了所有人，门外的大批壮汉，都已经蜂拥而入，火把高举，将佛堂围得水泄不通，亮如白昼！只是一时间，大家碍于郑副官在黑三鞭手中，不敢贸然行事。

黑三鞭骂道：“都给老子闪开！老子说了，让我们离开奉天，我保证这位老爷平平安安的！”

没人答话，佛堂门口的壮汉倒有冲过来的劲头。

黑三鞭继续骂道：“你们信不信！老子来就是不要命的！”黑三鞭说着哗地把外衣扯开，只见衣服里满满挂着两排土雷，黑三鞭一摆手，一根粗绳从怀中扯出，让黑三鞭一口叼在嘴里。

黑三鞭叼着绳子哼道：“闪开！老子一拉！附近没有活人！”

张四爷黑着脸摆了摆手，挤在门口的壮汉们慢慢退开，黑三鞭看了看，嘴里叼着绳子，一手持枪，一手持鞭，向前挪动步子，同时和火小邪说道：“小子，跟紧了！”

火小邪点头，紧紧跟着黑三鞭。

黑三鞭他们一步一步，迈出了佛堂，佛堂外，百十号人将他们团团围在中间，火把如林，人人脸上都是杀气纵横。火小邪见到这种光景，丝毫也不惊慌，心中反而豪气升腾，暗叫：“小爷我也有这种英雄的时候！死了也值了！哈哈！”

郑副官心里明白，这次他倒了大霉，挟持他的人就是十年前大闹奉天的黑三鞭，是个玩命的家伙，在东北江湖中名气颇大，说话绝对不是吓唬人的。郑副官让火小邪用刀牢牢顶着脖子，有劲也不敢发作，满眼都是恳求地看着张四爷，嘴里不停说着：“大兄弟，有话好说，有话好说。”

黑三鞭骂道：“这位大爷，你让他们退开十步，如果不退开，就别怪我黑三鞭不客气。”

郑副官赶忙呜呜道：“张四爷，请、请你的人，退开十步，张四爷！”

张四爷、周先生、依田、宁神、严景天等人站在佛堂门前，看着眼前这一切，都是默不作声，张四爷听郑副官讨饶，眼睛闭了闭，说道：“所有人退开十步！”

院内的那些壮汉，听张四爷这么吩咐，都乖乖地慢慢退开几步去，相隔黑三鞭等人近十步之遥。整个院中的上百号人，仍然都是一言不发，气氛极为凝滞。

黑三鞭左右看看，嘿嘿笑道：“好！”

张四爷也哼道：“黑三鞭，我敬你是条好汉，如果你现在把郑副官放下，我保证不动你分毫，让你出了奉天城！”

黑三鞭笑道：“张四爷，我信你！但是我不信其他人！走！”

黑三鞭和火小邪紧紧靠着，慢慢向院子一侧走去，人群哗啦啦闪出一条道来，但始终保持着合围之势。

张四爷也慢慢跟着，看着黑三鞭和火小邪，若有所思，侧头小声问周先生："周先生，那用刀顶着郑副官的小子是谁？有点眼熟。"

周先生看了几眼，说道："看他的样子，似乎是奉天城里下五铃的小贼。"

张四爷说道："下五铃的能有这胆子？你传话下去，谁认识这小贼，速速报来。"

周先生点了点头，退后一步，钻入人群中。

黑三鞭走得颇慢，张四爷家的院子也颇大，穿门过院，走了半炷香的工夫，才算是看到围墙。黑三鞭向围墙慢慢挪去，围墙下无法站人，倒空出一面墙，眼看着退无可退。

刘管家挤到张四爷身边，这刘管家就是前些日子暴打火小邪他们四个的管事人。刘管家凑到张四爷耳边，说道："回张四爷的话，这小子我见过，前两天不知怎么翻墙进来，偷了些点心走，让我们逮住了，打了个半死。"

张四爷问道："叫什么名字？"

刘管家说道："他应该叫……拿……破天，对，拿破天。"

张四爷皱了皱眉，问道："他一个人？"

刘管家说道："不是，四个半大小子，都让我们逮住了，看样子彼此都称兄道弟的，啊，倒想起来了，这几个小子经常在东市上合伙偷鸡摸狗的……"

张四爷没等刘管家说完，眉头一皱，叫道："糟了！"

张四爷话音未落，只见黑三鞭从怀中摸出一个玩意儿，手一挥，那玩意儿被甩上半空，咚的一声炸了，烟花四射，极为显眼。

就当大家一愣神，抬头看去之时，又听轰隆一声巨响，院墙竟被炸塌了半边，而且白烟滚滚，铺天盖地地涌起，绝对不是寻常的炸药，乃是混了白粉的烟幕炸药。

黑三鞭和火小邪顿时没入烟幕之中，人群一片大乱，这些人也是训练有素，前方什么都看不清楚，仍然争先恐后地向前冲来。却见白雾中丢出几颗土雷，落地即炸，顿时把人炸翻了十来个，在白雾中泛起一片血红。

黑三鞭名震东北，号称四大盗之一，这名头可不是沽名钓誉，乃是真正有过硬的本事。大盗不是土匪头子，一般独来独往，不占山为王，以偷为主，能得手就轻易不杀人，耍的手段也比土匪高明。如果说土匪是强攻，那大盗就是智取；土匪是逞蛮力，大盗就是凭智商。所以，不止在东北，换在全国各地，能被人称为大盗的，名气地位都比土匪头子要高，也更受江湖中人敬畏。黑三鞭是大盗，但匪气也盛，别人来偷还要挖洞打眼，黑三鞭直接拿炮轰开了事！当然逃跑也是如此！

黑三鞭带着火小邪进张四爷宅子之前，就已经想到进来容易，出去难，想拿到宝贝再顺利出去，恐怕实难如愿。黑三鞭便安排了火小邪的几个生死兄弟浪得奔、老关枪、瘪猴三人，等候在进来的围墙外面，一见烟花腾起，就抱着炸药上前炸墙。

黑三鞭是使火药的行家，一面墙让他摸上几把，就能估计出用多少火药才能够炸开，炸开又有讲究，讲究的是炸出个洞，还是炸塌一面墙。张四爷家的墙，黑三鞭用的是炸开一个洞的法子，这可是黑三鞭算计好的，如果炸开一面墙，人就能蜂拥而出，不是好事；如果只是一个洞，那么追兵都要一个一个钻出来，能延缓不少时间。

黑三鞭丢了几颗土雷，听见惨叫一片，知道得手，反手一个枪托砸在郑副官的后脑上，将郑副官砸昏过去。黑三鞭冲火小邪嚷道：“走啊！”

两人架着郑副官，朝洞口奔去，两人连滚带爬，眨眼就钻了出来。火小邪刚一钻出，就听浪得奔在洞口外嘶吼：“大哥！大哥！”

火小邪骂道：“你们这些笨蛋！”本想再骂几句，哪里来得及骂，黑三鞭已经拖着郑副官先前赶去！火小邪赶忙跟上，浪得奔三人听到火小邪的声音，知道是火小邪，也闻声赶上来。

黑三鞭嚷道：“上来帮手！”浪得奔他们跑过来，众人已经跑到白烟外围，能看得清面孔了。

火小邪一见他们，吓了一跳。只见浪得奔、老关枪、瘪猴三人都是一脸灰黑，满头满脸是血，他们三个也不管不顾，帮着火小邪将郑副官拖上就跑。

火小邪心中一酸，说道：“你们怎么回事？”

浪得奔叫道：“炸药引子太短了！没炸死算走运！”

火小邪心中怒火升腾，看着黑三鞭的身影，心中骂道：“好你个黑三鞭，叫我兄弟们来送死的啊！”火小邪骂归骂，但这个时候还是需要黑三鞭带着逃命，也就只好忍住，紧紧跟着黑三鞭向前奔逃。

身后张四爷家里，已经有人从洞中钻出，指着火小邪他们的背影大喊“在前面！”大批人马直直追来！

黑三鞭在前吆喝道：“快走！快走！”

火小邪几个玩命跟着，又跑了十来米，右手边出现一条巷子，黑三鞭拽着他们钻进巷子，继续狂奔，而身后追赶的声音也已经越来越近。

这条巷子是条无人巷，两侧都是高墙，并无人家，荒草密布，倒是十分僻静。

黑三鞭回头一看，张四爷家的人已经冲进巷子，黑三鞭哈哈一笑，骂道：“奶奶的，叫你们追！找死！”黑三鞭笑过，又从怀中取出一枚土雷，向身后地上不远处猛砸。黑三鞭不向着人丢，反而往地上丢，也是奇怪。却见那土雷一落地，不是爆炸，而是腾腾涌起一片大火，那火烧得极旺，显然是地上洒了汽油。

张四爷家的追兵也是彪悍，见大火升腾，也不退后，有人大喊：“冲过去！冲！”可话音刚落，只听轰隆轰隆轰隆连环爆炸，火焰从他们脚下地面腾起，顿时把这些人炸得稀烂，再也没有人声。

黑三鞭哈哈大笑，继续向前跑去。火小邪心中黯然：“这个黑三鞭，果然是个杀人不眨眼的疯子！”

几人又跑了一段，前方拐角处赫然拴着一匹高头大马，黑三鞭跑过去，旁边颤巍巍站起一个人来，见他们这个样子，知道碰上大事了，但这人也是脑子进水，仍然问道：“大爷，大爷，我等你一晚上了，马钱你答应给五倍的！”

黑三鞭抬手一枪，正中这人的脑门，顿时一命呜呼。

黑三鞭骂道：“你妈的瓜子！谁答应给你五倍马钱了？”

黑三鞭这一手，也把火小邪他们吓得半死。黑三鞭骂道：“把那人给我推到马背上来！”火小邪他们不敢违抗，赶忙把郑副官推上马背。黑三鞭一踩马镫上了马，哈哈笑道：“你们几个娃娃！做得很好！如果你们还能活着见到我，定当重重赏你们！驾！”

黑三鞭一夹马肚子，那马便飞驰而去。

浪得奔伸着手，不知所措，喃喃道：“黑大爷……不是一起走吗？”

火小邪一巴掌拍在浪得奔脑门上，骂道：“他把我们甩了！快跑吧！这次我们是杀头的罪了！”

这四个小子才算都清醒过来，撒足向前飞奔！

黑三鞭把马狂奔，眼看前方就到了巷子的尽头，出现一个三岔路口。黑三鞭知道跑到这三岔路口，就算是成功一半了，黑三鞭回想今晚自己的所作所为，不免扬扬得意，不禁喝道：“爽死老子了！”

黑三鞭话刚说完，只见眼前黑乎乎地砸过来一件东西，黑三鞭一个机灵，猛一偏头，那东西还是砸中黑三鞭的肩头，竟一下子夹住了！

五、难分水火

这猛然一击来得突然，势大力沉，将黑三鞭差点打下马来。黑三鞭猛拉缰绳，稳住身子，拉得马长声嘶吼，停了下来。黑三鞭肩头疼痛，一侧手将抓住肩头的东西按住，抬眼一看，不免大吃一惊。

原来这夹住黑三鞭肩头的竟是一个黑乎乎亮闪闪的三爪钩，这钩子已经抓紧，尖齿已经穿破衣裳，刺入黑三鞭的肉中。黑三鞭一使劲，想将这个钩子拔起，却拉扯得皮肉生疼，显然这钩子的尖齿布有倒刺。

黑三鞭仔细一看，见到这三爪钩尾巴上连着一根又细又韧的绳子，已经绷得笔直，显然另一头是有人拉扯着。黑三鞭抓住绳子，牢牢拽住，缓解了一下肩部的剧痛，高声大骂道："龟孙子玩阴的！滚出来！"

黑三鞭骂完，就看到绳索方向的屋顶站出一个人来，一身靛蓝的短装打扮，亦用蓝布蒙面，只露出两只眼睛。此人肩膀上绕着一圈绳索，一只手牢牢抓着绳子，正在使劲和黑三鞭的蛮力相抗。

黑三鞭大骂："滚下来！"同时全身劲力涌起，猛然狠狠地拽那根绳子。屋顶的蒙面人蹬得砖瓦哗哗直响，尽管想极力控制住，却仍然不是黑三鞭的对手，闷哼一声，从屋顶上直直摔下。这蒙面人身手也是敏捷，在空中一个鹞子翻身，四肢着地，竟似没有伤到分毫。就算此人异常狼狈地被黑三鞭从屋顶拽落，但一落地，还是恶狠狠地盯着黑三鞭，拉着绳索，不愿放手。

黑三鞭见此人如此顽强，也不想和他纠缠，唰的从腰间拔出枪来，也不说话，嗵嗵嗵就是三枪。此人反应够快，身子一晃，在地上连打了几个翻滚，躲过头两枪，但第三枪还是打在腿上，身法一乱，跌倒在地，但手仍然不肯松开。

黑三鞭恶吼："找死！"手中枪又向这人指去，定要将他毙于枪下。

黑三鞭还没扣动扳机，却听到耳边风声骤紧，余光看到左右两侧几团黑乎乎的东西向自己身上临空飞来。这时刻黑三鞭哪还顾得上开枪，一个翻身就要从马上跳下，可刚才那蒙面人拼死拉着绳索，黑三鞭动作不灵，身子还在半空之时，那几团黑乎乎的东西通通砸到黑三鞭的身子，也都咔咔咔地夹住了。

黑三鞭闷哼一声，从马上跌下，黑三鞭极为彪悍，一个翻滚就站起来，低头一看，原来都是一模一样的三爪钩。黑三鞭暗叫："不好！难道是传说中张四的钩子兵！"

黑三鞭冷汗直冒，身上剧痛，抬头看去，只见两侧的屋顶齐刷刷地站着七八个同样打扮的蓝衣人，也都是蓝布蒙面。有四人拉扯着绳索，还有三人手中各持一把三爪钩，拿在手中，瞄准着黑三鞭，随时都可能掷出。

黑三鞭怒吼一声，一揽手，把几根绳索全部揽住怀中，缠在手臂上，马步一沉，顿时和蓝衣人呈对峙之态。

黑三鞭骂道："龟孙子的！玩阴的！"黑三鞭一边骂一边从腰间抽出刀子，玩命去割绳索，一把钩子唰的飞来，砸中黑三鞭的手臂，咔地夹住，将黑三鞭持刀的一只手拉了起来。

屋顶有一人哈哈大笑，同样骂道："黑三鞭！你这次玩大了！我看你能跑到哪里去！"黑三鞭抬头一看，只见张四爷一脸肃杀地站在墙头，正狠狠地盯着黑三鞭！

黑三鞭劲道再大，也不是五个人的对手，涨得面色通红，只能勉强维持，但马步已经渐渐失稳。

黑三鞭也知道这一招厉害，今天恐怕想跑难如登天了，突然哈哈大笑：

“张四爷，好本事！江湖传说中的钩子兵，果然厉害！张四爷，不就是一个玉胎珠吗！还你就是！咱们好话好说，张四爷今天能放我一马的话，我一定惦记着张四爷的大恩，往后任张四爷差遣！”

张四爷指着黑三鞭摇了摇手指头，说道：“晚了！黑三鞭，你好大的胆子！敢到我张四家偷东西，还伤了我许多人！今天留你不得！”

黑三鞭大叫一声，嚷道：“张四爷，慢着！正如张四爷所说，别说我黑三鞭，就算是东北四大盗合伙，也不敢来偷张四爷的东西，张四爷就不想知道背地里是谁在指使我做这件事吗？”

张四爷微微一怔，心想：“这黑三鞭说话有理啊，我张四家，东北三省是个贼都知道不要招惹，这黑三鞭吃了熊心豹子胆了？偷啥不好，偏偏偷个不入流的邪门歪宝玉胎珠？定有古怪！八成黑三鞭就是受人指使！也罢，今天留他一命，严加审问，看他知道些什么！”

张四爷正在犹豫着，黑三鞭飞快地四下观望，做贼的眼尖，黑三鞭一眼便看到不远处的火小邪、浪得奔四个小子正缩在墙角，向这边打量。

原来，黑三鞭甩下火小邪等人独自逃走之后，火小邪他们没有退路，只能也沿着黑三鞭所去的方向逃窜。火小邪他们也听到黑三鞭放枪打蓝衣人的枪声，尽管害怕，但还是向前跑去，等他们也快跑到三岔路口时，却看到黑三鞭被四五根绳索牵着，站在路口中间，拉扯着绳子奋力抗衡，显然是中了埋伏。火小邪抬头一看，见到七八个蓝衣蒙面人，站在屋顶上，有拉着绳索的，有举着钩子瞄准的。火小邪几个哪敢再动，赶忙钻到墙角，大气都不敢出地看着眼前的这场好戏。

火小邪心里小算盘也打得噼里啪啦响，想道：“黑三鞭果然没跑掉！该！趁他们都不注意我们，躲在这里避过风头！这场戏好看啊！不看不值啊！”

其实火小邪他们几个，见到这场面早就看呆了，既不能回头，也不能前进，那就待在这里看呗！

黑三鞭向他们看来，火小邪和黑三鞭对了一眼，顿时心中惊得小鹿乱跳！

暗骂道：“完了，完了！怎么黑三鞭这浑蛋看到我们了！”

黑三鞭见到火小邪，心中一喜，但并不声张，眼神立即绕开去，拿手肘探了探别在怀中的玉胎珠容器，暗哼道：“也罢！”

黑三鞭看见了火小邪，又见张四爷神态略有迟疑，知道今天可能保住一命，嚷道：“张四爷，我黑三鞭服输了！”

张四爷见黑三鞭把下盘放松，知道他这是服软的架势，于是指着黑三鞭说道：“今天暂且饶了你！我倒想听听你这胆子是怎么来的！”黑三鞭听张四爷说话，也把本来紧挽在手臂上的绳索松开，将手举起。

张四爷手一挥，蓝衣的钩子兵便没有将绳索继续拉紧，剩下的几个从墙上跳下，快步靠近黑三鞭，打算将黑三鞭绑了。黑三鞭拱了拱手，从怀中抽出玉胎珠的容器，递了出去，一个蓝衣钩子兵伸手就要去接。

黑三鞭哈哈一笑，脸色猛然一变，骂道：“给你妈的！”黑三鞭一声大吼，手臂使劲，竟将玉胎珠的容器向火小邪这边丢过来！

张四爷哪还顾得上什么修养，大骂一声：“×！”那些钩子兵和张四爷心意相通，见黑三鞭要丢玉胎珠，也没等张四爷吩咐，就迅速收紧绳索，可还是晚了一分，眼见着那翠绿的玻璃容器在空中打着转，向巷子口的阴影处飞去。

火小邪本来估摸着黑三鞭算是完蛋了，正在打算如何趁乱溜走，却见黑三鞭把玉胎珠的容器猛然向自己丢过来，全身顿时一片发麻，脑子里如同爆了千万颗炸弹，乱成一团。

那容器瓶子还在空中，钩子兵的绳索已经收紧，黑三鞭下盘劲头已泄，扑通一下被拽倒在地。黑三鞭哇哇大叫：“祸小鞋！拿着瓶子跑！还能活命！”

容器瓶子在空中划了一道弧线，一端着地，在地上颠了颠，也没摔破，骨碌骨碌径直滚到火小邪面前一步之遥。火小邪他们谁能有个主意，都是脑子里炸了锅。黑三鞭让他们拿瓶子跑，倒切中他们做贼的心思。

可怜火小邪这些半大小子，从小到大就是偷了东西以后，被人提着棍子追赶，自己玩命地逃跑，这已经变成他们自然而然的生理动作，根本不用过脑子。说火小邪蠢，那肯定是冤枉他了，但他就是会不由自主地干蠢事。

于是，火小邪红着眼睛如同大蛤蟆一样，嗵地一下跳出来，抓起容器瓶子，沿着原路向巷子里跑去。火小邪此时哪管前方是不是死路，和耗子乱窜没什么区别。浪得奔、老关枪、瘪猴他们三个也是想也不想，小耗子跟着大耗子，跳出来跟着火小邪狂奔而去。

火小邪跑了七八步，才回过神来，心中怒骂自己："火小邪，你真是狗改不了吃屎！"但事已如此，脚步也停不下来，能跑多远就先跑多远，等走投无路时再说！

原来旧社会做贼的人，骨头不像现代人这么软，都有一个不知是好是坏的毛病，就是不见棺材不落泪。哪怕你是偷了圣山上仙龙的金蛋，身后电闪雷鸣、十万天兵天将来抓，只要不是刀斧架上自己脖子，也先别腿软，玩命先逃。火小邪先前偷了张四爷家的点心，管家带着人拿棍子追上来，火小邪直到被暴打一顿之后，怕管家打死了他们，才将点心还出来，就是这个道理。

火小邪抓着玉胎珠的容器，撒足狂奔，浪得奔他们紧紧跟着，谁还能顾着互相说话！

黑三鞭这一招使得厉害！张四爷他们的注意力一直都在黑三鞭身上，而且从黑三鞭落马到把容器丢出去，看着发生了许多事情，其实不超过一分钟的时间，张四爷他们哪来得及观察角落中是不是躲着几个黑漆漆的小孩？所以火小邪他们捡起容器狂奔而逃，张四爷脑子一下子竟反应不过来，瞪着眼睛呆在原地。

黑三鞭趴倒在地，动弹不得，哈哈大笑！

张四爷听着笑声刺耳，耳朵发烫，回过神来，喝道："追！都抓活的！"

有八个钩子兵，估计平日里训练得异常默契，连商量都没有商量，四个留下继续控制着黑三鞭，剩下四个，二上二下地从屋顶、地面直追火小邪而去。

火小邪他们奔出不远，又看到黑三鞭用火攻封住的巷子入口，此时正火光冲天，似有大批人正聚在巷子口大声喧哗着灭火，但没有冲进来。

火小邪明白再向前跑仍是死路，心也静了下来，打量着左右两侧，只见前方不远处有一破损的矮墙，并不是太高。火小邪一转头高声大叫："上墙！"火小邪这话浪得奔他们都听得明白，就是翻墙跑的意思。

火小邪身手最为敏捷，一个加速急奔，脚蹬上一个砖坑，身子一跃，双手十分准确地一前一后把头顶的两道砖缝牢牢抠住，双臂使力，腿又猛蹬，再换了两把手就攀上了墙头。

火小邪骑上墙头，伸出手来，把紧跟在后面的老关枪一把拉上墙头。这四个人中，火小邪身手最好，其次是老关枪，再次是瘪猴，最后是浪得奔。按着四人平日的默契，翻墙的事情，都是浪得奔殿后，给瘪猴垫个脚。可事关紧急，火小邪在墙头伸出手，大叫："浪得奔，一起上！"

浪得奔听到，正要和瘪猴一起爬上。瘪猴吃不住力，刚刚攀上墙，因为个子矮小，没能抠住高处的砖缝，从墙上掉下。

浪得奔平日里就处处护着瘪猴，见到瘪猴为难，不禁哎呀一声，从墙上跳下，过去用肩膀顶住瘪猴的脚。瘪猴有了踩脚的地方，攀住墙面，手向上伸，眼看着就能抓住火小邪和老关枪伸出的手。

就在这时，一把三爪钩激射而至，咔地一下夹住瘪猴的手肘，震得瘪猴手一偏，火小邪一捞，没有捞住瘪猴的手，眼看着三爪钩后的绳子绷紧，生生把瘪猴拽下墙头。

火小邪惨叫一声："瘪猴！"顺着绳索方向看去，就见一个蓝衣钩子兵正拉扯着绳索。瘪猴被夹子夹住，大声喊叫，浪得奔也扑过去，两人合力想去把夹子掰开，却丝毫没有办法，眼看瘪猴被那钩子兵拉开墙边。

火小邪和浪得奔、瘪猴情深义重，哪管那么多，本想跳下来相救，却看到对面屋顶上一团黑光迎面砸来，火小邪一个激灵，猛一缩头，一把三爪钩从头边略过，砸中墙头，那劲道居然把墙头砸出一个缺口，碎末横飞。这钩子要是打在脑袋上，估计也能要了半条命去！

只见那砸中墙头的钩子震向空中，唰的一下向回退去，显然是钩子兵在收绳索。火小邪又一抬头，看见对面屋顶两个蓝衣钩子兵已经就位，而地面上又有两个，一个已经抓住了瘪猴，另一人边跑边把三爪钩掷出来，咔地一下夹住浪得奔的大腿，把浪得奔也拽倒在地。

浪得奔抓着那钩子，冲着墙头的火小邪和老关枪吼道："你们快走！别管我们！"

火小邪急得目眦尽裂，还是打算跳下去和浪得奔、瘪猴他们同生共死，但屋顶的两个钩子兵的两把三爪钩齐齐飞来，火小邪和老关枪躲着三爪钩，把持不住，都大叫一声，从墙头跌落内院。

浪得奔隔着墙不断大叫大吼："大哥！你们走！你们快走！别管我们！"瘪猴也是哭喊着："大哥、老关枪，跑啊！"

老关枪和火小邪对视一眼，火小邪眼睛通红，狠狠砸了一下墙面，叫道："走！"说罢，火小邪和老关枪又急奔向前。

火小邪和老关枪从墙头翻进来的地方，乃是一户人家的后院，此时屋中人估计已经听到外面乱成一团，男主人点了灯，披着衣服，颤巍巍地从房中出来，正要去前院打开院门，偷偷看看外面到底发生了什么事情。

正当男主人刚刚打开院门，火小邪和老关枪疯狗一样奔过来，把这院子的男主人撞了个四脚朝天，拉开院门就往外跑。这男主人正想骂，就见自己家屋顶有两个蓝衣蒙面人踩着瓦片，哗啦啦作响，飞也似的奔到屋顶边缘，双双一个纵身从他头顶跳过。这两个蓝衣钩子兵身手不凡，蹬着院墙又是一跃，跳到另一家人家的屋顶上，向火小邪逃走的方向追去。男主人吓得动也不敢动，也不敢爬起来，半晌才缓过劲来，颤巍巍地说道："见鬼了哦！"

火小邪跑出这个院子没有多远，就听到身后稀里哗啦屋顶砖瓦乱响，侧头一看，惊得汗毛倒竖。那两个钩子兵如同恶狐附体，在屋顶上跳跃着追来，如履平地一样，眼看着越来越近。

一个钩子兵估摸着火候已到，从屋顶一跃而下，人在空中时，手臂一晃，那三爪钩冲着老关枪的后背飞来。这三爪钩造得怪异，收起来的时候如同一个细长的椭圆形棒槌，又如同一把巨大的流线型匕首，刚一丢出后速度极快，而快靠近目标时，又能够嗵的一下三爪齐张，一碰到目标就咔的一下合拢，除非熟悉开启之法的人，否则很难将三爪钩再次分开。

只见那三爪钩飞至老关枪背后，嗵的一声三爪齐张，如同恶蟒张口攻击猎物，咔的一声把老关枪的腰侧夹了个结实。这个一击一夹的劲道，就算是一个魁梧大汉也受不了，何况是十五六岁的老关枪？老关枪被三爪钩震得向前一个翻滚，跌倒在地，身上一口劲还没泄，滚了几滚竟站了起来，还想向前跑，却一口鲜血喷出，直翻白眼，头一低，如同一段木头一样直愣愣地扑倒在地，不省人事。

火小邪听到咔的一声，回头一看，就见到老关枪口吐鲜血栽倒在地，仍剩一个钩子兵紧紧向他追来。火小邪心中如同撕裂一般疼痛，惨叫一声，也顾不上老关枪了，自己继续向前跑去。

火小邪跑不了多远，听到身后显然有人从屋顶跃下的声音，知道这次就是来抓自己了。火小邪这个时候全身神经紧绷，敏锐到了极点，拿盘儿的本事显了出来，就感到脖子后面有势大力沉的东西飞快地靠近，已经到了避无可避的程度。这火小邪，哗的一下从怀中把玉胎珠的容器抽出，握着一端，竟把这细长的容器瓶子当成棍棒使用，一个返身全力挥去，只听哐啷一声，火小邪震得手臂直麻，一把三爪钩在火小邪面前咔地合拢，钩子尖端从火小邪咽喉处划过，割出一条血槽，同时也把容器瓶子夹得粉碎。

火小邪歪打正着，用硬物击打三爪钩，乃是破钩子兵单兵的法门之一。火小邪这一招，那个钩子兵的惊讶程度不亚于火小邪，竟动作一滞，忘了把三爪钩收回，愣在原地。玉胎珠容器已破，里面两颗玉胎珠也被震出，顺着力道从火小邪肩头飞过，落在火小邪身后。

火小邪躲过一劫，反应起来比钩子兵更快，转身就连滚带爬，把两颗玉胎珠从地上捡起，塞进裤兜中，继续向前逃去。那吃惊不小的钩子兵回过神来，气得呀呀呀大吼，又跟着追上来。

火小邪知道直着跑下去，再让钩子兵丢三爪钩出来，估计自己就躲不过了，所以，火小邪跑了几丈远，看到路边横着一条臭水沟，想也没想，就跳了下去，也顾不上臭不臭，踩着烂泥，手脚齐上，前进的速度竟还不慢。

钩子兵在屋顶、地面都是行动快捷的好手，碰到这臭水沟，泥泞不堪之处，倒一下子施展不出来，尽管也是一皱眉跳下水沟奋力追赶，还是被火小邪逐渐甩开。

钩子兵急了，见火小邪就要跑出视线之内，又把三爪钩掷出，可这水沟弯弯折折，钩子兵脚下也吃不住力，一掷过去，还是偏了几分，咬在一段烂木头上。火小邪知道这一掷没有抓到自己，算是能逃出生天了，两手两腿车轮一样翻滚，别人是“草上飞”，火小邪是“泥上飞”，眼看着把那钩子兵甩得不见踪影。

火小邪从水沟中跳出，踏上路面，狠狠地冲身后呸了一声，骂道：“让你抓爷爷我！”说罢，想到浪得奔、老关枪、瘪猴三人已经落在张四爷他们手中，生死未卜，鼻头一酸，眼泪差点落下。火小邪使劲忍住，抬起手肘擦了擦眼侧，继续狂奔而去。

火小邪拣着黑暗之处，转眼间就上了大路，这时候奉天城已经乱成一团，大街上军警、日军横冲直撞，已经把张四爷家附近各条出城路口封了。

火小邪躲在黑暗角落静静待了片刻，知道以自己的本事，恐怕一时半会儿别想逃脱，正打算返身找个地沟狗洞躲上一夜，刚一起身，就觉得脖子后面似乎有个大臭虫狠狠叮了一口，反手啪地一拍，却什么都没有。正觉得纳闷，眼前腾出彩光无数，身子一软，顿时瘫倒在地，动弹不得。

火小邪耳边响起一个女子的声音，娇滴滴地在他耳边说道：“你能从张四爷的钩子兵手中逃出来，也真算你的本事。”火小邪心中大惊，想道：“我这一路逃过来，处处小心，也没有发现有什么人盯着自己啊？还是个女子？就这样神不知鬼不觉地发现我了？见了鬼了！看来我是中了麻药了！”

火小邪眼前五颜六色，只能模模糊糊看到一个女子形同鬼魅一样钻到他面前，火小邪舌头发硬，费力地骂道：“你……个……龟……下……药……”

那女子也不搭理他，低头在他身上摸了摸，很快就从火小邪裤兜里把两颗玉胎珠取出来。这女子笑了笑，把玉胎珠在手中掂了掂，说道：“不值钱的玩意儿！哈哈，干脆你吃了吧！”

火小邪听这女子说话疯言疯语的，竟然让他吃玉胎珠，极力骂道：“你……奶奶……的！老子……”

还没等火小邪说完，这女子伸手过来把火小邪腮帮子一捏，生生把两颗玉胎珠塞进火小邪嘴里，又不知怎么一拉火小邪的喉头，那两颗玉胎珠就让火小邪生生吞了下去。火小邪只觉得满嘴恶臭，也不知道玉胎珠是软是硬。

女子收了手，火小邪不停骂道：“×……×……你……”

女子笑道：“姑娘我还没到出嫁的年纪呢！告诉你啊，你见过我的。就是前两天你偷点心，差点被打死的那次，要不是我出面把管家叫回去，还有你骂我的时候吗？你不谢谢我，还要骂我？嘻嘻，你多大年纪，能懂什么？”

火小邪还要骂，那女子嘻嘻一笑，火小邪感到后脑门上一记重击，顿时昏了过去。

火小邪迷迷糊糊，鼻子中涌进一股子极为刺鼻的恶臭，一个激灵醒了过来。火小邪抖了抖身子，发现自己牢牢地被捆在一根木桩上，而四周火把如织，上百人将他们团团围在中间。一个药师把凑在火小邪鼻子边的小瓶子收起，转头向一侧请示着说道：“张四爷，他醒了！”这药师所持的小瓶子中乃是氨水等刺激性挥发药物的混合液，江湖又名“催神水”，专解迷魂药之类的麻药，以及重击后的昏迷。

火小邪定了定神，只见张四爷黑着脸，正坐在自己对面不远处，周先生则站在张四爷身边。张四爷身边一侧，郑副官、依田少将、宁神教授、严景天等人默默坐在一边，看着火小邪他们，也不出声。那个郑副官脑袋上包着绷带，一脸铁青，显得极为愤怒，那神态简直要随时站起来要了黑三鞭、火小邪他们的性命一般。郑副官这个样子也是难免，他被火小邪用刀顶着脖子当人质，又被黑三鞭打昏绑在马屁股上面死猪一样趴着，真是能丢的脸都丢了。

周先生挥了挥手，火小邪身边的药师快步离去。

火小邪暗叫一声："完了！还是让他们逮住了！那个天杀的小女子！小妖精！"

火小邪想到这，一个激灵，扭头左右看去，果然黑三鞭、浪得奔、老关枪、瘪猴，一人一根柱子，绑在自己两侧。除了黑三鞭瞪着眼睛，昂首挺胸以外，浪得奔、老关枪、瘪猴都垂着脑袋，不知生死。

火小邪清醒过来，黑三鞭也扭头一看，满不在乎地瞪了火小邪一眼，哼了一声，扭过头去也不说话。火小邪十分厌恶黑三鞭，不由得挣了挣身子，绳子绑得颇紧，纹丝不动。场中鸦雀无声，只听到火把燃烧的毕剥之声。

火小邪心里一横，喊出话来："我的三个小兄弟和此事无关！放了他们！"火小邪喊完，场子里上百号人还是无人说话，火小邪心中发毛，想道："这又是搞什么鬼！"

黑三鞭哈哈笑了起来："祸小鞋，看不出你年纪不大，兄弟义气挺足的啊！"

火小邪不愿搭理黑三鞭，犹自吼道："放了他们！要杀要剐随便你们！"

黑三鞭继续哈哈大笑："张四爷，你是要问要审，要挖心还是要掏肺，倒是给个亮堂话啊，我们就算是唱戏的婊子，也该叫声好吧！"

郑副官见黑三鞭绑在柱子上面，说话还如此乖张，实在忍不住，差点就要跳出来张口大骂。但郑副官见张四爷丝毫不动，还是强行忍住，凑到张四爷耳边低声问道："张四爷，人都抓到了！您看您这是等什么呢？"

张四爷毫无表情，说道："不急，等他们凉透了！"张四爷说话的神色间，早就没有了最初的和气，郑副官见了，心中一寒，知道张四爷动了真怒。郑副官对张四爷还是颇多忌讳，不敢得罪，心中又忍了忍，把满腔怒气压下来，缩回到椅子上不再吭声。

黑三鞭又叫又骂，满嘴胡言乱语嚷了半天，也没有人回应他。黑三鞭得了个没趣，胸中气一短，不再言语。

火小邪等黑三鞭嚷嚷完了，才深吸了一口气，喊道："张四爷！东西在我这里！只要你放了我几个小兄弟出城，我就还你！"其实火小邪说出这话，心里已经没底了。张四爷他们以静制动，摆足了气氛，不审不问，就是候着火小邪他们自己说出来。

旧社会东北一带做贼的人，不论年纪大小，性子都十分彪悍，大部分都是鸭子死了嘴硬的种，不像南方的贼那么油滑，越是对他们玩硬的，嘴巴反而越严，逼急了吼一声“老子二十年后又是一条好汉”，寻死了事。张四爷心里明白，黑三鞭敢闯自己这座贼道里闻风丧胆的宅子，背地里不知道藏着什么惊天阴谋，所以摆着这阵势，其实就是震慑黑三鞭的威风的，那些火小邪等人都是些陪衬罢了。

火小邪胡乱喊叫，张四爷倒有点为难，但火小邪都已经说了自己知道玉胎珠的下落，张四爷再不问一两句，就有些给依田少将、郑副官脸色看了。

火小邪嚷嚷完，浪得奔、老关枪、瘪猴他们也纷纷抬起头来，浪得奔鼻青脸肿，被抓的时候显然被一顿好揍，说话舌头都使不上劲。浪得奔奋力叫道：“大哥！要走一起走！要死一起死好了！”

老关枪也是一脸青肿地嘿嘿笑了两声，歪了歪头，艰难说道：“大哥，这时候了，你别逞能了！咱兄弟四个有福同享，有难同当，我不怕死。”

瘪猴呜呜有点哭腔，说话也不清楚：“大哥，呜呜，大哥，呜……”

火小邪骂道：“你们闭嘴！废什么话！刚刚我不是也自己跑了！”

老关枪低声道：“大哥，哪跟哪啊，不是一码事。”

浪得奔咳嗽两声，说话声音也嘶哑了：“大哥，别还给他们！大不了一死！”

张四爷眼看这四个小子就要打嘴仗吵成一团，终于侧了侧头，对郑副官说道：“郑副官，你看依不依着这小子？”

郑副官好不容易等到张四爷说话，想到火小邪拿刀子顶着自己的脖子的一幕，哪里肯这么便宜了火小邪，张口就接话说道：“这几个小兔崽子，罪大恶极！决不能便宜了他们！”

张四爷冷冷说道：“那郑副官的意思？”

郑副官心里早就想好了千百种报复的手段，也是张口就来：“我不信这

小子不说！他不是够兄弟吗？我看他是如何够兄弟的！”

张四爷说道：“郑副官代表咱奉天城的衙门，那麻烦郑副官公断吧！”

郑副官终于有了撒气的时候，唰的一下站起来，指着火小邪的鼻子骂道：“小兔崽子！还有你讨价还价的时候？”

火小邪听郑副官骂他，泼皮无赖劲顿起，也骂道：“你妈的，刚才真后悔没一刀宰了你！”

郑副官冷哼一声，走上前两步，说道：“你们几个，通通死罪！”

火小邪不认得郑副官，管他是谁，骂道：“你算什么！你妈咋就生了你这种家伙！”

郑副官在奉天城乃至东北张作霖所辖的地界，都是一句话要人性命的厉害角色，哪听过火小邪这点屁大小子直呼问候他亲妈的话，气得耳根都红了。

张四爷早就知道郑副官从来没有审贼的经验，这是自找没趣，但也没想到火小邪年纪不大，胆气却足，不动声色地心中暗笑一声。

严景天几个人，有站在严景天身后的一个人忍不住，吃吃暗笑了两声。

张四爷耳朵灵敏，听到身后严景天方向有人吃吃暗笑，心中不悦，暗骂：“你们几个又是什么东西！怕你们是火家的人，处处监视着你们，留你们在场，要不早对你们不客气了！”

郑副官不知该怎么回骂，脸憋得通红，憋出一句：“小王八蛋，珠子在哪里？说！”

火小邪说道：“我说过了，放我三个小兄弟离开奉天！我就告诉你们珠子在哪里！”

郑副官冷哼道：“你以为我收拾不了你吗？落在我们手上了，还想玩花样！你是不说，对不对？”

郑副官说着就把自己怀中的佩枪取出来，努着嘴向火小邪一指。火小邪丝毫不怕，骂道：“有种就开枪啊！”

郑副官冷笑一声，枪口一转，对着老关枪的胸口。火小邪脸色一滞，没想到郑副官这个人竟然玩这种下三烂的招数，大喝一声：“有种对着我！”

郑副官说道：“说还是不说？你不想要你兄弟的命了？”

火小邪直喘粗气，不知该说什么，眼睛瞪得滚圆。

浪得奔、老关枪、瘪猴三人看着郑副官的枪口也愣了。老关枪愣了愣，骂道：“有种，你就开枪！打死我，我变成野鬼天天到你家闹去！”

郑副官也不说话，就要扣动扳机。火小邪大叫一声：“慢着！我说！别开枪！”

郑副官松开手指，轻蔑地看着火小邪，说道：“怕了？刚才不是挺威风吗？”

火小邪说道：“别开枪，别开枪！我告诉你！我把珠子藏在水沟出口的一棵老槐树树坑里了！”

郑副官说道：“哦！是吗？”

火小邪说道：“是！是！不信你派人去找！”

六、水火交融

郑副官“哦”了一声，脑袋转过来，看了看手中的枪——只听砰的一声枪响！

郑副官突然开枪，罪恶的子弹噗的一声，打进老关枪的胸口，子弹的热量点着了外衣，枪眼处轻烟直冒。全场的人都呆住了！

老关枪低头看了看，眼睛使劲眨了眨，歪着嘴呵呵呵地笑了几声，抬起头，看了看火小邪，说道：“我、我中枪了……”

这一枪正中老关枪的心窝。

一股鲜血从老关枪胸口的枪洞中涌出，老关枪把头仰起，大口大口地喘了两口气，看着天上的星辰，说道：“一点，一点都不疼……”老关枪脖子一软，重重地垂下了头，死了。

火小邪看着老关枪，喘气声急促起来，急促到几乎连成一片，说话都不成句子：“老……老……我……我……老……”

郑副官吹了吹枪口，慢悠悠地说道：“军爷我亲手枪毙的人，少说也有百十个了，还怕你变鬼上门闹？”郑副官看着火小邪，说道：“小王八蛋，告诉你，你刚才撒谎了。你醒过来以前，那棵大槐树已经搜查过了。你要再骗我，下一枪，就是他！”

郑副官唰的举起枪，对准了浪得奔。

浪得奔见到老关枪已死，整个人都已经愣在原地，直勾勾地看着老关枪的尸体，根本就没有注意郑副官拿枪指着自己。

瘪猴哇的一声大哭起来：“老关枪！老关枪！老关枪！”无论瘪猴再怎么哭喊，老关枪也永远不会抬起头来了。

火小邪慢慢转头看着郑副官，两只眼睛已经红了，眼泪顺着眼角奔流直下。火小邪和老关枪他们平日里嘻哈惯了，经常说混话什么你死我活不流眼泪之类的话，可今天看到老关枪真的永远和自己分别，根本就无法控制住自己的眼泪。

火小邪如同痴傻了一般看着郑副官，郑副官也得意扬扬地看着火小邪。火小邪眼中没有恨意，也没有惧怕，满脑子只是一句话：“我害死了老关枪！我害死了老关枪！”

郑副官说道：“怎么样？东西在哪里？说吧？”

火小邪张着嘴，慢慢地说道：“我，我，我……”

浪得奔此时却发作起来，啊的一声大叫，身子剧烈地扭动，由于绳索勒着脖子，浪得奔的脑袋乱晃乱摇，顿时将脖子上的肌肤磨到爆裂，一片血红。浪得奔歇斯底里地大叫：“啊！啊！啊！……”

浪得奔真的如同发疯了一样，张着大嘴，五官扭曲，极为吓人，那吼声已经根本不像是人声，已经如同野兽一样。

郑副官见浪得奔这个样子，也有点胆战，用枪指着浪得奔骂道：“你再叫就打死你！”

浪得奔根本听不进去，还是野兽一样玩命地折腾，郑副官正犹豫是不是现在开枪，黑三鞭猛然大吼一声，那声音盖过了浪得奔：“吼你妈的吼！闭嘴！人都死了！”

黑三鞭这惊天一吼，压住了浪得奔，浪得奔一句叫没喊出来，喉咙咕咚一声，竟憋过气去，脸上肌肉一松，身子一软，头重重垂下，不知生死。

黑三鞭骂道：“吼得烦死了！祸小鞋！你发什么愣呢！该说就说啊！”

火小邪也被黑三鞭一骂，回过神来，猛吸了两口凉气，说道：“我说，我说，那珠子，我吞到肚子里了！吞到肚子里了！”

黑三鞭、郑副官都一愣，郑副官一回头看了看张四爷。张四爷也有点吃惊，“咦”了一声，站起身来，向火小邪走过来，摸着下巴问道：“你把两个珠子都吞到肚子里了？”

火小邪说道：“别杀我兄弟，别杀我兄弟，我说的是实话！珠子，我吞到肚子里了！”

张四爷说道：“谁让你吞到肚子里的？”

火小邪说道：“一个女的，她麻昏了我以后，把珠子塞进我嘴里吞掉了。”

张四爷神色一变：“一个女的？什么样子？”

火小邪说道：“不知道，没看清楚，当时中了麻药，看不清东西。”

黑三鞭听了，琢磨了一下，顿时哈哈大笑：“张四爷，张四爷，敢情还有这么蹊跷的事情哪？拿到珠子让这小子吞了？哈哈哈！”

火小邪十分恳切地看着张四爷和郑副官，说道：“我都说了，说一句谎天打五雷轰，求你们放了我兄弟！别杀他们！这事和他们无关！求求你们！求求你们！”

张四爷皱了皱眉，思绪翻滚：“果然奇怪！抓到这个小子时，他昏在路边，显然是有人做了手脚，让我们方便抓住的！如果这小子说话属实，那玉胎珠真的让他吞了！现在看来，似乎并不是在帮我们！可是这玉胎珠，乃是剧毒之物，换了任何人，含在嘴里片刻，也要丢了性命！怎么这小子还活蹦乱跳的？”

郑副官打断张四爷的思绪，问道：“张四爷，这小子真的吞了吗？那还能取出来吗？”

张四爷长长喘了一口气，说道：“能！来人啊！把这个小子衣服脱了！开膛破肚！”

张四爷说完，扬长而去，人群中有人应了几声，嗖嗖跳出几个刀手，都从腰间抽出亮闪闪的尖刀，扑上来将火小邪按住，就要脱火小邪的衣服。

火小邪也不挣扎，犹自大叫：“我说了！我说了！放了我兄弟！放了我兄弟！”

黑三鞭也说道："张四爷，我看这几个小子很是值得佩服，我也是拉他们来当肉包子的，没他们的什么事情，你就放了他们吧！"

张四爷哼道："黑三鞭！你好好看着！还不到你说话的时候！"

眼看火小邪被剥了个精光，露出上半身，一个大汉拿个布条把刀子擦得铮亮，一个反手，刀尖就要往火小邪腹上按下去。这一手反手刀使得好的话，一刀下去，能听到噗的一声响，肠子便会稀里哗啦涌出。

就在此时，人群中一个人连滚带爬地挤进来，疯了一样冲到张四爷身边，扑通一下双膝跪地，大叫起来。

此人大叫道："张四爷！不好了！"

张四爷一见来人，神色也一变，捏住此人肩头喝道："怎么了？"

此人叫道："镜子！镜子！丢……"

张四爷没等此人再喊出话，啪的一掌将此人打翻在地，腾地一下子跳起来，头也不回地跳入人群中，人群哗地分开，张四爷发疯一样奔去，不见踪影！

张四爷这个样子，实在有失身份，而且事发突然，依田少将、宁神教授等一干人都是大为吃惊，纷纷站了起来，看着张四爷所去的方向，不知所措！

周先生显然也明白这是什么意思，脸色阴沉，连忙团团身一个抱拳，说道："各位！各位！本府有重大事情发生！请各位稍等片刻！刘管家！"

刘管家忙从人群中挤出来，叫道："在！在！"

周先生说道："请各位客人去镇宝堂喝茶休息！照顾好了！不要让客人受到惊扰！"周先生这话的意思刘管家听得明白，就是说让刘管家带着依田、宁神、郑副官等人待在镇宝堂，严加监视，不要让他们乱走乱动。

刘管家连忙应了，上前去请郑副官几位。

周先生又一抱拳，看了身边一个蓝衣武师一眼，也不说话，随即便如同张四爷那样飞奔而去。

本来正要下刀给火小邪开膛破肚的刀手，见管事的人突然都走了，下不了手，愣在原地。周先生身边穿蓝衣武师走上前，说道："人就绑在这里，严加看管！下去吧！"那几个刀手齐齐应了声"是"，两三个刀手上前给火

小邪穿了衣服，又结结实实绑在木桩上。

火小邪这才从鬼门关前捞回了一命！

张四爷一路狂奔，一直奔到后院，后院中已经乱成了一团，有人见张四爷进来，上前汇报："张四爷！天锁地铄全部都没有被打开过的痕迹，但镜子却不见了！"

张四爷沉着脸，也不答话，径直向前奔去。一直奔到一栋仅仅有门但无窗的石头房子前，这个房子门边躺着七八个人，个个口吐白沫，昏迷不醒。不少人正在试图用催神水将他们唤醒，但毫无反应，他们见张四爷来了，赶忙站起，给张四爷打开了房门。

张四爷进了房间，下到地下，又弯弯折折走了半天，也不知过了多少道关卡，才走到一间内室中。

只见这件内室中摆着一个圆形石台，上面却空空如也。张四爷看着这石台，身子一下子都硬了，呆若木鸡，几乎要摔倒在地，有武师上来赶忙扶住张四爷。张四爷按住额头，惨声道："不见了！不见了！"

张四爷惨声念了半天，一个激灵站直了身子，一把将扶着他的武师推开一边，歇斯底里地大叫道："怎么丢的？！怎么回事？！是谁？！"

身边众武师谁都不敢说话，张四爷红着眼睛，如同恶狼一般掐住一个武师的脖子，大吼道："是不是你？"那武师被张四爷掐着说不出话，拼命摇头！

张四爷松开此人，又一把抓住另一个武师，吼道："是不是你？"那武师也不敢避让，任凭张四爷掐着，气都喘不上来，只是摇头。张四爷一脚将此人踹开，仰头大叫："谁偷了？还我镜子！！！"至此，张四爷的神态已经和疯了无异，口沫横流，眼前也一片迷离，身子一躬，如箭一般扑到一个武师跟前，反手一把抠住脖子，手腕一拧，只听咔嚓一声，竟将这人毙于掌下。众武师谁人见过张四爷这般模样，吓得乱成一团，纷纷避让。张四爷不管这么多，双手乱挥，只要抓到一个，不是将断其筋骨就是要人性命。

张四爷身后传来一声大喊："张四爷！事已至此！请冷静一下！"

张四爷恶狼一般转过头来，五指齐张，身子一闪就扑过来掐住说话的人的脖子，当真是快如闪电。而说这话的不是别人，正是周先生。

周先生赶到这里，见张四爷形如疯癫，见人杀人，一众武师都面无人色，缩在一边闪避，也不敢逃。周先生见此光景，不由得大喊了一声。谁知张四爷疯到认不出自己，竟也掐住自己脖子，周先生知道张四爷手段厉害，但还是奋力叫道："连我都认不出了吗？"

张四爷听这个声音，微微一怔，眨了眨眼，气息渐平，总算是略略恢复了些神智，不再用劲。周先生奋力将张四爷的手扳开，咳嗽一声，说道："张四爷，冷静一下！冷静！"

张四爷脸上凶相渐平，却又换上一副肝肠寸断的表情，说话也哽咽了，扶着周先生说道："周先生，那玲珑镜，可是我的命啊，镜子丢了，和丢了命又有什么分别！"说着竟如孩童一样，抱着周先生的肩膀哇哇大哭起来。

周先生颇为怜悯，拍着张四爷的后肩，凑在张四爷耳边轻轻说道："徒弟啊，镜子丢了还能找回来！我们只要知道是谁偷的，就一定能找回来的！"

张四爷一愣，又是泪如泉涌，也是低声说道："师父，您有快二十年没叫过我徒弟了。唉……师父啊！您是非要见到我丢了镜子，才肯认我这徒弟吗？"

周先生神色黯然，轻轻说道："徒弟啊，不要再提了！这里人多，我们还是以主仆相称吧。"张四爷点了点头，算是答应了。

周先生对周围的人嚷道："快给张四爷拿张凳子来！"

众武师见张四爷总算平复，七手八脚拿来两张凳子，扶着张四爷坐下。周先生倒没有坐，而是眯着眼睛，在堂中四下观看了一番，转身对张四爷说道："张四爷，能有如此手段的人，普天下恐怕只有五大世家的人能做到了。"

张四爷的精神已经慢慢平静，听到周先生说话，也沉声道："可我们和五大世家无冤无仇，见都没有见过，他们为什么要偷我这面镜子？"

周先生说道："那五大世家的人行为怪异，有时候，并不见得是我们得罪了他们，而是因为我们这里防盗之术做得厉害，传得太广，传到他们耳中，他们便不请自到，故意要破一破我们的防盗之法，显一显自己的本事。"

张四爷一惊，说道："那他们并非冲着我的玲珑镜，只是想来挑战我的机关而已？那是否镜子还能还我？”

周先生说道：“恐怕很难，除非你能找到偷镜子的人，好好商量，才有可能。”

张四爷说道：“周先生，你觉得是哪个世家的人干的？那个叫严景天的，你不是怀疑他们是火家的人吗？他们既然出现在这里，会不会是他们干的？”

周先生说道：“如果他们是火家的人，倒是十分可能，但听说火家人讲究的是身势手法，我们的天锁地铄尽管在他们眼中可能并不高明，但想一点痕迹都不留下，还是不太可能。我倒觉得，很可能是水家的人干的！”

张四爷说道：“水家？”

周先生说道：“是！我一路看过来，恐怕偷镜子的人对我们这天锁地铄十分了解，长期潜伏在我们这个宅子里，待黑三鞭在外面大闹之时，便趁机毒倒我们看守这地库的管事，拿了仿制的钥匙直接进来的。”

张四爷眉头一皱，若有所思，说道：“可地上的天地步机关，这贼怎么会走？”

周先生指着地上的一块砖头，冲张四爷说道：“你看，这地砖上是不是有一层石粉？”

张四爷站起来，走过来蹲下用手摸了摸，说道：“果然！是有一层石粉。”

周先生说道：“刚才我在门口看到被麻倒的大管事鞋底，也有这种石粉……呵呵！真是狡猾，此贼必定知道，黑三鞭闹事的时候，我们要锁上天锁地铄，大管事一定要先走一遍天地步，到镜子跟前设防，这贼人提早料定，让大管事踩了石粉进来，这贼只要顺着大管事的步子进来出去，就不会触动机关！”

张四爷沉吟道：“看来这贼对我们是了如指掌了啊！”

周先生说道：“不错！这种情报收集、拿捏火候的本事，恐怕非水家人莫属了！”

张四爷说道：“黑三鞭看来就是受水家人的指示，故意恶盗我们的宅子！”

周先生说道：“这也难说！我刚才进来之前，已经让人去彻查宅子里所有人丁，看谁曾不在宅子里！”

张四爷说道："好！周先生！你看下一步我们怎么办！"

周先生说道："追！我们找遍天下，也要把偷镜子的贼找出来！"

张四爷神色恢复了傲气，说道："当贼我们不行！抓贼，可是我们当家立业的本事！"

周先生说道："张四爷，此事不宜惊动太广，我们迅速把玉胎珠从那小子的肚子中取出来，打发郑副官这些人离开！"

张四爷点头应了，两人起身，快步走了出去。

镇宝堂中，郑副官正和依田少将、宁神教授等人窃窃私语，等得有些不耐烦了。这时张四爷的声音传来："让各位久等了！抱歉了！"

张四爷和周先生从内堂中走出来，团团向大家抱拳致歉。大家也都纷纷站起来回礼。

张四爷脸色发灰，略显疲惫却也神态自若，说道："刚才是一点小误会，后院里两个管事打架，触动了机关，还以为是什么贼进了后院呢！呵呵，我是杯弓蛇影啊！抱歉！抱歉！"

郑副官说道："那就好！没什么事就好！"大家也纷纷点头。

张四爷笑道："刚才打了一个小岔，让黑三鞭他们几个喘了口气，我们速速去处理吧！"

郑副官就等这句，也连忙说道："好！好！"

黑三鞭、火小邪他们绑在木桩上，张四爷他们这一走，也有了一盏茶时间。火小邪冷静下来，老关枪已死，浪得奔生死不明，火小邪心中悲伤万分，生死也看得淡了。火小邪明白自己再也躲不过，就等着剖腹取珠了。

火小邪低声对瘪猴说道："猴子，是大哥连累了你们，我死了以后，你一定要想办法活下去。"

瘪猴一直呜呜咽咽地低声哭啼，说道："大哥，你要是死了，我也不知道怎么才能活下去，干脆你让他们给我一个痛快，也杀了我吧。"

火小邪惨声道："猴子，你年纪还小，多活几年吧！还等着你给我们烧香呢！”

瘪猴呜咽道：“可是大哥，我真的不知道该怎么办。”

火小邪说道：“你记得刚认识我的时候，你才多大一点？七八岁有没有？你以前流浪的两年怎么过的？以前能活，现在就不能活了？再说丧气话，我也不想做你大哥了。”

瘪猴咬了咬嘴唇，只好点头答应。

黑三鞭哼了哼，骂道：“屁大点年纪！说话絮絮叨叨的！烦死了！”

火小邪万念俱灰，也没有脾气可发，低头不再言语。

沉默了片刻，就见张四爷他们又走回院子，各自落座。火小邪心中想道：“死就死吧，就是死得有点丢人，肠子肚子都在外面！唉！可怜老关枪兄弟！哥哥我一会儿就来陪你。”

张四爷落了座，闭着眼睛喘了两口气，说道：“刀手何在？去剖了那小子！把肚子里的珠子取出来！”

几个刀手顿时应了，跳出来又拉扯着火小邪，要将火小邪开膛破肚。

火小邪死意已决，任由着他们拉扯，也不反抗，转眼就被刀手剥了个精光。那刀手摆了摆刀子，在火小邪耳边说道：“小兄弟，怪不得我！”

火小邪木然点头，刀手甩了甩手腕，就要一刀剖下！

严景天哼了一声，突然站起身来，伸出手掌，喝道：“且慢！”

张四爷本来就是一肚子怨气，听又是严景天他们说话，顿时脸上架不住，转过头极为不快地说道：“严兄弟！有什么事吗？”

严景天笑了笑，说道：“没什么？我就是想问问这小子姓什么。”

张四爷极不耐烦地说了句：“严兄弟感兴趣，那就问吧！玉胎珠老是泡在胃里，时间长了，也没了品质！”

严景天微微一笑，抱了抱拳，走上一步，大声问道：“那个小子！抬起头来！我问你，你叫什么名字？”

火小邪哼了一声，说道：“小爷我行不更名，坐不改姓！我叫火小邪！”

严景天又问道：“哪个火字？”

火小邪说道：“火焰的火！”

黑三鞭听了，也是一皱眉，心想这小子明明叫祸小鞋，怎么又叫火小鞋了？

严景天哈哈笑了起来：“好啊！单名一个火字！”严景天笑完，一转身，冲着张四爷一抱拳，说道：“张四爷，有个不情之请，还望张四爷借一步说话！”

张四爷啧了啧嘴，说道：“严兄弟大可直接说，这里都是咱们东北地界上有头有脸的人！”

严景天说道：“既然张四爷不嫌弃，那也好。”说着，严景天从怀中取出一张纸条，递给了张四爷。

张四爷有些吃惊，可这当下也不好不接，只好伸手接过，看了严景天一眼，将纸条打开。纸上密密麻麻书写着：

张四我兄：今有严姓兄弟四人来你府上看女身玉，乃是我的贵客，请张四兄弟多多包涵！我本来想亲自前来观赏张四兄弟取玉胎珠，但严家兄弟说女身玉中的玉胎珠邪气极盛，和我八字相冲，我就不便前来了。若是张四兄弟方便，请将玉胎珠赠给严姓兄弟几人，不必让日本人得知！烦劳！

纸上落款：张作霖亲笔。旁边加盖着张作霖的人名章——雨亭。

张四爷认得张作霖的笔迹和人名章，心中凛冽，张作霖是何许人？东北大帅，雄踞东北，乃是说一不二的通天盖地的人物，可这信写得极为客气，看来这严家兄弟几个极不简单，这玉胎珠想不给是绝对不行的。

张四爷看完这信，明白的确是自己狗眼看人低了，自己给自己喂了颗烫手的山芋。张四爷慢慢将信折了一折，心中已经想出如何处理的说辞。张四爷将信递给周先生，自己嘴上说道：“啊！严兄弟，真人不露相，果然是掌宝的高人！若不是你提醒，我还真的忘了！”

张四爷起身对依田少将、宁神教授说道：“两位大人，差点忘了，玉胎珠不能就这样从腹中直接取出，必须要用其他的法子，这位严兄弟，是取宝

的高手，他有办法取出来，只是要再等一两天了。”

依田没有听懂，宁神教授在依田耳边翻译了，依田和宁神此行根本不在乎玉胎珠，宁神教授眼珠一转，与依田用日语说道：“随便他们。”

依田微微点头，说道：“那就请严先生，取宝吧。”

郑副官有点摸不着头脑，火小邪已经躲过一死，怎么严景天又出来搭救他一次？这火小邪的命也太硬了吧！郑副官有点想不通，挤到张四爷身边，低声问道：“怎么会这么麻烦？”

张四爷淡淡说道：“一会儿细说！”说罢也不搭理郑副官，郑副官讨了个没趣，也发作不出来，闷闷退到一边。

周先生也已经看完纸条，揣入怀中。张四爷转身对周先生吩咐道：“周先生，那你安排一下严兄弟他们，去个僻静的地方，无论什么事情，都按照严兄弟吩咐的来！”

周先生心知肚明，应了声，走上前去，与刀手说了声，刀手连忙答应，众人又把火小邪的衣服穿上，从木桩上解下来，依旧捆着。

周先生对严景天他们一抱拳，说道：“严家兄弟，这边请！”严景天微微一下，带着三个下属随周先生快步离开，刀手则押着火小邪跟着离去。

张四爷见周先生、火小邪、严景天他们离去，心中更是怅然若失。张四爷闯荡江湖数十年，大风大浪经历得多了，无论是抓了个黑三鞭这样的恶贼，还是放了马上成为刀下之鬼的火小邪，对他来说并不是什么大事。只是今晚事情不仅来得突然，而且古怪异常，更是稀里糊涂就被人偷了自己视若性命的玲珑镜，心中恶气一直翻滚不息，胸口无比烦闷，全凭自己超绝的意志力压着，碍于外人太多，根本无从发作。

张四爷此时脸色逐渐发青，猛然一口鲜血从口中喷出，瘫坐在椅子上。周围一圈人都吃惊不小，但张四爷府上的人却没有人敢上前来问，依旧鸦雀无声。

郑副官仗着自己和张四爷的关系，忍不住小心问道：“张四爷，你怎么了？”

张四爷从怀中取出手绢，把嘴角的鲜血擦净，冷哼道：“不要紧，不要紧，老毛病了！”

“啊，张四爷，如果您身子不舒服，我看今天就这样吧。”郑副官尽管心中不愿，嘴上还是要客气一下。

张四爷摆了摆手，说道：“不碍事！这个黑三鞭，我还有话要问他！”

黑三鞭见张四爷吐血，仍有话要问他，哈哈大笑：“张四爷啊张四爷！我知道你要问我什么！看你这个样子，恐怕不是为了我黑三鞭吧！”

张四爷哼道：“你在我眼中还算不上个东西。”

黑三鞭继续哈哈大笑：“张四爷，我黑三鞭尽管算不上个东西，脑子也还不是木头疙瘩，刚才你们闹了半天，我自己抽空也琢磨了一下！嘿嘿！张四爷，我告诉你吧，你可要仔细听好，我黑三鞭以下所说绝无半句假话！”

张四爷骂道：“黑三鞭，你小命难保，还英雄得很嘛！”

黑三鞭哼了一声，说道：“张四爷，咱们心里都明白，你我被别人当猴耍了！”

张四爷说道：“耍了？”

黑三鞭说道：“我黑三鞭，的确没有胆子来您张四爷府上偷东西，就算我要偷，也偷些立马能换成银钱的东西，那玉胎珠说是个宝贝，还不如说是个邪物，我偷来何用？我告诉您，张四爷，我此行前来盗宝，就是受人所托！张四爷不想听？”

张四爷骂道：“要说就说！”

黑三鞭笑道：“让我来偷玉胎珠的人，就是江湖人称五大贼王之一的——火贼王！”

黑三鞭这话一说出口，如同一声炸雷响起，惊得在场人士再也忍不住，纷纷交头接耳起来。宁神教授更是按捺不住，嗖地站了起来，牢牢盯着黑三鞭。

五大贼王的名头，张四爷府里人人皆知，就连郑副官这些当兵的，也是多有耳闻。自从大清朝覆灭以来，江湖中逐渐盛传五大贼王重出江湖，尽管没有什么人真正说得清五大贼王到底如何，但架不住江湖坊间添油加醋的渲染夸张，搞得五大贼王亦鬼亦神、半人半妖一般。所以，黑三鞭说自己被火贼王差遣着来偷张四爷家，不闹个满堂哗然才怪。

张四爷丢了玲珑镜，对黑三鞭是被五大贼王差遣也隐约猜到了几分，听黑三鞭所说倒不吃惊，但心中恨意升腾，暗骂一声："火家人！我得罪过你们吗？天杀的小贼！"

张四爷手指一紧，抓得椅子扶手咔咔作响，沉声道："黑三鞭！火贼王凭什么让你做事？你又怎么知道是火贼王？"张四爷一开口，众人顿时又都安静下来，屏住呼吸，竖起耳朵，生怕听漏了一句这一等一的传奇事情。

黑三鞭嘿嘿笑道："火贼王要我做什么事，我敢问理由吗？反正火贼王说了，让我闹得越大越好！"

张四爷说道："那好！但火贼王又凭什么相信你？"

黑三鞭哈哈哈笑道："张四爷啊张四爷，我当你多有见识，感情还不如我呢！我告诉你吧，十年前我大闹奉天后，在外面不知天高地厚，碰到了火家的人，他们拿了一根针，不知用什么精妙的手法，打入我的脊柱里面，每月中总有一日，疼得我求生不得求死不成。火家人说了，这针叫火曜针，普天下只有他们取得出来。"

张四爷说道："所以你为了取针出来，就听他们差遣，来偷我家宅子？"

黑三鞭笑道："张四爷聪明，一点就透！"

张四爷心中纳闷，想道："这黑三鞭不像是说假话，可周先生说玲珑镜失窃，应该是水家人的手笔，怎么火家人也掺和进来了？难道水火联手？这又怎么可能？不对，我要再问问！"

张四爷问道："黑三鞭，我问你，火贼王什么样子？"

"问得好！老实告诉你，我除了十年前见过火家人，这次根本没有见到火贼王或者火家任何一个人，只是无意之中，发现自己鞭子上缠着一张纸条，纸条上面写得清楚，让我做什么，怎么做，落款是火贼王而已！嘿嘿，张四爷，你觉得不是火家人干的？"黑三鞭看张四爷并不置可否，嘿嘿笑了两声，继续说道，"我黑三鞭靠蛇鞭成名，蛇鞭上缠着纸条，我都不知道什么时候弄上去的，光凭这手，就知道写信人绝不简单！嘿嘿，我这人多疑，光凭这个也是不能全信，毕竟是来偷你张四爷的家，但信中也说得清楚，事成之后可以把我脊背上的火曜针拔出来，普天下除了火家人知道我脊柱上有根火曜针以外，还有谁人知道？我不信也得信了！”

宁神教授听完，忍不住插上一句话：“黑三鞭，请问你十年前在哪里碰见火家的人？这次又是在哪里？”

张四爷侧眼一看，心中暗道：“这小日本鬼子！恐怕黑三鞭要去日本人那里做客了！果然这些日本人关心的就是五大贼王！”

黑三鞭眉头一皱，看着宁神教授，嘴巴一撇，鼻子嗅了嗅，冲宁神教授嚷道：“轮到你来问我？我一闻，就知道你是小日本的野鬼子，滚一边去！”

宁神教授被这粗野的脏话骂得一愣，嘴中喃喃道：“屌毛乱滋屁？”细细一想也明白是极脏的骂人的话，白面涨得一红，指着黑三鞭一下不知怎么回嘴。

依田少将尽管听不懂太多中文，但什么小日本、小鬼子还是听得懂的，把武士刀鞘向地上一跺，站起身来，唰的把武士刀抽出，单手持着，把刀横在空中，指向黑三鞭，骂道：“你的，良心的坏的！大日本帝国的皇军问你，你必须，老实地回答！”

黑三鞭哼一声，骂道：“你妈的巴子！老子回答你一句，老子就改名叫脱下裤衩子！”

一九二几年的东北已经遍布日本军人，还有很多日本移民，黑三鞭知道日本人名类似“脱下裤衩子”也是寻常。

依田少将没有听懂，还想说话，宁神教授伸手按住了依田，凑到依田耳边低语了几句。依田瞪着黑三鞭重重哼了声，刀一个翻手，插入地下，也不再说话。

宁神教授对张四爷说道：“张四爷，这个叫黑三鞭知道的，我们也很关心，我看能不能这样……”宁神教授转头看了看郑副官，“郑副官！你看合不合适？”

郑副官对日本人一向客气，赶忙凑过来。

宁神教授说道：“张四爷、郑副官，既然玉胎珠还要几日才能取出，剩下的这些犯人不如暂时收押了。这个叫黑三鞭的，我希望由我们日本关东军负责关押、审讯，不知两位意下如何？”宁神教授如意算盘打得好，他见张四爷油滑得很，什么都不肯说，而黑三鞭居然见过火家的人，只怕比张四爷价值更大，自然不愿放过。

宁神教授嘀嘀咕咕一番，郑副官哪有什么意见，点头应了，张四爷心思不在黑三鞭身上，也不反对。

几人商量停当，安排人把黑三鞭解了绳索独自押走，而老关枪尸体已冷，浪得奔不知生死，瘪猴小孩一个，也没有什么用，被拖入张四爷家地牢关押。

张四爷总算把这些麻烦人物打发走，独自坐在镇宝堂中发呆，却见周先生从偏堂闪出来，三步并作两步地走到张四爷身边，张四爷赶忙站起。周先生凑在张四爷耳边低声说道：“严景天他们，带着叫火小邪的小子出城了！”

张四爷一愣，说道：“走了？”

“留不住的！”周先生缓了缓，说道，“不过，我已经查到，我们府上，半年前来的那个叫小翠的丫头，已经失踪了！极可能就是她所为！我现在怀疑，这个严景天、火小邪、小翠都是一路的！”

张四爷说道：“小翠……现在一想起来，的确古怪……那现在怎么办？”

周先生沉声道：“咱们舍了这份家业，带着钩子兵，出奉天！这奉天城，已经不是我们安身立命的地方了！”

张四爷神情严肃，看着周先生漠然不语。

周先生说道：“怎么？舍不得这十多年的家业？”

张四爷轻轻一笑，说道：“不是。我是想我们现在就动身！”

周先生倒是一愣，随即笑道：“好！”

张四爷拍了拍脑袋，一脸豪气，说道：“咱们第九代御风神捕！也来个重出江湖！师父！咱们抓贼去啊！”

七、火命犹坚

奉天南城门方向，四人四骑向城门飞驰而来，正是严景天等四人。守城门的士兵赶忙大声吆喝，挥手阻止，有人见他们丝毫没有减速的迹象，把枪举起，大骂："停下停下！开枪了！开枪了！"

严景天他们一直奔到士兵跟前，才将马勒住，四个人动作整齐划一，齐齐停下，那气势吓得一众士兵面如土色，连连后退。打头的队长见过世面，知道这些人深夜里肆无忌惮地狂奔，来头绝不简单，赶忙跑上来，拉住严景天的缰绳，小心翼翼地问道："您几位要出城？"

严景天也不接话，手一抖，一个信函像是长了眼睛一样飞入队长的怀中。队长不敢怠慢，打开一看，竟是张作霖亲笔签署的出城令。那队长一个立正，啪地冲严景天他们敬了一个礼，回头吆喝道："快给几位爷打开城门！"

当兵的见头发话，哪敢怠慢，七手八脚将城门大开。严景天伸手将队长毕恭毕敬归还的出城令拿过，喝了声："走啊！"

四匹高头大马一溜烟地飞奔而出，留下守城门的士兵犹自不停擦汗，望着严景天他们的背影长嘘短叹！

严景天几人驾马狂奔了七八里，直到郊外山口的分岔路才停了下来。严景天左右看了看，辨明了方位，嘱咐道："严守震、严守仁，你们两个走西边，到通河镇等我，多多留心，不要让人盯上！严守义，带着火小邪跟我来！"

严守震、严守仁应了声，一夹马肚子，飞驰而去。严景天一勒缰绳，就要和严守义向另一条路奔去。严守义马背上绑着个大麻袋，麻袋里面有人大骂一声："你们祖宗的！给个痛快吧！再跑几里，老子就要散架了！"

严守义这人长着一张死人脸，如同木头雕刻的一般，听麻袋里的人咒骂，脸上毫无表情，只是反手一掌，打得里面的人哇哇乱叫，继续骂道："有本事你就打死我！"

严景天倒不生气，冲着麻袋嚷道："火小邪！马屁股颠一颠就废了？我还以为你是个好汉呢！"

那麻袋里绑着的正是火小邪。本来火小邪被严景天他们用布条扎了嘴巴，说话不得，可这一路狂奔下来，火小邪着实难受得不得了，五脏六腑几乎都要从嘴里呕出来，于是用头和脸拼命在马背上摩擦，终于弄松了布条，露出嘴巴，又好不容易等到他们略有停顿，这才顺过一口气。火小邪想着自己迟早都是一死，哪管这些人是天王老子还是自家祖宗，张口就骂。但火小邪听严景天这么一说，又觉得自己没必要临死之前还丢人现眼，肚子里千万句恶骂也就压了下去，狠狠哼了一声，嚷道："要杀要剐赶快动手，折腾个球蛋！"

严景天也不答话，一鞭子抽在马屁股上，喝道："驾！"两匹马奋蹄奔去。

又行了约莫半里路，严景天一抖缰绳，驾马从大路上跑下，突突上了条通向侧旁山上的土路，两匹马一前一后，向山上直奔。过了一个小山头，已经没了道路，马儿跑不起来，只能慢慢前行。

火小邪在麻袋里又嚷嚷："要憋死了！透口气！"严景天听了，给严守义递了个眼色，严守义返身手掌一挥，也没见用个刀子啥的，就将麻袋划了道口子。火小邪这时候和憋久了的王八一样，就算外面是屠夫的刀子，也要伸出头去，一见亮光，一抬头就将脑袋伸出。山中冷风劲吹，火小邪伸出脑袋，一张嘴就吸了口冷风，胃中顿时翻腾不已，哇哇大吐特吐。

火小邪边吐边想："嘿，这敢情好，没准把狗日的玉胎珠吐出来，省得他们把我肚皮剖开，死的模样恶心巴拉的。"可火小邪吐了半天，也没觉得吐出来什么大件的东西，尽是又臭又酸的汤汤水水。

严守义说话净一个声调地问道：“吐完没？”

火小邪最后啐了两口，嚷道：“吐完了！那玉胎珠也吐出来了！不信你看地上！”

严守义果然低头一看，火小邪趁着严守义腰间一矮的工夫，王八大张嘴，速度惊人，一扭头就结结实实咬在严守义后腰上，可惜冬日里衣服穿得厚，这一口没能咬到肉，只咬住了严守义的腰带。严守义腰带上绑着一块通红的小牌子，也让火小邪咬住，牙齿一顺，竟将这小牌子含进嘴里。严守义大惊，噼里啪啦两个大耳光子抽在火小邪脸上，可火小邪已经犯了浑劲，当真比王八还厉害，打死也不松口。严守义闷哼一声，抓着火小邪的头发拉扯，火小邪瞪着严守义，就是不松嘴。

严景天哈哈大笑：“这小子，倒是头不按常理出牌的犟牛！有趣啊有趣！严守义，不用管他，就让他咬着吧，我看他能咬到何时！”

严景天看了眼火小邪，说道：“好了小子，知道你邪门歪招厉害，处处争胜，可惜你找错了对手。”严景天说罢又哈哈笑了两声，打马向前。

严守义无可奈何，一张木雕似的脸上仍不禁抽动了几下，身子一扭，任由火小邪咬着腰带，跟着严景天行去。

火小邪心中骂道：“妈的！老子就是不服，偏要一直咬着，看你们怎么办！”

又走了一段山路，更是难行，严景天、严守义两人只得下马。火小邪咬着严守义的腰带，如同一条大肉虫一般吊在严守义的腰上，严守义只好把火小邪也放下马。尽管火小邪脚上绳索让严守义解了，可以走路，但火小邪就是不走。严守义也是个直性子，脑子不转弯，火小邪你不走，那行，就拖着你走！于是严守义抓着火小邪的衣领，拖着火小邪这人肉沙包继续前行，这场面倒是又古怪又好笑。

严守义劲力十足，火小邪也不是很重，所以继续爬山倒也没太大妨碍。他们三人走了半个时辰，登上一个小山顶，山顶地势十分平坦，站在上面向下望去，正好能看到远处严景天他们分道而行的岔路口。

严景天站在山顶边缘，向下看了看，便坐了下来。严守义吭哧吭哧，把火小邪拖过来，坐在严景天身边。严守义有些累了，呼哧呼哧直喘，脸色难看。火小邪紧紧咬着严守义的腰带，瞪着眼睛，烂泥一般横在一边。

严景天看了一眼火小邪，哼了一声，扭头对山顶一侧的林子里说道："跟了我们一路了，西洋景也看完了吧，该出来了，水家妹子。"

林子里有女子嘻嘻娇笑两声，只听窸窣窸窣微微作响，一个穿着紧身黑衣的人影，从林中三蹦两蹦，跳了出来，身手极为轻盈敏捷。

那人跳到严景天跟前，盈盈做了一个揖，也坐了下来，伸手将自己的头罩摘下，散下一头秀发，竟是一个看着十五六岁年纪的女子。这女子长得俊俏，柳叶弯眉，樱桃小口，一双大眼忽闪忽闪，眉目含情，怎么看都是一等一的美人！只是这女子尽管长得如此标致，却在面容中透着一股子捉摸不定的味道，一会儿羞涩万分，一会儿妖娆妩媚，一会儿竟英气逼人。火小邪看在眼里，本来看得有些痴了，可猛然心中咯噔一下，暗念道："这小妖精！一股子妖精味道！八成就是她让我吞了玉胎珠！"

这女子笑道："火家大哥，这个叫火小邪的小子真有趣呢，我就见过王八咬人不松嘴，今天竟见到人和王八一样的了！"

火小邪瞪着这女子，暗骂："你才是王八，妖精婆！也不知是哪个阴沟里的蜘蛛精变的！"

严景天笑了笑，也不接话，说道："水妖儿，这次你可玩大了，差点把我们也搭进去了。本来我们来找张作霖张大帅攀个交情，顺便要了玉胎珠走。你怎么把张四家的玲珑镜也偷了？"

火小邪默念道："原来这妖精婆是有名字的，叫水妖儿？一听名字就知道是个妖精！"

水妖儿轻轻一笑，撒娇一样说道："严大哥，怎么你生气了？"

严景天说道："生气倒不至于。就是你不该借我们火家的名义，指使黑三鞭去做事。咳，其实也无所谓。水妖儿，你偷啥不好，偏偏去偷张四的玲珑镜，张四他可是御风神捕的第九代传人，势必要逼他出来寻你。"

水妖儿娇笑道：“什么御风神捕第九代传人，听说厉害得很。可我看他们那熊样，也就是一帮只会虚张声势的废料，不偷他的，偷别人的哪能显出我的本事啊。我爹爹也说了，我能偷到张四的玲珑镜，以后便不再事事管我。”

严景天说道：“啊……水王他老人家可好？”

水妖儿说道：“老妖精了，身子好得很，看样子还能活个一两年吧，就是天天神经兮兮的。”

严景天听水妖儿这么调侃她爹，倒是有些尴尬，呵呵一笑：“那好，那好……哦，水妖儿，玉胎珠真的让这小子吃了吗？”严景天说着，指了指仍然紧紧咬着严守义腰带的火小邪。

水妖儿说道：“当然是真的啊。”

严景天“哦”了一声，说道：“那这小子竟然还没被毒死，也是奇了……也好，也好，严守义，你把这小子带到一边去剖开肚子，把玉胎珠取出来吧。”

严守义早就等得不耐烦，低低应了声，一把将火小邪拽起来，就要向旁边拖去。火小邪牙不松，嘴里仍支支吾吾地含糊骂道：“小妖精，等老子变成厉鬼，天天纠缠你！”

严守义哪管火小邪嚷什么，拖着便走，火小邪玩命地挣扎，仍然不肯松口。

严景天看着水妖儿叹道：“这小子绰号单名一个火字，倒是个人才，可惜啊。”

水妖儿看着火小邪，眼波流转，突然笑了笑，说道：“严大哥，你真的要用玉胎珠去破木家的秋日虫鸣术吗？”

严景天脸色一沉，说道：“你怎么知道？慢着，严守义，先别杀他。”

严守义已经走开几步，听严景天这样说，也只好停下来，任由火小邪吊在腰带上，垂手而立。

水妖儿说道：“这么点事，水家人怎么会不知道啊。严大哥，你是忘了我是水家人了吗？”

严景天脑子一转，回过神来，说道：“那是，那是……”

水妖儿说道：“火家的哥哥们，个个都是好身手，就是不喜欢多打探些消息，脑子转不过弯来。”

严景天说道："哦，火家人还真不擅长情报。既然水妖儿妹子都说了，我也不想隐瞒什么，这玉胎珠正是用来破木家的秋日虫鸣术的法门。"

水妖儿撇了撇嘴，说道："木王那老怪物，就是喜欢炫耀自己的本事，不理他吧，他就乱嚷嚷，理他吧，又费事得很。算了，算了，不提他了！你们还是去取珠子吧。"

严景天点了点头，对严守义说道："严守义，这小子算是个人物，让这小子死得痛快些。"

严守义精神头一下子又涌起，拖着火小邪三步并作两步钻到旁边。

严守义低声叫道："松口！给你个痛快！"

火小邪紧紧咬着，摇了摇头。

严守义眼睛瞪圆，继续叫道："松口！你松口！你不松就割掉你的头！"

火小邪才不管这一套，仍然连连摇头，嘴里呜咽着骂个没完。

严守义噼里啪啦又是一顿嘴巴抽上，打得火小邪眼冒金星。严守义也顾不了太多，伸手将火小邪嘴巴捏住，想将火小邪嘴巴捏开，可就算火小邪被捏得五官歪斜，仍然牙关紧咬，誓不松口。

其实最简单的几招，其一就是一掌将火小邪劈晕，人毕竟不是王八，晕了以后肌肉再紧，也是松弛的，用不上劲；其二就是把衣服腰带脱了，更是省事。可严守义这家伙如同水妖儿所说，空有一身本事，却脑筋太直，生生和火小邪这浑人顶牛顶上了。这也真是火小邪命该不死，凭着下三烂的浑招碰上了火家人的犟牛脾气，要是换了别人，估计早就陪阎王老子喝酒去了。

严景天听到林中严守义一片闷哼，又是噼里啪啦的皮肉击打作响，猜到严守义无法让火小邪松口。水妖儿坐在面前笑盈盈地看着自己，严景天面皮发烫，不禁站起来说道："严守义，叫他松口这么难吗？比开锁都难？"严景天比严守义的脑子灵窍不了多少，他也一门心思指望着火小邪就这样松口，而不是打晕或者脱掉衣服了事。

严守义在林中闷哼："是！是！"随即又传来噼啪的抽打声，恐怕再等一会儿，严守义真要把火小邪像举沙袋一样举起来，摔鳝鱼一样摔死在地。

水妖儿突然笑了起来，站起身说道：“好了，好了，火家严大哥，你们的身手天下一等一，可犯起牛劲来，也真是天下一等一，非要把南墙撞个窟窿吗？直接把衣服脱了，不就行了？还管他松不松口？”

严景天心中一想，对啊，不就是这样吗？我怎么糊涂了呢？这天杀的火小邪，你差点让我们把脸都丢光了！

严景天嘴硬，嚷道：“严守义！用重手捏脱他的下巴！”

水妖儿叹了口气，叫道：“好了，好了！别杀他了！我就是逗你们玩的！玉胎珠在我这里，不在他肚子里！”

严景天一愣，还是轴得要命，说道：“你不是说给他吃了吗？这小子也说他吃了啊？”

水妖儿叹道：“哎呀，我说话你们信一半就好了，我给他吃的是两块冻硬的羊粪蛋而已啦！东西在这里哪！”

严景天低头看去，果然水妖儿手中拿着两颗玉胎珠，摆在严景天眼前。

严景天嘿嘿傻笑，说道：“也好，也好！省事不少！严守义，不杀他了，把他带回来！”

水妖儿努了努嘴，说道：“呐，拿去吧。”

严景天摸出油纸，将玉胎珠包住，揣入怀中，笑道：“水妖儿，真服了你了。水克火，水克火，我是甘拜下风。”

严守义的木雕脸已经气歪了，喘着粗气把火小邪又拽回原地，眼神十分尴尬地看着严景天。火小邪也正呼哧呼哧累得直喘气，仍然挂在严守义的腰间。

水妖儿指着火小邪，说道：“这小子挺好玩的，留着当猴子耍吧。对不对，猴子？”

火小邪大怒，愤然大骂：“你才是猴子！”岂知一张嘴，扑通一下跌倒在地，这才想起来自己被水妖儿激将得松了口，心中黯然：“天杀的小妖精啊！老子又栽在你手里！”

严守义腰间一松，嗵的一下跳开几尺，身子摆出架势，生怕火小邪又扑过来咬住自己，严守义可真是怕了！

水妖儿拍着手掌边跳边笑，活脱脱一个天真的小姑娘的样子，笑道："真好玩！真好玩！"

火小邪身子翻了翻，盘腿坐在地上，手臂仍然在身后绑着，拧了拧早已酸疼的下巴，看着水妖儿骂道："小妖精婆子！日后定饶不了你！"

水妖儿也凑过脸去，指着火小邪的鼻子，说道："我又救了你一命！你还要报复我！你真是没心没肺的东西！"

火小邪哼道："小妖精，你再戏弄老子，老子立即死给你看！实话告诉你，老子有项自杀的绝技，只要眼睛一翻，一口黑血喷你一身，顿时变成厉鬼！你信不信？！"

水妖儿娇笑道："我才不信！我才不信！你想骗我，还早了一百年呢！"

火小邪哼了一声，正要回嘴骂水妖儿，只听严景天狠狠嘘了一声，说道："别说话！"

火小邪一愣，顿时闭上了嘴。水妖儿看严景天神色严肃，目光如同一只敏锐山鹰，哪还是刚才被水妖儿戏耍时憨呆的样子，水妖儿知道这遭绝不是儿戏，也赶忙顺着严景天的目光看去。

严景天蹲下身子，将手按在地上，慢慢抬起，说道："有大队人马要经过下面的岔路口！"

严景天站起来，向下看去，任凭山风劲吹，身子却纹丝不动，如同深深扎在了山顶石头上。渐渐有密集的马蹄、车辙声远远传来，片刻工夫，声音就越来越大。从山顶望下去，只见岔路口奔来了大批人马，还有三辆驮着极大的黑色铁箱的四轮马车，用四匹马拉着，也奔了过来。

严景天眯起眼睛，嘴中默念道："二十二人，四十五匹马。"

水妖儿听得见，赶忙问道："严大哥，你眼力真好！"火家人的这些手段，水妖儿不得不佩服了！

严景天说道："拿盘儿的小伎俩而已！水妖儿过奖了！打头那两个人，就是张四和周先生！呵呵，张四竟然连夜舍了自己奉天城的家业，重出江湖了！哼哼，除了全套的钩子兵，连豹子犬都一起带出来了！"

水妖儿面色微变，说道：“连那种怪物都带出来了？可是装在马车的黑箱子里的？”

严景天点了点头，说道：“御风神捕，可不是虚名！除了没有和我们直接对抗过，天下还真没有他们抓不住的贼了！他们若是现在放出豹子犬来寻我们，可就麻烦了！”

水妖儿凝神而视，显得心事重重。

火小邪坐在地上，也是能看到山下的光景的，听严景天这么一说，更是大气都不敢出。

山下岔路口，周先生下马打量一番，转身对张四爷说道：“张四爷，他们分两路走了！看蹄印，过去了不到一个时辰。”

张四爷说道：“周先生，我们分兵两路，追着去吧！”

周先生翻身上马，说道：“不妥！我们刚刚出了奉天城，很快张大帅、关东军都要知道。此时不宜分开！既然已经出城，尽快避过风头才好！我看我们还是一起去通河镇的风波寨休整。”这周先生说的风波寨，乃是张四爷在通河镇的一处隐蔽的大宅，专门用来临时躲避之用。

张四爷说道：“我们人数众多，十分显眼，多少会惊动他们，要不放出大嚼子和三嚼子，让它们追上一段？”

周先生说道：“我看也不必了！那丫头小翠、严景天、火小邪他们几个人就算再厉害，也在我们宅子里留下了气味，我已经收了。到时候只要让嚼子们闻一闻，再追也不迟！”

张四爷说道：“好！就听周先生的！”

张四爷回头喝道：“弟兄们，全都跟上了！”

那一众人马就要启程，那三辆大车中的一辆，突然咚咚作响，不住晃动起来，里面传出低声恶吼，十分惊人。驾车的钩子兵叫道：“张四爷，二嚼子有点不耐烦啊！麻烦您来看看！”

张四爷打马回头，来到车边，揭开车身上的一个铁盖，冲里面说道：“二嚼子，安静点，再走一会儿，放你出来跟着我们撒欢！现在别闹！”

箱内那动物两只铜铃大小的眼睛眨了眨，又低低吼了两声，总算安静下来。

张四爷关上盖子，叫道："走啊！天亮之前赶到风波寨！"

马嘶连连，一众人马风尘仆仆地飞驰而去。

严景天看着张四爷他们奔驰而去，面若寒霜，说道："这御风神捕，不出江湖则已，一出江湖，声势竟是如此惊人！果然和传闻中的一模一样！今日看来算我们运气。嘿嘿，恐怕这世道要更有趣了！"

水妖儿也慢慢说道："我爹爹准我偷玲珑镜，难道就是为了逼他们重出江湖？这可玲珑镜，到底有何稀罕之处，竟能让张四舍了硕大的家业？"

严景天说道："这个我也不知。水妖儿，玲珑镜可在你身上？"

"在。"水妖儿一反手，从背后的背囊中摸出一面巴掌大小的镜子，"我已经细细看了，并没有什么特异之处，似乎只是一面普通的铜镜罢了。"水妖儿说着，把镜子递给了严景天。

严景天接过，细细打量，只见这镜子十分平常，呈椭圆形，除了镜边雕刻着异常精美的花纹以外，并没有镶嵌任何玉石宝珠，看质地也不过是精铜打造而已。

严景天皱了皱眉，说道："也许是我们才识浅薄，看不出这镜子中的惊天秘密。"

水妖儿说道："我拿给我爹爹水王看看。"

严景天将镜子还给水妖儿，说道："水王见多识广，是我们五大世家中最博学之人，应该能解。只是……水妖儿，张四已经出山，必定对你穷追不舍，特别是豹子犬，更是凶恶！你此行可要小心！要不然……"

水妖儿一笑，说道："严大哥若是不嫌弃，可否带着我入关呢？我知道你们要去山西王家堡王家大院，刚好我爹爹也应该在山西一带浪荡着。"水妖儿这句话说中了严景天的心思。

严景天想了想，说道："也好！以我们水火两家的交情，你又是个小丫头……呵呵，不是小丫头，是我们之间彼此也有个照应！咱们现在就走吧！"

水妖儿蹦起来，勾住严景天的脖子，紧紧贴住严景天，撒娇道：“严大哥真好！我见到我爹爹，一定说你好多好多好话！”

严景天手足无措，任凭水妖儿搂抱着，说话也结巴了：“唉，水妖儿，别这样啊。”

水妖儿松了严景天，眼神又落在火小邪身上。火小邪哼了一声，也不搭理水妖儿。

水妖儿如同大人一样，摸了摸下巴，踱步道：“这个猴子怎么办呢？”

火小邪骂道：“谁是猴子！”

严景天说道：“这还真是有点麻烦，他听到不少我们的事情，放他走吧，恐怕要出乱子。我看，给他个痛快，埋在山上算了。”

严守义顿时跳上一步，准备动手。

火小邪仍然哼道：“要动手就快点，我也好去阴曹地府见我的几个兄弟！你们今天放了我，我也会找你们算账！”

水妖儿拉住严景天的胳膊，说道：“严大哥，我看要不咱们就带着这个猴子吧？以他的本事，逃不出我们三丈之外的。我一路上，也有个乐子耍耍！”

火小邪骂道：“小妖精！你快快杀了我吧！”

严景天想了想，说道：“也好！就留着他吧！”

严守义重重跺脚，但也不敢发作。

严景天转身看着火小邪，说道：“火小邪，你我有缘，这趟路你就跟着我们，若是你造化到了，没准能……”严景天说到这里，生生忍住不说，略略停顿一下，继续说道，“抱歉了！”

火小邪还没有来得及注意，只觉得严景天身子一晃，竟不见了。火小邪随即感到脑后重重一击，眼前一黑，昏倒在地。

严景天这一击极重，火小邪也不知过了多长才悠悠转醒，仍然头痛欲裂。火小邪睁开眼睛，眼前逐渐清晰，才发现自己躺在一间破败屋子角落的干草堆里。火小邪手一抬，摸了摸自己后脑，低声骂道：“疼死我了。”

火小邪一个激灵，翻身而起，顿时忘了疼痛，四下看去。屋子里空荡荡、

静悄悄的，并无人迹。从房屋破洞中透进来的光线来看，大概是中午时分。火小邪没敢叫嚷，轻轻从草堆里爬出，心想："这姓严的两个浑球和那个小妖精不会把我丢这里吧。"

火小邪想到这里，一个猫腰蹲起，向前爬去，可爬了两步，正想站起来，右脚脚踝上猛的一紧，把火小邪拉住。火小邪低头一看，只见脚踝上绑着一根土黄色的绳索，绷得笔直，绳索一端则系在屋角的一根立柱上。火小邪暗骂一声："奶奶的！拴猴子呢！呸！什么猴子！该死的小妖精！"

火小邪蹲下身子，拉扯那根绳索，可这绳索材质古怪，十分有韧性，好像是牛皮筋做成的。火小邪气不打一处来，一屁股坐下，想把脚踝上的绳索解开，可这绳索系得也怪，火小邪又是抠，又是挠，却不能解开分毫，好像里面都黏住了。火小邪暗叫："这是什么捆法？"火小邪见解不开脚踝上的绳结，又去解绑上柱子的一端，同样毫无办法。火小邪骂道："看样子他们也不想解开了，打的都是死结！奶奶的，老子用牙！"

火小邪浑劲发作，把绳子拉起来，放进嘴里一通乱咬，吃奶的劲都用上了，可别说能咬断，反而越咬觉得越韧。火小邪大怒，把绳子吐出，握着绳子又在地上墙边，凡是坚角锋利之处，都磨了个遍，又拿着砖瓦砸打切割，又去想把立柱推倒拔起，诸如此类，凡是能想到的，无不做了一个遍。火小邪折腾得大汗淋漓，还是不能损伤着绳子丝毫。

火小邪喘着粗气，把绳子往地上一丢，干脆大叫起来："有人吗？要死了咧！"

房子外面扑腾腾惊飞几只麻雀，还是鸦雀无声。

火小邪又大喊："姓严的！妖精婆！还在吗？做人不厚道啊！"没有人应他。

火小邪骂了半天，终于头一低，死了心思，想道："一定是把我丢在这荒郊野外喂野狗了，还算他们仁义，没有宰了我。"火小邪又渴又累，喘了两口粗气，把屁股挪了挪，靠在墙边，叹道："浪得奔、老关枪、瘪猴，做大哥的对不住你们，又没什么本事，一根破绳子都解不开，还让人当猴子耍来耍去，丢在荒郊野外等着喂野狗。唉……"

火小邪猛然觉得，自己这种叫天天不应，叫地地不灵，无人搭理，自己独身一人，困于陋室的情景似乎经历过，但仅仅一片朦胧，念头电光火石地闪过罢了。

火小邪叹了几口气，心中想着自己在奉天苦辣酸甜的日子，又想起老关枪被郑副官一枪打死，浪得奔大吼窒息的光景，悲从心来，抽了抽鼻子，眼角滚下一滴热泪。火小邪抬手把眼泪擦了，用胳膊拢了拢乱草过来，蜷着身子躺了下来，全身劲头已泄，竟又睡了过去。

睡梦中，火小邪的一个梦境升起，乃是自己正处在一片火海之中，火焰烧得极旺，毫无退路，火小邪撕心裂肺地大喊：“爹！娘！救我！”可就是无人回答。眼看火越烧越旺，就要烧到自己跟前，一个古怪打扮的人从火中跳出来，穿着从未见过的黑衣，蒙着脸面，双手举起一把明晃晃的细长弯刀就要向他刺来。

火小邪大叫一声，惊醒过来，已经满头大汗。这个梦火小邪已经是无数次地梦到，却从不知这个梦是何意。只是这次梦得格外清晰，就像发生在眼前似的，甚至连火焰的炙热感在梦中都能感觉到。而且，梦中的那把刺向他的刀也格外清晰，火小邪在张四爷家见依田少将手中持的就是这种刀，乃是一把日本武士刀。

火小邪一醒，心中仍然乱跳，刚才梦中那感觉真是命悬一线！难道是自己独自困在这里，触景生情，梦得更真了？可是那把日本武士刀又怎么解释？火小邪想着想着，从胸口再次涌起一股子劲头，誓要逃脱此处，不禁抖擞了精神，翻身坐起，又把绳子拾在手中，卖力地拉扯起来。

火小邪这次更是使尽了手段，整个人如同猴子一样又蹦又跳，还伴随着低声怪叫：“哇，呀呀，啊，你妈的！日……啊啊，噶！”

火小邪正在张牙舞爪、全神贯注之际，只听耳边传来“哧”的一声轻笑。

八、水无定态

火小邪大惊，身子一顿，四处看去，大叫道："谁？谁？装神弄鬼死全家！"

"猴子！你嘴巴真是欠收拾！"一个女子的声音从房梁上传来。轻轻一声响，一个人影从房梁的角落处倒吊下来，竟是用脚尖钩着木梁，整个人垂下来，双手抱在胸前，歪着头看着火小邪，说道："你想这样解开牛黄绳，再跳几年也没用的。"说罢，脚尖一松，身子在空中一个旋转，平平稳稳地落下了地。

这女子就是水妖儿。

火小邪倒是有些尴尬，嚷道："你怎么在这儿！什么时候来的？"

水妖儿背着手走了几步，边走边踢地上的杂草，说道："我一直在啊。"

火小邪说道："胡说！"

水妖儿转过脸，满脸古怪精灵地笑道："谁胡说了，刚才是谁边做梦边大叫'爹！娘！救救我啊'，睡觉之前还哭了鼻子的？羞，羞羞！"说着刮了刮自己的脸，吐出舌尖，冲火小邪做了个鬼脸。

火小邪脸皮更加发烫，知道水妖儿没有说假话，嚷道："我、我怎么没有看到你？"

水妖儿笑道："你想找到我水妖儿，恐怕你还要练上一百年呢！我可是水家的人哦！哼，算了，说了你这土猴子也不懂什么。”

火小邪的确不知道在山顶严景天、水妖儿说的什么水王、火家、水家、御风神捕都是什么意思，只是冥冥之中觉得，他接触到的都是江湖中鲜为人知的秘密。火小邪眼前这水妖儿，怎么看都只是和他年纪相仿的一个小姑娘，却知道这么多他想都不敢想的事情，又有胜他百倍的一身本事，不知怎么，火小邪对水妖儿升腾出一股子敬畏之感。

火小邪口气一软，说道：“啊……我的确不懂什么。大姐啊，水、水大姐，能教教我这个绳子怎么解开吗？”火小邪从小做贼，硬也硬得起，软也软得住，在奉天城的时候，钻人裤裆、求爷爷告奶奶的事情也不是没干过。这一番问还真应了“不耻下问”的古训。

水妖儿眉毛一拧，十分不悦地叫嚷道：“不准叫我水大姐，好恶心啊，真恶心，你这个东北土猴子，是不是碰到三岁大的女娃娃都叫大姐啊？碰到谁就叫大姐！好恶心，好恶心！叫我水妖儿！水！妖！儿！”水妖儿的口音尽管南北混杂，听不出哪里人，但似乎对东北话里套关系时一股大茬子味的“大姐”称谓很不喜欢。

火小邪学着说话，口气更软：“好，好！水、水妖儿，水妖儿。”

水妖儿没想到火小邪竟然口气真的软了，倒是有些吃惊，看着火小邪扑哧一笑，说道：“怎么了猴子，一下子就软了？是服了我了？

火小邪抓着头皮，献着媚笑，说话也甜了：“服了，服了，请水妖儿屈膝赐教！”

水妖儿叫道：“屈膝赐教？讨厌！”

火小邪张大嘴巴，赶忙说道：“屈、屈、屈、屈尊赐教！不惜赐教！万万赐教！我没读过书，不知咋说！”

水妖儿呸道：“你这坏蛋猴子，看着嘴软，估计满肚子坏水翻滚呢！嘴巴上占人家便宜。”

火小邪满脸委屈：“没有，没有，绝对没有，我是真的服了！”

水妖儿掩着嘴咯咯娇笑，说道：“你要是真的服了！跪下磕三个响头，叫我声奶奶，我就告诉你！”

火小邪听了，本想嘻哈两句，可脑子一过这句话，气得他傲气升腾，顿时脸上也跟着一冷，啪地把绳子一摔，一屁股坐下，骂道：“不说就算！得意个屁！”

水妖儿微微一愣，也不生气，说道：“哟，翻脸比翻书还快哪！你这猴子脾气也太坏了吧！”

火小邪骂道：“爱咋的咋的！另外，再叫我猴子，我就跟你急！”

水妖儿跳着脚叫道：“猴子，猴子，猴子，土猴子，野猴子，红屁股猴子！”

火小邪一跃而起，指着水妖儿骂道：“你还叫！”

水妖儿一吐舌，继续边跳边唱：“土猴子，野猴子，红屁股猴子！哈哈，猴子猴子猴子！”

火小邪脸上发烫，正想狂吼乱骂，念头呼地又一转，想道：“这小妖精性格多变，装疯卖傻，估计又是故意耍我，我绑在这里，打又打不着她，骂她她也不生气，我再折腾还真成猴子了！”

火小邪想到这里，心里也宽了，吹了个口哨，又坐了下来，无精打采地说道：“小爷我懒得理你，我睡了。”火小邪自己给自己下台阶的本事，也是奉天城中下五铃小贼的一流水准。火小邪说着，还真就往草堆里一靠，闭上眼睛睡觉。

水妖儿又唱了几句猴子长猴子短，见火小邪真的闭眼不搭理她了，轻轻一笑……猛然间，水妖儿脸上那小女孩一般的顽皮样子顷刻散去，一下子似乎长大了七八岁，显得亭亭玉立，成熟文静，宛若一个大家闺秀。

水妖儿的口气也变了，语气轻柔而清脆地说道：“火小邪，你真不想知道怎么解这根牛黄绳了吗？”

火小邪闭着眼睛，听到水妖儿说话的声音，又是一惊：“怎么换了小妖精的娘说话了？我的老天！”火小邪身子一抖，睁眼坐起，果然看到眼前的水妖儿似乎换了一个人似的，神态气质清雅动人。

火小邪和水妖儿拌嘴也拌累了，见水妖儿这种神态，不禁坐直了身子，小心说道：“你，你，你是水妖儿？”

水妖儿浅浅一笑，美艳不可方物，说道：“水家女子，脾气性格千变万化，你也不用惊讶。我就是水妖儿。”

火小邪说道：“我很想知道的，可你、你……”

水妖儿说道：“我看你已经服输，又颇有诚意，告诉你吧。”

火小邪还能如何？自然十分用力地点了点头，说道：“那就谢谢啦！”

水妖儿盘腿坐下，指着火小邪脚上的绳子说道：“这牛黄绳，不怕拉扯不怕摩擦，就是怕尖刀切割而已……你看你脚头的绳结。”

火小邪低头看着绳结，说道：“绑得古怪，但就是解不开，是不是太紧的原因？”

水妖儿淡淡说道：“这绳结是个障眼法罢了，牛黄绳不是绑起的，而是锁上的。绳结其实是个锁头，绳子一端塞进绳结的锁眼里，就锁上了。”

火小邪万分吃惊，把绳结翻起一看，皱眉道：“可是，怎么看都不像能塞进去的啊，一点松动都没有……”

水妖儿说道：“这牛黄绳，需火家人的秘技才能打开。你伸手摸一下，能在绳子内摸到不少硬块，火家人只需要同时掐住其中五个硬块，再同时用力挤向一边，这绳子就开了。”

火小邪听着也按照水妖儿的指示伸手去摸，果不其然，在脚踝的绳子内，摸到几个如同肉筋一样的凸起，如果说牛黄绳是一根粗大的牛筋，那几个凸起就是这牛筋中的牛筋。火小邪伸手去掐，左右手各掐住一个硬块，挤了挤，似乎是活动的。火小邪还想再用其他手指同时掐住其他硬块，却发现无比艰难。

火小邪试了半天，擦了擦额头上的细汗，说道：“同时捏住五个硬块，这怎么可能？”

水妖儿说道：“你当然做不到，火家人能做到。”

火小邪又试了一次，仍然绝无可能。一条手指粗细的绳子中，有五个硬块，又滑又韧，必须要靠指尖的力道极力保持着才可捏住，稍不留神、劲力不稳就滑脱了，两三个同时捏住还有可能，而要五个同时捏住，又要同时挤向一边，就不是常人所能了。火小邪叹道：“这个我做不到！那就解不开了？”

水妖儿说道：“法子告诉你了，解不解得开靠你自己了！”

火小邪抓耳挠腮，说道：“你倒是告诉了我法子，就好像知道了月亮在天上，但必须把月亮摘下来一样。我一个人怎么能做到？”

火小邪这么一说，脑子又一转，飞快说道：“水妖儿，咱们俩一起来不就行了？我捏住两个，你捏住两个，我再用牙咬住一个，一二三一起挤，不就行了？”

水妖儿微微一笑，说道：“你倒是会想，但我只说告诉你解牛黄绳的法子，并没有答应解开你啊。我真要解开你，用刀子一割就行了，还用这么费事吗？”

火小邪失望地说道：“是啊，是啊，我是犯人，你是看守，怎么会放了我。”

水妖儿眼睛一闭，慢慢点了点头，似乎有些累了。

火小邪看着水妖儿，不知她要如何。

水妖儿眼睛闭了闭，突然之间眼睛猛地睁开，瞪着眼睛，冲火小邪做了一个极为吓人的鬼脸！

水妖儿的面孔从文静成熟突然变成鬼脸，可比火小邪翻脸快上百倍，真的像鬼魂附体，瞬间换了一个人一般，吓得火小邪嗷的一声大叫，猛地一缩身，撞得杂草乱飞。水妖儿把鬼脸一松，笑道：“我可告诉你了啊！猴子！”

火小邪吱哇乱叫道：“你、你会变脸！吓死我了！”

水妖儿哼道：“土猴子，别狼哭鬼叫的，还真吓到你了？好玩，好玩！”

火小邪挣扎着坐起身子，把头发上的杂草拔下，不知是该气还是该怕，战战兢兢说道：“你这一手，若是晚上，能吓死人的！这、这是你们水家人的本事吗？”

水妖儿笑道：“现在不告诉你！不是告诉过你吗？我在张四爷家可是丫鬟小翠，你见过的呢，是不是一点都不像啊？”

火小邪仍然心惊，说道：“若是现在的你，打死我也不信你是那丫鬟。”

水妖儿笑道：“是吗？那这样呢？”

水妖儿一说，转过身去，取出一块素花方巾将肩膀盖住，挡住上半身的黑衣，又把头发捋了捋，露出额头刘海，把头发在脑后拧成一根马尾辫，用卡子别住，这才转过身子，看着火小邪，小心翼翼地说道：“张四爷，刚才，您是叫小翠吗？”

火小邪看着水妖儿，又是愣了，眼前这明摆着就是一个丫鬟小翠，连神态举止，都是一个小丫鬟那种畏畏缩缩的样子。

火小邪叫道：“是你，是你，我偷点心时就是你救了我们！”

水妖儿还是一副丫鬟模样，竟有点害羞地说道：“呀，我并不是故意要救你们的……”

火小邪打量着水妖儿，啧啧称奇，从头看到了脚。水妖儿扭捏着说道：“这位大爷，您别这样看着小翠……我怕……”

火小邪叹道：“奇了，奇了，水妖儿你真是太厉害了！怎么学谁像谁啊？可可、可是，到底真正的你是什么样子呢？”

水妖儿扑哧一笑，把盖在肩头的方巾取了去，将头一侧，用手挡着脸，慢慢转回头来，又变成了最平常的顽皮样子。水妖儿说道：“猴子，别拍我马屁啊，厉不厉害还要你说吗？至于真正的我是什么样子？嗯，呵呵，你希望是什么样子？”

火小邪说道：“我也不知道……啊，要不你就现在这个样子吧，觉得你和我年纪一样，也能说得上话。”

水妖儿笑道：“那好吧！你就把现在的我当成真正的我吧！”

火小邪怎么听怎么觉得这句话别扭，但也想不到到底哪里不对劲，只好憨笑了两声。

火小邪说道：“严什么的那几个人呢？去哪里了？”

水妖儿说道：“严景天严大哥啊，他们去通河镇了，现在差不多也该回来了。”水妖儿说完，向外看去，指着远方说道：“说曹操，曹操就到呢，他们回来了！”

严景天、严守义、严守任、严守震四人六马，从山侧小路向前方山坳处的火小邪、水妖儿所在的破庙急急奔来。严景天奔在最前面，神态焦急，玩命地抽打马匹，恨不得马儿能飞起一般。

严守震是个长方大脸，粗眉细目，此时也是满脸汗珠，冲着严景天的背影喊道：“严堂主，我们还要怕张四那些人吗？任凭他们来抓就是了！火家人还用躲着他们吗？”

严景天转头骂道：“你懂个什么！接到水妖儿他们两人，我们立即绕行一百里，避开张四的钩子兵！”

严守震还是不甘心，嚷道：“严堂主！要不你先走！我去灭了这些小虫！”

严景天一勒缰绳，怒道：“严守震！你要违抗火王的命令吗？再多说一句，家法伺候！”

严守震尽管心中极为不悦，但也只能恭敬地说道：“不敢！一切听严堂主的！”

四人六马继续飞奔而去！

原来严景天和严守义带着水妖儿、昏迷的火小邪向通河镇连夜行来，天明时分赶到镇外，寻到了严守震留下的记号，知道张四大队人马经过，且并未走远，似乎要在镇边山沟中休整。

严景天唯恐带着水妖儿和火小邪不便，绕行至旁边的山上，见到一间破庙，便把火小邪用牛黄绳拴住，叮嘱水妖儿等他们回来。

严景天、严守义两人在通河镇外与守候多时的严守震、严守仁会合，一问才知张四休整的地方叫作风波寨，乃是张四的秘宅之一。严景天想着尽快离开，也没有进通河镇休息，四人赶忙回山接水妖儿、火小邪，路上见有货站拴着马匹，便让严守仁去偷了两匹精壮的大马，以备后用，自然也留下两倍的马钱，算是赔给马匹的旧主。

可严景天他们正要走近路到破庙所在，却老远察觉到张四的一组钩子兵横向巡山，似乎是已经发现了他们的行迹。原来严景天他们着急，张四更加着急！张四的大队人马一到风波寨，略作休整，就派了两组钩子兵加上风波寨里的武师出来寻人，碍于通河镇是一个南来北往运货必经的镇子，行走商人马队颇多，又已经天明，便不宜放出豹子犬，只是由钩子兵以人力巡查。

张四爷的钩子兵毕竟是奉天一带的地头蛇，熟悉地形人头，知道该找谁询问，很快就问到严景天等人的大致踪迹，甚至还知道了严景天他们一行五人，还有一个女子身形的在其中。钩子兵一边飞报张四爷，一边早严景天他们一步，把搜寻范围缩小到进山山口一带。

严景天不愿和钩子兵现在就起冲突，绕行二十里，偷摸着钻回山上，朝着火小邪、水妖儿而来。

岂不知严景天他们强龙斗不过地头蛇，偷摸着进山，还是被钩子兵察知，张四爷听到有女子和严景天一路，眼睛都红了，猜到可能就是偷自己镜子的丫鬟小翠，哪管那么多，把豹子犬用车拉到山口，放了出来，嗅着严景天他们的气味也寻上了山！

严景天等人拍马赶到破庙前，纵身下马，严景天打个手势，自己带着严守义冲进破庙。水妖儿站在堂中，迎着严景天。水妖儿见严景天面色严肃，猜也猜到了几分，但并不询问，只是微微皱眉，等着严景天先说话。严景天冲水妖儿微微点头，四下一望，看到火小邪也老老实实地绑在角落，这才说道："水妖儿，我们这就走吧！"

水妖儿说道："严大哥，张四追过来了？"

严景天并不回答，三步并作两步，走到火小邪跟前。火小邪也不说话，直勾勾看着严景天，脸上仍显得十分不屑。严景天也不搭理，伸手把绳子一拉，双手齐上，握住绑在柱子上的绳结，十指齐张，手指并在一起，略一用力，只听噼啪几声，似乎皮筋崩断的声音。严景天手一抖，已然将绳结解开。

火小邪眼睛都瞪圆了，自己费了无数心思，都不能解开这绳索分毫，严景天一上手，竟这么快就解开了？火小邪又敬又妒，心中长叹："有本事的人就是不一样！"

严景天解开了牛黄绳，一拉绳索，对火小邪骂道："小子，老实一点，如果再犯浑，就把你丢在这里喂张四的狗！"

火小邪一骨碌爬起，嚷道："张四爷杀了我兄弟，以后我定要报仇，严大哥放心，我老实跟着你们，绝对听话。"

严景天点了点头，也回望了一下水妖儿，暗想："看来水妖儿降伏了这猴子！"

严景天拉着绳索，火小邪紧紧跟着，严景天说道："咱们这就走吧！"

水妖儿一伸手，拦住严景天，说道："严大哥！且慢走！"

严景天一愣，说道："水妖儿，张四放了豹子犬出来，让这畜生追上，很是麻烦！"

水妖儿哼道："张四好大的胆子，敢追火家和水家的人！那豹子犬我是

见过的，的确很难对付，但我们这样走也不是办法。”

严景天惊道：“水妖儿，你切不可妄为！我们还没有离开张四的地界！”

水妖儿微微一笑，说道：“我不是要和他们现在斗一斗，而是让豹子犬暂时找不到我们！我最讨厌人放狗追了！”

“怎么？”严景天知道水妖儿有水家的绝学，说话并不是儿戏，倒也站稳了身子。

水妖儿把身后的背囊拿起，从里面摸出一个小药瓶，打开盖子，小心翼翼地倒出一些淡黄色的粉末在手掌中，将盖子盖好，把瓶子捏在手中，这才说道：“严大哥，把人和马都叫进屋子来！”

严景天应了声好，把拴火小邪的绳索丢给严守义接着，自己快步出门，对外面的严守震他们喊道：“你们把所有的马都牵进屋子！快！”

严守震等得心焦，听严景天喊他们，也没多想，和严守仁牵着马，都挤进屋子。

水妖儿已经在地上拢起一小堆干草，把药粉撒在干草上，退了几步，对严景天说道：“严大哥，人和马都进来了！生火吧！”

此时六人六马都已经挤在这破庙内，挤了个满满当当。

严景天喝了声“好”，右手在怀中一晃，似乎摸出了个小丸，一甩手丢入干草中，啪的一声，顿时一股火苗升起，把干草点着！干草撒了药粉，紧跟着腾起一股子黄烟，颇为浓烈，转眼就弥漫到整个屋子，所有人马都浸入烟雾中。

水妖儿在烟雾中说道：“各位大哥，此烟无毒无味，大家不要动，一会儿就好。”

火小邪本想用袖子把鼻子捂住，听水妖儿这么一说，赶紧放下手。

严景天说道：“水妖儿，是水家的净味散吗？”

“对了！严大哥真聪明！”水妖儿嚷道。

“见笑，见笑，有水家的净味散，那就方便了！”

“等烟雾散去，我们就可以走了，张四家的畜生肯定找不到我们！不过也只有半日的光景，严大哥，时间够吗？”

“足够了！”

两人讲完话，这黄烟也慢慢消散，除了一股子烟草味外，屋子里并无其他味道。

严景天看了看，喝道：“走！”一行人迅速拉马出了庙门。严守义拉扯着火小邪的绳子，一张木雕似的脸上，仍显得对火小邪十分记恨。火小邪也不看他，快步跟着就走。

严守义指着一匹马儿，说道：“你！这匹！”说着把绳子绑在马鞍上，快步走开，攀上另一匹马的马背。

众人齐齐上马，水妖儿也是一跃而上，火小邪看着马屁股愁眉苦脸。严守震脾气不好，嗓门也大，骂道：“你这小杂毛！愣什么愣！”

火小邪双手一摊，说道：“我不会骑马……”

严守震愣了愣，继续骂道：“那你留这里喂狗吧！严堂主，我们走吧！”

严景天也是微微皱眉，心想带着火小邪真是个负担，不如把他丢在这里自生自灭好了，管他到外面瞎说什么，这种半大小子，说什么估计别人也不会信。

严景天正想打定主意，水妖儿却叫道：“我带着他骑一匹马！我们俩身子轻！不碍事！”

没等严景天回答，水妖儿把自己胯下的马一拍，马儿跑上一步，水妖儿松开脚蹬，一个躬身，从马背上跃起，跳到火小邪的那匹马上。水妖儿手一伸，冲着火小邪叫道：“猴子，快上来啊！想跟着马跑吗？”

火小邪不知怎么，看着水妖儿伸上来的纤纤细手，鼻子一酸，眼中泪花轻泛。火小邪赶忙控制住自己的情绪，伸手拉住水妖儿的小手，仗着自己身手灵活，另一只手一拉马鞍，翻身而起，落在水妖儿的身后，顺手就搂住了水妖儿的细腰，不禁心中一荡，耳根都红了。

“抱紧我了！”水妖儿叫道，“各位大哥！走啊！”

严景天见事已如此，喊道：“走！”严景天把马一拉，就要领着众人向南边驰去。

水妖儿看了看方位，皱了皱眉，叫道：“严大哥且慢！我们往东南边走！”

众人一愣，严景天说道：“水妖儿，为何往东南去？”

“他们用畜生闻不到我们的气味，但能追踪我们的足迹！东南边有个乱

石岗！我们跑过那里，足迹全无！”水妖儿喊道。

严景天惊道：“你怎么知道？”

水妖儿说道：“不是我知道，是我爹爹知道，他以前来过这里，绘制了地图！不用问了，听我的没错！”

严守震不悦道：“水妖儿妹子！这可不是小孩过家家！我们可是照顾着你的！”

水妖儿冷哼一声，也不答话，自己拉起缰绳，喝了声驾，向东南方向骑去！

火小邪坐在水妖儿身后，把头一回，狠狠冲严守震做了一个鄙视的表情，嘴中嘀咕道：“有本事别跟着！”

严守震骂道：“严堂主，你看，你看，本来是我们照顾她，现在她还要带着我们了？那个火小邪的小王八羔子！还凶！老子杀……”

严景天瞪了严守震一眼，严守震把话吞进腹中。严景天也不说话，把缰绳一拉，拍马跟着水妖儿飞驰而去。

严景天这一走，谁还敢不跟着，严守震、严守义、严守仁三人抖擞精神，拍打着马匹，转过方向，紧紧跟上。

火小邪在马背上看到严景天他们跟来，不禁冲水妖儿笑道：“他们这帮孬种！跟上来了！”

火小邪本以为水妖儿也会跟着他调侃嬉笑，岂知水妖儿口气极冷地说道：“少废话！掉下来摔死你！”

火小邪惊得一愣，尽管看不到水妖儿的表情，但也觉得她冰冷无比。火小邪闭上嘴，心中却念道：“这水妖儿，到底是什么样子的人？难道她所有面目都是装的？”

火小邪闭口不言，山路颠簸，不由得紧了紧身子，挤住了水妖儿的背包。火小邪想到这背包里又是玲珑镜，又是净味散，不知还有什么古怪的东西，不免有些好奇，盯着背包多看了几眼。

水妖儿似乎背上长了眼睛，又是冰冷地骂道：“你要是敢偷看包里的东西，立即让你死无全尸！”

火小邪现在绝对相信水妖儿一定能说到做到，不知怎么，竟开始有些怕她，赶忙说道：“是，是……”偏开脑袋，再也不敢打量水妖儿的背包。

九、风生水起

火小邪他们离开破庙不到一炷香的工夫，破庙边的草丛中黑影一闪，无声无息地跳出一只巨兽，落地无声，也不吼叫，两三个起落，跳到一块大石边，趴在地上，一双铜铃大的眼睛一眨不眨地盯着破庙，极为专注。这巨兽与其说是像条大狗，还不如说像只黑色的狮子，通体黑色的卷毛，脑袋周围的毛发尤其浓密且长了数倍，而那脑袋足足有颗水牛的头一般大小，张着大嘴，满口闪亮的獠牙，黑紫色的舌头从獠牙间一伸一吐，微微呼哧作响。

要说它是条狗，追到这里怎么也该狂吠乱叫，引得主人前来，可这巨兽却极为反常，趴在此处，竟如一只捕食的豹子一般，不仅不声不响，而且还似乎全神贯注地观察着破庙中的动静。

这只巨兽趴了片刻，慢慢站起，又如猫一样半蹲着身子，拣着有大石遮掩的草丛向前钻去。巨兽挪了一段，左右一看，盯着一个方位，喉中低低呜呜作响。只见这巨兽侧前方的草丛中，又腾地跳出一只更大的巨兽，模样相仿，只是身形比这只更大了三成。

新跳出的巨兽，也是不吼不叫，在地上嗅了嗅，抬起硕大无朋的脑袋，穷凶极恶地盯着破庙，侧头对另一只呜呜低吼了两声，算是呼应了。

这两个巨兽当真通了人性一般，彼此接上了头，各自站起身子，分别往破庙两旁腾地一跳，硕大的身子，竟都跳了五六尺高，巨爪攀住岩石，又是几个腾跳，一直到跳到一块巨石之上，才定住身子，居高临下地看着破庙。其中较大的一头巨兽扬起头来，如同人一样，竟皱着双目之间的毛皮，眯着眼睛又闻了一闻，然后连连甩头，呜呜低吼。另一巨兽紧接着做了同样的动作，也是甩头低吼起来。

这两只巨兽也不妄动，仍然牢牢站在大石上，盯着破庙。

片刻之后，上山方向人影涌动，一群蓝衣人也是无声无息地闪出身子，十分轻盈地飞速前行，打头的三人，竟又牵着一头黑色巨兽，那巨兽如箭飞奔，那三人如同被这巨兽拉离地面，飞一样地来到这破庙前不远的空地处。

蓝衣人越聚越多，但都一言不发，彼此间仅仅用眼神手势交流，显得十分默契，破庙外只能听到细碎的脚步声。转眼间，这些人对这破庙已成合围之势。

又有两人如狡兔一般飞身而至，在被三人牵着的巨兽身边停下，这两人气息细密，丝毫不乱。其中一人拍了拍巨兽的大头，说道:“大嚼子，做得好！”

这些来人果然就是张四爷、周先生和一众钩子兵，那三头巨兽，也正是严景天、水妖儿提到的豹子犬。二嚼子、三嚼子在前面寻路，也不吼叫惊扰，因为可由大嚼子带着张四爷他们，跟在后面，这样一来，这数十号人上山可谓毫无声息。

想当年，御风神捕追捕的都是江洋大盗，身手都是一等一的彪悍，若呼喊着抓贼上山，贼早就跑没影了。所以张四爷、周先生练就的钩子兵、豹子犬，均是可静可动，不把你逼入绝境，轻易不出手，一出手就十拿九稳，的确是厉害至极，想不成就江湖威名都难。也难怪严景天、水妖儿这种神盗级别的人物，也要速速避让，不和张四爷的全班人马直接对抗。

张四爷和周先生也都是一身紧身蓝衣，分外精干，只是在张四爷和周先生的胸前，各绣着一团银色的盘云。

周先生疑道：“张四爷，二嚼子和三嚼子样子古怪，停在这里，莫非严景天他们就躲在这破庙中，给我们下了套子，候着我们来，要和我们一决高下？”

张四爷摆手道："确有古怪，如果他们做下什么套子，二嚼子应该已经发现！不过，以防万一的话……来人！"

张四爷身边一钩子兵应声而出，抱拳低首站在一边。

张四爷吩咐道："布阵！七网罗汉阵！一只苍蝇也不能飞喽！"钩子兵听了，一个点头，跳了开去，双手在空中交叉，嘴里打了一串响哨。

顷刻之间，十多个钩子兵跳将出来，纷纷把三爪钩持在手中，扎好身形，把这破庙团团围住。而那三只巨兽豹子犬，前爪一伏，利爪伸出，抓得山石咔咔作响，抬起大脑袋，双目凶光乱射，大嘴一张，惊天动地地吼叫起来。

三只豹子犬同时吼叫，那吼声真是震动得十里八郊一片轰鸣，声势极大。若是胆子小的人，见到这种如同牛犊一般大小的恶兽吼叫，非吓得腿脚发软，束手就擒！

豹子犬吼了一阵，破庙中毫无反应。张四爷皱了皱眉，手指伸入口中，嘘的一声响哨，那三个豹子犬几乎同时止住吼叫，牢牢盯着破庙，喉中低沉嘶吼。

张四爷喝道："二嚼子！去！"

只见最高处的体型最大的那只豹子犬，一个躬身，硕大的身体一跃而起，在空中稳了一稳，竟落到破庙的屋顶，震得砖瓦碎石齐飞。二嚼子身体极为敏捷，也不停顿，一个扭身，哗啦一声巨响，从屋顶的破洞中跳入破庙。

张四爷继续喝道："三嚼子！也去！"

体型比二嚼子略小的那只豹子犬，也从大石上跃下，从地面上直冲而去，如同一团黑色的旋风，从破庙的窗口一跃而入，把那本已腐朽的窗檐撞成碎片，四下横飞。

张四爷让两只豹子犬冲入，乃是极狠毒的套路，豹子犬若在房中找到活人，不由分说就会撕扯个四分五裂。如果是火小邪这种级别的留在房中，恐怕叫都叫不出一声，脑袋就得被豹子犬咬掉。

两只豹子犬跳入房中，并无动静，但片刻工夫就又大声吼叫起来。

张四爷听到豹子犬的吼声，皱了皱眉，骂道："奶奶的！居然没人！"

张四爷命人撤了钩子阵法的七网罗汉阵，自己大踏步上前，一脚将破庙的烂门踹飞，咔咔走进屋内。二嚼子和三嚼子仍然在地面上各处不断闻嗅，显得极不甘心。

张四爷抽了抽鼻子，骂道：“烟火味道！”

周先生也跟进房中，四下一看，快步走到地面上一小堆灰烬面前，蹲下身子，用手指沾起一点灰烬，用舌尖舔了舔，说道：“也就走了两炷香的时间。”

张四爷点了点头，四下寻去，走到绑着火小邪的角落，也蹲下身子，四处摸索了一番，自言自语道：“他们还绑住了一个人，看来这人并没有挣脱开绳索。哼哼，极可能就是他们带走的火小邪，他们带走这种废物有什么用处？难道玉胎珠根本就不在火小邪肚子里？”

周先生凑过来说道：“张四爷，嚼子们在这里闻不到他们的气味了。莫非……”

张四爷起身说道：“周先生有何高见？”

周先生说道：“他们上不了天，入不了地，只有一种可能，他们用了类似净味散一样的东西，盖住了他们的气味。”

张四爷说道：“净味散？就算是净味散，我们的豹子犬不该闻不出来。”

周先生低声说道：“寻常的净味散，也就罢了，如果那丫鬟小翠真是水家的人，又和他们在一块儿，就不一样了。水家贼道，变化多端，听说其中一项本事，就是去除自己身上的味道或者掩盖踪迹，以便接近必要的人物，行偷窃之事。若是水家人的净味散，恐怕我们半日之内，也别想靠豹子犬闻到他们的踪迹。”

张四爷叹道：“这么厉害？如果任他们跑出半日，我们再找到他们可就难了！”

周先生也是低头沉思。

有钩子兵飞奔来报：“张四爷、周先生，查到有马蹄印记，有六匹马！看深浅，似乎只坐了五人，空出一匹马！马蹄印朝着东南方向的乱石岗去了！”

周先生骂道：“好狡猾！从乱石岗这种地方经过，连踪迹也找不到了！

看来他们对这一带的地形还挺了解的啊！麻烦啊！麻烦！”周先生踱了几步，闭目思索。

张四爷见周先生也是烦恼，等了周先生片刻，直到见周先生眉头展开之时，才适时问道：“周先生，现在该怎么办？”

“哼哼，他们毕竟不是飞鸟，也不是穿山甲！只要从地面上过，多少会露出马脚！来人啊，速速把风波寨中的飞鸽全部放出，通知三百里内所有的驿站哨子、茶水脚夫、穿堂掌柜、绿林黑头、马彪山彪，就说奉天张四爷悬赏三千大洋，查四个陇西口音的汉子和一个小姑娘一行五人的下落！火速去办，不得有误！”周先生吩咐道。

钩子兵得了周先生的令，飞也似的退去了。

张四爷喝道：“好！”

周先生哼道：“想跑？以你们那些劣马的脚力，我们必能在五百里内追到你们！”周先生转头对张四爷说道，“张四爷，事不宜迟，我们立即动身！”

张四爷一点头，冲仍在地面上苦苦闻嗅的豹子犬打了个哨子，叫道：“二嚼子！三嚼子！省点力气！再陪爹爹赶路了！”那两只巨犬抬起头来，似乎犹有不甘，但仍听从张四爷的号令，跳到张四爷身边。

有钩子兵上前将豹子犬脖子上的钢圈挂上绳索，随着张四爷出门，众人眨眼之间，就从这破庙中退了个干净。

再片刻工夫，这一片地方又是空谷幽鸣，寂静无边，再无半个人影，哪似刚才发生了如此多的江湖奇事？

暂且不表张四爷这边的部署，又说回严景天、水妖儿、火小邪这边。他们离开破庙，向东南方向奔了数里路，就听到身后的山谷中传来豹子犬惊天动地的怒吼，尽管已经相隔颇远，但那吼声仍然声势惊人，惊得两边林中飞禽走兽扑腾腾四下躲藏，喧哗不已。

严景天他们无不扭头回望，心中暗道：“这是什么怪物！莫非是张四家的豹子犬已经找到破庙了？”

想归想，众人丝毫不停，更是快马加鞭，直奔东南方而去。

又行了十余里，果然如水妖儿所说，前方豁然开朗，现出一大片乱石岗来。这片地区乃是一片面积颇大的山谷盆地，常年积水冲刷，地势又低，所以放眼看去，遍地都是高矮参差不齐的碎石，大的石头有数人高矮。地面上除了石头，无数条溪水纵横交错，从石缝之间缓缓流过。

严景天他们一看，知道这片乱石岗能隐藏住他们的踪迹，纷纷下马，牵着马从乱石岗中穿过。火小邪也下了马，默默跟着水妖儿，走在队伍中间。

别看乱石岗大石林立，却地势平坦，十分好走，以严景天他们的身手，自然不在话下，就连火小邪，也是丝毫不觉得吃力。所谓乱石岗能隐去踪迹，乃是因为乱石岗以石头覆盖，很难留下足迹，就算是松软的地方踩得歪斜了，还有溪水顺势涌过来冲刷一番。尽管如此，严景天还是十分小心，命严守义、严守仁断后，切切实实将所有可能被发现的痕迹销毁。

众人走了约半个时辰，严景天摸清了方位，蹲下身子，把手按在地面上，又俯下身子将耳朵贴在地面上听了听，算是探了探附近的情况。严景天发现并没有人追来的迹象，这才带着众人出了乱石岗，上马继续向东奔去。

严景天他们这一走，就一日一夜没停，中间不过短短休整了两三次。行到第二天天色大亮，他们已经离开通河镇三百多里，算是把张四爷甩开了。人还能支持，马却已经口吐白沫，再跑下去恐怕就会暴毙于路边。

严景天只好放慢速度，命严守震、严守仁再去沿路打探到了什么地界，其余人则就地休息。

不一会儿严守仁来报，说是前方有一个界碑，此地叫作落马坳，从未听说这个地名。严景天问水妖儿是否知道，水妖儿也连连摇头。

又过一会儿，严守震也回来，报道：“严堂主，前方约二里远的山窝处，有炊烟升腾，可能是个村落。”

严景天点头应了，说道：“也好！我们去看看吧！没准能讨碗热汤喝喝！”众人都是人困马乏，均无异议，由严守震带路，向着村落走去。

等走到严守震所说的村落外，大家倒也乐了，哪里是什么村落，竟是一间略显破败的客栈。严景天眼尖，看到客栈院子中有伙计跑进跑出地忙碌，院子里还拴着七八匹马，便知道客栈还在经营，并无异样。那客栈门口竖着一面旗，上书：落马客栈。

严景天笑道：“兄弟们、水妖儿，前方是一间客栈，我们去好好休息一阵，晚上再走！”

众人也都叫道：“好啊！”

这间落马客栈，并非是常见客栈的格局，只是七八间缓坡上的民房，用栅栏一围，把最前面一间房子前后墙打通，布置些桌椅，再临街起一个院落，用来拴马驻车，便算是客栈了。

此时落马客栈前堂中正有一个掌柜打扮的干瘦老头，抽着旱烟，戴着老花眼镜，模样倒还斯文，正靠在柜台后面摇头晃脑地看着一本古书，看得带劲了，边看边摇头晃脑不止。

哐当一声，一个伙计从门中闯进来，冲得太快，撞在桌椅上，人也差点摔倒在地。

掌柜的一抬头，见伙计急急忙忙的，不耐烦地啧了一声，还是把头一低，继续看书，嘴中则骂道：“贾春子，是见到鬼了还是看见妖精了？天天神神道道的！”

伙计贾春子身高马大，身形极为魁梧，长方大脸，浓眉大眼，就是显得有些憨头憨脑的。贾春子撞到桌角，正疼得紧，歪着脸没说出话来，听掌柜的骂完，才嚷道：“钱老爷！钱老爷！来、来、来、来、来客人了！”

钱掌柜头也不抬，骂道：“你说来个偷吃的狗熊啥的，我倒相信。”

贾春子嚷道：“真、真的！一二三四五六，五六个人呢！”

钱掌柜把头一抬，见贾春子目光恳切，不禁说道：“还真来客人了？今天是什么日子？”

贾春子身材高大，双手一伸，从柜台上把手插入钱掌柜腋下，竟一把提了起来，把这个瘦小老头从柜台后提到前面。钱掌柜可能也见怪不怪，嘀咕了一句，整了整自己的大褂，赶忙迎出店门外。

严景天他们一行人在落马客栈前下马，正想呼喊，就看到钱掌柜和贾春子一前一后地跑出来。钱掌柜一看到严景天他们，笑得眼睛都没了。别看他一把老骨头，跑得和飞一样。钱掌柜一边高呼："各位大爷！各位客官！小店有人哪！有人！"一边脚下不停，跑到严景天面前，一个抱拳，说道："客官！里面请，里面请，小店正在营业！正在营业！"

水妖儿早就换了一身寻常的女子小褂，把头发盘起，看着倒像个小媳妇，水灵得很。

严景天左右看了看，院中一侧的马厩中尚有七八匹马悠闲地吃草，马背上鞍套齐全，像是住店的客人的。

严景天微微一笑，说道："我们要赶远路，这几匹马，麻烦用上好的草料。"

钱掌柜叫道："没问题，没问题，里面请，里面请！贾春子，听到没有！"

贾春子赶忙吆喝一声，上前把各人的缰绳都接了过去，把马拉向一边。众人看这个贾春子一副伙计的打扮，但个头着实惊人，比个子最高的严守义还要高出一头，巨人一样，都是心中一惊。好在贾春子眉目间憨憨傻傻，满脸堆着笑意，一看也知道没什么心眼的，才都略略放心。

火小邪暗暗道："看样子比奉天城里玩杂耍的史大个还要高出半个头！不知力气赶不赶得上他？"

钱掌柜在前面引路，大家在后面跟着，严景天问道："掌柜的生意可好？"

钱掌柜答道："不行啊，自从郭松龄大人和张作霖张大帅开打以后，我们这条路上就没有什么生意了，今天好不容易才盼到你们几位客人。"钱掌柜说的郭松龄和张作霖开打，正是1926年前后，郭松龄反了张作霖，举兵相抗，张作霖只好请日本关东军来帮忙，这才抓了郭松龄，赐他一死。但郭松龄死后，还有一批死党残部抵死不降，嚷嚷着要给郭松龄报仇，导致还有些星星点点的战役，所以这段时间，辽宁一带兵荒马乱，很多路上都没有客商往来了。这钱掌柜说的倒都是实情。

钱掌柜对严景天暗示般的提问毫无反应，自说自话，连火小邪都觉得奇怪，明明院中一角拴着七八匹马，怎么叫今天才盼到客人？难道这些马匹是自己跑来的不成？

钱掌柜引了严景天进屋，客气地问道："几位客官，是先吃饭，还是先住店？小店别看简陋，后院里有上好的客房三间，保证干干净净，住得舒舒服服。"

严景天答道："先吃饭吧！掌柜的有什么好菜，都端上来吧！差不了你的银钱！"说着从怀中摸出几枚银元，丢在桌上。钱掌柜眼睛都直了，上前把银元收起，说道："几位大爷，请坐，请坐！小店有新鲜的山珍野味，绝对是城里都难得吃到的，一会儿就来啊！"说着赶忙跑了开去。

严景天他们围坐在桌边，无不伸了伸懒腰。

火小邪也老实坐下，左右望了望，用手指摸了摸桌面，说道："我怎么觉得这店里不止我们几个客人啊？"

严守震骂道："还要你说！"

严景天说道："严守震，你就让他说说呗。"

严守震冲火小邪哼了一声，懒得搭理他。

水妖儿拍了火小邪一把，显得大大咧咧地说道："猴子，想说就说呗！"

火小邪瞪了严守震一眼，心中骂道："就你会凶！"嘴中则说道，"刚才进来时，院子里分明有几匹马拴在旁边，连马鞍子都没解，要么是和我们一样，刚来没多久，要么就是要赶时间，随来随走。可这掌柜的还说什么没生意，好不容易才等到我们这几个客人。"

严景天说道："不错！还有呢？"

火小邪说道："还有，我们这张桌子，昨晚分明有人吃了酒菜，桌子没擦干净，现在上面那层油味还在呢。"

严景天一愣，说道："这是个什么道理？"

火小邪说道："你们都是不愁吃喝的人，我从小就饿肚子，饥一顿饱一顿的……其实这桌子上没擦干净的油，一天一个样子，我看一眼摸一下就知道了。"

严景天问道："那你怎么学到的呢？"

火小邪黯然说道："小时候，饿得实在厉害了，就总去偷潲水吃，那餐馆的后厨通常都摆了张桌子，只要那桌子上没擦干净的油不过一两天，就能

吃到新鲜的溯水，否则会拉肚子。时间久了，就记得了。”

火小邪所说，大家听得都有些愣了，严守震一张不耐烦的脸略略舒展开了一些，转头过来聆听，神态略显温和。严守义还是一张木雕似的脸孔，动也不动，但似乎也略有所思。

严景天轻声道：“所谓的本领，始创之时，都是为了谋生。就好像我们偷盗之术，普天下第一个去偷盗的人，恐怕也是为生计所迫吧。”

火小邪突然说道：“那你们这些世家的人，并不愁生计，还要偷什么呢？为什么去偷呢？又为了什么人偷呢？”

水妖儿张口答道：“为自己啊！我不去偷玲珑镜，我爹爹水王就一直要管着我。”

火小邪点了点头，又对严景天问道：“那严大哥你呢？”

严景天眨了眨眼睛，慢慢咧嘴大笑起来，火小邪不知道为何严景天如此发笑，好奇地看着严景天。严景天边呵呵笑边说：“火小邪，你这小子，你这娃娃！问得好啊！只是这个问题，我也回答不上来。你不过是个下五铃的小贼，想的东西倒很有趣！”

严守义的木雕脸上动了动，也是猛然说道：“严堂主让我偷，我就偷！管他为什么。”

严守震骂道：“严守义你就是个呆子！”

严守义回骂道：“谁是呆子？”

严景天更是笑得前俯后仰。

严守仁在火家四人中年纪最小，不禁跟着严景天哈哈哈笑了起来，随即严守震也笑起来，严守义木雕脸扭了扭，嘿嘿嘿嘿出声，仿佛笑了。

水妖儿也笑道：“火家大哥们觉得乐呵的东西，还真不容易明白呢。哈哈，哈哈。”水妖儿自己给自己逗乐，也笑了起来。

火小邪呆坐原地，自己本来自认为挺严肃的问题，怎么最后让大家笑成一团了呢？难道问这些偷盗世家的人为什么要偷的问题，就是一个十足的玩笑？

火小邪见严景天笑得直拍桌子，只好也跟着嘿嘿干笑了两下。

火小邪拧着眉毛，压低着声音嚷道：“我是说，这家是黑店！是黑店！你们有没有在听我说啊！唉……”

可严景天他们就是不接火小邪的话茬，自顾自哈哈大笑。严守震、严守义、严守仁三人，更是互相推搡打闹起来。

钱掌柜高喊一声：“来喽！”捋着袖子从后堂跑出，手中端着两个盘子。钱掌柜这一喊，倒是把严景天他们的笑声打断了。

钱掌柜抱歉地说道：“打扰！打扰！”说着把盘子端上来，介绍道，“这是小店的两道招牌凉菜，酱拌鹿筋和卤汁貂子肉，几位大爷、小姐请品尝，绝对比奉天城里的还要地道！”

严景天笑嘻嘻地说道：“好！好！掌柜的辛苦！”

钱掌柜应和道：“慢用，慢用，热菜很快就来！哦！各位，不喝点什么？我这小店里有自酿的陈年高粱酒。”

严景天摆摆手，说道：“酒就不用了！掌柜的端些热茶来！”

钱掌柜“哦”了一声，说道：“几位大爷不喝酒的啊……热茶，热茶，稍等，一会儿就来。”

钱掌柜正要退开，水妖儿嚷道：“掌柜的，我要喝，拿一坛来吧！”

钱掌柜连忙问道：“这位小姐，是、是要喝高粱酒？”

“当然啊！渴死了！女的就不能喝酒啊？”水妖儿嚷道。

钱掌柜哭笑不得，几个大男人滴酒不沾，而一个小丫头却要喝一坛子酒，张大着嘴巴说道：“啊……好，好，马上来，马上来……”打量了他们几眼，赶忙离去。

严景天见怪不怪，自顾自从桌上的筷子笼里抽出筷子，嚷道：“来，来，来，大家都吃吧。”

严守震他们也不客气，都拿出筷子，大吃大嚼起来。水妖儿也没那么秀气，一筷子夹了一大块貂子肉，放在嘴里大嚼。众人赞道：“没想到这种僻静的小店，也有这种美味，不错不错！”

唯独火小邪没动。

水妖儿用胳膊捅了捅火小邪，边嚼边说："喂，猴子，发什么呆，吃啊！你不饿是不是？"

火小邪早就饿到前胸贴后背了，见大家吃得高兴，口水都咽了一肚子。火小邪说道："大家，大家就这么吃了？万一、万一这是家黑店呢？里面下了药呢？"

水妖儿哈哈一笑："哪有这么多黑店！"

火小邪继续说道："我在奉天的时候听人说，外面的黑店，都是在这种偏僻的路边，吃人肉的，那外面几匹马，空着没人，会不会就是上一批客人被他们害死了。你们看那个伙计，比我们高出多少？像个屠夫，哪像个伙计？还有，那掌柜的，干瘦老头，腿脚竟这么灵光，跑前跑后都不喘气！"火小邪越说越觉得心寒。

严守震啪地把一块骨头吐出来，骂道："小兔崽子，你觉得你比我们见识得还多喽？还黑店，黑你个奶奶！你爱吃不吃，不吃滚蛋！我们都是呆子，就你聪明！"

严守义嘀咕一句："我们不是呆子！"

严守震骂道："没说我们是呆子！反话你听不懂啊！你这个呆子！"

严守仁又忍不住，低头一边嚼肉，一边吃吃地闷笑起来。

严景天把筷子放下，说道："火小邪，江湖中的确有险恶，你想太多了。如果是黑店，我们进来之前，就已经发觉了。吃吧，吃吧，味道不错，不吃可惜了！"

火小邪正要再说，钱掌柜又在后堂边走边吆喝："来喽！几位客官打扰！打扰了！"

钱掌柜提着一个酒坛、一壶热茶，还在胳膊肘上夹着七八个酒碗，快步走到桌边，将东西麻利地放下，摆了一桌，念道："慢用，慢用，热菜马上来，马上来。"

严守仁站起，提着茶壶给大家酒碗里倒上茶水。

水妖儿抱起酒坛，说道："猴子，喝点酒吧？"

火小邪向来信奉男子汉必能饮酒，见严景天他们这些大汉竟然滴酒不沾，心里觉得奇怪，有点瞧不起他们，听水妖儿招呼他喝酒，自然而然地说道：“好！喝一碗！”

水妖儿一笑，稳稳给火小邪倒了一碗，再给自己斟满。水妖儿举起碗，冲火小邪一眨眼，说道：“干杯！”说罢就一饮而尽。

火小邪看得呆了，这偌大一碗酒，就这样一口干了？火小邪也不管是不是毒酒了，既然水妖儿都喝了，自己也干了吧，于是举起碗奋力一饮而尽。

这高粱酒颇烈，火小邪只觉得一股子热气从嗓子眼冲下去，辣得胸前一片火烫。火小邪本来就一直没吃什么东西，空腹喝酒，最是易醉，何况火小邪在奉天的时候，哪有这样豪爽的喝酒经历？火小邪身子晃了晃，眼睛一直，强行忍住胃中的翻滚，举起筷子，夹了一块鹿筋，塞到嘴里，胡乱嚼了几口吞下，才觉得略微好了一点。可一股子酒气，从胸口热气中化开，直冲后脑，顿时让火小邪脑子一蒙。

再往后来，火小邪半醉半醒之间，也不管到底这里是不是黑店了，有啥吃啥，放开了肚子狂吃。酒壮人胆，火小邪也拉开了嗓门，和严守震骂成一片，两人居然互相骂得高兴了，又和严守震一起戏弄严守义这个脑子直愣愣的呆子。火小邪的性格亦正亦邪，高兴了满嘴跑火车，但又说得让人爱听，并不觉得腻烦。

一场酒肉下来，火小邪肚子撑得滚圆，酒也喝了七八碗，躺在椅子上，抱着肚子叫道：“我的娘啊，这辈子我不就是想过这种酒足饭饱的日子吗？可吃多了喝多了，怎么就这么难受呢？我的肚子都要爆炸了！我的脑袋里都是星星乱飞！我的娘啊！”

水妖儿把坛中最后一点酒喝完，面色也微微红了。水妖儿好酒量，这点酒都不算个什么，就是灌倒了个火小邪。

钱掌柜上前问候：“几位大爷，小姐，吃得怎么样？哟，怎么还醉了一个？”

火小邪嘟囔道：“我没醉！”说着头歪在一边，呼呼大睡。

严景天回钱掌柜的话：“不错！不错！好味道！”

钱掌柜笑逐颜开，问道："几位大爷，这位小姐，如果不急着赶路，要不去后院的客房休息一下？"

严景天手一伸，说道："稍等！不要出声！"

严景天眼睛眯了眯，猛然一动不动地坐直，一只手按在桌上，神态严肃。钱掌柜有点吃惊，正要问话，被严守震按住肩膀。

严景天哈哈一笑，恢复常态。钱掌柜忙问："大爷，您这是怎么了？"

严景天问道："掌柜的，你这里是不是经常有些跑信镖的人来往？我看院子里的那几匹马，应该是跑信镖的人的。"

钱掌柜一愣，随即苦笑道："大爷真是好眼力啊！前段日子，有跑信镖的人从我们经过，便非要占了我们一间房间，那几匹马正是他们的，没准今天要回来一次。唉，说得好好的，给我些店钱，可都几个月了，一分钱也没给过我，还白吃白喝的。我也不敢得罪他们……"

严景天说道："这些信镖都是哪里的镖口？"

钱掌柜说道："这个我也不知道，您也知道，跑信镖的人，嘴巴都严得很。对了，正想和你们说呢，如果他们来了，千万要躲着他们，他们这些人，都是无恶不作之徒，惹毛了他们，没准会杀人的。"

严景天和钱掌柜所说的"信镖"，乃是那个时代的一种不入流的职业，简单点说就是"非官方"的民间组织，专门传递紧急书信的。各地叫法不同，南方通常称呼他们为"梭子""毛脚"，北方除了叫"信镖"，也有"马彪""跳辫"的叫法。旧社会通信极不发达，中国面积广大，所以传个书信什么的极为费时费力，通常书信往来一年半载的，信传到了，人都死了。各地官府倒是设有通邮的驿站，但除了官家快马加急，寻常的书信往来也是极慢，家书抵万金的说法，倒也十足贴切。

所以"信镖"这个行当便顺应而生，专门为出得起钱的人家传递书信，本来看上去也无可厚非，算是个靠脚力吃饭的营生。但在清末民初，天下大乱，各地战火纷纷，匪患猖獗，通邮极难，传个书信和过一趟鬼门关一般险恶，于是这"跑信镖"的渐渐随时而变，越来越像"游匪"，除了不占山为王外，行为举止和土匪也差别不大。这些人嘴上说传书信仍算是主要的营生，其实也可以收买他们流窜千里杀人越货，他们在城镇村集中还算老实，一旦出了城镇，在荒郊野外，什么坏事都干得出来。

“信镖”这个行当一度十分发达，但最后发展为恶霸帮会，危害四方，成为被打击的对象。由于不允许“信镖”进出城镇取信传信，也就断了这门行当的主脉，一九四八年的时候，全国的“信镖”帮会逐渐消失殆尽，剩下的“跑信镖”的人转行，不是当了土匪强盗就是改邪归正了。随着时光流逝，也就没有多少人记得“信镖”“梭子”“跳辫”这些名词和这种行当了。

故此，钱掌柜这番提醒，也是理所应当。

严景天谢道：“谢谢提醒，我们会小心的。”

钱掌柜说道：“听你们口音，是陇西人？”

严景天笑道：“正是。”

钱掌柜说道：“好多年都没有见到陇西人来这里了，呵呵。这位大爷，你们若不急着赶路，我给你们开几间客房休息？”

严景天看了看窗外的天色，说道：“也好！掌柜的，需要多少钱？”

钱掌柜忙道：“几位大爷光临小店，休息一下还收什么钱，都在饭钱里面了！请，请……”

钱掌柜正要带路，却见严景天他们并没有跟上来，反而都向店门口看去，钱掌柜一愣，赶忙也顺着严景天他们的目光看去，只见灰尘滚滚，十来骑装扮各异的人马正向这家落马客栈奔来。

十、落马恶债

钱掌柜一脸惊慌，冲严景天他们叫道："几位大爷，那些跑信镖的恶人来了！你们快回避一下吧！跟我来，跟我来！"钱掌柜拽着严景天的衣角，神色慌张地拉着要走，"现在不是晚上，他们待不了多久，还是避一避吧。"

严景天环视众人，严守震十分不快，但没说话。水妖儿和严守仁架着火小邪，都默默点头。严景天说道："谢谢掌柜了！"

众人由钱掌柜领着，去了后院。

客栈后院十分宽敞，七八间草房分左右交错而立，相隔都是十多步的距离。

钱掌柜领着众人，去了一间草房，把门打开，说道："一共四间房，你们先在这里休息，我打发了那些跑信镖的，再来招呼几位客官！"

严景天说道："有劳掌柜的了！您去吧，我们自有安排。"

钱掌柜赶忙应了，飞也似的跑到前厅去了。

严守震不悦道："严堂主，咱们躲一下张四就算了，怎么这些跑书信的跳辫，我们也要躲着？咱们火家丢不起这个人啊！"

严景天眉头紧皱，想想严守震说得也有道理，自己是否太过小心了？

严景天说道："毕竟多一事不如少一事。我们先在此等一下，观望一下形势再说。”

水妖儿笑道：“我去看看吧！你们等着，放心吧，不会让他们发现我的。”

严景天刚想说话，水妖儿已经把门拉开，哧溜一下钻出去不见了踪影。

严景天重重拍了一下自己大腿，叹了口气，一屁股坐下。

火小邪被丢在床边，仍然醉醺醺地叫道：“我、我没醉！不用扶我！”

且说落马客栈门口，一众打扮各异的人马径直奔到店前，也不下马，直冲进院。贾春子站在院中，左拉右拽，嗷嗷大叫：“下马！下马啊！”形象极为狼狈。

打头的一个穿着皮袄，留着一把山羊胡子，光头锃亮的男人哈哈大笑：“傻大个！我的马喂过了吗？要是没喂好，我们就把这里踏烂喽！”众人也跟着哈哈大笑起来。

贾春子嚷道：“都喂了！都喂了！喂得饱饱的！你们下来啊！”

这光头男人叫道：“六行道的换马继续走！剩下的和我留在此处歇息！”有人欢呼，有人唉声叹气，众人纷纷下马。一行人跑到马厩边，拉出马，跨上去一溜烟地又奔出院子，扬长而去。剩下的人则跟着光头，向店中走去。

光头转头一看，正看到严景天他们的马停在院中另一侧，光头皱了皱眉，脚步也没停，迈入店中，钱掌柜正冲出来，和光头撞了个满怀！

光头咔嚓大手一搂，双手捏住钱掌柜两个肩膀，左右摇晃了一番，大笑道：“钱掌柜！好久不见了啊！不会不记得我了吧！”

钱掌柜被晃得头昏眼花，挣扎着说道：“记得，记得，郑大川郑大爷！忘了谁也不敢忘了您啊！”

郑大川哈哈一笑，松了双手，摸了摸光头，径直走到店中，捡了张桌子坐下，他身后的一众人也都哗啦哗啦走进店中，几个人坐在郑大川一桌，另几个则坐到旁边另外一桌。

郑大川把马靴踩在长凳上，鼻子嗅了嗅，大叫道：“钱掌柜！有酒味啊！来了什么贵客啊！”

钱掌柜赶忙走上前，说道：“郑大爷，你们是喝茶还是吃饭？我这就给你们准备着去？”

郑大川嚷道：“钱掌柜，你可真会绕圈子。我是问，你这店里来了什么客人啊？从哪里来，到哪里去啊？”

钱掌柜本想避开不答，可郑大川追着问，钱掌柜只好答道：“开店做买卖的，来往的都是客，人走茶凉，也没问他们太多。”

郑大川摸了摸光头，啧啧两声，猛然拍桌骂道：“钱掌柜，你这说话不是放罗圈屁吗？我看你这生意不想做了！”

钱掌柜吓得一个哆嗦，忙道：“郑大爷，我这店里好不容易才来几个客人，您开恩啊，我就指望着这几个客人赚点活命钱啊！您把他们吓跑了，我也没法开店了，以后还有谁在这条路上伺候着郑大爷啊。”

郑大川摸了摸光头，说道：“你这小老头，还真是老油条，说话滴水不漏啊，好吧！既然钱掌柜不愿意说，我也懒得问了。钱掌柜啊，有什么好吃的好喝的，都端上来吧，钱嘛，少不了你的。”

钱掌柜知道郑大川根本没有付钱的意思，说道：“各位大爷稍坐，我这就去准备着。”钱掌柜抬手擦了擦额头上的细汗，赶忙退到后厨。

郑大川瞟了眼身边一个尖嘴猴腮的人，低声道：“万狗子，去后院看看！摸清楚旺儿！”那尖嘴猴腮的男人狞笑一声，起身离去。郑大川所说的旺儿，乃是匪帮黑话里的钱财是否好拿的意思。“荣行”里说旺儿仅指钱财，黑话比匪帮要讲究得多。

万狗子刚走，郑大川身边一个阴沉得像个大烟鬼一样的消瘦男子说道：“我说郑老大，您看奉天城的张四爷到底要做什么？这趟信镖可是惊动不少人啊！什么消息要散到五百里去？”

郑大川哼道：“赵烟枪，你管这么多事干个屁！张四爷肯出钱，我们就去办！别说五百里，八百里我也跑！”

赵烟枪就是这消瘦男子。赵烟枪说道：“我总觉得张四爷瞒着我们什么。”

郑大川说道：“瞒？张四爷瞒我们有屁用？”

赵烟枪说道：“郑老大，你想啊，咱们跑信镖的，从不过问信里面写的啥，送到即走，这是咱们的规矩。可这么多年，张四爷用我们的时候，都是口信，因为知道我们一路上嘴巴也严。可是这一趟，却是封口的信封！我觉得张四爷这次极可能在悬赏寻人！所以不让我们知道内容。”

郑大川一瘪嘴，皱了皱眉，说道：“赵烟枪，就你心思多，你说啥来着？悬赏寻人？”

赵烟枪见郑大川动了心思，赶忙凑上脸，继续说道：“郑老大，你想啊，如果真是悬赏寻人，咱们知道了会怎么做？”

郑大川骂道：“真是悬赏寻人，那老子们自己就去做了！还等着别人来分钱财？辽西一带，还有谁比我们脚头更快、罩子更多？”

赵烟枪说道：“郑老大聪明！所以张四爷这次只让我们传信，啥也不说啊！不就是担心我们贪赏钱，不好好传信？而且要寻的人，能让张四爷这么着急上赶着，估计也极不简单啊！”

郑大川拍了拍光头：“你说得倒有些道理……赵烟枪，你是不是偷看信里写的啥了？”

赵烟枪大呼：“郑老大，我是懂规矩的！我要是偷看过，愿受挖眼之刑！我就是猜的！猜的！”

郑大川骂道：“你个龟儿的，倒挺会猜！你再说说，你还猜到了什么？”

赵烟枪说道：“我还猜，张四爷真要悬赏寻人，恐怕那人身上带着价值连城、富可敌国的宝物！你想啊，张四爷是什么人？掌宝的啊！”

郑大川眼睛都直了，一拍桌子，骂道：“赵烟枪，你怎么不早点猜！来人啊，给我去把六行道的人追回来一个！我要看信！”旁边桌子边就有大汉站起，要听从郑大川的安排。

赵烟枪急道：“郑老大！规矩！规矩！不能看信啊！”

郑大川骂道：“规他妈的屁矩！大把的钱眼前摆着，还规矩个屁！赵烟枪，你带着人去追！”

赵烟枪一拍脑门，惊呼道：“郑老大！我想起来了！不用去追了！刚出去的万狗子身上就有一封！忘了给六行道的老七了！”

郑大川叫道：“真的吗？那还不去把万狗子叫回来！”

赵烟枪笑得花枝乱颤，暗自得意，连忙点头，指着几个人喝道：“你们！去后院把万狗子叫回来！”

几个人吆喝着就站起来，直奔后院，片刻工夫，就见有人奔回来报告：“郑老大，赵师爷！万狗子昏迷不醒！像是被人打昏了！”

说着话，万狗子就被人拉手提脚地拖了进来，郑大川大骂：“怎么回事？！”

赵烟枪倒沉得住气，走到晕死一团的万狗子身边，蹲下一扒拉万狗子的脸，只见万狗子双目紧闭，脸上从下到上印着一大条红印，鼻血横流。赵烟枪“切”了一声，把万狗子虎口捏住，抬手啪啪啪啪赏了万狗子四个大耳光！

万狗子“哎哟”一声，悠悠转醒，马上一骨碌坐起来，捂着自己发烫的脸颊，哎哟连声。

郑大川走过去骂道：“你怎么回事？”

万狗子跪在地上，捂着脸嚷道：“郑老大，我也不知怎么回事，刚到后院走了两步，绕着房去看房里有没有人，就觉得后脑门上有人打我，我一回头，脚下踩到什么东西，面门就挨了一棍，十分厉害，打得我一退，又踩到什么东西，后脑又是一棍，我就啥都不知道了！郑老大！我一定是碰到山精了！”

有抬万狗子回来的大汉嚷道：“什么山精，你脚边一前一后两把夯草的耙子！”另一个人也嚷道：“万狗子，你是自己踩到耙子，让耙子的木柄打的吧！”

万狗子愣道：“什么耙子？我怎么会踩到耙子！”众人顿时哈哈大笑。

赵烟枪脸一沉，骂道：“丢人的东西！信呢？把信给我！”

万狗子还头昏脑涨，喃喃道：“什么信？”

赵烟枪一耳光抽在万狗子脸上，骂道：“你说什么信！我今天给你的！”赵烟枪一说此话，知道自己说漏嘴了。原来赵烟枪故意藏了一封张四爷的信，让万狗子收好，其实早就读过信中写的什么。

赵烟枪脸皮极厚，尽管知道自己说漏了嘴，仍然骂道：“信！妈的！你说什么信！”

万狗子总算回过神来，慌忙说道："哦！哦！在！在！"说着就伸手去摸自己的怀中，谁知摸来摸去，一无所获。万狗子脸上也绿了，吞吞吐吐地说道："赵师爷，没、没了。"

赵烟枪大惊："什么！信丢了？！"

万狗子摆出一副哭丧脸，说道："没了……进屋之前我记得我还摸了一次，还在呢。怎么就没了？"

赵烟枪骂道："你这个废物！猪头！你、你、你、你！"

万狗子哭喊："我真不知道啊！一定是我刚才遇到山精，让山精偷了去。"

郑大川脸上不悦，转身回去坐下，骂道："赵烟枪，你和万狗子唱什么二人转呢！好玩是不是？"

赵烟枪咳嗽两声，尴尬地说道："郑老大，真的，真的有信在万狗子身上，哎呀……这个，怎么会丢了呢？"

"赵烟枪，你个龟儿子的净胡扯蛋！还张四爷悬赏寻人！"郑大川瞪了大家一圈，骂道，"老子差点忘了！你们当张四爷是什么人？你们这些不开眼的东西，告诉你们，张四爷可不只是个掌宝的！他的来头大了去了！张四爷要抓人，天下还有他抓不到的？都滚过来！这事一会儿再议！"

赵烟枪诺诺连声，再也不敢放一个屁。众人赶忙都溜回椅子坐下，局促不安地看着郑大川。

郑大川摸了把光头，站起身，冲着后堂嚷嚷："钱掌柜！人呢！茶水呢！咋就这么慢！"

钱掌柜远远地应了一声，从后堂中跑出来，一手提着茶壶，一手拎着竹篮，里面满是花干果，边跑边嚷道："来了，来了！郑大爷久等了！"

钱掌柜麻利地摆了一桌，给众人茶碗里倒茶。郑大川也不客气，拿起花生啪啦捏开了就吃，问道："钱掌柜！你后院里住的客人，是练家子吧？"

钱掌柜应道："这个我真看不出来。"

郑大川端起茶碗喝了一口，又问："几男几女啊？我看外面可是拴着六匹马的！"

钱掌柜只好说道："五个男的，一个女的……"

郑大川"哦"了一声，说道："行了，钱掌柜我也不为难你了，你放心，我不想对你的客人怎么样！其他吃的呢？快点！饿死了！把茶壶放这，不用你倒了！快去，快去！"

钱掌柜把茶壶放下，赶忙又退到后堂。

郑大川哼了声，对赵烟枪等人骂道："你们几个，再去后院看看！我倒想看看这破店里住着哪路神仙！"

赵烟枪连忙起身，点了点人头，也叫上了万狗子，五六个人张牙舞爪地又向后院寻去。

钱掌柜刚想进后厨，就见贾春子疯了一样地奔过来，脚下拌着杂物，硕大的身躯一个翻滚，滚到钱掌柜面前。

钱掌柜正想张嘴骂，却看到贾春子神色极不寻常。钱掌柜扶住贾春子，闷声喊道："小声点！怎么了？"

贾春子瞪着一双牛眼，跪在地上，张着大嘴，指着自己跑来的方向，舌头也不利落了："钱、钱大爷，那、那、那里！"钱掌柜一巴掌拍在贾春子脑门上，骂道："慢慢说！"

贾春子咽了一口口水，说道："鸽子，鸽子！鸽子！飞回来了！"

钱掌柜"哎呀"一声，捏住贾春子的面颊，瞪着贾春子的双眼，低声吼道："你看清楚没！是不是鸽子？"

贾春子被钱掌柜捏着腮帮子，努着嘴，仍然卖力地说道："是鸽子！是鸽子！是以前飞走的鸽子！白白的！"

钱掌柜松开手，从贾春子身边越过，飞也似的跑了出去。

钱掌柜跑出屋子，来到院子一侧，果然看到一个破败不堪的铁笼子顶上，正停着一只雪白的信鸽！

钱掌柜奔到鸽子面前，一伸手将鸽子抓住，从鸽子脚上取下一张纸条，将鸽子放进铁笼子里。钱掌柜小心翼翼地把纸条展开，正要阅读，贾春子又磕磕绊绊地冲了过来，嚷道："我说是鸽子吧！"

钱掌柜一巴掌拍在贾春子脑袋上，骂道：“小声点！你再嚷嚷就不让你吃饭！”

贾春子赶忙闭嘴，轻轻说道：“哦，我小声，小声。钱大爷，我等了一年了，终于见到鸽子了。这鸟是干啥的？”

钱掌柜也不说话，把纸条展开，细细读着。贾春子凑在一边，他不识字，只能干瞪眼小声嚷嚷：“写的啥？写的啥？”

钱掌柜眼睛一眯，唰的一下把纸条捏入手中，脸上的神情再也不像一个开店的生意人，而是颇为犀利，钱掌柜沉声道：“张四爷，你终于想起我了！”

贾春子在旁边嘀咕道：“张四爷？谁是张四爷？”

钱掌柜转身冲着贾春子呵呵一笑，神情古怪，说道：“贾春子，我们去做件有趣的事。”

贾春子一听，顿时眉开眼笑，跟着钱掌柜快步离开。

钱掌柜刚一走，从旁边房檐上哧溜挂下一个人，正是水妖儿。水妖儿用脚钩着房檐，倒挂在空中，双手叉着细腰，纳闷道：“怎么回事？这店老板有问题啊！难道被猴子猜对了，这是家黑店？不好！这开店的定是张四的手下！”

水妖儿一翻身从梁上跳下，无声无息落了地，贴着院子外侧，向火小邪、严景天他们歇息的房子跑去，打算去和严景天他们商量。

水妖儿从房后绕到房门前，左右看了看，拉开门就钻了进去。水妖儿低声叫道：“严大哥……”水妖儿马上就感觉到严景天等人并不在屋内，没有再喊，往里屋一看，只见火小邪被拴在桌子上，正靠着炕边呼呼大睡。

水妖儿跳到火小邪跟前，狠狠捏了火小邪的脸一把，拽着火小邪的脑袋左摇右晃。火小邪喝了酒，也不知道疼痛，只是醒了，眼睛也不睁，嘟囔着说道：“别动，别动，睡一会儿就好。”

水妖儿把火小邪眼皮子拉开，骂道：“你这臭猴子！严大哥他们人呢？”

火小邪愣头愣脑地说道：“我也不知道啊，睡着了。”

原来水妖儿自己钻到外面，先是碰到万狗子鬼鬼祟祟地寻来，水妖儿便仗着本事，让万狗子踩到耙子，自己把自己打倒，水妖儿顺便也补上了一记重击，把万狗子打昏。然后她下来在万狗子身上摸索，从怀中取出一个信封，见上面盖着古怪印章，封得严实，就偷了去。

水妖儿正想打开信封看，看到有人从大堂中出来，赶忙躲起。见他们找到了万狗子，大呼小叫一通，把万狗子拖了回去。水妖儿跟着他们，潜伏到大堂一侧的角落，听郑大川一通废话，正觉得无趣，就看到后厨一侧贾春子发了疯一样四下乱跑。水妖儿十分好奇，赶忙跟了过去，目睹了贾春子、钱掌柜的古怪一幕。

而水妖儿去跟踪钱掌柜的时候，严景天他们还坐在屋里。严守震从到屋里来，就不停地骂骂咧咧，骂到最后，严景天也觉得有些窝囊，刚好从窗口看到赵烟枪又带着人来寻，便再也按捺不住，把火小邪用牛黄绳拴在桌子上，他们四个走出屋外，在后院正中和赵烟枪他们撞了个满怀。水妖儿此时正隐在角落，聚精会神地观察钱掌柜的动静，由于相隔甚远，又有房屋挡着，也没有注意到严景天他们已经出门。

赵烟枪和严景天他们碰面，一见对方是四个大汉，看架势也不好招惹。赵烟枪心眼多，没有立即和严景天冲突，而是笑眯眯地问道："哟！四位兄弟！幸会啊！你们可是住店的？"

严景天一见赵烟枪他们几个，就知道不是什么善类，笑道："这几位兄弟，幸会！山高路远，我们在此歇个脚。"

严守震可不讲什么客气话，瞪着眼睛骂道："你们几个鬼鬼祟祟的，想找死啊？滚一边去！好狗不挡路！"

赵烟枪脑门上青筋直冒，也还能强忍得住，但跟着一起来的几个可忍不住。他们这些人平日里都是横行惯了，被人指着鼻子张口就骂，哪里受得了，顿时眼睛一瞪，根本不回嘴说话，撸袖子就要上前。俗话说得好，真有心打架的哪有工夫和你耍嘴皮子。江湖中实实在在闯荡的，往往一言不合就直接开打，打不赢再说。

没啥大本事的市井无赖、泼皮混混，这些好吃懒做、贪生怕死、欺软怕硬之徒才又叫又吼，先骂遍十八代祖宗再呼喊有种你来，这才一顿王八拳互相乱抡，鼻青脸肿不分胜负。要么就是仗着人多势众，举着利器一拥而上，打个稀里哗啦，被人捅死也只能怪自己倒霉，碰到个愣头青拿着刀子没长眼，乱扎乱捅伤到命门。

赵烟枪毕竟是郑大川的狗头军师，见严守震上来就放出狠话，摆明了就想打架，倒留了个心眼，伸手把身后人拦住，绷着脸说道：“哦！几位兄弟听口音是陇西人？是不是要去大堂喝茶？我们请了，交个朋友如何？”

严景天知道严守震乱骂人就是故意找事，此时也不想拦着。他们一路狂奔不息，严景天心中其实也一直压着火气。严景天见这帮跑信镖的偷摸着探他们的旺儿，摆明了要欺负他们，如果他们真是软柿子，被这帮人谋财害命也不新鲜，严景天心中实在不悦，想道：“还能让这帮跳辫的小丑看扁了？让你们见识一下火家人的厉害！”

严景天这样思量着，反而轻松了一些，说道：“也好！咱们去大堂坐坐！”

赵烟枪做了一个请的手势，两边人互相瞪着，都快步走回大堂。

郑大川喝着茶水，本还跷着二郎腿，哼着黄色小调，这小调乃是旧社会二人转中的“十八摸”中的一段：“伸手摸姐面边丝，乌云飞了半天边；伸手摸姐脑前边，天庭饱满兮瘾人。”

郑大川本哼得起劲，听到脚步声密集，不禁余光一瞥，见赵烟枪和严景天他们走入大堂之中，唰的变了脸色，立即坐直了身子。赵烟枪笔直跑到郑大川身边，在耳边低语道：“后院的人就是他们！看来有点底子！引他们来了，听老大发落！”

郑大川哼了一声，站了起来，顿时他这边的所有人都严阵以待，只等郑大川一声吆喝，就要上前对严景天他们动武。

严守震一看屋里，不过十人，哼了哼，在严景天耳边说道：“只要他们不动枪，我一个人就把他们全收拾了！严堂主看我的吧。”

严景天略一点头，四人走过去捡了一张桌子，坐了下来。严守震继续说道：“严堂主，动手吧！先下手为强，还用和跑信镖的跳辫子讲客气吗？”

严景天说道："少安毋躁！他们如果识相，远远滚开，我们也作罢！前面那光头看着是他们的头儿！他腰上，还有两把枪！"

严守震说道："有枪我也一个人干掉他们全部！就是花点时间罢了！"

严景天说道："不要勉强，真要打起来，守仁你也上，速战速决，不要杀人，完后我们也好赶路！"

严守仁余光瞟着郑大川他们，听到严景天安排，微微点头。严守义憋着劲，闷声道："严堂主，我也……"

严景天说道："速战速决，守义你也上！"严守义脸上泛光，赶忙点头。

严守震说道："听严堂主的。"

四人坐稳了身子，看着郑大川他们，不再说话。严景天从衣袋中摸出一把蚕豆，散在桌上，四个人捡着蚕豆，悠闲地吃着，似乎当郑大川他们不存在一样。

另一边郑大川他们一伙人中，赵烟枪在郑大川耳边说道："他们好像在安排什么，郑老大，咱们动手吧！我刚才看了，他们身上应该没枪！"

郑大川眯着眼睛说道："你懂个屁！这些人相当不简单啊！你看他们，似乎对干掉我们这些人，有十足的把握！"

赵烟枪回道："他们是外省人，估计不知我们的厉害！动手吧，郑老大！你一枪毙掉一个，看他们谁敢动！"

郑大川低声骂道："少废话！听我安排！妈的，老子就喜欢啃硬骨头，不用你废话！"

郑大川一扭头，冲后厨那边大喊："钱掌柜的！人呢？滚出来！上茶！"

钱掌柜应声从后厨跑出，神色如常，见到大堂中的场面，微微一愣，连忙说道："哎哟，这是怎么了？郑大爷，几个客官，你们这是……"

郑大川也不看钱掌柜，盯着严景天他们，说道："钱掌柜，这几位朋友，我请他们喝茶！快拿茶来！"

此刻火小邪的房中，水妖儿"哎呀"一声，想道："看来严大哥他们忍不住，到大堂去了！"

水妖儿噼里啪啦对火小邪又是一顿揍，说道：“起来！起来！这家店是黑店！”

火小邪捂着脸，不让水妖儿乱打，嚷道：“轻点！轻点！你们不是说了，要是黑店早就知道了吗？”

水妖儿说道：“你懂什么！猴子！快起来！张四追来了！”

水妖儿这一说，把火小邪的酒劲吓退了八成，慌忙爬起，半蹲在地上，叫道：“怎么！张四爷追来了？这么快？”

水妖儿说道：“跟我走！我们出去！”

火小邪往前一迈步，牛黄绳拉扯着脚踝，拖动着桌子哗啦一响，火小邪愁道：“怎么又把我拴起来了？”

水妖儿一看，皱了皱眉，说道：“真是麻烦！”上前就去拉扯，岂知严景天他们把绳子拴在桌子的底梁上，恐怕一时半会想弄断底梁，以水妖儿和火小邪的劲道，十分困难。

火小邪叫道：“水妖儿，拿刀割断吧！”

水妖儿打量一番，说道：“这牛黄绳十分珍贵，就这样割断，恐怕严大哥他们怪罪，这样吧，猴子，你把桌子搬起来，随我出门再说！”

火小邪也没有别的办法，只好使出蛮力，把桌子抱起扛着。

水妖儿打好主意，他们两人赶快去大堂与严景天会合了再说，郑大川他们毕竟只是游匪，严景天他们想打发掉他们，并不困难，怕只怕钱掌柜他们有什么阴谋。

水妖儿收拾好自己和严景天他们的行囊，带着火小邪出门。

火小邪扛着桌子，紧紧跟着水妖儿。

水妖儿和火小邪正要向大堂跑去，只听咔嚓一声巨响，脚下地面震动。水妖儿叫道：“不好！”眼前景象把水妖儿和火小邪吓得愣在原地，再也迈不出步子。

十一、初显神通

只见前方的大堂，硕大的一间屋子，惊天动地地闷哼一声，只摇了一摇，竟从地面上直直坠入地里，眨眼就没了顶，不见踪影。灰尘铺天盖地地涌起，余波强烈，震得水妖儿和火小邪都倒退一步。

火小邪一个趔趄，跌倒在地。水妖儿叫道："是巨坑杀象！猴子！快跑！"拉起火小邪，拼命向院子后方山坡上跑去。

火小邪扛着桌子，紧紧跟着水妖儿，身后爆裂之声不绝，回头一看，更是吓得面无人色。只见后院中的屋子，也都咔嚓巨响，纷纷坠入地底，就连没有屋子的空地，也是轰然现出一个漆黑的无底大洞。

水妖儿头也不回，拉着火小邪直奔，火小邪蛮力升腾，玩命一样扛着桌子飞奔，要是慢了，恐怕也会掉入坑中。

两人奔了片刻，总算跑到后院的山坡上，此时脚下震动才略略平息。水妖儿和火小邪藏在山石后，回头一望，只见仅剩下几间房子孤零零立着，整个落马客栈都消失无迹。灰尘滚滚，冲上半空，遮天蔽日，但隐隐约约看得到十来个极大的洞窟，布满原本落马客栈所在的地面。

火小邪惊得脸都绿了，张着嘴半天才说出话："这！这！怎么回事？"

水妖儿早没了顽皮的劲头，神态严肃，冷艳至极，咬着牙齿说道："这下糟糕了！千想万算，也没猜到这个客栈居然是巨坑阵的幌子！严大哥他们估计困在坑中了！”

火小邪连连擦汗，问道：“巨坑阵？到底是什么东西？”

水妖儿哼了一声，指着远处地面上的大坑，说道：“巨坑阵，是古时的一种战法，又名巨坑杀象。乃是在地下挖出垂直大坑，一般深达十丈，再从坑底用巨木托着一个硕大的盖子，掩住洞口。寻常方式下极难发现，一旦发动，这个盖子也一并坠入坑中。我们看到前面的屋子都坠入地底，是因为屋子本来就是搭建在这盖子上的。这种战法确有功效，但实在费时费力，工程浩大，慢慢就退出了战场！到如今已有百多年没有人真正见过了！”

此时灰尘慢慢散了些，落马客栈地面上的大洞更加明显，这些大洞并不是圆形，而是长方形，看大小和坠入的房屋几乎一致。火小邪说道：“好个巨坑阵！只是这十多个坑吗？”

水妖儿摇头说道：“非也！真正的巨坑杀象至少有千百个坑！且应该位于两军对阵之处。这落马客栈所在是荒野郊外，交通不便，不会是真正的巨坑群。看样子是有人专门研究过这种阵法，只挖了十几个坑而已！”

火小邪赞叹道：“水妖儿，你知道得真多！我能知道一成我就心满意足了！”

水妖儿丝毫不笑，整个人早就换成了一副冰美人的样子，淡淡说道：“我也只是听说，没有实际见过，这巨坑阵是如何发动的，坑里面又是什么样子，我也一无所知。”

火小邪说道：“严景天他们四个，火家的身手，就算跟着屋子掉到坑中，也能爬出来的吧？”

水妖儿说道：“你倒想得开！坑底若是毒水尖刺，专门要人性命的，严大哥他们恐怕也危险了！”

火小邪眉头一紧，说道：“那怎么办？我们要去救他们！不能在这里躲着！”

水妖儿应道：“算你还是个有良心的人！只是现在形势不明，我们先在这里躲着，看清楚外面的状况，再去不迟！顺便，也把你的绳子解开……”

水妖儿说着，从腰侧摸出一把小刀，丢给火小邪，说道："别割绳子，把桌子的底梁割断就行。"

火小邪接过刀子，那刀子十分精致，有一个手掌长短，精铜刀鞘，上面刻着滚滚波涛纹理。火小邪将刀抽出，明晃晃的刀身亮得刺眼。火小邪暗叫一声："好刀！"手起刀落，就去削桌子底梁。

这刀子别看小巧，锋利异常，刀锋所过之处，一片片木头顺刀而起，只要花二盏茶时间，削个数百刀，就能把底梁削断，解开绳索！

火小邪卖力地削着桌子，落马客栈上方的灰尘渐落，看得越来越清楚了。渐渐淡去的灰尘中，人影婆娑。

到底严景天他们是否落入了巨坑中？且让我们回到郑大川吆喝着让钱掌柜倒茶来的时候——

郑大川盯着严景天他们，说道："钱掌柜，这几位朋友，我请他们喝茶！快拿茶水来！"

钱掌柜忙道："郑大爷、几位客官，你们可千万别动怒，我马上就来！马上就来！"

钱掌柜打量了一下严景天那边，心中嘀咕："怎么只出来四个？还有一个小媳妇和半大小子呢？糟糕，看来等不及了！先抓住这四个男的再说！"

钱掌柜不动声色，连忙退到后厨。

后厨中，一个身形和贾春子一般高大，却更肥大了一圈的巨汉正蹲在灶台边。钱掌柜进来，低声叫道："贾庆子！"这巨汉连忙站起身，只见他和贾春子长得一模一样，除了满脸胡须，几乎是一个胚子里出来的。这巨汉身上穿了件油污累累的短褂，眼神也和贾春子一样，略显憨傻。

巨汉贾庆子应道："钱大爷，弟弟他已经下去了，我也想下去玩。"果然，贾庆子挪开身子，脚边赫然一个能容一个人钻入的洞口。

钱掌柜说道："贾庆子，你也下去！帮你弟弟把转盘尽快收紧！不得耽误！记得住吗？"

贾庆子咧嘴一乐，说道："记得住！记得住！那、那我去了？"

钱掌柜一挥手，说道：“快去！”

贾庆子一点头，巨大的身子一晃，竟十分敏捷，嗖地钻进洞中。

钱掌柜暗叹道：“快十年了！我这个落马客栈，早就该沉了！嘿嘿！”

落马客栈大堂之中，严景天和郑大川两帮人都是一言不发，只听到严景天他们嚼蚕豆发出的嘎嘣嘎嘣之声。

郑大川的光头上青筋渐盛，背着一只手摸在腰间的枪上。赵烟枪知道郑大川正在寻找机会，也沉住气，稳稳坐在郑大川旁边的椅子上。

郑大川突然哈哈大笑：“对面的几位兄弟，到底是怎么了？搞得跟要干仗一样。”

严景天呵呵一笑，说道：“这位兄弟，不是我们想干仗，怕是兄弟觉得我们好欺负吧。”

郑大川哈哈笑道：“出门在外的，靠的是朋友！几位兄弟看着气度不凡，一看就是闯荡过江湖的，不妨道个名号，也好认识认识。”

严景天说道：“我叫严景天，另外三位是我的本家兄弟！”

郑大川说道：“哦！严兄弟！我名叫郑大川，辽西一带跑信镖的。你们打哪来，又要去哪？我对这一带比较熟，没准能给严兄弟指条近路！”

严景天说道：“我们从奉天出来，回山西去。”

郑大川赞道：“兵荒马乱的，几位兄弟行走千里，真是好胆量啊。呵呵，呵呵！”

郑大川站起身，冲后厨喊道：“钱掌柜！怎么才来？”

严景天也微微侧头向后厨看去，并没有人出来。

只听“嗵”的一声枪响，郑大川就趁着这电光石火的工夫，拔枪向严景天开了一枪。

郑大川这人别看大大咧咧，实际上脑子一点不笨，前面问的这些废话，仅仅是为了麻痹严景天的注意力，根本就没有想和严景天他们和解的意思。只要让郑大川找到机会，他立即下手，绝不会留情。郑大川心狠手辣，枪法

又稳又狠，这一枪正对着严景天的胸口。

严景天呀了一声，一手捂住自己胸口，骂道："你！"

郑大川双手提枪，跳上桌子，用枪指着严景天他们，叫嚷道："别动！老子的枪专门吃肉的！动一下就打死你们！小王八羔子们，敢在我郑大川的地面上要横！"

严景天脸上神色一松，头一低，说道："那好！你们既然狗改不了吃屎，那我们也就不客气了！"

郑大川明明看见子弹打中了严景天的胸口，正奇怪严景天怎么还能神态自若地说话，就看到严景天手一抬，手中几颗蚕豆连同一颗子弹掉落桌面，居然听到当啷当啷三四声金属撞击的声音。郑大川定睛一看，那颗子弹竟正嵌在一粒蚕豆中。

严景天哈哈一笑，说道："忘了告诉你，我这里有铁蚕豆，你的子弹，太差劲了！"严景天用铁蚕豆空手接子弹的功夫，匪夷所思，把郑大川一伙人看得傻眼，呆在原地，不知如何是好。

郑大川眼睛一直，立即回过神来，哇哇大叫一声，双手枪冲着严景天他们的脑门连连开火。

严景天脸上堆着笑容，头一偏就闪过一颗子弹，坐在座位上屁股都没有动一下。另外几颗子弹，分别打向严守震和严守仁。这个郑大川也真是厉害，眨眼工夫就连开四枪，枪枪都是冲着要害，可郑大川找错了对手，他面前坐着的并不是江湖中的草莽野汉，而是四个火家的高手。

严守震躲也不躲，身子弹起，也不知从哪里摸出一个类似小铜碗的铁器，握在手中，冲着向他打来的子弹一挥，子弹打入这个小铜碗中，咣地撞击作响，顺着铜碗里的弧线，生生被严守震引开，啪地一下反向飞出，打中郑大川一个手下的胳膊。

而严守仁似乎并没拿出什么道具，只是身子晃了晃，前后一闪就躲过两颗子弹，也没见他使劲，整个人从座位上翻起，双手一撮，右手抬起指着郑大川，两颗铁蚕豆从手中直直飞出，击向郑大川面门。

郑大川连开四枪，别说打中，伤都没伤到严景天他们分毫。郑大川心中一乱，知道今天是碰到高人了，他平日里彪悍惯了，就算如此也不会认输，大吼一声，又要开枪。

郑大川还没扣动扳机，眼前微光一闪，有东西向他双眼飞来，他下意识地微微一偏头，一颗铁蚕豆打中他的眼角，一颗则正中他的额头，打得噗噗闷响。郑大川哎呀一声，身子也歪了，但硬生生还是扣动了扳机，这没有准头，子弹不知飞哪里去了。

严守震已经从桌子上跳了过来，直扑郑大川面前。郑大川眼睛还没睁开，严守震已经双手齐上，把枪一下从郑大川手中夺下。严守震仍然不停，借着身子势头未尽，一个顺挂的身手，脚下一钩，便把郑大川从桌上摔下。郑大川闷声摔倒，身体把椅子砸了个粉碎，眼角和额头都鲜血长流，根本一下子爬不起来。

火家的本事一下子就显了出来！

严守震手中持的叫“四寡金片”，乃是用四片精钢组成，坚硬无比，展开来握在手中，是个碗形，也能收起，并成一片，此时若拍在人脑门上，如金瓜击顶，头盖骨都能砸出个大洞。“四寡金片”是火家盗术的一门本事，妙用无穷，以后慢慢道来。

严守仁看似空手，其实不然。严守仁若用空手掷铁蚕豆，很难达到这种劲头速度，原来他右手中是个异常精巧的弹弓，能够随着手掌开合，弹弓握在手中时，很难察觉，展开手掌时，用无名指按下弹片，则有钢条能卡紧撑住手掌，拉皮筋打出铁蚕豆，极好发力。这弹弓叫“齐掌炮”，若用得精熟了，单掌即可完成从固定、拉弦、射击的连串动作，之所以做这么小，并非单纯为了携带隐藏，而是因为火家贼道里面，有时候要把极细小的东西打入某些小孔中，用以破坏防盗机关。

严守仁打中郑大川，手上就根本没停，跳上桌子时就又射出两颗铁蚕豆，打向侧面的两人，铁蚕豆都是冲着眼珠子去，极为狠毒，旨在一击则中，击中则倒。严守仁打得极快，郑大川被严守震摔下桌子之时，身边啊啊惨叫两声，有人捂着眼睛摔倒在地，疼得翻滚不止。

严守震、严守仁这两人一出手，真可谓先声夺人，还没等郑大川一伙反应过来，就已经占了上风。等有人刚反应过来，手忙脚乱之时，一条黑影似的严守震已经闪到跟前，摔法一带，就把人摔出三尺远，专门让人摔到桌椅板凳棱角之上，更是疼得鬼哭狼嚎，有人就直接摔昏了过去。严守震咔咔咔几个跳跃，行动快如闪电，转眼就又撂倒了三人，别说能和严守震对打了，摸到他都是毫无可能。

火行世家成名基础，就是身手极快，行动如风，肌肉反应比常人快上数倍，根本没有什么武侠小说中所谓的三十六招套路，还和你打个十来回合不分胜负。火家功夫，全凭快准狠、劲道足，根本不容你有什么反应，就已经胜负立分。其实真正的中国武术，绿林江湖，也都是讲究一招制敌，实用为上，上来就一脚踹断你的脚踝，或者拿住你的胳膊，咔巴一下把关节拧断。只是这样太过血腥，为了观赏，才不得不弄出些花拳绣腿和中看不中用的杂耍本事。

赵烟枪躲在郑大川身后，身子一矮，一个懒驴十八滚，退到战局后方，四肢着地，飞也似的爬开，本以为能缓上一口气，谁知脖根一热，一只大手捏住赵烟枪的脖子，一把将他从地上拎起来。赵烟枪抬眼一看，居然是那个木雕脸严守义，赵烟枪再怎么都想不通，看着严守义呆板得很，怎么动作竟如此快，快到惊人。

赵烟枪挣扎着喊道："好汉！住手！"目光左右一看，心中更是如坠冰窟，他们这边十个人已经翻倒在地，有的不省人事，有的不住地哎哟连声，爬不起来。郑大川正被严守震同样拎着衣领，从地上提起，一把丢在桌上。

从严守震、严守仁开始动手，到把郑大川在内的十个人解决掉，也就约三十秒的时间。赵烟枪若不是亲眼见到，恐怕打死他，他也不会信。

赵烟枪已经吓丢了魂，颤声道："各位好汉！大哥！大爷！祖宗！我们错了！请饶我们一命！"严守义哼了一声，一把将赵烟枪丢到郑大川的桌边，赵烟枪也不敢站起来，跪在地上，仍然死命喊叫："我们错了！不知天高地厚！狗眼看人低！狗眼不识泰山！请四位英雄饶了我们！"

郑大川睁着半个眼睛，尽管被严守震摔得一下还喘不上气，但嘴巴上仍不服气，骂道："算你们厉害！今个在这里翻船！我们认了！要杀便杀，不杀我们，你们日后定会后悔！"

严守震按着郑大川的光头骂道："好啊，我这就给你个痛快。"

赵烟枪大叫道："郑老大，您就别逞强了！我们是碰到高人了！输得心服口服不是？这几位大爷都是真本事、硬功夫。"

赵烟枪一磕到底，脑袋贴地，喊道："几位大爷祖宗，大人不计小人过，放我们一条生路吧，以后再见到几位大爷祖宗，绕道三十里，绝不敢再放肆了！郑老大，你也说句话啊！"

郑大川让严守震按着脑袋，五官歪斜，脸上挂着血痕，一只眼也看到众兄弟没有一个还能站直身子的，听赵烟枪这么喊叫，也叹道："几位好汉，我们服输了，求你们放我们一马，我们立即就走。"

严景天起身走到郑大川面前，说道："郑兄弟，怪不得我们，只怪你下手太狠，不给人留一点余地！我们也不是睚眦必报的小人，今天得罪了，放你们一马，速速离开此地吧！"

赵烟枪又是磕头谢道："谢谢大爷祖宗！谢谢大爷祖宗！"

严守震松了郑大川，骂道："快滚吧！慢了一步小心老子后悔！"

赵烟枪连连称谢，扶了郑大川就走，呼喊着其他手下，众人互相搀扶着，都向大堂外的院子退去。

严守震仍然骂道："滚得远远的，不要再让老子看到你们！"

郑大川他们刚刚连滚带爬出了房间，严景天猛地把严守震一拉，大喝一声："不好！这房子有古怪！快走！"

严守震一愣之时，只听脚下巨震，咔嚓作响。

严景天四人正要向门口奔去，却觉得地面一抖，震得他们身子一晃，就看到整个房子一矮，半个门高矮已经没入土中，严景天大叫："中计了！"

话音还未落，房屋一黑，已经坠入地面，四人站立不稳，纷纷跌倒在地，跟着房子一并向下坠去。

好不容易爬到院子里的郑大川等人，见到这种光景，都是吓得滚倒在地，玩命地后退，亲眼见到硕大的一个房子瞬间就沉入地面。

郑大川哇哇哇大叫："巨坑杀象！"随即烟尘涌起，把他们淹没在内。

地面震动不止，灰尘厚重，碎屑乱飞，谁也睁不开眼睛，都紧紧伏在地面，动也不敢动。

好不容易停止了震动，郑大川抬起头，费力地睁眼看去，烟尘中，落马客栈已经消失无踪。

火小邪和水妖儿趴在上坡上，也逐渐看清了下面的情况。

灰尘渐渐散开，落马客栈院子里，郑大川他们或躺或坐，都愣在原地，动也不敢动。院子里拴着的马匹受惊不小，一个个都拼命地蹬腿乱跳，长声嘶鸣。郑大川他们那边的马有没有拴紧的，两三匹马已经挣脱了缰绳，发足狂奔而去。

水妖儿见严景天他们似乎不在人群中，冷冷说道："看来严景天他们跟着屋子掉到坑中了！好厉害！不愧是巨坑杀象，根本没有时间让你逃脱！"

火小邪心胸豁达，这当下只记着严景天他们的好，猛一拍旁边的石头，闷声道："我下去救他们！"

水妖儿拉住火小邪，冷冷道："就凭你？你还是先省省吧！以火家人的身手，只要坑中没有古怪的机关锁住，他们定能脱身！我们在附近观察，如果今天日落之前，他们还出不来，那我们再出手不迟！"

火小邪想想也是，看着下方低头不语。

水妖儿又看着下方，眉头一皱，低声自语："这么看那帮恶人还脱身了？奇怪。"

"水妖儿，你看那儿！又有人从地下钻出来了！"火小邪突然说道，伸出指去。

水妖儿一看，果然在落马客栈后厨的位置上，有三个人先后从地下钻出来，看身形两大一小，不是严景天他们，而是钱掌柜和贾春子、贾庆子三人。

水妖儿说道："是钱掌柜和伙计！这巨坑阵定是他们设下的！真是没看出来，他们有这个本事！"

钱掌柜上来张望一番，见院子里郑大川他们一群人窝在地上，面色一寒，又仔细打量，不见严景天他们，这才嘿嘿一笑：“郑大川这几个废物，运气倒好！”

贾春子和贾庆子从洞中跳出，看到眼前景象，两人都瞪大了眼睛。贾春子叫道：“我的妈妈啊，这次玩大了，房子怎么都飞了？”

贾庆子嘟囔道：“你这个蠢蛋，房子都掉坑里了，没看到吗？”

贾春子挥了挥眼前的飞尘，乐道：“真的咧！地上好多大坑！”贾春子脸色一苦，又嚷道：“哎呀钱大爷，我们住的房子也没了！哇哇哇，我的衣服……”

钱掌柜回头骂道：“没出息的！闭嘴！随我来！”

三人绕着大坑边缘，向郑大川他们走去。

郑大川“呸呸呸”吐出嘴中的泥沙，颤巍巍坐起来，看着眼前的深坑说不出话。赵烟枪也从地上爬起，挤到郑大川身边，嘀咕道：“郑老大，幸好我们被他们赶出来了，你说这是咋回事？他们算是救了我们？怎么落马客栈有这么大的坑？”

郑大川说道：“这是巨坑杀象！娘的，一定是钱老头干的！”

赵烟枪一愣：“巨坑杀象？什么玩意儿？”

郑大川骂道：“懒得解释，你自己去想！”

赵烟枪苦道：“是，是……钱老头，他怎么有这个本事？”

郑大川哼道：“嘿嘿，看来这钱老头，根本不是什么开店的，而是十多年前突然销声匿迹的潜地龙一伙的。这个世界上，还会用巨坑杀象的法子的，恐怕只有潜地龙一伙。”

赵烟枪惊道：“潜地龙？那帮挖坑掘墓的摸金恶贼？”

郑大川点了点头。

“哈哈哈，郑大川，你们还好吗？”

郑大川一惊，忙转头一看，正是钱掌柜三个，正向他们走过来，说话人正是钱掌柜。只是钱掌柜这个时候，再也没有了店掌柜的神态，满脸都是一

副久经江湖的阴险世故的表情。

郑大川急忙从地上爬起，站直了身子，习惯性地一摸腰，才想起自己的枪已经被严守震抢了去。

郑大川十分谨慎地说道："钱掌柜，你、你到底是何人？"

钱掌柜拍了拍衣服，说道："郑大川，实不相瞒，我十年前，江湖中有个绰号，叫作潜地鼠，潜地龙是我的大哥，你应该记得潜地龙吧！"

郑大川骂道："你这个挖人祖坟的恶贼，真没想到竟躲在这里！"

"恶贼？贼这个词，已经有十年没人对我说了，今天听你一说，还觉得挺亲切！郑大川，你没掉到坑中，算你走运，你要没别的事情，赶快滚走吧！"钱掌柜边说，边走到大堂坠下的深坑处看了看，坑中一片烟尘，黑漆漆的看不到底。

"走？钱掌柜，就算你是潜地鼠，我这里十来个兄弟，你要我们走就走？兄弟们！拿出家伙！"郑大川叫道。

郑大川一伙人尽管被严景天他们教训了一通，又被巨坑阵吓到半死，还不至于把胆子吓没了，而且身上也并没有大碍，听到郑大川吆喝，一个个从地上翻身爬起。他们在火家人身上栽了跟头，全因轻敌所致，这次听到钱掌柜的名头，都做足了准备，爬起时都已经把腰间的长柄匕首持在手中，恶狠狠地盯着钱掌柜他们三个。

钱掌柜嘿嘿一笑："郑大川，你以为你们这十来个人，是我们的对手吗？"

郑大川骂道："龟儿子的，潜地龙有多少斤两，你当爷爷我不知道吗？挖坑盗墓之徒，钻到地底爷爷还有点怕你，地面上我看你有啥本事！"

钱掌柜说道："好！好！不错！既然你们想死嘛……"钱掌柜一侧头，对贾春子、贾庆子说道，"你们两个，把他们都丢到坑里去！丢不进去的，都给宰了！"

贾春子脸上一乐，叫道："钱大爷，你说的？绝对不骂我？随便我怎么做？"

钱掌柜哼道："放心，保证不怪罪你们！"

贾庆子也叫了声："好咧！"说着从脏兮兮的衣服里唰唰抽出两柄精钢

菜刀，拿在手上，锵锵互相摩擦了一番，大脚一跺，震得地面尘土飞扬，双手持刀，好像只把郑大川他们当成一窝猪仔，随时可以冲过来剁个痛快。

贾春子也发出嗷的一声，跳到钱掌柜前面，冲着郑大川他们嚷道：“哪个先来，让我掂量一下轻重？”说着，竟已经笔直向郑大川他们走过来。

郑大川见到这种光景，心中又是一寒，暗骂：“今天老子是不是撞到扫把星了？碰到几个住店的是高人，连平日里随便打骂的憨傻伙计、后厨伙夫，都看着凶神一样？妈妈的，老子没做梦吧？”

郑大川气得青筋乱冒，大叫一声：“给我剐了这傻大个！”众人轰然应了，提着刀向贾春子冲去。

有不怕死脚头快的，率先冲到贾春子跟前，一刀就向着贾春子心窝刺去。这些人别看严景天对付他们时，如同鸡崽子一样，毫无还手之力，真正运动起来，也算得上极好的刀手，这一刀刺过去，身法上毫无破绽，眼看着刀尖就要扎进贾春子的心口。

贾春子“咦”了一声，刀尖已经刺破衣服，扎进皮肉半寸。持刀人暗喜：“原来真的是个傻大个。”岂知贾春子大手一挥，啪一下将这人拿刀的拳头握住，竟生生地止住了，再也刺不进去。

贾春子叫道：“呸！一点都不好玩！”身子一转，抓着这人拳头，持刀人根本站不住，呀的一声大叫，被拖了过去。贾春子胳膊一轮，借着身子转动的劲头，竟把持刀人拉离地面，如同一个沙包一样挥上半空。贾春子转完一圈，这人也在空中转了一圈，不断惊叫。贾春子叫道：“去！”对着地面一砸，把手中的人咚的一声砸入地面，顿时一命呜呼。

扑上去的七八个人，见到贾春子把人如沙包一样抡起，已经被逼退了两步，眼看着自家兄弟就这样被砸向地面，死得极惨，顿时眼睛都红了，兽性大发，啊啊大吼，又齐齐拥上。

郑大川这些跑信镖的，性格彪悍，平日里都是把脑袋别在腰带上办事，绝不是贪生怕死的人。严景天他们使出的本事，他们前所未见，皆是敬畏之心，而且郑大川也被按住求了饶，只能作罢抱头鼠窜。而贾春子用蛮力杀人，尽管看着惊人，在他们眼中只不过是世俗的本事，吃惊不小但绝对不怕。这之间的差别，如同贾春子不过是只下山猛虎，而严景天他们却是飞天恶龙，不能同日而语。

郑大川自然也不怕贾春子，见自己手下这样生生被砸死，狂叫一声，反手也从腰间抽出匕首，加入战团。赵烟枪此时也像条汉子，大吼道："还我兄弟命来！"提着刀也随郑大川冲上前。

贾春子手仍然没松，握着尸体的手腕，一把将尸体提起，当作大锤挥舞，鲜血四下喷洒，顿时一片血腥。

贾春子挥动尸体，呼呼生风，又把冲过来的人逼退，一时近不了身。贾春子叫道："好多血！弄脏了衣服！"又一抡，把尸体丢出，尸体直飞向巨坑，摔在坑边，滚了一滚，就掉了下去。

众人又扑上来，和贾春子对峙，都在寻找机会，一时没有扑上。

贾春子不依不饶，咚咚大步上前，别看他身材高大，身手仍然十分敏捷，冲进人群中之后，有人忍不住从侧面冲过来，向着贾春子腰眼一刀扎去。贾春子一把捏住这人的手肘，没让刀子扎到，另一只大手腾过来，钳住他的肩膀，啪啦啪啦几声，他如同纸做的人一样，一条胳膊眨眼就让贾春子拧成了麻花，大叫一声，疼晕过去。贾春子把这人腰带一抓，夹在腋下，咚咚咚大步跑出人群，一抬手把他也丢入巨坑中。

大家看得愣了，贾春子却又跑回来，伸出大手要抓人。郑大川看这肯定不是个办法，呼喊道："避开他！听我号令！"众人听到郑大川号令，都跳开几步，不再迎着贾春子厮杀。

贾春子尽管敏捷，还是赶不上这帮跑信镖的腿脚，冲过来冲过去，抓不到一个，气得嗷嗷大叫："你们耍赖！躲着人跑算什么好汉！"

郑大川站在圈外，骂道："傻大个！你杀了我两个兄弟！今天你完蛋了！老子定要抓住你挖心挖肝祭我兄弟的亡魂！我看你能跑多久！"郑大川又指着钱掌柜，"钱老贼，你的伙计的确厉害，不过我已经知道破绽，今日我们就斗个你死我活，老子就算赔了所有人的性命，也定要取你的狗头！"

郑大川刀头舔血的日子过得多了，见贾春子的动作，很快便明白，贾春子、贾庆子这两个家伙，力大无穷，近身恶战恐怕一时讨不到好处，但他们论脚头速度和体力耐力，却不见得中用。郑大川此刻打定主意，只是围着他们，避而不战，把傻大个的力气耗去大半之时，再下杀手。

贾庆子把刀一磨，大叫一声："弟弟，我来助你！"就要跑上来。

钱掌柜手一横，沉声道："贾庆子，别去！"

钱掌柜和郑大川一样，风风雨雨经历颇多，看到郑大川的人不再硬碰硬，猜到郑大川已经想出怎么对付他们，脑筋急转，想出了其他的办法。

钱掌柜对郑大川喊道："郑大川，知道你和你的兄弟都是不怕死的好汉！但今天不是好时候，我要对付的并不是你们！而是住店的那几个人！"

郑大川吼道："钱老贼，少废话！赔我兄弟的性命！"

钱掌柜说道："郑大川，你静一静！听我说两句，再打不迟！你就不想知道这里是怎么回事吗？"

赵烟枪骂道："妈的，少玩些花花肠子！"

郑大川倒是有所思量，脸上横肉抽了抽，叫道："钱老贼！你说！"

钱掌柜喊道："好！郑大川你听好，我告诉你一个秘密！潜地龙一脉十年前为何突然消失无踪，留下许多的江湖传闻，乃是因为我们不长眼，惹毛了张四爷，让张四爷抓了以后，我哥哥潜地龙为了保我一命，丢了自己的性命！我从此便是张四爷的下人，隐姓埋名，守着这个巨坑阵！你宰了我也不要紧，但你得罪了张四爷，你自己想想后果！我之所以要发动巨坑阵，是因为住店的几个，就是张四爷要抓的人！张四爷说了，寻到人的下落，赏银三千，如果抓到活的，赏银十万！现在有四个就在坑中，保管一时半会儿跑不出来！还剩两个不知所踪，要下坑去看！这买卖，你做不做？你如果要做，咱们就暂且住手，别让人趁乱跑了！无论是否抓到人，我们都对半分！你看如何？如果你不答应，咱们就拼个鱼死网破，让到嘴的鸭子飞了去！"

赵烟枪一听，愣了一愣，轻声在郑大川耳边说道："张四爷信中的确这么说的！"

郑大川哼了一声，并不搭理赵烟枪，对钱掌柜叫道："钱老贼！我为什么信你？你又是怎么知道的？"

钱掌柜从怀中摸出一张纸条，在手中扬了扬："我有飞鸽传书为证！我这落马客栈，就是张四爷的一个飞鸽信站！只是没有人知道罢了！你要不信，拿去看！”

郑大川说道：“丢过来！”

钱掌柜手一扬，把纸条丢到身边不远处。

郑大川捅了捅赵烟枪：“捡过来给我！”

赵烟枪有点犹豫，郑大川骂道：“叫你去你就去，你不是说这老贼讲的是真的吗？”

赵烟枪定了定神，快步跑上去，从地上捡起纸条，飞也似的跑回来，把纸条递给郑大川。

郑大川展开纸条细细看了，眉头一皱，自言自语：“果然如此！四个陇西口音的人！不就是刚才那几个姓严的？”

郑大川把纸条收了，叫道：“钱老贼！信你一次，不过，要是我们合作，钱不能对半分，我要七成！刚才让你弄死了我两个兄弟，一个兄弟一成！”

钱掌柜笑道：“钱财对我来说，并不是什么大事！能为张四爷办成事，还我自由身，才是正经！七成就七成！咱们一言为定！”

赵烟枪在郑大川耳边说道：“咱们抓到人，首先还是弄死他们！”

郑大川动也不动，也说道：“这个还用你说，抓到人，老子第一个要他们的性命！六行道的人今天晚上之前也会赶回来！到时候我们人马齐整，还有七八杆快枪！弄不死他们才怪！”

赵烟枪脸上兴奋，说道：“的确如此！郑老大高明，现在不是和他们一较高低的时候！”

郑大川冲钱掌柜喝道：“那行！咱们一言为定！驷马难追！不过钱老贼，你要敢玩什么花招，我可不是吃素的！兄弟们，暂且收了家伙！听我的吩咐！”

钱掌柜微微一笑，也叫道：“贾春子，回来！不打了！”

贾春子抓了抓头，不解道：“钱老大，还没过瘾呢！”

两边各自收了阵容，钱掌柜和郑大川分别走出，互相不冷不热地抱了抱拳，算是暂时和解。

钱掌柜说道：“郑大川，咱们这边请，商量一下！”

“好！请！”

两人齐肩，向落马客栈最边缘的一间还未陷入地底的柴房走去。

水妖儿和火小邪趴在山坡上，火小邪骂道：“怎么不打了？和好了？”

水妖儿说道：“恐怕他们已经联合起来，要来找我们两个的下落。”

火小邪愁道：“真是糟糕！还以为他们要狗咬狗，拼个两败俱伤呢。”

水妖儿淡淡说道：“人为财死，鸟为食亡，没有永远的朋友，也没有永远的敌人，这便是江湖。”

火小邪一愣，说道：“那我宁愿不在江湖。”

水妖儿淡淡说道：“江湖，在人心中……除非你，没有心……”

十二、火能生土

巨坑之中，一片黑暗，伸手不见五指。坠入坑中的落马客栈大堂，静静躺在坑底，并没有摔得四分五裂，仍然十分齐整。砖瓦木梁的房子，这么急速地坠下，还能保持完好，也是奇怪得很。

严景天缓缓站起身，挥了挥面前的尘瘴，甩了甩头，叫道："守震、守义、守仁，你们在吗？"

黑暗中有人咳嗽了几声，从地上爬起，响亮地骂道："× 他们八辈祖宗的！差点摔死！严堂主，我在呢！没事！"

严景天听出是严守震，略感欣慰，继续叫道："守震，先不要动弹，等我摸清四周的情况再说！"

又有人在黑暗中喊道："严堂主，你们都没事吧？"

严守震叫道："守仁！我们还都好！你也没事吧？"

严守仁答道："没事！"

角落中有人低声说话："严堂主，我也没事，就是……腿可能断了。"这是严守义的声音。

严守震骂道："腿断了还叫没事？你是木头啊！"

严景天说道："大家都还活着，很好！你们都不要妄动！这应该是巨坑杀象，我们已经坠入了坑底，恐有毒刺机关。”

众人应了，严景天提气静心，收拢身体，慢慢前行，很快便摸到了严守义的位置。此时灰尘慢慢沉降下来，有微光透进房内，严景天也能看清房内的情况。

房间里如同被飓风吹袭过一般，乱成一团，地面横七竖八地断裂成碎块，高低不平，铺着一层杂物。房屋门窗，紧紧贴着洞壁，已经被塞死。

严景天来到严守义身边，摸了摸严守义的腿，发现小腿骨头已经折断。

严守义并不叫痛，只是说道：“掉下来的时候，脚卡在地面里，就断了。”

严景天双手按住严守义的小腿，探清伤势，低声道：“忍住！”手腕一使劲，咔嚓一声，把小腿扳直。严守义只微微哼了一声。严景天从身边摸到两根凳子腿，从衣服上撕下布条，给严守义绑上。

严景天边绑边说道：“守义，你要疼得厉害，就喊出来。”

严守义闷声道：“生疼而已，能够忍住。”

严守震在不远处骂道：“守义，你这个呆子！就爱逞能！”严守震这家伙，无时无刻都不忘挤兑严守义，只是这个时刻，倒让严景天略觉安心。

严守义抬头说道：“谁是呆子！能忍住，不那么疼！”

严景天也不说话，暗叹道：“万幸！这坑中竟然没有布上杀人的毒刺腐水，不然这样坠下来，恐难活命。”

严景天给严守义绑好木棍，站起身又四处打探了一番，这才叫严守震、严守仁过来，把严守义搬起，整理了一小块空地，四人聚在一处。

四个人除了严守义断了一条腿外，其他三人都是受了些皮外伤，没有大碍。严景天抬头看了看屋顶，见屋顶承重的几根木梁已经歪斜，所有木檐也都脱落，尽管如此，屋顶仍没有四分五裂，仅破了十来个破洞，从洞中透出些光亮，也看不清外面的景象。严景天吩咐严守仁道：“守仁，你爬上去看看，如果屋顶能打开，我们顺着坑壁就可以爬上去。”

严守仁应了，登到房顶，在破洞处用手敲打，扳下数块砖瓦，亮光越盛。可严守仁再探手上去，赫然摸到一根近两指粗细的铁条，似乎埋在屋顶里。严守仁大叫：“严堂主，这房子屋顶有问题！里面有铁条！”

严守仁话音刚落，屋顶外轰隆巨响，似乎砸下来一物。严守仁大惊，一纵身从屋顶跳下。众人严阵以待，抬头看着屋顶，不知发生了什么事情。他们的确不知，这是被贾春子丢下的第一个人的尸体。

又过了片刻，只听一声闷哼，屋顶上又坠下一物，震得屋顶碎片纷纷落下，之后听到有人低低呻吟一声，很快便再无声息。这便是被贾春子拧断了胳膊，丢入坑中的第二人，这人掉下来的时候微微转醒，砸到屋顶一下没死，勉强呻吟了两声，才一命呜呼。

严守仁惊道："是人？"众人彼此看了看，都觉得十分古怪，怎么这么大的物件掉下，声势颇大，屋顶还没砸穿？

然后他们又等了片刻，再无动静，却都闻到刺鼻的血腥味。

严景天皱了皱眉，默默地向严守仁一挥手，两人攀上屋顶，循着发出巨响的地方找去。很快便确定，屋顶上坠下的两物，就是两具尸体。严景天把尸体砸出的洞口扩大了一些，果然看到成排的铁条，相隔一拳的距离，密密匝匝地排列着。这样的铁网，自然人是掉不下来的。

严景天沉声道："莫非这屋子，就是个巨大的铁笼子？"

严守仁惊道："铁笼子？这些铁条难道是……"

严景天点了点头，说道："极可能这落马客栈的巨坑阵的坑口上面所有房子，都是铁笼做成，我们看到的墙壁、木梁，都是糊在铁条上做样子的。若是随着房子掉到坑里面，就如同把铁笼子开口堵上。"

严守仁说道："那不就是专门为了抓人设下的陷阱？"

严景天说道："的确防不胜防啊！"

严景天从屋顶翻下，走到门边，把木质的门框踹下，果然又发现了极粗的铁条。严景天叹道："这下糟糕！"伸出去摸门外的洞壁。洞壁上一层黏糊糊的沥青，沥青之下，覆盖着的泥土异常坚硬，严景天使劲用手指一抠，竟只抠下极小的一块。

严守震凑过来，问道："严堂主，这墙能挖开吗？我用四寡金片，挖上一段，应能从外面挖上屋顶。"

严景天说道："这洞壁是用一层沥青石灰碎石混合涂抹而成的，奉天城里有一些沥青路面，就是用这种方法浇筑而成，硬度极高，不是我们常见的砖石土墙。呵呵，看来做这个巨坑阵的人，想得非常周到，势必要把人困在坑底！我们就算是挖，没有称手的工具，仅靠四寡金片，恐怕四人合力，一天的工夫也最多挖出一个人高矮。”

严守震惊道：“什么浑蛋，费这种力气做这样的粪坑！”严守震说出“粪坑”二字，又觉得不合适，赶忙改口道：“什么粪坑，是臭坑，不，奶奶的，烂坑……”

严景天打断严守震的话，说道：“不用说了，这种坑恐怕是十年前流窜北方的潜地龙一脉的人留下的，我看这个落马客栈的掌柜，必和潜地龙有极深的渊源，定是他知道了什么，才启动了巨坑阵，把我们困在坑中，等人来抓我们！”

严守仁也凑过来，说道：“严堂主，那咱们也不能在下面等着人来抓吧！不能挖墙，我们可以试试能不能把铁条据开！”

严景天说道：“守震、守仁，你们两个，在这间屋子里速速探查一番，看看有没有破绽之处！现在敌暗我明，不知道他们还会有什么手段！”

严守震和严守仁应声就要离开，严守震突然想到火小邪和水妖儿，转身说道：“不知道水妖儿和火小邪那小子现在怎么样了？”

严景天说道：“水妖儿只要不落在坑中，以她的本事，逃出这一带还不是什么问题，火小邪绑在屋里，恐怕也和我们一样了！”

严守震不悦道：“本来我们可以快去快回，偏偏碰到这个古怪的水妖儿，偷啥不好，偏偏要去偷张四的东西，还带着她一起赶路，落下一屁股麻烦事！”

严景天怒道：“守震，最后一次告诫你，再说这种混账话，火家家法拔去你的舌头！”

严守震赶忙说道：“不敢了！不敢……”说着腾地跳开，沿着墙壁摸索去了。这时灰尘已散，从坑口照射进来的光线充足，房内倒也光亮。

严景天微微叹了口气，也没有闲着，攀上房顶，检查起来。

他们三个细细查了片刻，就听到屋顶上有人大叫，传进声音：“严家的几位兄弟！还活着吗？”这声音在坑中嗡嗡作响，回声不绝。

严景天他们听了，都是一紧，纷纷停下手中工作，凑在一起。

严守震低声骂道："严堂主！来人了！"

严守仁也说道："怎么办？我上去用齐掌炮把他们打下来！"

严景天道："勿动！我们现在身处险境，前途未卜，先稳住他们。"

屋顶外的人又喊道："严家兄弟，我知道你们还活着！以你们的身手，这点事还不至于没命！不要装死了！回话！"喊话的人说得多了，听得出似乎是赵烟枪的口音。

严守震低声怒道："你老祖宗才装死！"

严景天说道："你别说话，我来！"

严景天抬头高声喊道："外面的兄弟！你说得没错，我们还活着！"

赵烟枪趴在洞边，探头向洞下看去，已能清楚地看到屋顶。赵烟枪听到严景天回话，一回头对身后的郑大川和钱掌柜说道："他们还活着！"

郑大川说道："继续喊话，照刚才说的，叫他们老实待着！"

赵烟枪低头对坑中继续大喊："严家兄弟！我是刚才和你们交手的朋友！跑信镖的！不会忘了吧？"

"不会！记得清楚！"坑中的严景天回话。

"几位兄弟！你们在里面待着，不要乱动，也不要想什么法子逃出来！你们绝对逃不出来的！我们和你们并没有冤仇，只是你们乃是张四爷要抓的人。等张四爷到了，一切听他的发落！你们只要老老实实待着，我们保证不伤你们的性命！"赵烟枪口舌伶俐，连珠炮似的把话说了，十分清楚。

严景天略略沉默片刻，抬头喊道："敢问一句，与我们一起前来的一个半大小子和一个女子，也落在你们手上了吗？"

"哈哈，托你们的福，他们两个也在坑里面躺着休息！放心，只要你们不乱动，我们保证也不会动他们一根毫毛！一切都等张四爷赶到这里！"赵烟枪说瞎话丝毫不会惭愧，理直气壮。

严守震在严景天旁边十分烦躁，低声道："严堂主！我忍不住了！别听他们的，我们把铁条锯开，我上去宰了他们！救出水妖儿他们！"

严景天并不接严守震的话，仍然抬头喊道：“那便听你们的！”

“我说话不是吓唬你们！你们别想稳住我们，再想鬼主意！你们只要敢挖墙，锯铁条或者别的什么，我一把火丢下去，你们保管烧成焦炭！再者说了，那小妞和小子在我们手上，你们乱动一下，首先就先宰了他们！”

“坑上的兄弟放心！我既然说了，就绝对不会乱来！”

“那就好！你们可自己思量清楚啊！”

赵烟枪喊完话，从地上爬起，擦了擦汗，对郑大川和钱掌柜说道：“该说的都说了！我看他们应该能老老实实的。”

郑大川对钱掌柜哼道：“潜地鼠，你什么时候通知张四爷？”

钱掌柜微微一笑，说道：“郑大川，你还是叫我钱掌柜或者钱老头吧，十年都没怎么听到潜地鼠这个绰号了，别扭得很。”

钱掌柜返身将地上的一个鸟笼提起，从里面抓出那只信鸽，在信鸽脚踝上绑稳一张纸条，摸了摸鸽子的羽毛，双手向空中一展，信鸽扑腾腾展翅高飞，眨眼就飞得远了，眼看着变成一个黑点，消失在空中。

钱掌柜看着天空，悠悠说道：“不超过明日午时，张四爷一定能到！”

郑大川哼了一声：“张四爷的脚头马力，恐怕比这个更快！”

钱掌柜说道：“郑大川，咱们这段时间，就精诚合作，好好看着这里，千万不能让他们跑了！”

郑大川哼道：“当然！你当我郑大川是言而无信的人吗？”

两人走开几步，两侧各有人跑过来，一个是贾春子，一个是郑大川的手下。

贾春子说道：“他们住的那房里，没人啊！”

郑大川的手下汇报道：“其他坑里，也没有人。”

钱掌柜眉头一紧，说道：“再好好查！如果跑掉两个，十分麻烦！恐怕生出祸端！”

贾春子应了声，掉头又跑。郑大川的人不听钱掌柜使唤，站着不动。

郑大川说道：“钱老贼，听你的形容，一个小丫头片子，加一个没啥本事的小鬼，能闹出什么？张四爷要的一定是坑中那四个厉害的家伙。”

钱掌柜轻轻一哼，说道：“真如你所愿，那就好了！”

郑大川一愣，说道：“怎么？张四爷还看上那小丫头了？想娶这小丫头当偏房？一个小妞，费不着张四爷用这么大精力！”

钱掌柜说道：“咱们不怕一万，只怕万一，你说是不是？”

郑大川略一琢磨，也冲手下说道：“你！继续带着人查！不要只顾着朝下面嚷嚷，活要见人，死要见尸！不行就吊着绳子下去看看！”

手下连忙应了，飞快跑了开去。郑大川心中想道：“钱老贼，无论找不找得到他们，也定要在张四爷来之前宰了你！”

郑大川说道：“赵烟枪，你也去！给我盯好喽！”

赵烟枪也赶忙应了，跑去一边。

钱掌柜说道：“好！那咱们两个，就坐在这个坑边，守着坑里的四个宝物。”

郑大川嘿嘿一笑，说道：“行！”

火小邪和水妖儿在山坡上观察了半天，眼看着下面郑大川和钱掌柜的人忙忙碌碌，四处搜索，最后又都聚在院子中商议。

火小邪说道：“看他们这个样子，可能是在找我们。”

水妖儿答道：“他们并不慌乱，严景天一定是困住了，出不来。真是奇怪，就算连同屋子一起掉到坑中，严景天他们不该爬不上来。难道死了？”

火小邪一惊：“不会，不会，他们一定只是被困住了……”火小邪嘴上这么说，但觉胸口一阵刺痛。

水妖儿说道：“如果严景天他们都跑不出来，我们也救不了他们。我们不能在此久留了，如果他们抓住了我们，反而更糟！我们走吧！”

火小邪惊道：“走？不救他们了？”

水妖儿冷冷说道：“救？怎么救？火家人还需要我们救吗？我们去救岂不是添乱？难道你想下去把他们都杀了？你看到钱掌柜的两个伙计了吗？你觉得你能杀了他们？反正我是不杀人的。”

火小邪怒道：“你怎么这样没良心？严大哥他们是为了照顾你，才带着你上路的，张四爷要抓的也是你，不是严大哥他们！你怎么能见死不救？”

水妖儿冷冷说道："不错！张四要抓的是我！严景天他们是火家人，张作霖的客人，张四没这个胆子得罪他们！玲珑镜在我这里，又不在火家人手中！你懂个什么？你要走就跟着我走，不走的话，我自己走！"

火小邪瞪着水妖儿，一字一句地说道："我叫火小邪，尽管不是火家人，也没啥本事，但我名字里有个'火'字！严大哥他们的命，就是我的命！你走吧！水火本就难容！"

水妖儿冷哼一声，身子一扭，闪到大石后，身影晃了晃，眨眼就不见踪影。

火小邪黯然惆怅，叹了口气，返身回来，趴到大石边，继续观察下面的动静。

火小邪看着深坑，自言自语道："严大哥怎么会被困住呢？怎么会呢？"

火小邪猛然想起什么："掉到坑里的房子，难道是铁笼子？真有这么大的铁笼子吗？嗯……一定有，有这么大的坑，自然有这么大的铁笼子！"

火小邪抓了抓头，又道："鸟儿不就是困在笼子里吗？"

"你怎么会这么想？"火小邪身后猛然有人说话，这一句话把火小邪吓得七魂飞跑了三魂，"呀"的一声闷叫，滚在一边，一定神，却看到是冷冰冰的水妖儿蹲在自己身后的一块石头上。

水妖儿不屑道："就你这点胆子，还救人？"

火小邪嚷道："呸，救人我不行，但我可以偷人！"

水妖儿眉头一皱："偷人？"

火小邪说道："我见过有的猫儿偷鸟，是将鸟笼弄掉在地上以后，把笼底拨开。"

水妖儿说道："你是说要从地下去偷人出来？"

火小邪说道："是，我从小就是贼，只是会偷，猫儿偷鸟，我们偷人。"

水妖儿沉默片刻，一张冷若冰霜的脸，突然又变成眉开眼笑，一把搂住火小邪的脖子，用劲颇大。火小邪比水妖儿要高出一个头，还是被水妖儿按下来，脑袋被水妖儿夹在腋下。

水妖儿笑道："猴子！猴子！你脑子还挺聪明的嘛！偷严大哥他们，好玩，好玩！我就喜欢玩！"

火小邪半张脸贴在水妖儿的胸前，只觉得软绵绵的。火小邪已经十六七岁，自然知道这软绵绵的是什么，脸唰的红了，尴尬说道：“水妖儿，你、你松手……”

水妖儿丝毫不觉得有什么不妥，听火小邪嚷嚷松手，敲了火小邪脑瓜一下，松开胳膊，坐在一边，笑道：“那咱们就去偷人吧，呀，什么偷人啊，是偷严大哥他们四个男人。哼，你这个臭猴子，贼猴子，流氓猴子，怎么想出偷人这个词的！”

火小邪见水妖儿这样子，不知是该恨她还是该爱她，但想到水妖儿不顾他而去，心中还是憋闷得很，也不回答水妖儿，只是冷冰冰地问道：“你怎么又回来了？你不是要自己走吗？”

水妖儿嘻嘻哈哈地说道：“水家人一会儿一个主意，你管得着吗？我就是回来了，你怎么的？气死你，气死你！把你猴子屁股都气红！”

火小邪一拍额头，对水妖儿也没有了脾气。火小邪是个心胸豁达之人，只要不把他逼上绝境，倒不会过于记恨什么。

话说钱掌柜和郑大川他们派人一通寻找，并没有在坑中发现水妖儿和火小邪，聚在一起一番商议后，由郑大川带着自己手下去后院的山坡上寻找，留下赵烟枪与钱掌柜、贾春子、贾庆子继续看守严景天他们所在的洞口。

郑大川他们寻到火小邪、水妖儿曾经待过的地方，很快就找到火小邪扛到山上的桌子一张。郑大川大喜过望，又继续查去，一路上足迹清晰，明明白白地指向后山。郑大川心想这一男一女八成没啥本事，一个小妞腿脚能有多快，顿时呼喊着手下，向后山追去。

郑大川他们追到后山，才发现后山寸草不生，都是石头。郑大川没了火小邪他们的足迹，哪里甘心，仗着自己和手下都是腿脚极好的人，仍然向前追去，转眼就没入山石之中，去得远了。

郑大川他们通通追入后山，火小邪和水妖儿才从后山入口一边的草从里爬出。

火小邪十分惊喜，说道：“水妖儿，真有你的！你怎么知道他们一定会追进去？”

水妖儿笑道：“笨猴子！换了是你带着七八个腿脚麻利的人，去追一个毛头小子加小媳妇，你能停下来吗？”

火小邪嘿嘿傻笑：“也是，也是！”

水妖儿说道：“支走了一批人，我们也方便些了！跟我来，我们想办法先钻到地底去。”

水妖儿和火小邪顺着山坡，飞快地来到落马客栈院落一侧，藏在林中。水妖儿把小媳妇打扮的外衣脱了，露出贴身的黑衣，又摸出一块黑纱巾，把自己头发包住。

此时日头西沉，已近黄昏，太阳贴着山头只露出半张脸，山影洒下，把落马客栈地面盖住了半边。

火小邪和水妖儿打量片刻，见钱掌柜、赵烟枪、贾春子三人正在院中。钱掌柜和赵烟枪倒是惬意，在院子中摆着桌椅，坐在桌旁，交头接耳。贾春子坐在坑边，两只脚放入坑中晃悠，显得无所事事。只是持两把菜刀的贾庆子不见踪影。

火小邪两人又等了片刻，才看到贾庆子从已经崩塌了一半的后厨中跑出，抱着两个坛子和一摞碗碟，腋下夹着竹篮，肩上扛着山货，手中还勾着数只煮熟的腊味野鸡，直奔院子而去。

水妖儿对火小邪说道：“跟背风耍得如何？”

火小邪忙说道：“精熟！奉天城里没几个比得上我。”跟背风其实就是做贼里的一门基础的本事，大意是说跟着“马儿”（被偷之人），还不能让马儿发现，讲究的是腿脚轻便，动作迅速。

水妖儿说道：“跟着我！我们去后厨！”

水妖儿说着，从林中钻出，沿着落马客栈的篱笆，找到个缺口处，钻进院内。火小邪紧紧跟着，也是无声无息，并不落下风。两人躲在草垛之后。

水妖儿略一回头，冲火小邪浅浅一笑，脚下加紧，猫着腰，灵狐一样跳到未倒塌的柴房墙边，贴着墙边，看了看钱掌柜他们，冲着火小邪挥了挥手。

火小邪尽管做不到水妖儿那样跳跃着前进，但脚下小碎步踩得飞快，不动声色的，眨眼也到了水妖儿身边。

水妖儿用胳膊捅了捅火小邪，眉开眼笑地说道："猴子，一路上看你笨得和大狗熊一样，活动起来，身手还不错嘛！你这踮脚尖的小碎步是谁教你的？"

火小邪想也不想，说道："棍棒！"

水妖儿惊道："棍棒？什么棍棒？"

火小邪说道："就是打人的棍棒呗。小时候天天跟背风，若被人逮住了就得挨顿棍棒，大街上人多，跑小碎步比较方便，不容易被抓到。因为怕挨打，就练出来了，所以是棍棒教的。"

水妖儿笑道："嘻嘻，你还挺行！看来不是个累赘。"水妖儿探头再看外面，啧了啧嘴，说道，"不过下面一段路，有点难，恐怕你过不去。要不你等天黑再去？我先去探一探。"

火小邪有点急，说道："哎呀，你刚还说我行，怎么又要甩了我？说话靠谱不？我肯定可以的！"

水妖儿说道："臭猴子，又耍嘴巴能耐！我还故意蒙你不成？下一段路就是难走嘛，你让人发现，不是糟糕？算了，算了，我和你一起等到天黑，要是留下你一个人，你一个人不知会干出什么麻烦事。"

火小邪抬头望了望山头的太阳，说道："这太阳完全落山，还要一个时辰呢！万一去后山追我们的那帮人回来，不是更糟！"

水妖儿眼睛眨了眨，说道："也对！那这样吧，猴子，我给你一件东西，你盖在身上，再爬过去。"

火小邪不知水妖儿什么意思，就看到水妖儿从自己背包里翻出一个小布包，哗啦一展，竟是块巨大的方巾，颜色灰扑扑的，面料皱皱巴巴，但一看就知道极为轻薄。

火小邪问道："这是什么？"

水妖儿神色又换成一副大家闺秀的模样，浅浅说道："本来不想给你用的……这是我们水家的玩意儿，叫作灰蠓帐，专门用于隐蔽躲藏的。你用这一面盖在身上，慢慢爬行，加之有阴影掩盖，只要你不跳起来乱跑，远远看去，不过是一堆浮土而已。”

火小邪惊道：“还有这种好东西？”

水妖儿点了点头，慢慢说道：“刚才看了你的身法，应该问题不大！”

火小邪说道：“这么好的东西，我、我、我来用，万一……”火小邪不是反复无常，又害怕过不去了，而是他这种一直穷苦的小贼，从来不敢用金贵的东西，生怕给弄坏了，弄丢了。火小邪年纪还小的时候，把他的老大齐二滚子“耗子楼”中的一个金贵的古董瓷瓶摔了，被暴打一顿，丢了大半条命，伤得极重，一个月之内连尿都是红的，还好命大活了回来。这种经历火小邪遇到的多了，已经自然而然地畏惧用太宝贝的东西。

水妖儿打断火小邪的话，忽闪忽闪着眼睛，说道：“没有万一，我信你一定能做到。记住啦，径直爬到后厨的墙边柴垛旁，静静趴着不要乱动，等我过来。路上有任何情况，都不要乱动！切记！”

火小邪听水妖儿都这么说了，心中豪气升腾，夹杂着心酸感动，不由得重重点头。

这块灰蠓帐盖在火小邪身上，十分奇特，尽管看着轻薄，但紧紧贴在身上，丝毫没有起伏。火小邪从里向外看，能够看得清外面的情景，似乎是透明的，从外向里，则不透光。

火小邪听水妖儿的号令，爬出柴房墙边，屏住呼吸慢慢向前爬行，透过灰蠓帐向外看去，钱掌柜、赵烟枪、贾春子、贾庆子四人正围坐在桌边，并没有用心打量火小邪这边，偶尔有目光扫过，火小邪都是一惊，随即一动不动，但看上去，丝毫不会发现火小邪正在地面上爬向后厨。

尽管路程很短，火小邪还是出了一身大汗，极为吃力，眼看着离后厨墙边只有十步之遥，却猛然看到贾庆子站起身，咚咚咚咚向自己所在的方向跑过来。

火小邪大惊，全身寒毛直竖，暗叫：“糟糕！难道被发现了？”

水妖儿躲在后面，见贾庆子笔直冲火小邪方向跑过来，神色一紧，暗念道："火小邪，千万别动！一动就糟了！"

火小邪眼见贾庆子越跑越近，心中真如千万只兔子跳跃不止，心脏几乎都要炸开，全身肌肉绷得极紧，只要一念之差，就会跳起奔逃。可火小邪就在这当口，脑中炸出水妖儿的叮嘱，心中顿时一横，骂着自己："没出息的东西！就算他发现我了，把我剁成肉酱又如何？不动就是不动，打死也不动！来来来，有本事从你爷爷我脑门上踩过去！看我不掰断你的脚！"

火小邪打定主意，一动不动，瞪着眼睛看贾庆子直奔而来，嘴中轻念："××××××……"贾庆子笔直向他跑过来，如果再跑十多步，就会从火小邪身上踩过去。

而贾庆子奔到火小邪身前不过十步，却停了下来，把脑门一拍，一个转向，从火小邪面前折向后厨。贾庆子奔到后厨边的柴垛，稀里哗啦抱起一大捆柴木，嘟囔着："这里也有，这里也有，差点忘了！"贾庆子抱好柴火，返身又大步奔了回去。

火小邪看着贾庆子的背影，身子一软，骂道："死大个，要命啊你，拿柴火干什么！"火小邪真是万幸，贾庆子就是来拿柴火的，本来想直直奔到柴房，却想起后厨墙边还有没用完的干燥柴火，自然不愿舍近求远。

原来东北地界，这季节十分寒冷，若有太阳照着，还算好点，一旦阳光被遮住，很快就冷得要命。钱掌柜就是吩咐贾庆子取柴，在院子中生一堆火。贾庆子的确没有在意地上还盖了一块灰蠓帐，底下还有个火小邪，可看那个笔直冲过来的架势，火小邪刚才那个惨样也不奇怪。

英雄出少年，这种常人早就吓得跳起乱跑的危机，竟能让火小邪一咬牙忍过去了。

火小邪再不愿等着，定了定心神，又慢慢向前挪去，终于有惊无险地到了后厨墙边。火小邪筋疲力尽，趴在地上，一动都不愿动了。

贾庆子拿了柴火，在桌边不远生了堆火，蹲在桌边喝酒，不敢上座。

赵烟枪自己留在这里，没了靠山，满脸谄媚，对钱掌柜说道："钱掌柜，您怎么能耐得住寂寞，守着落马客栈十年？"

钱掌柜轻轻摇了摇头，说道：“我只是为了保命，才不得不隐姓埋名。我这条命是我师哥潜地龙从张四爷手中换回来的，我就算怕张四爷，但更念着我师哥的恩情，情愿守着这份寂寞。这个落马客栈，本就是潜地龙一脉偷偷研究巨坑阵的所在。我一直等着有一天，张四爷要再出山，我能用这个巨坑阵，帮他抓到人，那我就能重获自由！本以为一辈子也别指望，谁知还真抓到四个张四爷五百里传书的人！哈哈！哈哈！”

赵烟枪说道：“钱掌柜真是够兄弟，够义气的好汉啊！赵某人佩服，佩服！佩服啊！钱掌柜，来，干一碗！”赵烟枪一仰脖，把酒干了。

钱掌柜说道：“赵兄客气了！”也端起碗把酒喝了。

赵烟枪又提着坛子，给钱掌柜斟上酒，问道：“那钱掌柜，现在落马客栈已经沉了，您打算以后怎么办？”

钱掌柜悠悠说道：“本来这十年，守着这家客栈，倒也习惯了当掌柜的日子，觉得尽管寂寞，却也落得个清闲。我们潜地龙一脉，一年中有半年都在地下挖掘吃土，想想也是窝囊。呵呵，所以嘛，等张四爷来了，还我自由身，我会远去南方，找个闹市再开家客栈，退出江湖！”

赵烟枪叹道：“钱掌柜真是有心啦！来，再干！再干！”赵烟枪又要一饮而尽。

钱掌柜推辞道：“老了，不能这样喝了！慢慢来，慢慢来！喝多了误事！”钱掌柜端起碗，只是抿了一大口。钱掌柜刚刚抿完，余光一闪，顿时把头转向后厨那边，定眼一看，只见山风卷着落叶扫过，并无异样。钱掌柜哼了声：“天冷了！”

赵烟枪见钱掌柜神色专注，看向一边，也看了过去，同样只看到落叶飞舞。赵烟枪说道：“太阳一落山，小风就乱刮，这鬼天气！”

火小邪歪着脑袋，看水妖儿从柴房后一跃而出。水妖儿已经用黑巾把整个脸面都蒙住，只露出两只眼睛。火小邪看水妖儿的身法，更加吃惊！

水妖儿并不是以前那样跳跃着前进，而是如同定格一般，唰唰唰飞速前进几步，身子一顿，或蹲或伏一动不动，如同机械人一样。水妖儿行动的频

率或快或慢，停顿的时间有长有短，停下来的姿势次次都不完全一样，似乎整个人顺着地面起伏，空气流动，光线强弱方向而变化不停，如同一截无形无态的黑色液体，万千变化着，流动时瞬息变换，停顿时又如水变冰一样形态各异。

火小邪趴在地上，看得痴了，叹道："天下还有这样的身法？看着和流水一样，从一个容器流到另一个容器似的。"如果不是火小邪知道水妖儿从柴房后动身，恐怕猛一眼看过去，丝毫看不到还有人在移动。

水妖儿一弯身已经闪到火小邪脚边，把火小邪拍了拍，另一只手解下面罩，低声道："起来！"

火小邪这时才敢动弹。水妖儿把火小邪身上的灰蠓帐提起，折了折便收成一团，放回到背囊中。

水妖儿一转头，看到火小邪扬着脸，痴傻一样看着自己，突然脸上泛出一丝红润，低声道："猴子，你看我干什么！"

十三、火邪之能

火小邪愣愣看着水妖儿，说道：“你刚才过来的手段，实在太邪门了！妖精也做不到啊！”

水妖儿微微一怒：“这还要你说！”说着狠狠敲了火小邪脑门一下。

火小邪哎哟道：“夸奖你还要挨打吗？你这妖精婆真不讲道理！”

水妖儿低声哼道：“别说话了！想让人听见吗？臭猴子！烂猴子！”

火小邪赶忙闭嘴，他朦朦胧胧知道些男女情爱的事情，对水妖儿这样俊俏动人的女子，心里也是喜欢的，但水妖儿一路上多次显示自己的本事，火小邪自愧不如，总觉得低了水妖儿一头，对水妖儿的言语多是敬佩、赞叹，丝毫不敢有暧昧之心。岂知刚才火小邪如果说水妖儿过来的手段，看着极美，水妖儿可就开心死了。火小邪哪懂得水妖儿生气敲他脑袋时的女人心思？

后厨房子尽管没有沉入地下，但因为靠着巨坑颇近，屋顶也崩塌了，除了冲着院子的半边墙没倒，其他各面墙都是残破不堪。有的一塌到底，有的还剩下小半截。这样的残骸，倒是个隐藏、观察的好处所。火小邪他们在山坡上看到地底有人钻出来，正是在这后厨的房内。

水妖儿探头打量了一下，见钱掌柜那边并没有什么动静，手轻轻一挥，示意火小邪跟上，自己一个猫腰，嗖地一下从破墙处翻入。后厨院子的一侧的墙没倒，给了他们极好的遮挡。

火小邪也翻入后厨房中，凑在水妖儿身边。水妖儿环视房内，锅碗瓢盆灶台柜子，无不被掉下来的屋顶砸得稀烂，整个后厨根本看不出原来的样子。

火小邪低声愁道："这可不好找！明明看着人从屋子里钻出地面来的！被埋住了？"

水妖儿哼道："笨猴子，这还不好找，明摆着在灶台下就是入口。"

火小邪惊道："你怎么看出来的？"

水妖儿说道："只有灶台下瓦砾最少不是？"说着已经猫腰钻到灶台边。

火小邪琢磨了一下，明白过来，不由得暗暗点头，跟到水妖儿身边。

水妖儿拿手一抚，就在灶台一角找到了一个暗黑色的拉手，水妖儿拉了拉，纹丝不动，说道："猴子，帮一把手！"

火小邪也伸出手，紧紧拉住，两人都使足了力气，火小邪更是憋得脸色通红，仍不能拉动分毫，好似这拉手焊死在地面上似的。

火小邪叹道："不会错了吧。"

水妖儿哼道："不会，你看把手下面，缝隙大着呢！定是还有一处机关，把这里锁死了。"

火小邪一看，果然把手一侧地上，有一道笔直的裂缝，赫然这把手连着一个硕大的盖子。

水妖儿说道："你不要动，我在屋子里找找。"

水妖儿正要起身去寻，小邪却说道："不用找了，就是一个粗笨的盖子。"水妖儿一愣，只见火小邪顺着裂缝摸到一堆瓦砾边，用手拨开瓦砾，手掌往下一按，只听"咔"的一声，似乎是机簧弹开的声音。火小邪再抓住把手一提，这盖子就微微动了。

水妖儿好奇地说道："这么简单？"

火小邪说道："东北一带地主家的地窖盖子，都是这样的啊，一个角有个撑子，按下去就开了，专门防猪狗、黄鼠狼子乱扒拉的。"

水妖儿面皮微烫，只好说道："哦，是我想多了。"水妖儿她们这些水家人，偷东西进出的场所，无不机关重重，需要费尽心思，仅张四爷家的天锁地铄，就有五五二十五道机关暗锁。所以水妖儿事事都自然而然地以为有什么隐秘的机关，反而绕了远路，不及火小邪来得直白。

两人再次合力，盖子尽管沉重，也还是被慢慢拉起。水妖儿凑在缝隙边，浅浅闻了一下，并无异味，便和火小邪继续用力，把盖子一下拉出地面，盖子与地面的咬合之力丧失，自然被使尽全力的火小邪和水妖儿猛地拉起了两尺高矮，噗的一声，从盖子下面涌出滚滚灰尘。

水妖儿低声叫道：“不好！”一背手，以迅雷不及掩耳之势取出了灰蠓帐，一抖展开，把火小邪和灰尘一起盖住，没能让灰尘扬起。水妖儿按住火小邪的背，说道：“再拉！这下面灰尘很大，扬起灰来会被人发现。”

火小邪吃了一嘴的尘土，听水妖儿这么说也就心甘情愿，忍着灰尘扑面，再次使劲把盖子完全提起。有灰蠓帐蒙着，地下涌出的尘土再不飞扬，就是可怜了火小邪，鼻子嘴巴大吃了一顿。

别看这是一件小事，却有十足的暴露危险，大量灰尘突然扑出地面，几乎是个人都知道那边有事情发生。做贼的人，若不知打开盖子这件小事的其中厉害，极容易在此处被人发现。旧时一些大户人家，为了防盗，有的在藏宝的地窨坑洞中会灌入氨气，也有在其中点上一种叫“桂臭”的草药，以这些烈性刺鼻的气体充满地下空间，若是贼人打开了坑洞的入口，这些气味就会涌出，传播极快，让人闻到了，就知道有贼来偷窃。所以，一些有经验的大盗，随身都会带着如同水妖儿的灰蠓帐这样的道具，第一掩盖气味窜出，第二能起到消味的作用。这种法子别看粗陋，却极有效。

这种以气味、材料的特性防盗的本事，五大贼王中的木家登峰造极，有的法子太过猛烈，世人甚至认为是妖术，此为后话，暂且不表。

水妖儿明白巨坑阵从发动到钱掌柜他们从地下爬出，时间并不长，他们出来以后，又是和郑大川对打，又是忙忙碌碌四下搜寻，不像能返回下面再做手脚，所以放心去做。岂知启动巨坑阵的这个地窨，十分巨大，有的管道和一些坑底相通，灰尘可倒灌进来。

水妖儿收了灰蠓帐，火小邪一头一脸都是尘土，但仍然显得十分开心，说道：“打开了！”

地面上显出一个黑漆漆的大洞，入口有一木梯通向下面，里面灰尘滚滚，什么也看不清。

水妖儿看了看洞中，从瓦砾中抽出一块破布，从背囊中摸出火信子点着，丢入坑中。破布缓缓下降，也未见熄灭。

“不错！可以下去！”水妖儿看了看，丢给火小邪一块黑色纱巾，说道，“缠在口鼻处。”

火小邪听水妖儿叮嘱，把纱巾绑好，纱巾凑到鼻子边，才闻到异香扑鼻，精神也为之一振。

水妖儿在前，火小邪在后，沿梯子下到坑中，火小邪反手一拉，把半掩着的盖子拉下，缓缓盖住，没发出一点声音。盖子合拢，光线顿失，坑中伸手不见五指。

火小邪与水妖儿顺着梯子向下爬了五六人的高矮，才下到洞底。火小邪踩了踩地面，十分平整，似乎将土夯实铺成的地面。水妖儿在黑暗中说道：“火小邪，你先不要动，我闻到有灯油气味。”

火小邪应了，站住不动，尽管看不出这个地洞的大小，但能感觉到地洞中气流急促，风从前方黑暗处吹来。水妖儿说话的声音，回声短促，似乎地洞并不宽敞，却纵深很远。

水妖儿把手中的火信子拿出，晃了晃，火头跳跃了一下，让黑暗中一丝光亮闪过。还没等火小邪注意，水妖儿已经盖住了火信子，又是一片黑暗。只听见水妖儿的脚步声腾腾远去，再无声息。火小邪并非怕黑，但一下子看不见，听不见水妖儿，还是有些发毛，不禁低低叫道：“水妖儿，你去哪里？”

远处的黑暗中又升起亮光，随即越来越亮，很快整个洞穴都明亮了起来。水妖儿拨了拨墙上的油灯，火苗跳跃着烧得极旺。水妖儿转过头对火小邪说道：“怎么，怕了？怕一个人待在这儿？”

火小邪有点尴尬地说道：“那倒不是。”火小邪避开水妖儿看过来的眼神，赶忙走开几步，四下打量。水妖儿轻轻一笑，不再看火小邪，也四处观察起来。

这个落马客栈后厨下的洞穴，只有两丈方圆，也就是落马客栈客房厅堂的大小，方方正正的，墙壁房顶也夯打得十分平整。在洞中一角，有一个两人高矮的巨大木质轱辘，直顶到屋顶，两端都埋在土里。这个轱辘不是水井上的那种横躺着的，而是竖立起来，轱辘横向缠着数十条粗大的麻绳，但大部分已经从轱辘上脱落，散落一地。洞中另一个角落，则堆满了各式挖掘工具，数量庞大，铁器已经锈迹斑斑，木柄大多数也都断裂了，落满了尘土，显然这些挖掘工具许多年都没有人使用过了。再往油灯那边看去，有一条和火小邪身高相差无几的地道，两人宽窄，笔直向内伸展，黑乎乎的，里面什么都看不见。

水妖儿走到轱辘边，拾起一根绳索拉了拉，又抬头看了眼顶端，这些绳索是从轱辘上方的圆孔中钻出，再被叉棍分了个向，这样才缠到轱辘上的。

水妖儿说道："想必这个就是发动巨坑阵的机关枢纽，怪不得钱掌柜的两个伙计都是身高马大，一般人还真对付不了这个轱辘呢。"

火小邪也拉住一根绳索拽了拽，问道："这机关是作废了吗？"

水妖儿摇头说道："我也不知道巨坑阵运作的道理，不过我看这些绳索，似乎是从屋顶上面垂下来，穿墙而过。也许每根绳索，就是发动一个巨坑的导线。猴子，我们不用在这里久留，再往前看看。"

水妖儿去取了油灯下来，火小邪则绕到洞中一角，从废弃的工具堆里挑了一把还算完好的锄头，拎在手上，赶上前跟着水妖儿。水妖儿淡淡一笑，对火小邪捡锄头的行为不置可否，水妖儿举着油灯，火小邪紧随其后，两人钻入地道，又向前慢慢寻去。

这地道十分狭窄，刚刚好容两个人并肩通过，而高度和火小邪一般。水妖儿身材娇小，走在前面倒很轻便，火小邪比水妖儿要高出半个头，又拖着把锄头，只能低着头紧紧跟着。

地道前面二三十步地面墙壁还算平坦，越往后则越加坑洼不平，看得出越往后面，越没有人来。他们两人又走了二十多步，就看到前面现出一条四岔路口，通向三个方向，地面向下倾斜，似乎通向更深的地底。

火小邪往三个方向都打量了一下，里面黑洞洞的，丝毫看不到有尽头的迹象，不禁说道：“水妖儿，不会是迷宫吧，怎么看着无穷无尽的？”

水妖儿说道：“什么迷宫，迷宫可没有这么粗劣。”

火小邪问道：“你怎么能确定呢？”

水妖儿轻轻一笑，说道：“笨猴子，你没有进过迷宫，自然不知道的，如果是地底复杂的迷宫，其中极为重要的一条，就是走进去以后感觉不到风，一丝一毫的风都没有，因为连风都绕不出来，空气都好像不会流动似的，非常可怕。不像这里，能感觉到这么强烈的山风。”水妖儿举起手，凭空抚摸了一下，“这风直来直去，又夹杂着一股子山野土腥味，必然就是这条路吹过来的。”水妖儿指了指左手边的方向。

火小邪点了点头，说道：“长见识了！水妖儿，那你曾经去过最厉害的迷宫是哪个？”

水妖儿身子猛然一顿，突然缓慢而冰冷地说道：“成吉思汗陵下的十里纵横宫，土家第三十四代土王田士邱的杰作，分为十层，贸然进入，别说能够出来，第一层还没有探完，人就会窒息而死。”说着，水妖儿也不回头，向着左手的地道走去。

火小邪追在身后问道：“十里纵横宫？土家？成吉思汗怎么会修这么大一座迷宫？”

“是因为成吉思汗，想守住一件东西，让这件东西，永远不要离开自己身边。”

“不是成吉思汗陵一直找不到吗？”火小邪追问。

“不是找不到，是你们这些俗人不知道方位和入宫的法子而已。有些地方，全天下也只有我们五大世家的人知道，不过，不到万不得已，我们也不会去找。”

“可那是什么东西？这个东西还在吗？”

“被木家的木王取出了。”水妖儿冷冷地说，并不愿意回答前一个问题。

“木家人能破了这个十里纵横宫？”

“是，木家人是土家迷宫的克星。”

“不是说不到万不得已，你们也不会去吗？”

“为了那个东西，就没有万不得已！”

“那到底是什么东西？”

“五行圣……”水妖儿说到此时，顿时打住，有点焦躁地说道，“火小邪，你不要问这么多了，你知道得越少，对你越有好处！听见了吗？我已经说得够多了！”

火小邪看着水妖儿的背影，知道水妖儿又变作了那个冷若冰霜的样子，也不敢再问，一脑子的疑问尽力挥开，默默跟着水妖儿向前走。火小邪心想：“水妖儿啊，如果你只是副调皮样子就好，变来变去的，真让人害怕。唉，为何你如此变化无常呢？难道水家人都是这样？”

两人默默走了一段路程，一会儿向上走一会儿向下走，好在都不是陡坡。沿路上有巨石嵌在地道墙壁上，两人不得不弯腰通过。绕过了几块巨石，风刮得越急，呼呼作响，果然抬眼看去，前方已经到了尽头，这股风，就是从地道墙壁顶上的一个硕大的塌陷处吹进来的。

水妖儿走到风口，用手探了探，说道：“怎么破了一个洞？难道外面就是坑？”水妖儿一转头，看着火小邪，火小邪害怕她是冰冷冷的表情，吓得脖子一缩，谁知水妖儿脸上却是一副淑女模样。水妖儿淡淡笑了笑：“猴子，来，给我垫个脚。”

火小邪赶忙蹲下身子，说道：“来，踩我背上。”

水妖儿盈盈一笑，说道：“谢了。”水妖儿把油灯往地下一放，蹬着火小邪的背，双手一攀，半个身子探进塌陷的缺口处，停了片刻，就缩回了身子。水妖儿从火小邪背上跳下，又换成一副调皮的样子，笑道：“猴子！如你所愿，这地道果然和旁边的大坑相临！这里的塌陷是因为掉下来的房子边缘，勾住了土里的大石头，把坑的墙壁压爆了所致。快！猴子，我们赶快沿路回去，找到严大哥他们掉下去的那个坑的方位，我们就能把鸟笼子的底弄开，偷出严大哥他们了！”

火小邪一高兴，伸出双手，把水妖儿的双手一握，兴奋道：“太好了，太好了！”

水妖儿一甩手：“哎呀，捏得疼死了！死猴子，这么大劲儿！”

火小邪连连告饶："对不住，对不住！"

水妖儿一笑，拾起放在地上的油灯，钻到火小邪前面，赶紧沿路返回。

两人再次回到四岔路口，水妖儿停下四处看了看，指着来路的右边通道，说道："这个方位！没错！"

两人再往前走，这条地道并不长，走了一百来步，转了两个弯折，就已经到了死胡同。水妖儿一路摸着一侧的墙壁，慢慢说道："严大哥掉下去的那个坑，应该就在这面墙的后面。这墙壁上的土，显然是后来填上去的。"

"好咧！"火小邪把锄头一挥，就要锄上去。

水妖儿连忙阻止："你这猴子，怎么毛手毛脚的！你这样乱挖，要挖到哪里去？"

火小邪愁道："那不挖开，能怎么办？"

水妖儿骂道："就你这样，还做贼呢。就算做贼，也是个笨贼！待在这里，我要测步！"

火小邪说道："测步？"

水妖儿也不搭理他，从身后的背囊中取出一件东西，亮在手心中。火小邪凑近一看，只见水妖儿手心中的东西，是个圆形的罗盘，中间是一个玻璃表盘，里面有一根指南针浮在写着东南西北的盘面上，表盘周围，则是两圈刻满刻度的钢环。水妖儿拧了拧最外面的一圈钢环，让两圈钢环上的刻度对齐。

火小邪问道："这是？指南针？"

水妖儿说道："没错，是个指南针，但也是水家用于测量距离的玩意儿，叫作双环仪，本身并不稀罕，只能配合着水家的身法使用。这个双环仪，上面的刻度衡量，都是以我的身形步伐长短刻制，所以说，只有我水妖儿用得准它。"

火小邪看着这个双环仪，又看了一眼水妖儿移到胸前的黑色背囊，这个黑色背囊十分小巧，约有水妖儿半个肩膀宽，似乎是黑色皮革缝制，看着浑然一体，并没有明显的拉线开口，仔细一看，能看到背囊表面上有两个细弱的缝隙，水妖儿应该就是从这缝隙中伸手进去，取出东西。背囊看着十分平伏，并不是鼓鼓囊囊的，贴身背在水妖儿身后，黑色衣服一衬，几乎察觉不到。不禁赞道：“你这个背包里，还有多少宝贝啊。”

谁知水妖儿脸色唰的大变，一脸寒霜地说道：“你要敢打我背包的主意，立即要你的小命！”火小邪也不是第一次见到水妖儿这样，和水妖儿同乘一批马的时候，水妖儿也是如此警告过他，火小邪心中一寒，连忙点头。

水妖儿脸色又唰的一变，变回调皮的样子，笑道：“猴子，我去去就来，你待在这里不要动啊。”

火小邪木讷地应了声，水妖儿冲火小邪做了个鬼脸，返身往外便走，即刻工夫，火小邪孤身一人，又身处伸手不见五指的黑暗中。

火小邪轻轻叹了口气，索性坐在地上，靠着墙壁，回想着自从出了奉天以后的种种奇遇，也感叹天下之大无奇不有，做贼的人竟然差别也如此之大，贼的本事也是前所未见，闻所未闻。火小邪寻思着，以严景天、水妖儿这样的本事，想偷个钱包什么的，还不是探囊取物一般，一定不像他一样为了活命苦苦求生，那他们习练出一身的贼术，又是为了什么呢？

地道之中，寂静无声，不可见物，火小邪也不知自己睁着眼还是闭着眼，就觉得有点困乏。迷迷糊糊中，火小邪只觉得，眼前有光亮越来越盛，定睛一看，却见那光亮哗的一下蔓延开，将他团团围住，竟是无边无际的大火，火小邪独自一人，困在火中。火小邪想叫也叫不出，仍听见自己不断在喊爹娘救我，可无人答应他。火焰一晃，从火焰中跳出个持刀的蒙面人，一把明晃晃的弯刀向他砍来，乃是一把日本武士刀，刀身上刻着一字：影。

火小邪闷哼一声，翻身而起，顿时四周又是一片死寂。火小邪大汗淋漓，不住喘气，心惊道：“难道又做了那个怪梦？影？怎么梦中多了一些东西？”

火小邪再也不敢大意，抖擞起精神，原地踏步来回乱跑。

水妖儿拿着双环仪，回到刚下来的地洞中，以下来的地洞口为起点，用双环仪调整好南北方位，沿着墙慢慢直线行走。每走一步，都会旋转一下刻度环，有时是外环，有时是内环。水妖儿脚步均匀，步伐大小一致，十分沉稳。

水妖儿走了一段，便在墙上刻一个记号，再返回来校验一次，如此往复不停，慢慢向火小邪的方位走去。

原来在偷盗深埋于地底的事物时，若是有土石重重相隔，尽管有地道通向大致方位，省了重新挖掘之苦，却因为地道弯曲不直，往往差之毫厘谬以千里。所以有准备的大盗，通常要先在地面上测位，掌握好地面距离，这样下到地道中才不至于丢了方向。

水妖儿用双环仪，在确定南北方位和起始点之后，外环为外偏角度，内环为内偏角度，辅以水妖儿稳定的步距，这样才能走到火小邪位置时，大致准确地摸清该从哪里挖。水妖儿也认为落马客栈的大堂，极可能是一个巨大的铁笼子，所以最好能找准不设铁条的门窗方位，这样才能以两人之力，偷出严景天他们。

水家人对情报收集十分讲究，绘制地图、掌握地形都是水家必修的功课，水妖儿来到落马客栈，在吃饭的闲余时间，已经绕着大堂走过一遍，对房屋长短、门窗位置都有了较为精确的了解。倒不是水妖儿预感到以后会发生不测，只是水家人每到一处，若是时间充裕，都会做这种测量的工作。对于水家人来说，掌握越多的情报，不管有用没用，都能以备不测，预防万一。

水家人并不擅长挖坑掘穴地游走，水妖儿这样做，尽管也能成事，但在土家人眼中，则显得有些拙劣。一般来说，在陌生的地道中，寻找地面上的垂直方位，在地面上没有人帮助的情况下，有三点直线法和直角绳索法，但这里水妖儿和火小邪也不会用，暂且不表。

水妖儿用了不少时间，终于慢慢摸回火小邪的位置。火小邪在原地又蹦又跳，水妖儿十分奇怪，问道："猴子，你跳个什么？"

火小邪终于见水妖儿回来，也欢喜得很，说道："这里太黑了，我蹦跳一下，不会走神睡觉。哦！水妖儿，你回来了？"

水妖儿笑道："这不是废话吗？我大活人站在这儿，当然回来了！"

火小邪说道："现在该怎么办？怎么挖？"

水妖儿把双环仪调整了一下，在墙上用手抠了一个记号，说道："这里挖！如果没错的话，这面土墙后面，就是大堂的窗户方位。”

火小邪喝了声好，提着锄头，走过去就是一锄，噗的一声，锄头扎进土中一指高矮。这土墙能吃劲，也没声响，火小邪手上一使劲，就把墙上的一大块泥土撬下。火小邪喜道：“不难挖！”全身劲都像用不完似的，把锄头舞得呼呼作响，不断锄上墙面，片刻工夫，已经挖出一尺多深的小坑。

火小邪在地下挥汗如雨，地面上的郑大川已经带着人从后山空手而归。

此时日头已沉，位于两山环抱中的落马客栈，更是黑沉沉得如同墨缸。钱掌柜命贾春子、贾庆子把院子中的松油火盆点了，把方圆百步之内照得一片通明。

郑大川一路骂骂咧咧，带着人赶回落马客栈院中。

钱掌柜一看郑大川这个德行，就知道他一无所获，起身对郑大川抱了抱拳，说道：“郑兄弟辛苦了！”

赵烟枪好不容易盼到郑大川回来，又有了靠山，赶忙倒了一碗酒，端到郑大川面前。

郑大川大大咧咧坐在桌边，接过酒碗，一口干了，擦了擦嘴，骂道：“那两个兔崽子，明明看足迹逃去了后山，却好像钻到地洞里了！妈的，找不见了！”

钱掌柜暗骂：“这个郑大川，除了腿脚快点，脑子还是猪脑！还以为他十拿九稳才穷追不舍呢！估计是被那小媳妇和小子骗了，以为他们跑到后山去了！”

钱掌柜说道：“如果跑到后山去了，的确不好找。不过我猜想，会不会他们两个还在附近？郑大川，你觉得呢？”

郑大川哼道：“我又没见过这小媳妇和小子啥样，也就是听你描绘了一下，我哪知道他们是什么脾性？我看得清清楚楚，他们就是往后山跑了！”

钱掌柜心想和郑大川这个浑球也没啥好说的，于是说道：“跑了也就算了，我们还是守着坑底的四个，抓不到全部，能抓到这四个，张四爷也定会重重打赏的。”

郑大川如同没听到一样，转头吆喝着："兄弟们，都休息吧！赵烟枪，你安排人，给我们把这里看好喽！"

众人轰然应了，该巡视的去巡视，其他人则围着一个火盆，席地而坐。

赵烟枪安排好众人，挤到郑大川身边坐下。郑大川也不搭理赵烟枪，用手剥着花生，一粒一粒嚼着，目光远远地向大路方向看去。

远处的黑暗中，渐渐有马蹄声从极远的地方传来，然后骤然而停，听到尖锐悠长的哨子声，郑大川眉头一展，腾地跳起来，也从口袋中摸出一根细长的铁管，放在嘴边吹响——滴、滴、滴滴……这声音尖锐，刺得人耳膜生痛。赵烟枪他们明白怎么回事，都站起身来，彼此脸上都是兴奋。

钱掌柜微微皱眉，打量着郑大川，贾春子和贾庆子凑过来，看着钱掌柜，不明所以。钱掌柜冲他们使了个眼色，并不说话。

远处有一样的哨子声音回复了几声，随即又听见马蹄声响起。

郑大川收了哨子，轻声哼道："六行道的人终于回来了！"

马蹄翻滚，扬起层层灰沙，七八匹快马卷着寒风，齐齐冲入院内，人嘶马叫，闹成一团。

这群人中打头的一人从马上跳下，迎着郑大川跑过来，一看此人的动作，就知道身手极好。此人长相普通，就是精瘦，穿着打扮也没有什么特别之处。他来到郑大川面前，低头抱拳，说道："郑老大，六行道来报！一路顺风！把信都传到了！"郑大川喝了声好："六行道，办得好！"原来此人就叫作六行道。

六行道一抬头，看见落马客栈前方空无一物，房子都不翼而飞，神色大惊，叫道："郑老大，这是怎么回事？房子呢？"

赵烟枪似乎对六行道十分敬畏，正一脸笑容地想上前说话，被郑大川一把拦住。郑大川贴近六行道的耳边，低声道："把枪都准备好，你明白？"

六行道微微一愣，马上点头说道："是。"转身退回队伍中。

六行道的人都下了马，指着前方空无一物的落马客栈空地，无不惊讶万分。有郑大川的手下过来牵马，都是神色凝重，并不多说。

六行道转身回到人群中，使了个手势，重重拍了拍前面几个人的肩膀，那几人都是微微一愣，随即平静下来，动也不动。六行道走到自己马边，从囊中摸出个布包，突然转身叫道：“郑大老，接着。”甩手就掷过来。

郑大川上前两步，咔地一下伸手接着，双手一揭布包，手上顿时多了两把短枪。

郑大川哈哈大笑，把枪口一转，指向钱掌柜，喝道：“钱老贼，还我兄弟的命来！”

唰啦唰啦连声作响，六行道的人都从背后抽出长枪，拉上枪栓，枪口通通指向钱掌柜等人。六行道手中也持着一把短枪，指着钱掌柜他们，缓步走到郑大川身边。

郑大川高声赞道：“六行道！办得漂亮！不愧是我的左膀右臂！”

六行道微微点头，也不说话，神情专注地用枪指着钱掌柜他们。

钱掌柜面若凝霜，缓缓站起，贾庆子和贾春子也跑到钱掌柜身边。

钱掌柜沉声道：“郑大川，你这是什么意思？”

郑大川冷哼道：“你说我啥意思？老子不要七成，老子要全部赏钱。”

贾庆子嗷嗷大叫，从腰间抽出菜刀，锵锵锵互相敲击，那架势随时都能冲上前。

郑大川骂道：“钱老贼，让你的狗崽子老实点，想试试老子的子弹够不够快？”

钱掌柜捏住贾庆子的手腕，冲郑大川喝道：“郑大川，你还懂不懂江湖规矩？你以前说的话都是放屁吗？”

郑大川骂道：“什么狗屁江湖规矩，少他妈的拿十年前的江湖规矩说事！现在这个年岁，谁枪杆子硬，谁就是大爷！枪杆子，明白吗？就是老子手中这十连发！老子说过什么，你能信，只怪你脑子里都是他妈的土坷垃！”

钱掌柜说道：“郑大川，你要赏钱，全部给你就是！我潜地鼠也不稀罕那几千个大洋，但人是我抓到的，你这个道理总该讲吧！我只不过想让张四爷记着我这个功劳，还我一个自由身！郑大川，你放下枪，我可以给你立个字据，凭字据说话，张四爷并不会管我们之间到底有什么恩怨。”

郑大川笑道：“钱老贼，少给我玩花样，我饶你一条命可以，但是我要把你们绑起来！一直等到张四爷来，要不我也怕你玩什么鬼花样！”

钱掌柜：“郑大川，你这又何必！”

郑大川叫道：“钱老贼，你如果不绑呢，我们立即开枪，把你们打出十几个窟窿！如果你绑呢，还有机会活命！你赌哪个？”

钱掌柜犹豫不已，郑大川继续吆喝：“钱老贼，老子数到十！快快作出决定！一！二！三……”

眼看着郑大川就要数到十，钱掌柜惨声叫道：“好！我就赌后者！丢绳子过来，我们自己把自己绑上！”

郑大川哈哈大笑：“好！算你这老磕巴脑子清楚！”郑大川又冲赵烟枪高叫，“赵烟枪，丢两卷绳子过去，让他们自己给自己绑上。”

赵烟枪连忙应了，跑去一边的马背上取绳索。

钱掌柜一口钢牙都要咬碎，心中一横，头也不动一下地对贾庆子说道：“贾庆子，你怕死吗？”

贾庆子眼睛睁圆，说道：“不怕！”

钱掌柜说道：“好！你听着……”钱掌柜对贾庆子慢慢说话，贾庆子连连点头。

郑大川听不见钱掌柜和贾庆子说些什么，以为他们在商量怎么绑起自己，心中得意，骂道：“赵烟枪！快点！”

赵烟枪提了绳索，快步上前，把绳索丢在钱掌柜脚边，低声冲钱掌柜说了句：“怪不得我，怪不得我。”就赶忙退开。

贾庆子一低头把绳索捡起，往自己身上一搭，钱掌柜和贾春子退到贾庆子身后，看样子要先绑自己。岂知贾庆子突然眼睛一瞪，惊天动地地大叫一声：“捆你祖宗！”唰的一把将一大股绳索向郑大川这边掷出！脚下移动，双手菜刀舞动得和车轮一样，没有向郑大川他们扑上来，而是向后方火盆处快步退去。钱掌柜他们三个，一直和郑大川他们一伙以桌子为界，左右分开，郑大川他们发动起来，六行道的人持枪在前，其他没有枪的都见识过贾春子的厉害，并没有立即合围过去，仅是持刀躲在六行道的人身后，这也倒给了钱掌柜他们一条退路。

郑大川大惊，边追边骂道：“开枪！开枪！”

枪声顿起，砰砰砰连响，有几颗子弹让贾庆子的双刀荡开，叮当作响，但大多数还是噗噗噗地打入贾庆子宽大的身躯里。钱掌柜和贾春子躲在贾庆子这肉盾后，随着贾庆子的步子向后退去。

贾春子在贾庆子身后哭喊：“哥！别死啊！”

贾庆子仍然高声大吼：“死不了！”

郑大川他们打了一轮枪过后，见贾庆子还没有跌倒，浑身浴血地挡着钱掌柜和贾春子后退，如同凶神下凡一样，惊得手中的枪都微微颤抖。郑大川撕心裂肺继续大叫：“继续开枪！打死他！”

众人回过神来，都朝着钱掌柜的方向追去，又是一轮射击。这次枪枪都打在贾庆子身上，贾庆子猛然一顿，停下脚步，喷出满口鲜血，哈哈大笑两声，头一低，双手一垂，竟如铁塔一样站着死了，却已经掩护着钱掌柜和贾春子退到火盆旁边。

贾春子大叫一声：“哥啊！”一脚上去，把火盆踹上半空，满盆的松油在天空中洒出一片火雨，阻得郑大川他们脚步一滞。郑大川他们看到钱掌柜和贾春子趁着他们一滞的工夫，已经向马厩跑去，也不管三七二十一，跳过地上的火点，再次死命往前冲，边跑边胡乱放枪。

钱掌柜和贾春子飞一样跑到马棚边，钱掌柜一脚把饮水槽踹翻，下面现出一个地洞入口，钱掌柜一跃而入。贾春子回头又叫了声：“哥啊！”他脚步上缓了缓，一颗子弹打来，正中贾春子小腿，贾春子哎呀一声，翻倒在地，勉强一个翻滚，已经滚到洞口。贾春子身材巨大，肩膀卡在翻倒的水槽底部，竟一下子钻不进去。

郑大川他们赶上来，七八人将贾春子按牢，拧住手脚，把贾春子从洞口拖了出来，立即绑了个结实。

贾春子坐在地上撒泼一般放声大哭大叫：“哥啊，你死得惨啊！我也不想活了啊！”

六行道举枪上前，对着贾春子的脑门，骂道：“再豪我一枪崩了你！”

贾春子根本不管，仍旧大哭大闹。郑大川把六行道拉住，说道：“钱老贼跑了，先留这傻大个一个活口，说不定有用！来人啊，把他嘴巴塞上！”六行道十分听话，将枪收起，其余人则上前用破布把贾春子的嘴巴塞紧。

郑大川走到洞口，赵烟枪正在向里面张望，赶忙禀告郑大川：“郑老大，这个洞可深啊！咱们要不要下去追？”

郑大川皱了皱眉：“不要追了！这个地洞，我们下去恐怕凶多吉少！哼哼，好你个潜地鼠，竟能用这个法子逃脱！”郑大川冲众人喊道，“来人啊，把这个老鼠洞中灌满柴火，点着了！熏死地底的老贼头！”

喽啰们齐声喝了，七手八脚搬来杂草干柴，塞入洞中，用松油淋了个透，一把火腾腾而起。

六行道看着火光，微微一鞠，问道：“郑老大，这到底是怎么回事？咱们怎么和钱老头和他的两个伙计干仗？落马客栈又怎么消失了？”

郑大川说道：“六行道啊！多亏你带着人及时回来！来，来，我与你讲讲，这个事情，可万分有趣呢！”

郑大川领着六行道走开，赵烟枪紧跟在身后，其他人对贾春子连打带踹，拖着贾春子，也跟了上来。

众人走过贾庆子的身边，贾庆子仍然站在原地不倒，郑大川侧头看了看，哼道：“你真是条汉子！老子佩服你！来人啊，把他拖走，挖个深坑埋了！”郑大川说完，把贾庆子后背狠狠一拍，贾庆子如山一样的身躯才轰然倒地。

严景天他们四个，静静坐在下面，屏息静气，洞察着四周的一切。听到坑外马蹄声阵阵，片刻之后又枪声大作，吼声如雷，也不知道发生了什么事情。严景天站起身，抬头看天，从屋顶破洞中能看到火光闪烁，片刻之后又安静下来，浓烟升腾。

严景天疑道：“怎么回事？”

严守震也凑过来，抬头望了望，说道：“怎么闹起来了？莫非是张四的人马到了？和他们起了冲突？”

严景天说道：“我看不像！”

严守震哼道：“严堂主，咱们要不趁乱也作为一下？”

严景天说道："不妥！咱们还是以静制动。"

严守震叹了口气，说道："等啊等啊，真要等到天亮张四那家伙抓我们出来吗？"严守震十分不悦，一屁股又坐在了地上。

严景天再次观察了一番，坑顶上的确已经没有了动静，皱了皱眉，坐了下来。

严景天沉下心，细细感觉地面震动，余光看着房后的窗户，心中念道："还好，这窗口墙后深处的挖掘没有停下，真的是火小邪和水妖儿在地底，想挖通过来？"

严景天环视了一下严守震、严守仁、严守义，又想道："墙后有人挖掘的事情，还是不要告诉他们，不然以严守震的性子，没准又要胡来。"

严景天不愧是火家高手，五感强过严守震他们三个数倍，从火小邪第一锄头锄下的时候，严景天就已经微微察觉到了洞壁震动。严景天无法猜测到怎么回事，也就一直不动声色，暗暗感知，逐渐明确了就在窗户一带的洞壁深处，确实有人在用锄头之类的工具挖掘。郑大川和钱掌柜在坑外火并之时，这挖掘只是停止了一小会儿，便重新开始，看来并未受到外界的影响。

严景天静坐片刻，坑顶有人冲下面高喊："严家的几位兄弟！还好吗？回话！"

严景天分辨得出这是赵烟枪的声音，抬头答道："上面的兄弟，我们还好！"

赵烟枪趴在坑边向下喊道："严兄弟，天黑了，不方便看到你们！你们都坐过来一些，坐到屋顶的破洞下！正中间那个！那个最大的破洞，死人旁边的那个！严兄弟，动作快点，要是慢了，我一失手，火把掉下去了，各位性命难保啊！"随着赵烟枪的叫喊，十余只火把在坑边点燃，照得洞内一片通明。

严守震用手挡了挡光线，低声骂道："他奶奶的！看我出去不第一个捏死他。活了大半辈子，还没受过这种气！"

严景天喊道："上面的兄弟还不信我们吗？"

赵烟枪不耐烦地喊道："严兄弟，好话不说二遍，快点都坐过来，让我能看到你们四个！”

严景天紧紧闭了一下眼睛，胸中也是恶气翻滚。

严景天咬了咬牙，站起身走到破洞下，踢开地上的瓦砾，坐了下来。严守震嘴上不停地低声咒骂，和严守仁一起，扶着严守义坐到严景天身边。

赵烟枪喊道：“好！识时务者为俊杰！几位严家兄弟，我们上面时时刻刻有人盯着，你们万万不要打什么鬼主意！好好坐着别动，不要离开！”

严景天没有答话。

赵烟枪嘿嘿笑了两声，从地上爬起，跑回郑大川身边禀告。

地道中的火小邪挥汗如雨，已经把外衣脱掉，只穿着一个短褂，光着膀子，奋力挖掘。水妖儿在旁边看着，也帮不上手，只是聚精会神地看着火小邪干活。火小邪干起活来，神色异常专注，每一锄下去，都微微抿嘴，那张十六七岁的脸上，倒显出许多成年人的俊朗刚毅。水妖儿举着油灯，看着火小邪额头上密布的汗珠流下，被灯光照耀着，在脸上划出一道道闪耀着光芒的银线，而火小邪的眼睛，也如同暗夜中的两颗明珠一般，炯炯生辉，水妖儿看着看着，竟有些痴了，眼波不停流转，或羞或赞或喜或悲，似有无数心思涌上心头。

火小邪专心挖墙，也不注意水妖儿到底什么表情。地道中只听见火小邪的重重喘气和挖掘泥土的沉闷声音。

火小邪和水妖儿所在之处，极为隔音，有漫长的地道挡着，又深处地下，里面的声音传不到外面，外界的声音也传不进来几微毫。可在郑大川他们七八杆枪齐射的时候，火小邪还是微微一滞，停下手中的活，侧耳用心听了一下，并问了问水妖儿是否听见枪响。水妖儿说没有听到，火小邪才放心下来，摇了摇头自我解嘲了一番，继续挖掘。

岂不知，火小邪十六七岁就会拿盘儿，这可是让东北大盗黑三鞭都曾经惊讶不已的天赋，而这拿盘儿最为考验听力，细微的撞击之声都必须听得如同金玉脆响，差不得分毫。所以火小邪的听觉其实比水妖儿更好，只是火小邪迷信水妖儿本事比他大，处处比他强，水妖儿说没听到，火小邪估计就以为自己耳鸣听错了。

火小邪这一挖，又是近一个时辰，墙上的洞已经挖了有三四尺深浅，但还见不到尽头，火小邪筋疲力尽，默默坐下来休息。水妖儿看火小邪直咽口水，知道火小邪渴得厉害，问道：“猴子，渴了吗？我出去给你找些水来吧？”

火小邪连忙一挥手，喘着粗气说道：“别去了！不碍事，我这个人，耐得住渴，以前，我在奉天城，偷店铺里的东西，被人抓了，关了三天三夜，一滴水，也不让喝，以为能渴废了我，我也没啥事，照样生龙活虎的，让我跑了！”

水妖儿说道：“猴子，知道你就爱争强好胜，编瞎话也得有个限度，我才不信呢！猴子，你是怕我去了上面，遇到危险吗？”

火小邪喘道：“那是，那是，你一个人上去，危险。我也不逞能，我是渴了，但还能支撑，没准，再挖一尺，就通了，所以，现在你不要上去了，我能行，能行的。”

水妖儿听了火小邪的话，微微一笑，眼波飞扬，赶忙略略一低头，不让火小邪看到自己的目光，说道：“好吧，猴子，听你一次，我也知道你能行，但你再干一会儿，如果还挖不到尽头，我必须给你弄些水来喝。”

火小邪哈哈傻笑，突然说道：“其实，哈哈，我说什么三天三夜没水喝，确实有这件事的，也不是完全在吹牛，因为，如果不方便弄到水，把我逼急了，我喝尿也挺畅快。”

水妖儿骂道：“你这流氓猴子，说这么恶心的话！赶紧闭嘴！”

火小邪抓了抓头：“哈哈，对不住，对不住，我突然想起来了，就胡说八道，我自己掌嘴，掌嘴。”说着火小邪真的轻轻抽打自己的脸。

水妖儿急道：“算了，算了，你还当个真……”

火小邪笑了笑，咽了咽口水，慢慢说道：“有时候觉得，要是这世界上容不下我了，再也没有我能立足之地，能找个僻静的地方，就像这个地道里面这样的，抱着我心爱的小妞，那小妞也如我爱她一样爱我，就这样慢慢一起死了也挺好。”火小邪说者无心，但是听者有意。水妖儿低着头半晌不说话，侧着头不让火小邪看到她的脸，火小邪感觉到水妖儿不对劲，赶忙说道：“我是不是又说错话了？”

水妖儿摇了摇头，还是不把头转过来，悠悠地说道：“你真是这么想的吗？”

火小邪不知道该怎么回答，只好抓了抓头说道：“应该，应该是真的吧。”

水妖儿猛然把头转过，目光犀利，牢牢盯着火小邪，咬牙切齿，声音也变得十分尖锐：“什么叫应该！”

火小邪吓得一愣，更是说不出话。

水妖儿脸色一缓，站起身来，冷冷地说道：“你要是休息好了，赶快干活吧。”

火小邪赶忙应了一声，从地上爬起，捡起锄头，又干了起来。

后厨地下通道装着巨大轱辘的房中一角，紧靠着轱辘的地面，微微颤动了一下，一把宽沿的扁平尖刀从地下刺出来，把地面割开一个圆弧，刀子收回，地面一下子陷下去，透出光亮，竟露出一个能容一个人钻出的洞口。有双手从洞口攀出来，一条瘦小的身影腾出地面，四下望了眼，才似乎松了口气，站直了身子。

此人正是这个落马客栈的主人——钱掌柜，他的真实身份乃是十年前消失于江湖的盗墓摸金贼团——潜地龙一脉中人，绰号潜地鼠！

钱掌柜用贾庆子做肉盾，好不容易逃过了郑大川的猎杀，钻入地洞中，贾春子却没下来。钱掌柜本想在地洞口稍作停留，一则听听上面的动静，贾春子是否活命，二则搏杀掉追入洞中的人，刚听到贾春子能暂且不死，却见洞口火光熊熊，浓烟滚滚灌入。钱掌柜气得七窍生烟，也无可奈何，只好向地洞深处退去。

本来钱掌柜可以沿地道逃之夭夭，却难以咽下这口恶气。钱掌柜对自己挖的地道，那是精熟无比，一直摸到后厨的地洞之下，打算挖开地面，再从后厨上去，杀郑大川他们一个措手不及，就算解决不掉所有人，能把贾春子救出也行。钱掌柜这般打定了主意，休整了片刻，从地道中翻出自己早已藏好的称手工具，再花了一个时辰挖洞，才从轱辘机关地面中钻出。

火小邪和水妖儿正埋头挖洞，两人沉默不语，锄头锄在泥巴里，声音不大，而钱掌柜来得也是无声无息，双方相隔甚远，一时间都没有察觉到地底还有其他的“贵客”。

十四、火炙金融

钱掌柜从地面中钻出，他身处地下，恢复了潜地龙一脉摸金盗墓的本性，一双眼珠子贼光四射。钱掌柜从地下带上来的油灯十分小巧，只有巴掌大小，用玻璃罩子盖住豆丁大小的火苗，光亮不足一根蜡烛，但对钱掌柜这样的盗墓贼，已经足够。当时那个年代，手电筒之类的照明器具，还是十分稀罕的玩意儿，多半以火光照明。潜地龙一脉擅长盗墓，经常在地底穿行，知道墓穴之中，氧气稀少，供人呼吸都难，哪有多余的空气点起火苗更大的灯具，所以经常备着这些氧气消耗极少的灯具，称之为“豆芽灯”。

钱掌柜绰号潜地鼠，可不是浪得虚名，除了钻地打洞的本事，行事也是万分小心。钱掌柜上了地面，静静蛰伏了片刻，才站直了身子，无声无息地向梯子走去。他本想就此从梯子上爬上，钻出后厨，可鼠性中行事小心的习惯使然，鼻子深深嗅了嗅，下意识地退了回来，绕着屋子一转，就很快注意到了不妥之处。

屋子里原本挂在墙上的油灯没了。

钱掌柜心中一紧，手一晃，把“豆芽灯”弄熄了，屋中顿时漆黑一片。钱掌柜眼力极好，稍稍适应了一下，便看到地道深处有丝丝光亮透出来，暗叫一声：“里面有人！莫非是那小媳妇他们？”钱掌柜一把将腰间的宽沿扁

刀抽出，持在手中，定了定心神，略略打量了一眼地道内，就毫无声息地钻了进去，立即就和黑暗融为一体，不见踪影。

火小邪卖力挖掘，并没有察觉到什么异常，可水妖儿微微皱眉，有点心神不宁，总是回头望向黑暗处。火小邪胳膊酸痛，略略停了一下，松了松筋骨，看到水妖儿的样子，问道："水妖儿，怎么了？"

水妖儿说道："我也不知道怎么回事，心中发慌，总觉得有人在盯着我们。"

火小邪说道："你可别吓唬人，这里已经够瘆人的了。"

水妖儿说道："我们下到这个洞里，也两个多时辰了，一直没有人来打扰，你不觉得有什么问题吗？"

火小邪擦了擦汗，说道："可能没有人想到我们两个在下面吧。"

水妖儿说道："如果有人下来，我一定会察觉到。可从刚才开始，我感觉却一直很糟糕，总是觉得有人在黑暗中盯着我们，但什么都发现不了。"

火小邪惊道："什么人这么厉害？"

水妖儿说道："也许只是我的错觉罢了，毕竟五行之中，土克水，水家人不善于在地下坑洞中活动，若是碰见有土家本事的人，还真是不好对付。"

火小邪问道："这里不会有土家的人吧？"

水妖儿看了看黑暗之中，说话声音渐大，说道："起初我看到这个巨坑杀象，以为这个落马客栈的钱掌柜等人是土家的门生，后来仔细一想，土家人犯不着用如此下作的本事对付我们，看这里的坑道布局，只像是研究盗墓的摸金贼所为，呵呵，盗墓倒是土家贼术里面的一个分支，要论盗墓，土家可是所有盗墓贼的圣祖先师了！"

火小邪耳朵一竖，眼睛猛睁，他也觉察到黑暗之中有人存在。火小邪面色一紧，正想说话，水妖儿已经一下子站起身来，指着黑暗中叫道："藏着偷听的那贼！出来吧！！"

黑暗中有人嘿嘿嘿阴沉沉笑了三声，说道："怪不得张四爷要玩命抓你们，感情你们是水家的人！"

一条黑影闪出，并不上前，只是靠在地道弯折的角落里的明暗交叉之处，正是潜地鼠钱掌柜。水妖儿把油灯一提，把钱掌柜照得清楚。

原来这潜地鼠钱掌柜，从地道入口寻着微弱的光线寻来，走过四岔路口后，就隐隐听到了挖掘之声。钱掌柜一路寻来，并不声张，直到接近火小邪他们挖掘的地方，才躲在地道弯折处的黑暗中，缩成一团，把呼吸都调整到极其微弱，偷偷观察他们的动静，并不着急动手。

想要做一个上层次的贼人，极好的耐心是必备要素之一，只要能对自己有利，哪怕躲在险恶之处十天半月，也能心平气和地不为所动。前面所说的东北四大盗之一的黑三鞭，别看他动起手来，风风火火的，其实他的耐心也是一等一的，他和火小邪趴在佛堂之上，张四爷他们没来之前，眼看着女身玉就摆在下面，仍然静若泰山，一动不动地趴了大半夜时间。就连黑三鞭前期做准备的工夫，都是耐心十足，潜入奉天城近一个月时间，找三指刘问张四爷家中的消息，细细推演全盘计划，一丝一毫都没有马虎。钱掌柜在十年前也是名震东北的潜地龙一脉中的顶尖人物，论耐心只比黑三鞭更高。

做贼的人有耐心，并不是说他们是慢性子，该动手时，他们可要快如闪电，时机稍纵即逝，所有的耐心就为等待那动手的一刻。

以钱掌柜的身手，水妖儿的确没有发现，全凭感觉，这感觉也称为“贼念”。也就是说做贼的人，如果都达到了一个境界，在某种特定的条件、场所中，是能够互相感受到彼此的存在的。这“贼念”并不是封建迷信，更不是玄幻瞎编，而是确有可以考证的事实。古往今来的各行各业中的高手之中，也是屡见不鲜的一种情况。

水妖儿“贼念”升起，心神不安，和火小邪说话，不仅仅是说出自己的感觉，回答火小邪的疑问，其实很多话都是刻意说出来给四周的人听的。

水妖儿说到水家、土家、盗墓等事时，钱掌柜躲在拐角处，听得也是心惊肉跳，脑海中翻腾不息，暗哼道：“居然这么大的来头，还知道土王土家的事情！他们果然不简单！”

钱掌柜想到此时，呼吸也骤然乱了，身子微微一动，发出微弱的摩擦声。就这点动静，距离又近，火小邪和水妖儿都立即发觉，钱掌柜知道自己已经

被发现，也不想躲着他们，站了出来。

火小邪把锄头一提，顿时骂道：“老杂毛，你想怎么的？”

钱掌柜嘿嘿一笑，说道：“我想怎么的？自然是把你们两个抓了，绑起来送给张四爷。”

水妖儿冷哼一声：“钱掌柜，说话好大的口气啊。有种你过来试试。”

钱掌柜说道：“不着急，不着急，我倒有几句话想问问。”

火小邪骂道：“废话少说，哪个怕你？”提着锄头就要迈上一步。

水妖儿把火小邪一拦，说道：“钱掌柜，我先问你，你再问我！”

钱掌柜把手中的扁刀在空中一晃，丢到另一只手，说道：“行啊，小丫头，见你说话口气大得很，我老人家也不和你们计较，你先问就是。”

水妖儿哼了声，问道：“钱掌柜，你到底是什么人？从哪里来？要做什么事？”

钱掌柜说道：“问得好！我不妨告诉你，我十年前江湖人称潜地鼠，潜地龙乃是我师哥！”

水妖儿说道：“还有呢？”

钱掌柜说道：“嘿嘿，你刚才问了三个问题，我已经回答了一个，现在该我问你了！”

水妖儿说道：“行！你问！”

钱掌柜问道：“好，你这丫头，听清楚喽，你刚才不是说土家什么的吗，我问你，你是否认识现在土家里的什么人？”

水妖儿冷冷回答道：“不认识。”

钱掌柜嘿嘿直笑：“丫头，想清楚啦，不要说假话。”

水妖儿一只手背在身后，袖子中唰的落下一把快刀，握在手中，正是曾经给火小邪割开木桌底梁，松下牛黄绳的那把。水妖儿计划着，钱掌柜只要再回答一个问题，她就要先发制人！

水妖儿骂道：“不认识就是不认识。”

钱掌柜哈哈大笑：“好！不认识就好！”钱掌柜身子唰的一闪，竟又钻回到地道中，不见了踪影！

水妖儿一惊，随即大叫：“好个臭贼！”拔腿就追，火小邪追在水妖儿身后，骂道：“老杂毛，有本事别跑！”

水妖儿和火小邪跑到钱掌柜转弯的那个路口，火小邪憋足了劲就要转进去，水妖儿把火小邪一拉，叫道：“慢着！别进去！进去就中计了！”

火小邪看着前方一片漆黑的地道，里面寂静无声，丝毫不像刚刚跑进去了人的样子。火小邪急道：“可是如果我们不追，这老杂毛爬上去，叫人下来，就糟糕了！”

水妖儿想想的确如此，紧紧皱眉，说道：“你说得也对！我看他并没有跑远！猴子，拿好油灯，给我照明！跟着我！”水妖儿把油灯塞进火小邪手中，手中一抖，又从袖子中亮出一把尖刀，持着双刀，慢慢走进地道。

水妖儿全神贯注地向前走去，边走边喊道：“钱掌柜，该我问你了，你不要耍赖！你要是跑上去叫人，那就不是英雄好汉，是狗熊！我一个小女子加一个半大小子，都把你吓得抱头鼠窜，还潜地龙的师弟呢！你师哥的脸都让你丢光了！”

地道前方传来嗡嗡作响的说话声，似乎是从墙里透出来的：“嘿嘿，嘿嘿，小丫头，你不用激将我！你和那小子能找到这里，还是有点本事的！我不会上去叫人，我以我自己的本事会一会你！让你输得心服口服！你们往前走！我不会跑，你们也别想跑！”

水妖儿脚下不停，喊道：“钱掌柜，我问你，你是不是土家的门生？”

钱掌柜的声音传来：“嘿嘿，我要是土家的门生，我会在这个落马客栈苦守十年吗？哈哈！小丫头，你知道得真不少啊！实话告诉你，土家贼王是和我们有关系，乃是因为我们的师父，才是土家的门生！不过是落魄了，被土王逐出来的门生，哈哈！小丫头，该我问你了！你们偷了张四爷的什么宝贝？”

水妖儿领着火小邪，已经走到了四岔路口，这个四岔路口还有一丈方圆，刚好能容水妖儿和火小邪站在中间。钱掌柜的声音从四面八方传来，根本无法分辨方向。

水妖儿飞快地低头抬头看了看头顶、脚下，说道："这个问题我不能告诉你，你自己去问张四爷吧！"

火小邪也说道："对！有本事你问张四爷去！我们不会告诉你的！"

钱掌柜的声音说道："嘿嘿，我知道你也不愿意说！好吧，既然你不愿意说，嘿嘿，那我也就不会放过你们！"

水妖儿哼道："谁要你放过我们！你不要跑就行！"

钱掌柜的声音说道："你们周围有四条路，包括你们刚刚走过来的那条，可现在只有一条是活路，另三条是死路，你们选一个吧！如果你们选对了，就能找到我！怎么样？要不要试一试？"

水妖儿骂道："谁要试！钱掌柜，你不要装神弄鬼！有本事就出来面对面地较量。"

"嘿嘿，嘿嘿，嘿嘿……"钱掌柜的声音竟渐渐远去，随即毫无声息！

火小邪和水妖儿愣在当地，丝毫挪不开脚步。两人愣了片刻，火小邪才低声说道："这老杂毛……"

水妖儿把火小邪一拉，轻轻嘘了一声，在火小邪耳边低语道："别大声说话，他一定躲在什么地方，能偷听到我们说话。"

火小邪赶忙也压低了声音："到底怎么回事？我们追不追？"

水妖儿低声哼道："四门四向阵，确实是土家入门的迷宫阵法之一，只是这里显得有点不伦不类的。按理说，这地下坑道面积不大，根本摆不出四门四向阵。"

火小邪只能低声问道："那我们朝哪个方向追？"

水妖儿指了指，说道："那边！"

火小邪看着右手的地道口，问道："为什么是那边，那边我们从来没有去过！"

水妖儿说道："就是因为我们没有去过那条路，所以才走那边！"

火小邪说道："那好，我们就去吧！"说罢就要动身。

水妖儿略略一想，说道："猴子！你留在此处，不要动！我一个人去！"

火小邪急道：“那怎么行？”

水妖儿上前握住火小邪持油灯的手，认真地看着火小邪的双眼，小声地说道：“你留在这里，也许真出了什么事情，还能有个照应。”

火小邪急道：“可是，我……”

水妖儿把一把刀塞入火小邪手中，说道：“你坐在这里，无论发生什么事情，都不要乱跑！这地道看着寻常，但如果是地道的主人来了，就很难说了！”

水妖儿把油灯从火小邪手中抠下来，继续说道：“我们两个分开，一次他只能抓一个，剩下的一个还有机会！”

火小邪听着有理，紧紧抿了抿嘴，重重点头。

水妖儿深深看了火小邪一眼，拿着油灯向右手边那条从未走过的地道中慢慢走去，很快转了一个弯，看不见人了。

火小邪一个人留在原地，又陷入了一片黑暗中。

火小邪依照水妖儿所说，慢慢坐了下来，把刀紧紧握住，摆在腿上，深深吸了两口气，让心里静了下来，竖起耳朵，使出拿盘儿的身手，全神贯注地聆听着四处的动静。

水妖儿走出片刻，火小邪就猛然听到头顶有耗子飞速穿行而过的声音，从头顶一晃而过，竟向着水妖儿的方向去了。火小邪暗叫一声：“不好！”正想站起身，却又感觉到地底也有什么东西咕隆咕隆地快速滚过，也向着水妖儿那边过去。

火小邪忍不住，大叫一声：“水妖儿！”一骨碌爬起，就想向水妖儿所去的地道跑去，可火小邪想起水妖儿的叮嘱，狠狠咬了咬牙，没有迈出脚步，又一屁股坐了下来。

可火小邪刚一坐下，就听到水妖儿呀的一声惊呼，从地道中传出来，随即隆隆作响，再无声息。这地道本来就十分阴森诡异，再加上这一遭，不禁让火小邪全身寒毛直竖。火小邪牢记着水妖儿的叮嘱，愣是没有起身，心想：“糟了！水妖儿出事了！那条路真的是死路吗？”

火小邪大叫道：“老杂毛，滚出来！老子还在呢！快来抓我。”

并没有人回答，火小邪再次大骂：“老杂毛，出来啊，不出来你就是我乖孙子！孙子，别躲着你爷爷！”

“嘿嘿，嘿嘿，嘿嘿……”钱掌柜的声音又由远及近而来，环绕在火小邪周围，还是辨不出方向，“小子，你待在这里干什么？怕死啊？刚才那小丫头已经死了，你要不要去看一看？”

火小邪骂道：“老杂毛！我的乖孙哎！我去可以，你快出来给爷爷我磕几个响头！”

“小子，口气不小啊，你当你有多大本事？就你这德行，我看你连偷五铃的功夫都没有！”墙内的钱掌柜声音四面八方地说道。

火小邪反倒哈哈笑了起来：“孙子！你是不知道爷爷的厉害！你知道你爷爷是什么人？”

“哦？小子，你是什么人？”

火小邪笑骂道：“想知道？说出来吓死你，你滚出来，爷爷就痛快地告诉你。让你心服口服地给爷爷磕几个头，爷爷饶你不死！”

钱掌柜的声音沉默一下，问道：“小子，那小丫头是你什么人？”

火小邪骂道：“你爷爷我不和泥巴说话，想知道就滚出来！”

“嘿嘿，嘿嘿，嘿嘿，算你狠。”

火小邪还想骂，只听到细微的脚步声从自己挖洞的那条地道中传出来，一个豆丁大的火苗冒出，钱掌柜已经站在了这四岔路口的地道口。

火小邪不动声色，稳坐如泰山，哼道：“孙子，算你听话。”

钱掌柜把“豆芽灯”放在地上，并不走上来，站在地道口问道：“小子，不要耍贫嘴，我问你，你是何人？”说着手中的扁刀一晃，已经亮在胸前。

火小邪也学着钱掌柜的样子，阴沉沉地说道：“告诉你吧，我是木家人！”

钱掌柜一愣，骂道：“小子，少胡说，就你这下三烂的模样，还木家人？”

火小邪哼道：“说不说由我，信不信由你！另外告诉你，你玩的这些鬼把戏，在我木家人的眼中，简直是鸡毛蒜皮一样！”火小邪不知道“不值一哂”这个词，只能用“鸡毛蒜皮”充数。

钱掌柜眼中凶光乱冒，骂道：“臭小子，冒充五大世家，你胆子不小！

看我上来把你剁碎了喂野狗！”钱掌柜说着，刀子一横，就要跳上前。

火小邪指着钱掌柜骂道：“有种你过来，你爷爷我警告你，老子不仅仅是木家的人，而且还有个绰号，叫作木毒邪！你有胆就上前试试！小样，看你剁碎了我，还是我毒死你！”

钱掌柜身子一顿，本来已经跳过来，听火小邪这么一吹，顿时腾腾退后了两步，凶光闪烁地盯着火小邪。

火小邪说瞎话的混蛋招数，乃是在奉天城里练就出来的，纯粹为了吓唬住逮住他的人，以求少挨点打或者能趁机逃跑，火小邪说瞎话骗人，向来脸不红心不跳，说得应情应理，猛一听都是真的。偷张四爷家的点心被刘管家他们逮住，火小邪吹自己绰号拿破天，乃是奉天城一霸；被严景天带走时在山顶吹自己有个自杀的本事，能够一张嘴黑血喷别人一身；和水妖儿挖洞的时候，又吹自己三天三夜不喝水还能生龙活虎地逃跑。火小邪并不靠骗人生活，平日里也不是满嘴跑火车的人，他不到紧要关头，轻易不说瞎话，但逼急了他，他能够把最近所听所见的一切事物都拧在一起瞎说，还能说得极为顺溜。

火小邪之所以说自己是木家人，乃是听水妖儿说过木王破了土王田士邱的十里纵横宫，又记得水妖儿走之前说这里可能是土家的四门四向阵，再瞎编自己叫木毒邪，会用毒，则是随意发散思维，专门吓唬人的。

火小邪这通瞎话，换了是郑大川这些江湖混蛋，可能早就几颗子弹喂上来了，而换了潜地鼠钱掌柜，则听了心惊肉跳，宁可信其有，不可信其无。

钱掌柜这个人性格阴沉，但不是一个心思缜密、玲珑剔透的家伙，光看他两个傻乎乎的伙计贾春子、贾庆子就知道一二。如果钱掌柜这个人有水妖儿脑子的一半灵光，就不至于让郑大川这种只会用武力的混蛋，用枪赶到地洞里去了。钱掌柜就好像老鼠的性格，的确有机灵的一面，但要是路上碰到一个瓷器做的猫，也能吓得魂飞魄散，管他真猫假猫，退避三尺再说。况且，钱掌柜说自己的师父是土家逐出的门生，这可是一点不假，他从拜师学艺时起知道木家人是专克土家地宫的，而且木家人擅用毒攻，也正好和火小邪所说一致。

钱掌柜恶狠狠盯着坐在地上的火小邪，脑子里细细琢磨他刚才说的话，越想越觉得是真的。钱掌柜给自己找的理由有三，其一，火小邪的确与水妖儿这种水家高手在一起；其二，火小邪面临这种局面，还能坐着一动不动，毫不慌乱，根本不是寻常的半大小子；其三，火小邪坐在四门中间，正是破他这个半吊子的土家四门四向阵的法门。

钱掌柜口气略缓，问道："木毒邪木兄弟，呵呵，久仰了！我就说嘛，你们怎么会知道在那个位置上挖掘，乃是救人的良策，原来是木家高人在此啊。"

火小邪哼道："既然知道了我是谁，还不放了坑底我那几个兄弟！"

"放！放！肯定放。不瞒你说，我也不想这样做，废了我一个客栈，心疼得很哪。"

"那你为何还要这样做？"

"还不是因为张四爷的吩咐，呵呵，其实吧，只要木家兄弟你告诉我，张四爷为什么要抓你们，是不是你们偷了他的宝贝，那宝贝又是什么，我一定去把坑中的几位大爷放出来。"

"告诉了你，你又能如何？"

"我就是特别想知道为什么张四爷这次如此兴师动众地抓你们。实话告诉你，我对张四爷也是恨得牙痒，如果我能知道张四爷的什么秘密，我帮你们对付张四爷，也不是什么问题。木家兄弟，你看这个交易如何？"钱掌柜如意算盘还打得挺好。

火小邪把手中的刀拿起，亮在眼前，说道："不为别的，就是为了此刀！"

钱掌柜一惊："这把刀？"

"对，这把刀里有张四爷惊天动地的大秘密！"

钱掌柜更是吃惊："惊天动地的大秘密？木家兄弟，这秘密到底是什么？"

"你想知道？"

"想知道！想知道！"钱掌柜连连点头。

"那你过来。"

“不，不，木家兄弟，你就这么说。”

“那我就不说了！”

“这里又没有其他人，木家兄弟，如果你说了，我就帮你把坑里的兄弟救出来，你要知道，上面的郑大川他们那些人，十几个，还都拿着快枪，他们执意要把人送给张四爷的！”

“可我凭什么相信你？”

“以木家兄弟你的本事，杀我易如反掌，你之所以没动手，还不是想着我能帮你？你说我猜得对不对。”钱掌柜这时候脑子转得飞快，就是根本不上正路，在歪路上越跑越远，他还觉得起劲得很。其实钱掌柜尽管对火小邪有些忌讳，但根本不信火小邪能易如反掌地杀了他，可钱掌柜这么一说还暗自得意，以为自己拿捏住了火小邪的心思。

火小邪略一迟疑，心想：“如果我不继续编下去，恐怕他会对我生疑，但如果就这样僵持着，我言多必失，一定会露出破绽，这可如何是好啊！”

火小邪犹豫了一阵，还是拿不定主意，钱掌柜也不着急，一直用心地看着他。

火小邪向钱掌柜看去，突然一笑，说道：“好吧！我信你这一回！刀子拿去，自己拧开刀柄，抽出里面的纸条去看！你若是敢起歪心，立即要你的小命。”火小邪说着站起身来。

钱掌柜微微一愣，紧张道：“木家兄弟起身何事？”

火小邪骂道：“不是要你的命，啰唆！”说着把刀子在地上一滚，滚到钱掌柜脚边。

钱掌柜飞快地弯腰捡起刀子，心中更是踏实，把刀柄捏在手中，全神贯注地去拧，一下子拧不开，不禁微微皱眉。

火小邪骂道：“用点劲！你真是老胳膊老腿了吗？要不要我上前帮你？”

钱掌柜连忙说道：“不用，不用！我继续，我继续。”

钱掌柜用了吃奶的劲，还是拧不开刀柄，灯光昏暗，也看不清楚，他不甘心，把刀凑到眼前仔细打量。

火小邪突然扑哧一乐，钱掌柜一抬头，嘴中嘀咕道：“怎么？”话刚

说出口，就觉得脑后有风袭来，头还没偏过去，脑后就挨了重重一击，哼都没能哼出声，就一骨碌跌倒在地，不省人事。

火小邪叫道："水妖儿，你也太慢了！差点急死我了！"

水妖儿从黑暗中走出，把手中的石块丢下，踹了瘫倒在地的钱掌柜两脚，拍了拍手，笑道："猴子，真有你的啊，居然能拖住他这么长时间！不错，不错！"

火小邪不悦道："你上来一刀杀了他，不就行了！还费劲捡石头来砸。"

水妖儿说道："留着他，用处多多！我们不是还没有偷出严大哥他们吗？"

火小邪走到水妖儿身边，两人蹲下，将钱掌柜腰带解开，牢牢绑了。

火小邪说道："我还以为你出事了呢？怎么能从后面出来的？"

水妖儿笑道："他这个破阵，最多困住我一时！多亏了你，把他骗出来稳住，要不我在坑道中，还真不好对付他！他只要现形，换成我在暗处，他根本就不是我的对手！"

火小邪问道："那到底怎么回事，你怎么从他身后出来了？"

水妖儿说道："要是换了普通人，恐怕也要丢了性命。"水妖儿便细细说了自己离开后的经历。

原来水妖儿进了地道以后，走了几个弯折，就已经依稀看到地道尽头。水妖儿心中奇怪，这一路风平浪静，也没见到什么古怪，难道真的是条活路？水妖儿又向前走，即将接近地道尽头之时，却觉得脚下一震，地面下陷，水妖儿叫了声不好，急急后退，谁知落脚之处，都在下陷。只听轰隆一下，地面一块足足两丈长短的盖子打开，竟是一个和地道一般宽窄的深坑，水妖儿惊叫一声，直直向下坠去。

若是换了普通人，估计要一跌到底，水妖儿遇见此事心中仍能丝毫不慌，就在下坠初始，水妖儿就已经收好身形，用脚使劲一蹬洞壁，下坠的速度滞了滞。水妖儿一团身，手中刀哧一声就刺入土里，而原本提在手中的油灯，则跌入坑中。水妖儿双手抓着刀柄，全身贴着洞壁，又往下滑了一尺，这才停住。水妖儿长长喘气，又听见隆隆作响，几块圆形大石从侧面洞壁的槽中滚出，砸入坑中，闷然作响，若是人掉在洞底，定会丢了性命！

水妖儿本想着尽快爬上去，赶回去和火小邪会合，但想到钱掌柜还在泥巴里不知何处，就这样回去仍然不是办法！水妖儿索性一纵身，仗着自己身材小巧，攀住滚出大石的洞槽，钻了进去。果然应了水妖儿的猜测，沿着洞槽爬不了多远，就摸到一个机簧室，有几条孔洞通向四方。头顶上火小邪正在说瞎话勾引着钱掌柜，水妖儿在下面听得一清二楚，简直哭笑不得，又不得不佩服火小邪能够临危不乱的本事。水妖儿顺着一条孔洞爬上，钻出来正在钱掌柜身后不远。原来钱掌柜突然消失的法子，并不高明，只不过在地道壁下方，用了一块沾满了泥土的板子，盖住洞口，别看法子笨拙，在光线不足的地道内，若是不知道方位，还真是很难发现。

水妖儿若在暗处隐藏，钱掌柜想发现还差了十多年的火候。水妖儿直到贴近钱掌柜的后背，钱掌柜仍浑然不觉。可火小邪却看到了水妖儿，不禁大喜过望，便把刀子丢给钱掌柜。钱掌柜用心拧开刀柄的工夫，水妖儿已经捡了石头，将钱掌柜砸昏。

水妖儿说完，火小邪赞道："若换了我，一定被石头砸死了！"

水妖儿笑道："我还佩服你呢！你要不把这老杂毛骗出来稳住，只怕更多麻烦！"

火小邪略显尴尬地笑了笑，说道："吓蒙的而已，咳，我们还是赶快回去挖洞吧！"其实火小邪第一次听到水妖儿这样夸奖他，心里如同喝了一大罐蜂蜜一样甜。

水妖儿点了点头，说道："稍等片刻，我把这里的机关关上。"

水妖儿钻回地底机簧室，将机关闭合，又从机簧室里摸到一个比"豆芽灯"略大一点的油灯，返身回来，测了测地面的确锁死，钱掌柜所谓的三条活路一条生路，纯属勾引着人冒险一试，其实四条路都是深坑陷阱。在土家迷宫术法里，有一条叫作"惊蝇术"，乃是在你郁闷至极难寻出路的时候，故意现出一条看似可以求生的道路，让你大喜过望，以为这条路可以出去，可一头扎进去，才真正会万难脱身，困死在地宫中。钱掌柜所用的三死一生法子，实际只能算作骗术，为土家人所不齿。

水妖儿检查完毕，这才由火小邪拖着钱掌柜，水妖儿拿着“豆芽灯”，再次回到挖掘之处。

火小邪将昏迷不醒的钱掌柜丢在一边，扬起锄头继续挖掘，刚挖了几锄，水妖儿突然叫道：“糟了！”

火小邪连忙问道：“怎么了？”

水妖儿指着钱掌柜，说道：“他如果一直绑在这里，恐怕那两个傻大个的伙计要下来找他！”

火小邪一拍额头，恨道：“真是如此！那怎么办，总不能把这个老杂毛再放出去吧！”

水妖儿突然一笑，说道：“我倒有个法子！”

“快说，快说。”

“我变成他的样子，上去编个瞎话，骗住他们，不就得了！”

“你变成他的样子？”

“猴子，今天让你开开眼界，见识一下水家的真正绝学——易容术。”水妖儿平平淡淡地说话，又是一副大家闺秀的模样。

所谓的无巧不成书，便是如此。火小邪和水妖儿哪里知道，钱掌柜其实是被郑大川赶到地下。而地面上，郑大川若要再次见到钱掌柜，很可能会不假思索地痛下杀手。

水妖儿把钱掌柜扶正，就着灯光细细地端详了一番，又拿手在钱掌柜脸上轻轻抚摸，用手指丈量了钱掌柜鼻翼、脸庞、下颚的高低长短，又把钱掌柜的眼皮翻起观察，这才从身后的背囊底部中取出一个巴掌大小的铁盒，啪地打开，双手一分，这铁盒便分成了三层，每一层都有一格一格的小槽，容积或大或小，里面装着颜色各异的颜料和细小物件，有颗粒状的、毛发状的、黏稠状的，等等，不一而同。

火小邪在一旁看得愣了，也不敢说话。

水妖儿把自己的一头秀发，用黑巾罩住扎紧，露出整个面部，说道：“幸好抓到的是这个钱掌柜，他和我身材相似，要是那两个伙计来了，怎么易容都不会像。”

水妖儿用手指蘸了蘸小槽中的颜料，细细抹在脸上，水妖儿边涂抹边说道：“水家易容术，辨色为先，以定容妆。”很快就把自己白皙的脸庞盖住，变成和钱掌柜一般的肤色。

水妖儿又从铁盒小槽中捏起一小团黏稠物，继续说道：“眼为先觉，鼻形做状，眉下半掌，易容之窍。”水妖儿用这一小团黏稠物，慢慢先在眼睛上涂抹，又从铁盒中拿出细线，贴在眼皮上，反复揉搓，眼睛睁开闭上。再往后，水妖儿又涂抹了鼻梁，从铁盒中取出面团一样的软物，黏在鼻梁之上。

水妖儿这样慢慢做完眼睛、鼻子，又说道：“腮可稳容，不差分毫。”水妖儿一只手摸着钱掌柜的下颚，一边在自己腮帮处涂抹。

水妖儿说道：“猴子，你帮我把他的外衣都脱下来。”火小邪应了，给钱掌柜松了绑，七手八脚将钱掌柜的衣服扒了个精光。

水妖儿说道：“你继续去挖，我还有片刻，你暂时不要看我。”

火小邪正看得起劲，尽管不太愿意，但还是按照水妖儿的吩咐，举起锄头，继续挖掘。火小邪身后水妖儿躲在一侧，继续装扮，簌簌作响，弄得火小邪心痒难耐，真想扭头再看。

又过了片刻，只听一声咳嗽，有人说话：“小杂毛，以为我这么好骗的吗？”

火小邪听着这说话，分明就是钱掌柜的声音，惊得一个翻滚，退到墙边，定睛一看，眼前站着的不是钱掌柜又是谁？此刻他正面露凶光，牢牢盯着火小邪，一手持着扁刀，就要扑上！

火小邪大叫一声，把锄头横在胸前，可余光一瞥，还有个没穿衣服的钱掌柜躺在角落里。火小邪指着站立着的钱掌柜，说话打战：“你、你，水妖儿？”

“钱掌柜”眉头一展，嘿嘿冷笑，声音还是和钱掌柜一模一样，说道：“猴子，你看我装得像不像？”

火小邪惊道：“这也太神了吧！像！太像了！你怎么嗓音都变成他那样

子了？”

水妖儿依然用钱掌柜的嗓音说道：“这是因为我嗓子里别了一个簧片，我再刻意模仿他的语调，只要不连续讲话多了，一两句是听不出来的。”

火小邪赞道：“奇了，真是奇了！你连动作神态，都模仿得惟妙惟肖啊。”

水妖儿说道：“易容术最难的还不是把面貌做得一样，而是气质神态、行为举止，装什么人要像什么人，前面靠的是化装的手法，这个则是要靠天赋了！所以，易容术可不是人人都能学得精通的。好了，猴子，也耽误了不少时间，我现在就走，快去快回，你不要担心。”

水妖儿把机簧室里带出来的油灯留下，自己取了“豆芽灯”，最后仔细地把头发别在钱掌柜的瓜皮帽中，快步离去。

火小邪看着水妖儿离开的姿势，都和钱掌柜别无二致，感叹道：“水家的这本事，打死我也学不会的。”

火小邪见水妖儿走了，扒拉了一下钱掌柜，紧了紧绳索，他还是昏迷不醒，也就放心下来，舒展了一下筋骨，继续挖洞。

水妖儿易容为钱掌柜，看着花了不少工夫，实际不过两盏茶时间，算是极快。所谓的易容术，听起来神乎其神，好像换张面皮，就没有人能够识破，那实在是太天真了！水家人的易容术也最多只能做到九成半，还需要掌握几个关键要领。

其一是抓特点，这和素描里的速写近似，就是要能够确定一个人面部最显著的特征是什么，如果特点抓对了，人就像了五成；其二是仿身形，我们日常生活中识人辨人，并不是看到正脸才认得出，毕竟人不断移动，仔细端详正脸的机会不多，所以身形体貌特征也起相当作用，可模仿体貌行为比模仿长相还要难数倍，毕竟长相为静，体貌为动，有时我们看到某人照片，像极了另外一个，可是拉到一起，却一点不像，这原因里体貌占的比重颇大；其三，也是易容术里最难的一项，就是神态似，人都有五官，除了长得歪瓜裂枣的以外，差不多都是那个神态，洋人看中国人都是一个样子，分不出来，中国人看洋人也觉得是一个模子里刻出来的，便是人的气质神态作祟。一个优秀的演员，稍加化装，只要把某人的神态学足，那就像了八成；其四是嗓音同，张口说话要是嗓音不同，东北话说成了广州话，前三者你都十分精通的情况下，照样会被人识破，不过嗓音可以敷衍，比如装作伤风感冒，或者少言寡语，都有糊弄过去的可能。

水家人的易容术，这四者皆通，若有时间做足了准备，可以做到九成。水妖儿易容成钱掌柜，顶多只做到了八成，但这已经足够，只要掌握好光线明暗，不要近身相处，蒙住火小邪这样的人片刻工夫，还是没有问题的。

水妖儿拿着“豆芽灯”，沿梯子而上，把“豆芽灯”挂在梯子边，推开盖子，钻出地面。水妖儿躲在阴暗处观察了一番，只见郑大川他们的人分两堆团团围坐在地上，也有人在坑边巡视，却没有看到贾庆子和贾春子两人。

贾春子此时正绑得结结实实，塞紧了嘴巴，丢在草料堆里面，折腾累了，一动不动，水妖儿自然看不见。而贾庆子也早就被郑大川他们挖坑埋了，自然也没有踪影。

水妖儿并不知情，见院子里的人比原来更多了七八个，暗想：“那两个傻大个呢？难道已经跑去找钱掌柜了？不应该啊。”

水妖儿从后厨绕出，借着黑夜沉沉，四处转了转，还是寻不到贾庆子和贾春子的踪影。水妖儿心惊道：“莫非他们两个下到坑里去看守了？哎呀，真是头疼，我还是去会一会那个光头笨蛋吧。”水妖儿所说的光头笨蛋，就是郑大川。

水妖儿拍了拍衣服，把钱掌柜那酸溜溜阴沉沉的模样学了个十足，缓步从黑暗处走出，迎着郑大川他们走去。

郑大川正在剥花生吃，却突然看到坐在旁边的赵烟枪眼睛都直了，嘴里的花生都滚出来，盯着自己的身后不动。郑大川正想骂，却也顺着赵烟枪的目光转头一看，这一看不要紧，吓得郑大川从椅子上跳了起来。

水妖儿抱了抱拳，喊道：“郑老大，回来得迟了点！这里还好吧！”一脸假笑而脚步不停，径直走了过来。

赵烟枪低声颤抖着说道：“鬼，鬼啊！”

郑大川反应激烈，震得桌椅乱响，所有人都注意过来，无不看到了这个“钱掌柜”稳步向郑大川走过来，都是惊得呆若木鸡，眼睛都转不动了！见过胆大的，没见过这么胆大的，真是见了鬼了！

郑大川五官扭曲，脑子里想了千万种理由，也不明白“钱掌柜”为何毫无惧色地走来，咔啦把桌上的枪一把夺在手中，指着水妖儿大骂：“钱老贼！你来找死？”

水妖儿也一愣，停下脚步，疑道：“郑老大，你这是为何？我不过离开了片刻工夫，你怎么说翻脸就翻脸啊？”

郑大川大吼道：“老贼头，你玩什么花样？老子一枪崩了你！”

郑大川把枪已然举起，大吼大叫，却不敢开枪，他实在想不明白，天下还有刚刚跑掉却又主动送到枪口上来的人，还能宛若无事的模样，难道说“钱掌柜”就是想骗他们开枪？

六行道也跑过来，同样异常紧张地拿枪指着水妖儿，低声问道：“开枪吧！郑老大，你等什么！”

郑大川盯着水妖儿，骂道：“老贼，你回来干什么？”

水妖儿也是纳闷，说道：“到底怎么了？我的两个伙计呢？他们去哪里了？”

郑大川气得直冒青烟，天下真有这么大大咧咧装糊涂的人，明明贾庆子已死，贾春子绑着丢在草料堆中，不禁大吼道：“妈的，你装什么糊涂？”

赵烟枪在郑大川身后，神色一凉，惊道：“郑老大，难道有两个钱掌柜？或者他就是个山鬼，变成钱老贼的样子，来迷惑我们的？”

郑大川听赵烟枪这么说，全身鸡皮疙瘩乱跳，头皮都麻了，他今天在落马客栈，碰见的诡异事情太多，要说真有个山鬼来了，他也能信八成！

水妖儿学着钱掌柜的样子，压了压手，说道：“郑兄弟，有话好说，有话好说！放下枪！放下枪！”

郑大川骂道：“放你妈的个鬼枪！你他妈的要是个山鬼树精，现在就给老子现形！老子命中九把天火，小心让你永世不得翻身。”

水妖儿真是哭笑不得，见郑大川这些人一个个神经兮兮的，心中略略猜到一定是钱掌柜和郑大川他们发生了什么事情，再留在此地和郑大川他们周旋，极为麻烦。

水妖儿想起火小邪编瞎话戏弄钱掌柜的一幕，干脆也将计就计，嘿嘿冷笑：“好眼力啊！郑老大！你怎么看出我是个山鬼的？嘿嘿嘿，嘻嘻嘻。”嬉笑间，竟已夹杂着女声。

郑大川他们众人顿时吓得轰然一声，乱成一团，赵烟枪大叫：“这是山鬼！已化成人形！”

郑大川手中枪也抖了，大叫自己的狗头军师赵烟枪：“是山鬼！怎么办？”

赵烟枪大叫：“开枪是打不死他的！看我的！”赵烟枪说着，从怀中抽出一块红布，跳上一步，冲着水妖儿大叫：“山鬼你听好了！老子手中的布是大觉恩寺开光的镇邪之物，还不退散！否则把你打入十八层地狱，永世不能翻身！”

要说东北这地界，地广人稀，通常跑上百八十里都见不到一个人。郑大川这些跑信镖的，经常深夜赶路，穿山越岭，也见过不少鬼火挡路的奇事，别看他们孔武彪悍，却最是迷信世界上有鬼神存在，尤其迷信山鬼一说。以前就发生过跑信镖的人暴毙于山上，全身赤裸的奇事，反正也不知道原因，一律都归为山鬼夺命。山鬼之说传得邪了，都说是能够在黑夜之中，化成熟悉的人形，让你放松了戒备，偷摸着挖人心肝吃食。又说那山鬼刀枪不入，枪械刀具不能伤其分毫。

赵烟枪说是郑大川的狗头军师，也是身兼神汉一职，沿路遇见鬼哭狼嚎的怪事，都是他出面念咒烧香，作法驱邪。

水妖儿看了看赵烟枪手中的红布，赵烟枪正张牙舞爪地乱舞，顺着他的劲头说道：“啊，果然是好宝贝，得罪了，得罪了！我这就退去！”

水妖儿慢慢后退，赵烟枪仍然疯癫了一样，嘴中念念有词，全身中风一样地抽搐，好像是他正在发功，把水妖儿逼退一般。

水妖儿暗骂：“可笑！真是可笑！”

水妖儿慢慢后退，眼睛仍然四处乱瞄，眼看着郑大川他们身后不远处的马料堆里，滚出一人，呜呜大叫，看身形不是贾春子又是谁。贾春子是个浑人，脑筋不灵光，听到郑大川叫钱老贼什么的，睁眼一看正是“钱掌柜”在不远处站着，哪里听得进赵烟枪叫嚷什么“山鬼”，只认得这是自己的大爷。贾春子一个折腾，便从草料堆中滚出来，让水妖儿看了个正着。

水妖儿心中大致明了，故意阴阳怪气地笑了两声，退入黑暗中，身子一闪，就不见了。

赵烟枪依旧抽风般跳跃了半天，见再无声息，才直喘粗气地停了下来。郑大川赶忙上前一步，扶着赵烟枪，十分敬畏地说道：“赵烟枪，赵军师！多亏了你！”

赵烟枪呼呼直喘，说道：“郑老大，这个山鬼十分凶猛，刚才吓退他的时候，我全身精气都险些被他抽走！实在是危险万分！现在，咱们这些兄弟，都要聚成一团，谁都不可离开，只守着坑边，静待天明啊！”赵烟枪反正一通胡说，说自己刚才太上老君附体，大家都会信他，自然这时候的吩咐，有如天王老子的命令，谁敢不从。

郑大川吆喝着聚拢了众人，把火盆聚起，所有人团团围拢，再也不敢放肆。

水妖儿躲在后厨断墙边看了，骂道：“一帮子神经病！不过也好，至少他们不会来找了！”

水妖儿回到后厨内，揭开地洞盖板，钻了回去。

十五、差之毫厘

火小邪在地下挖得又累又渴，强忍着全身酸疼，仍然在奋力挥锄。他和其他年纪相仿的小贼不同，其他小贼都是见好就收，遇难就退，偏偏火小邪的性子从小就不服输，别人说不行的他就偏偏要去做。奉天城的张四爷家谁敢去偷？那可是寻死的风险，可火小邪许诺给自己的兄弟弄来张四爷家的点心，就真的去偷了。所以，要让火小邪放弃挖洞，那是绝不可能的。

火小邪牙关紧咬，一锄一锄地挖着，那洞已经挖了四尺深浅，丝毫没有尽头的迹象。火小邪毫不气馁，丝毫也没有怀疑水妖儿指示的方位不对，又是一锄上去，只听“咚”的一声闷响，似乎挖到了硬物，火小邪大喜，俯下身子把头钻进洞中，伸手一摸，果然摸到极硬的一面墙壁。

火小邪用手连抠带挖，将泥土拨开，就着灯光看上去，这面硬墙黑乎乎的，连成一片，不像是砖瓦砌成，再凑近了一闻，有一股子沥青味道。火小邪哼道：“怎么看着像奉天城里新修的柏油马路？”火小邪这些在奉天城里偷窃的小贼，天天在街上闲逛，哪里街景路面变化了，都会记得。年前张大帅府邸的门前，新铺了这么一条柏油马路，火小邪他们惊奇还有这么一大片平平整整、黑乎乎的、没有缝隙的“石板路”，还好好地在上面玩耍了一番。

火小邪钻出坑洞，心中还是大喜过望，啐了啐手，又挥锄挖上，仍然“咚”

的一响，竟挖不动分毫。

严景天他们四个坐在坑底，这次可全部都听到了墙壁内有“咚”的一声传来，严守震身子一动，凑在严景天耳边说道：“嘿！有人！在挖洞呢！”

严景天皱了皱眉，也低声说道：“不妥啊！再这样挖下去，声音定会越来越大！传到地面让人听到了，十分糟糕！”说着说着，又有“咚”的一声传来。

严景天站起身，想向后窗洞壁处走去，只听坑顶有人大叫：“起来干什么！坐下！坐下！”原来是在坑上不断巡视的郑大川手下一人，名叫万狗子，也就是曾经被水妖儿打晕的那人。

严景天冲上面喊道：“解个手都不行吗？”

万狗子骂道：“就在这拉！又不是婆姨！还要躲着？”

严景天也骂道：“那就不解了！”坐了下来，严守震又凑过来低语：“严堂主，如果是来救我们的，咱们要赶紧通知他们，不要这样挖啦！”

严景天压了压手，说道：“如果是水妖儿和火小邪两个，以他们的聪明，定会明白不能硬挖！”

火小邪听到咚咚作响，仍挖不动分毫，眉头一皱，停止挖掘，心中暗想：“不行，挖也挖不动，还咚咚作响，若声音传到坑外面去，那可就糟糕了！”

火小邪把锄头放下，返身回到昏迷不醒的钱掌柜身边，捏住钱掌柜的鼻子，啪啪抽了两个大耳光，骂道：“醒醒！你这个老杂毛！”

钱掌柜脸上被抽出十条指痕，身子晃了晃，悠悠转醒，睁眼一看，正见火小邪面对面地盯着自己，钱掌柜“啊”地一叫，就想闪身逃开，可丝毫不能动弹，知道自己已被牢牢捆住。钱掌柜摆出一副苦瓜脸，苦道：“木家兄弟！你真是好身手！我既然落在你手中，念着我没有害你，饶我一命！”

火小邪骂道：“老杂毛！还敢说你不想害我！”

钱掌柜头一低，摆出个死猪不怕开水烫的姿态，闷头不语。

火小邪抓着钱掌柜头顶的稀疏头发，把钱掌柜拎起来，骂道：“老杂毛，别装了，我问你，这墙里面的硬墙，怎么挖开？”

钱掌柜哼道：“木家人都不知道，我怎么知道？”

火小邪一个大耳光子抽上，打得钱掌柜一歪，骂道：“老杂毛，犯横？告诉你，你要是不说，我有七七四十九种刑法对付你！”

钱掌柜继续哼道：“你就是打死我，我也不知道！爱咋的咋的！”

火小邪发狠道：“好你个老杂毛！看是你狠还是我狠！”火小邪一把将钱掌柜按倒在地，正想动粗，就听到水妖儿说话：“猴子，你干什么呢？”

火小邪扭头一看，就看到钱掌柜打扮的水妖儿钻了回来。火小邪便狠狠瞪了钱掌柜一眼，说道：“水妖儿，你回来了？上面怎么样？”

钱掌柜看着和自己一模一样的人走进来，顿时看得呆了，水妖儿学着钱掌柜的样子，恶狠狠瞪了钱掌柜一眼，却不搭理他。

水妖儿把上面的情况大略讲给了火小邪听，火小邪也正觉得纳闷，就听钱掌柜哈哈大笑：“小丫头，你的易容术的确高明，把我都吓到了，难免郑大川那些浑球把你当成我了！你知道我为什么在地下吗？乃是郑大川突然翻脸，开枪把我赶下来的！你装我装得这么像，还问他们一些莫名其妙的话，他们不把你当山鬼才怪！嘿嘿！郑大川！老子一定要宰了你这个畜生！”

水妖儿早想问钱掌柜怎么回事，见他恨得牙痒痒地说个不停，就在一旁提醒他：“钱掌柜，郑大川到底和你发生了什么事情？”

钱掌柜骂骂咧咧的，把大概发生了什么说了个清楚。火小邪和水妖儿听了，也都感叹世界上真是人情冷暖，表面上合作无间，其实都笑里藏刀。

火小邪指着钱掌柜，突然笑道：“哦！钱掌柜，那你还不帮我们，把这个墙壁弄开？”

钱掌柜哼道：“我宰了郑大川是我的事，但是帮你们弄开墙壁，却万万不能！我就算便宜了郑大川，让郑大川把人送给张四爷，但巨坑阵是我发动的，无论怎样张四爷也会记得我的好！我要是帮你们把人放了，我岂不是啥屁都没有了！嘿嘿！”

水妖儿一听，便问火小邪怎么回事，火小邪把挖坑已经挖到硬墙的事情说了，水妖儿也略略兴奋了片刻，钻进洞中看了看，却也愁眉不展地出来。两个人商量，这硬挖肯定不行，声音太大，恐怕深坑顶上的人能听到，若是再寻其他法子，则还没有个头绪。两人都觉得，目前唯一的办法，就是从这个钱掌柜嘴中问出怎么不动声响地挖开硬墙的法子。

水妖儿主持，火小邪当副手，对钱掌柜又是威逼利诱，又是甜言蜜语，又是拳打脚踢，可这个钱掌柜已经王八吃秤砣，铁了心肠，又如地下千年的蛤蟆精，软硬不吃，赖成一团，无论如何也不肯说。

水妖儿神色凄厉，哼道："好你个老鬼！本来还想留你一条性命！这回也留你不得了！我不信你不说。"说着从怀中摸出一颗惨白色的药丸，捏开钱掌柜的嘴巴就要塞进去。

火小邪惊道："水妖儿，你要杀了他？"

水妖儿点头道："这是迷癫丸，吃下去没有问不出来的东西，只是药效过后，疯癫而死！其间痛苦，世间上没有人能说出，因为吃了没有不死的人！"

钱掌柜哼道："小丫头，别装模作样吓唬我，你小瞧了潜地龙一脉的人了！我们这些盗墓的，一不怕死，二不怕疼，有啥花样，尽管来就是！墓穴之中危险重重，若不注意中了招，所受痛苦保管你们想破脑袋都猜不到一两分！来吧来吧，老子早就活腻味了，正想尝尝你这个什么迷癫的鬼玩意儿，是甜的还是咸的！"

水妖儿骂道："好！那我就成全你！"一把将钱掌柜嘴巴捏住了，就要塞进去！

火小邪把水妖儿手腕一拉，说道："稍等！你让我独自审一审他！"

水妖儿说道："刚才我们两人，都审不出什么，你还有什么办法？"

火小邪坏笑一下，说道："刚才咱们两个一起，有些法子不太方便，你给我一点时间，我再审一次，水妖儿你稍微躲开一些，别看我便是。"

水妖儿看了看火小邪，见火小邪眼中自信满满，手一握收了迷癫丸，说道："好！你再试一试！"说着站起身退到一边，背过身不看火小邪他们。

火小邪对钱掌柜满脸坏笑地说道："啊，钱掌柜，咱两个大男人在，我就不客气了啊！"说着把自己脱掉的褂子捡起，把钱掌柜的嘴塞了个结实。

水妖儿背着身，不知火小邪在干些什么，只听钱掌柜猛哼一声，极为惨烈！水妖儿正想回头，火小邪嚷道："水妖儿，别看！别看！"水妖儿只好又转过头去，心想：火小邪到底在玩什么花样？

只听得身后火小邪骂道："说不说？说就点头！"

钱掌柜没有言语，随即大声闷哼，好像火小邪干了件让他极为难受的事情！火小邪又骂："不说老子一根根给你拔光！"钱掌柜又是闷哼！这样来来往往了七八遭，水妖儿听得心惊，再也不敢回头。

火小邪骂道："说不说？"

钱掌柜呜呜呜连哼不止，火小邪叫了声好，听声音似乎把钱掌柜的嘴巴松开。

钱掌柜气喘吁吁地说道："你、你，还是人不？你要杀便杀，一定要这么羞辱我吗？"

火小邪骂道："快说！要再试试吗？"

钱掌柜喘道："我说，我说！求你别再拔了！这个墙，挖不动，最好的办法就是用火烧。"

火小邪骂道："怎么烧？"

钱掌柜喘道："烧就是了，还能怎么烧？"

火小邪骂道："老杂毛！还逞能！"话音未落，钱掌柜又啊啊大叫，身子乱扳乱摔，显得极为难受。火小邪拉着长音咬牙骂道："说……你说……"

钱掌柜的声音不住颤抖，说道："火烧，火烧，小火慢慢烧！"

火小邪又骂："说清楚点！为什么要这样烧？"钱掌柜又是惨叫，撕心裂肺一般。

钱掌柜急促地说道："因为，因为，坑中墙壁上，都是易燃的沥青松油，如果直接烧穿了，就会引燃，所以，所以，只能小火慢慢烧，这个硬墙，就是怕火，你们烧化一层，刮掉一层，但不要让墙壁着了，就这样一直烧到快穿了为止，便安全了，一脚就能踹开。祖宗，祖宗，我都说了，求你松手，松手啊！"

火小邪笑道："是个好办法！行！信了你！"

火小邪又窸窸窣窣干了些什么，这才对水妖儿说道："水妖儿，回头吧！

好了！问出来了！”

水妖儿回头过，看到火小邪得意扬扬地在身上擦了擦手，又拍了拍。钱掌柜则面如死灰一样靠在墙上喘气，衣衫凌乱，依旧惊魂未定的样子。

水妖儿问道：“猴子，你到底用了什么法子？”

火小邪坏笑道：“我这是拔毛术！是我火小邪的绝学！通常顶不过三招，这个老杂毛能撑住十多下，算是奇人了！哈哈！”

“拔毛术？”水妖儿还是不解。

火小邪坏笑一声，说道：“水妖儿，你一个姑娘家家的，还是不要问了，说出来不雅得很，你定会说我流氓。反正问出来了，呵呵，如果他敢瞎说，我再收拾他。”

钱掌柜死沉沉地惨声道：“你简直不是个人……我认了，我认了，再别这么对我，我什么都说，什么都说。”

水妖儿隐隐约约想到火小邪到底干了些什么，因为脸上还盖着颜料，看不出来脸红，但脖子都红透了。水妖儿赶忙回避了这个话题，说道：“那咱们快干吧。”

火小邪应了声好，兴冲冲地去准备了。

火小邪所谓的“拔毛术”到底是什么？各位看官，此事水妖儿也能猜到，就不便在书中明言了。火小邪名中一个邪字，并不是因为邪字好听，而是他有时做的事，就是邪得厉害。

火小邪提着油灯到了轱辘房间，把墙角的木柄、木棒等木质的物件通通捡了，抱回挖掘之处，再用钱掌柜的扁沿刀，把洞底硬墙露出的面积扩大到能容一个人钻出的尺寸，找了两根易燃的松木，泼上灯油点着，果然烧了一阵子，就看到这硬墙的浸火处慢慢松软、冒泡，串出一丝丝蓝色、黄色混杂的火苗，轻微地啵啵作响。

两根松木烧了片刻，眼看着硬墙上的火要烧大，火小邪便用土熄了所有火焰，拿刀上前刮墙，用力之处，墙面如同一层软蜡一般，很轻松地被刮下一层，但里面仍然十分坚硬。

火小邪刮完墙，又把松木点着，继续烧墙。

就这样不断往复不止，火小邪忌讳烧得太快，把坑里的沥青点燃了，所以十分谨慎。这样足足折腾近了四五个时辰，烟熏火燎得让火小邪全身黝黑，刮下的墙面在洞外堆得已经有小腿高矮。火小邪再一刮，就感到刀下猛地一软，似乎通了。火小邪心中大喜，用刀一捅，整个刀都透了过去，再无遮挡，火小邪转头对水妖儿低声叫道：“通了！通了！终于通了。”

严景天此时牢牢盯着后窗，就看到一把刀从油腻腻的洞壁里窜出探了探，瞬间又退了回去，心中不禁大喜，暗赞：“好啊！真是不简单，竟能无声无息地把如此坚硬的墙壁弄通了！”

严守震等人也都注意到了这一幕，均是面露喜色，严守震低声哼道：“严堂主，通了！咱们上前帮把手吧！”

严景天圆睁着眼睛看着后窗，低声说道：“这只是打通了一个小洞！咱们再等片刻，首先确认是水妖儿和火小邪他们两个！等我们确定能一下子钻出时，再动手不迟！”

坑顶巡视的人拿着火把，仍然慢悠悠沿着坑边行走，丝毫没有注意到坑底已有巨变的迹象！

此时天边泛白，已经过了整整一夜……

火小邪兴奋了一阵，反而安静下来，对于他来说，现在并不意味着已经成功。火小邪别看他在奉天城里专门干些小偷小摸的事情，没有办过惊天动地的大案，但他非常明白“功败垂成”这句话的道理，有时候希望就摆在眼前，仿佛一伸手就能够到的时候，却是整个计划中最危险的时刻。火小邪偷人钱包，都已经得手，那“马儿”不知怎么屁股发痒，转手一挠，正按住火小邪脖子，把火小邪抓了个现行！接着好一顿打！火小邪脸上的伤疤，就是那时留下的。

火小邪静下心，细细打量了一下墙壁。尽管的确挖通了，但正如严景天所说，只是打通了一个小洞，小洞四周的墙壁仍然很厚实，如果贸然招呼严景天他们逃过来，哪怕一起用脚猛踹，也绝对不能踹出一个能供人钻出的洞口。

火小邪用足十二万分的小心，捡了一根一端烧得通红但并无火苗的木棍，又花了近半个时辰，才将小洞四周刮薄。水妖儿也凑过来，帮着火小邪刮那硬墙，直到觉得墙壁足够薄了，水妖儿才拿出尖刀，慢慢在四角打洞，刀刀都能很快穿过。水妖儿又打了七八个洞，才对火小邪点了点头，低声道：“你退后，我招呼严大哥他们。”水妖儿持刀在最中间的小洞中一搅，拨开了油污泥垢，用刀背挡着，透出一个小孔。

严景天他们看着后窗，一个个都是心急如焚，这半个时辰如同过了一年一般漫长，严守震几次想起身，都被严景天牢牢按住。多亏了有严景天这种人在，如果都是严守震这种急性子，定会一看到火小邪第一刀穿过来的时候，就要起身发难，那可不仅逃不出去，还会搭上火小邪和水妖儿两人。要偷的“旺子”（指被盗之物），有的本身就有特性，比如珍稀的雀鸟之类会惊叫报警，如果没有事先掌握好，控制住这种特性，偷东西的成败，有时是在“旺子”本身，还不是贼的技巧。在贼术中，这种情况又称之为“双偷”。

严景天猛然听到有极细微的声音传来，顿时耳朵一竖，只听是水妖儿一字一拖再一顿地细细说话：“是……我……水……妖……通……了……上……前……踹……听……到……吗？”这种一字一拖一顿的说话方式，在贼术中称之为“沌口话”，是贼语的一种，乃是在密闭安静并受人监视的房间里，在互相不可见的情况下传话的一种方式，必须顺着人的气息，慢慢说出，尽量拖长音，若不是刻意聆听的人，就算听见，也以为是无所谓的噪音。这个法子与人体听觉习惯密切相关，不再深入探究原委。

严景天听得完整真切，又看到小孔之中微微透出光亮，知道安全无事，使劲咳嗽几声，中间夹着回答：“好！你们稍等！”这又是一门贼人之间传话的贼语方式，叫作“响里滚”，也就是自己在制造无关的痛痒的声音时，比如剧烈的咳嗽，把要说的话含在其中。这种说话方式比“沌口话”更难，要听明白也难，五大世家的人精通各类贼语，彼此能够知晓。

火小邪没听懂水妖儿的“沌口话”和严景天的“响里滚”，正在挠头，水妖儿返身对火小邪低语：“我们退后，留出空间，严大哥他们已经和我们接上头，等他们开洞出来。”两人赶忙让出洞口，退到地道中，把灯光调得昏暗。

严景天向严守震、严守仁、严守义三人打了数个手势，加上低声话语，完整的意思乃是说：“听我号令，守震你去踹开墙，守仁你和守义掩住，墙踹开后紧跟，我殿后。”

严景天抬头看了看坑顶，一个巡视举着火把缓缓走过，不断低头打量坑底。严景天看着那人的行动，两指向后窗一指！严守震那身形真是动如脱兔一般，都没见到他怎么从地上跳起的，就见人影一晃，已经到了后窗口，严守震回头一望，严景天顿时激烈地咳嗽起来，严守震顺着这咳嗽声，咣咣两脚，就把洞口踹开，那墙壁并未碎裂，而是几乎整整一块，翻倒在洞内，这得益于水妖儿四处打眼。严守震暗赞一声：“想得周到！”身子一闪，如同一根箭头一样，一头扎进洞里，不见了踪影。

巡视的万狗子低头看下去，严景天正站着咳嗽，同时把手中的大块砖石丢开一边，砸得地面咣咣闷响，用以掩饰严守震踹开洞的声音。万狗子大叫：“干什么呢！老实点！”

严景天抬头骂道：“一个晚上都坐在这里，闷也闷死了！活动一下也不行？”说着又把脚边的一块砖石踹开一边。

万狗子打量一眼，并没有注意下面是三个人还是四个人，便骂道：“你们老实点！不要乱动！听到没有？”

严景天哼了声，坐了下来。万狗子骂骂咧咧，又绕着坑继续转圈。

严景天手一指，严守仁扶着严守义钻向洞口，尽管严守义断了一条腿，可两人三足，仍然走得迅捷！严景天也悄然起身，跟在严守仁后面，三个人速速到了洞口，严守义第一，严守仁第二，严景天第三，火家人身手敏捷至极，根本都不用调整身形，如同泥鳅钻洞一般，身子一晃就都没了踪影！

火小邪、水妖儿在地道中迎着严景天他们，大家再次见面，都是不胜唏嘘！火小邪被烟熏得漆黑，看不出表情，眼圈却红了，只低低喊了声“严大哥”，就说不出话。众人并不交谈，彼此用眼神示意，水妖儿便领着大家，快步向后厨的地洞出入口走去，当然也没有忘了把钱掌柜押着带走。

坑上的万狗子缩着脖子，打着哈欠，还在慢慢绕坑行走。东北初春的季节，天亮时分尤其寒冷，冷得太厉害了，人的反应都会麻木。万狗子嘟囔着："总是我干这些吃力不讨好的事情，坑底下的那几个废物，要跑早就跑了！还巡个屁！"万狗子骂骂咧咧，但巡视的职责所在还是让他低头一看，竟从破洞中看不到人。

万狗子又困又累，嘟囔一句："哦，不见了。"抬起头本想继续行走，脑子里突然反应过来，眼睛猛地睁个老大，赶快低头仔细一看，坑底房中哪还有什么人在？万狗子全身颤抖，腾腾腾绕着坑紧跑了几步，从几个角落都看了，还是看不到人。万狗子吓得舌头都不知怎么动弹了，啊啊啊了数声，才终于吼出声："人，人呢？郑老大！郑老大！人！人不见了！"

郑大川、六行道、赵烟枪几个人身处室外，都昏昏欲睡。郑大川听到万狗子大喊人没了，一个激灵翻身而起，骂道："狗日的！看仔细了吗？"

万狗子几乎都要哭出声来，说道："真、真不见了！"

郑大川大骂："你妈妈的大西瓜！"起身跑到坑边，六行道、赵烟枪和一干人等，也都惊觉起来，都随着郑大川来到坑边，十余只火把燃起，把坑底房内照得一片通明。

郑大川青筋直冒，急得跺脚，乱吼乱叫，指着万狗子痛骂："万狗子！老子要你的命！"

万狗子吓得一个哆嗦，跪倒在地，叫道："郑老大，我真的不知道怎么回事啊！"

郑大川继续骂道："万狗子，你给我跳下去找！找不到踪迹，老子立即要你的命！"

万狗子哭喊道："郑老大！饶了我啊！"

六行道一步冲过来，把万狗子一拧，就要把他推落坑下。

远远的黑暗之处，有人高声叫道："不用找了，我们在这里！"

郑大川一愣，扭头看去，只见严景天一个人从暗处缓缓走了出来。

郑大川众人大惊失色，哪里还顾得上什么万狗子，慌慌张张地就要返身摸枪，岂知就在一低头那一刹那，两条人影不知从何处窜入人群，如同游鱼一样贴着人缝乱钻，还没等他们反应过来，就觉得手中一空，背上的枪已经不翼而飞。

众人丢了枪，这才都大叫起来，可是那两条人影抱着枪已经从人群中钻出，跑回到严景天的身边，稀里哗啦把七八杆长枪丢在地上。仔细看过去，枪栓都已经被拔掉了。

严守震和严守仁拍了拍手，聚在严景天身边，严守震哈哈笑道："就你们这身手，偷你们的枪就和捡东西一样容易。"严景天满意地笑了笑，抬头看着郑大川他们，说道："郑兄弟，你现在想怎么样？要不要再来过几招？"

郑大川和六行道两人持着短枪，倒没有被卸掉。六行道暴怒，大喊一声，举枪就要射击，谁知郑大川手一拉，把六行道止住。此时郑大川脸上一片惨灰，对六行道说道："没用的，你没见识过他们的厉害，我们根本不是他们的对手，惹怒了他们，就麻烦了。"

六行道来得晚，的确没有见识过严景天他们的厉害，而且郑大川碍于面子，也没有和六行道细讲在大堂中被严景天他们痛打的经历。六行道闷声道："郑老大，我倒想试试他们有什么能耐！"

郑大川恨道："少坏事！你是想死啊！把枪给我！"说着一把捏住六行道手中的枪，抢了下来。

六行道一愣，嘴上仍硬："郑老大，我们不能服输啊，我们这么多人，还怕他们三个？"赵烟枪赶忙把六行道拉了一把，低声说道："六行道，咱真的不是他们的对手。"

郑大川也不搭理他们，把自己的双枪并在一起，一使劲将所有短枪都丢到严景天的面前，神色黯然地抱了抱拳，说道："几位严家兄弟！事已至此，我们也没啥好说的！只求几位兄弟大人不计小人过，放我们一条生路。"

严守震骂道："现在又怂了？饶你们一条狗命可以！给爷爷磕三个头即可！"

六行道把腰刀抽出，大骂道："欺人太甚！老子宰了你！"六行道使出牛劲跳出人群，赵烟枪、郑大川一把没拉住，任凭他举着刀直冲过去。严守震哈哈大笑："来得好！"身子一晃，就要冲出。

啪啪两声脆响，六行道"哎呀"一声，摔倒在地，捂着脸疼得满地乱滚。严守仁亮出手掌，用齐掌炮指着郑大川他们喊道："来得好！还有人要来吗？"刚才严守仁打出两颗铁蚕豆，一颗正中六行道的鼻头，一颗打中他的眼睛，那又酸又疼的劲，天王老子也受不住。

严守震止住身形，嘀咕一句："严守仁，你又多事，我正闷得慌呢！"

严景天冲郑大川抱了抱拳，说道："对面的众位兄弟，我们出门在外，也不愿多生事端！既然你们当家的都罢手了，望各位兄弟，让出一条路来，我们速速就走！若还有不服气的，我们现在可以一较高下！"说完此话，严景天眼中精光四射，向郑大川他们扫视了一圈，目光所至之处，无人不暗暗心虚，躲避着严景天的目光，谁还敢跳出来生事？

郑大川连声说道："得罪了，得罪了！谢谢几位兄弟！谢谢！"

严景天哼了一声，领着众人前行，郑大川那边人群哗啦退开一边，谁也不敢说话。

严景天走到马厩边，水妖儿、火小邪、严守义牵着马站了出来，原来他们早就在严景天和郑大川对话的时候，来到马厩，解下了所有马匹。

严景天他们正要齐齐上马，火小邪还是和水妖儿同乘一匹。马厩里有人高喊："几位英雄，求你们带我离开此地，留我在这里，我小命难保啊！"这不是别人，正是那倒霉蛋钱掌柜，现在绑着双手，拴在马厩里的木桩上。

水妖儿叫道："你不是说要和郑大川拼个你死我活吗？这不是有机会了？"

钱掌柜死命哭叫："众位英雄，你们不能见死不救啊！我是一时鬼迷心窍害了你们，可我也是受张四爷使唤，并非自己黑了心肝！救命啊英雄！"

贾春子如同一条大虫一样也从草料堆中滚出，不停地在地上翻滚折腾，呜呜乱叫。

钱掌柜惨声哭喊道："贾春子，不是你大爷我不救你，是各位英雄见死不救啊！贾春子，你我的命好苦啊！受了张四爷十来年的折腾，苦心经营的客栈也眨眼没了，结果什么都没讨到，还要平白无故丢了你哥哥和我们两个的性命！我们冤啊！”

钱掌柜哭喊得几乎肝肠寸断一般，首先火小邪就有点受不了，他最害怕见到这种场面，不禁对严景天说道：“严大哥，我看我们就带他们一段吧。”

严景天皱了皱眉，却也点头道：“既然是你求情了，那就带他们一段吧！严守震、严守仁，让他们两个各乘一匹马，跟我们走上一段！”

严守震、严守仁应了，分别解开了钱掌柜和贾春子，命他们赶紧上马。

贾春子也想不清这到底怎么回事，听钱掌柜的吆喝，两人都各上了一匹马。

严景天冲还呆立在院子里的郑大川他们一抱拳，喝道：“各位兄弟，后会有期！”说着一夹马肚，喝了声驾，一行人带着所有马匹飞奔而出，转眼就跑得远了！

郑大川、赵烟枪等人呆呆站着，半晌说不出话。

赵烟枪愣愣地骂道：“这帮龟孙，一匹马都不给我们留下！下手也太狠了点！”

郑大川取下帽子，啪啪啪啪啪啪猛抽自己的光头，跺脚骂道：“眼看着天就亮了！张四爷就能来了！这到嘴的鸭子都又飞了！”

郑大川咒骂不止，远处山头亮光一闪，一轮红日冒出个尖，万道光芒顷刻间挥洒而下，照得落马客栈一片光亮！

郑大川见了这日光，更是恨得不能自已，抱着头蹲在地下叹气不止。

赵烟枪猛然喊道：“郑老大！来人了！”

郑大川抬头一看，只见道路尽头，黑压压一片人马，正卷起漫天黄沙，向落马客栈蜂拥而至！打头的一匹高头大马上，坐着的正是御风神捕第九代传人张四爷！而张四爷马匹两旁，奔跑着三只巨兽豹子犬，亦发出惊天动地的嘶吼！

张四爷的大批人马涌入落马客栈的院落，整齐划一地跳下马来，丝毫不乱。

三只豹子犬扑到郑大川他们面前停住，呜呜低吼，目露凶光，只等张四爷一声令下扑上来撕咬。郑大川这些人见到张四爷的队伍如此强悍，早就心惊，又见到豹子犬这般的恶兽，一个个吓得面无人色，挤作一团。

郑大川大叫："张四爷，是我，是我，郑大川！"

张四爷喝道："嚼子们，退下！"三只豹子犬听了，听话地后撤一旁，但仍然紧紧盯着郑大川他们低吼。钩子兵则听周先生的号令，齐刷刷地从郑大川他们身边跑过，聚在坑边，拿好三爪钩，细细打量坑底。

张四爷快步上前，骂道："郑大川，怎么是你！人呢！钱掌柜呢？"

郑大川说话声音打抖："张、张四爷，这个怪不得我，怪不得我，人、人跑了……"

张四爷虎目猛睁："什么！人跑了？"

郑大川畏畏缩缩地说道："本来，本来，他们困在坑下面，我们一直守在上面，等着张四爷来，谁知道，他们，他们不知用了什么法子，跑、跑出来了！就、就……"

张四爷大骂道："知道你们就是些不成器的东西！废物！废物！巨坑杀象、铁笼锁屋都能让人跑了！叫钱掌柜来！他人呢？"

郑大川赶忙禀告道："那个、那个钱掌柜和他们一起跑了！我看、我看就是钱掌柜放他们出来的！"郑大川倒很会栽赃。

"放屁！"张四爷大骂道，"郑大川，你脑袋还想不想要了！钱掌柜什么德行，我比你清楚百倍！"

郑大川面如土色，忙道："张四爷，是我猜的，是我猜的，钱掌柜的确和他们一起走了，到底他们之间发生了什么事情，我真的不知道。"

周先生飞奔来报："张四爷，人的确不在了！没看错的话，坑底屋子的后窗处有一个洞口，很可能是有人里应外合，从地底向里面打洞，才弄穿了坑壁，把人放了出去。"

张四爷沉吟道："他们竟有这个能耐！能从钱掌柜的巨坑杀象中救人出去！"

郑大川心中一寒，暗想："妈妈的，老子冻了一夜，怎么没注意到还有人在地下挖洞！早知道就不该对钱掌柜下黑手了。"

张四爷指着郑大川问道："我问你！他们一行几人，什么模样，往哪里跑了？”

郑大川赶忙回答道：“六个人，六个人，有四个成年人，穿着一样的暗黑色褂子，打头的一个三十多岁年纪，长方大脸，留着短发，其他三个，有一个爱骂人，一个二十多岁的样子，还有一个，一张木雕一样的脸。我们就是抓到了他们四个，另外两个没抓到，后来一起跑了。”

张四爷哼道：“还有两个呢？”

郑大川说道：“还有两个人，没看清楚，其中一个好像是个满脸漆黑的半大小子，还有一个，像是一个小姑娘。他们骑着马，钱掌柜也和他们一起，都往南边去了。”

张四爷和周先生彼此交换了一个眼神，都点了点头。张四爷喝道：“上马，咱们向南追！”

钩子兵听令，齐整整地退回，翻身上马。

郑大川颤声道：“张四爷，我们也跟你们一起追？”

张四爷翻身上了马，骂道：“你们这些废物！就留在这里等死吧！”

郑大川应道：“好，好！张四爷慢走！张四爷慢走！”

张四爷哼了一声，不再搭理郑大川，一拉缰绳，领着钩子兵和豹子犬轰隆隆如狂风一样冲出院子，绝尘而去。

郑大川愣在原地，摸了摸光头，颤声道：“果然是张四爷，威风啊！”

赵烟枪挤到郑大川身边，嘀咕道：“郑老大，咱们就算没有看住人，咱们也至少发现了他们的踪迹，张四爷怎么也应该打赏我们啊！郑老大，你是不是忘了说赏钱的事？”

郑大川勃然大怒，抡圆了巴掌狠狠抽打赵烟枪，骂道：“钱，钱你妈的钱！张四爷没宰了我们，就算我们走运了！”

赵烟枪捂着脑袋跳开一边，恨道：“郑老大，我也是为大家着想啊！咱们不仅马都让人偷了，还死了两个兄弟，你说我们这一趟算是办了个啥事啊！咱们赔了个底掉啊！”

郑大川青筋乱冒，一把抽出刀子，指着赵烟枪骂道：“赵烟枪，你不服是不是，老子这就宰了你！”

赵烟枪的浑劲也发作起来，叫道："来啊，宰啊！赔得裤衩都输掉了！我看你也就剩宰自家兄弟的这点本事了！"

众人一看不妙，纷纷上前拉住郑大川和赵烟枪，郑大川嗷嗷大叫："赵烟枪，老子就这点本事，你不服是不是，老子这就剁了你！"

正在这帮浑球乱哄哄闹成一团时，一批高头大马跑进院子，上面坐着一个蓝衣的钩子兵，高声叫道："郑大川，张四爷赏你的钱！"

郑大川他们顿时愣了，郑大川眨巴着眼睛，问道："张四爷，张四爷赏的钱？"

马上的蓝衣钩子兵喊道："张四爷一向赏罚分明，说话算数！你们尽管没抓到张四爷要的人，但也有些功劳，这就是赏你们的！"说着将一个钱袋丢到郑大川面前。

郑大川顿时眉开眼笑，赶紧捡起来，掂了掂分量，听响声似乎都是金条，更是乐得心里开了花，大声回道："我们一定记得张四爷的好！张四爷有什么吩咐，我们一定玩了命地去做！在所不辞！在所不辞！"

钩子兵叫道："张四爷还有个吩咐让我捎给你们，你们听好了！"

郑大川笑逐颜开："兄弟请讲！"

钩子兵叫道："张四爷说了，你们这一干人，包括你郑大川，从今以后不得在东北地界上混！若再看见你们在东北，见一个杀一个！"

郑大川听了，嘴巴都合不拢，脸上本还摆着笑意，顿时变成了一张苦瓜脸，愁道："大兄弟，这、这……这是怎么回事啊！"

钩子兵冷哼两声，骂道："你们记住就好！"说着一拉缰绳，追着张四爷的队伍向南奔去。

郑大川提着钱袋，呆若木鸡，赵烟枪也愁眉苦脸地挤过来，问道："郑老大，那咱们怎么办啊，分了钱散伙？"

郑大川狠狠咽了几口口水，突然狠狠地喊道："不在东北混，就不在东北混！兄弟们，我们也出关，到中原一带的山沟子里当山大王去！愿意跟着我的，咱还是有福同享！有难同当！不愿意去的，老子给安家活命的钱！"

众人都愣了愣，无人说话。六行道捂着眼睛，站到郑大川身边，说道：

"郑老大，我跟你去！早就想当土匪，大口喝酒吃肉了！！"

赵烟枪略一思量，也叫道："我也去！东北这地界，早过腻味了！郑老大，刚才我对你说了狠话，就当我放了个臭屁吧！千万别往心里去！"

有这两人都表了态，其他人也就轰然一下通通应了，挥拳大叫："当土匪！当土匪！喝酒吃肉！喝酒吃肉！"人人脸上豪气顿生，都想早日大显身手一番！

郑大川叫道："好！各位兄弟！咱们这就走啊！中原大把的漂亮姑娘，都等着咱们来骑！遍地的金银财宝，都等着咱们去抢！老子郑大川，在东北当孙子也当腻味了！老子就不信活不出个人样来！"

众人大喊大叫，欢欣鼓舞！十余人跟着郑大川走出落马客栈，也向着南方行去。张四爷阴错阳差，逼着郑大川离开东北，去当了土匪，反而成就了郑大川日后的一世威名！

这世间芸芸众生的命运，真是瞬息万变，难以预料，往往一念之差，便乾坤变化斗转星移，回头看看过去，让人不胜唏嘘，或后悔当初本该如何，或欣慰幸亏以前决定正确。可对于自己的未来命运，谁又猜得出摸得准呢？以至于大多数人，对未来都是茫然不知所措，随波逐流。而仍有极少的人，却清楚地知道自己该怎么做，正如现在的——火小邪。

火小邪他们纵马狂奔，片刻不停地向南跑了十余里路，直到一片开阔地，才停了下来。

严景天从马上跳下，俯身在地，听了听动静，说道："张四他们大批人马来了。"

严守震叫道："来得好啊！严堂主，咱们躲了一路了，就别躲了！都要憋屈死了！"

严景天目光犀利，看着远方说道："我正有此意！"

严守震一愣，惊道："严堂主，你回心转意了？"

严守仁有点紧张地说道："可是火王吩咐过……"

严景天一抬手，打断严守仁的话，说道："不用说了，我知道！尽管火王再三吩咐，让我们快去快回，一路上不要张扬，也决不能和张四这样的人冲突，但落马客栈我们输得极惨，要不是水妖儿和火小邪，没准已被张四生擒。

这样被他们穷追不舍下去，反而误事！传出去还折了我火家的威名！哼哼！久闻张四的钩子阵、豹子犬厉害，我倒想会一会他们，分个高下！让张四也弄清楚，天下的贼不是他想抓就能抓的！”

严守震高呼：“听严堂主的！”摩拳擦掌，兴奋异常。

严守仁和严守义也都连连点头应了。

水妖儿和火小邪下了马，水妖儿听严景天决定和张四一较高下，也是兴高采烈。而火小邪却低着头，显得心事重重。

严景天并未在意大家的表情，说道：“好！这件事情，一切责任都由我承担，大家放手去干！摆火锥阵，等张四他们过来！道高一尺魔高一丈，让他们好好见识下火家贼术的厉害！”

严守震他们齐齐叫了声，散开来勘察地形。

严景天转头对水妖儿和火小邪说道：“这次多谢你们两位了！水妖儿、火小邪，我们在此地和张四较量，必然会十分险恶，你们不便逗留在此，就先走一步吧。南边再行百里，应该是凉河镇，你们可以在镇中等我们回来。如果情况有什么不对，就请直奔山西，我们收拾掉张四，有缘时必会再见。”

水妖儿一吐舌，笑道：“严大哥是担心我们和你们在一起，会给你们添麻烦哪！”

严景天连连摆手：“不是，不是，我没有这个意思。我是说，张四太过嚣张，我收拾一下他，你们先走，这样比较好，嗯，该怎么说这话……”严景天对付水妖儿这种贫嘴丫头，最是嘴笨。

水妖儿笑道：“好啦，知道严大哥是为我们好。不过呢，我觉得张四肯定不是严大哥你们的对手，我就留在这儿看看好戏吧。毕竟偷张四东西的是我，张四要抓的也是我，我就这么走了，不是太不仗义了？”水妖儿看了眼火小邪，“猴子，你说对不对？咱们也留在这里吧。”

火小邪面色沉重，听了水妖儿的问话，猛然抬头说道：“水妖儿、严大哥，我、我想走……”

水妖儿本来一脸笑意，听火小邪这么说话，顿时唰的变了脸色，冷冷说道：“火小邪，你害怕了？你就这点出息？怕严大哥他们不是张四的对手？”

火小邪连连摆手，说道：“我不是怕什么，我是想到我那几个还关在奉天城里的小兄弟，他们生死未卜，我想回去救他们出来……”

严景天刚听到火小邪说想走的话，本来是吃惊不小，但听火小邪说完，却颇为赞赏地点了点头：“火小邪，你果然是个汉子！够义气！我严景天等四个人，欠你一份恩情！”

水妖儿面若寒霜地凑到火小邪耳边，低低说道：“火小邪，你这个呆子！跟我们在一起，有什么本事学不到？什么世面见不到？你可要想清楚了！”

火小邪仍然说道：“我不能跟你们走，我要回奉天，救我的兄弟。我已经决定了！”

水妖儿骂道：“你这个笨蛋，我看你一辈子就只能做下五铃的小贼！滚，滚吧！送上你一条命，救你的那几个兄弟去吧。”

火小邪侧脸平静地看着水妖儿，说道：“若没有你的手段，我也没法亲手害死我那老关枪兄弟。但你毕竟救过我一命！多谢了！”水妖儿略略一愣，随即冷哼一声，扭头走开一边，再不愿搭理火小邪。

严景天见水妖儿和火小邪就要闹僵，赶忙打圆场说道：“火小邪兄弟，我明白你的心意，但你一个人回奉天，确实危险，你当真想好了？有时候也不要太意气用事啊。”

火小邪对严景天笑了笑，说道：“严大哥，我真的决定了，生死由命。多谢一路上严大哥的照顾。”

严守震他们三个听到了火小邪的话，聚拢过来，都听到火小邪去意已决，不免神色复杂。严守震面色凝重，说道：“火小邪，你是个好样的，我认你这个兄弟！”

严守仁也说道：“火小邪，那你自己可要保重。”

严守义低头不语，从怀中摸出一片金叶子，死命塞入火小邪的怀中，嘴角不住地颤了颤，还是说不出话，只好干咳了一声，掉头走开。

严景天从马背上取下水囊干粮，递到火小邪手中，说道：“火小邪兄弟，你一路保重，咱们后会有期。你从路边下去，先向西走，我们会把你的行迹抹去的，放心好了！”

火小邪反倒有些尴尬，抓了抓头，看着手中的金叶子，说道：“哎呀，这辈子还是第一次有这么多钱呢！我就不客气了啊！对了，严大哥，我还有一事相求。”

严景天忙道：“你说！”

火小邪说道：“那个，我脚上还拴着你的绳子呢，能给解开吗？”

严景天咳了一声，说道：“我都给忘了！对不住，对不住！”

严景天弯下腰，双手一搓，就把火小邪脚踝上的牛黄绳解开，收了起来。

火小邪把水袋干粮拿好，仔细把金叶子别入怀中，冲严景天他们抱了抱拳，说道：“那我走了！严大哥，你们保重！”

严景天等人也都抱了抱拳，目送火小邪离去。

火小邪扭头看了看水妖儿，水妖儿背着身，站得远远的，丝毫不看火小邪。火小邪只好轻轻喊了声：“水妖儿，后会有期。”说完一扭头，从主路下来，顺着小山坡攀上顶部，冲下面又挥了挥手，仍然看到水妖儿背身站立着，不禁轻轻叹了口气，转身行去，再也看不见踪影。

火小邪刚刚不见踪影，水妖儿就缓缓转过身，扫了一眼山坡之上，再也不见了火小邪。水妖儿一丝一毫的表情都没有，只是把眼睛眨了眨。水妖儿扭头看着奉天城的方向，如同木头人一样，默默站立，遥望远方。

钱掌柜和贾春子一直躲在一边，又惊又怕，见火小邪走了，才跑到严景天身边，万分恭维地说道：“早就看出各位大爷身手不凡，异于常人，果然是五行世家火王的人！实在是三生有幸啊！只不过，我、我、我，那个，见了张四爷……我怕我……”

严景天说道：“哦！不必说了，我明白你的意思。这次全靠火小邪给你求情，要不然也不会饶你！你这就带着你的伙计走吧！另外你给我记住，如果敢胡说乱讲我们的事情，定取你的狗命！”

钱掌柜捣蒜一般地鞠躬，说道：“谢谢几位大爷，谢谢几位大爷！日后再能相见，小的愿效犬马之劳。”钱掌柜一边鞠躬，一边后退到贾春子身边，把贾春子一拉，低声道：“咱们走啊！”贾春子木讷地应了，两人拉过马，翻身而上，一抖缰绳，向着南方速速奔去。

严景天见该走的都走了，只剩水妖儿一个呆呆站立，神情木然，也不敢这个时候和水妖儿再说什么，赶忙吩咐严守震他们继续布火锥阵，忙碌起来。

十六、重回奉天

张四爷他们大队人马紧紧追赶，眼看只差一里路就追到严景天所在之地。

张四爷发疯一样地抽打马匹快跑，可那马儿急速奔跑了一夜，也没有个歇息，已经筋疲力竭，口吐白沫。张四爷又是一阵鞭子催促，胯下的马儿再也熬不住，前蹄一软，咕咚一下向前栽倒。张四爷骂了声，就在马儿扑倒之时，从马背上一跃而起，落在前方，打了一个滚，毫发无伤地站了起来。

张四爷身后的钩子兵所乘坐骑，没有几匹现在还能熬住的。钩子兵们见张四爷摔出，赶忙都拉紧缰绳，止住奔马。这些马从急奔到骤停，吃不住这个劲儿，刚刚停稳，就闷声嘶鸣，扑通扑通站立不稳，跌倒了好几匹。

张四爷走到自己的马匹身边，一拉缰绳想让马儿站起，可马儿奋力挣了挣，却怎么也站不起来。豹子犬喘着粗气，垂着舌头，它们和马儿一样，跑了一夜，也是累极，只能呼哧呼哧地用头拱了拱马背，呜呜低吼，想帮着张四爷让这匹马站起来，仍然是徒劳无功。

张四爷转头一看，身后二十多匹坐骑，已经横七竖八地倒了近一半。

张四爷一拍大腿，骂道：“这些劣马！”

周先生走过来说道：“张四爷，人能扛住，马是受不了了。恐怕我们没法再追了。”

张四爷虎着脸看着南方，一拍大腿，恨道："就差了几里路就能追上！这不是又让他们跑了！"

周先生默然说道："嚼子们也顶不住了，张四爷，咱们就地休息吧。"

张四爷叹道："天不助我啊！天不助我！"

周先生说道："只怕我们此行漫漫，绝不是一两个月的问题了。"

张四爷看着南方，咬牙道："哪怕十年八年，我也认了！"张四爷转身招呼众钩子兵，"弟兄们，我们就地休息！再做打算！"

火小邪向西攀过两座小山头，已经距离严景天他们十分远了，才转了个方向，向北行去。这片丘陵地带，越向北山头就越高，火小邪顺着山顶走了一段，就看到下方有烟雾升起。

火小邪一看方位，似乎就是严景天从落马客栈出来后一路前行的道路方向。

火小邪又赶忙向前赶了一段山路，趴在一块大石后向下看去，果然在二里地开外的山脚大路边，有二十多人，围坐在路边生火烧烤着什么。看那个架势，正是张四爷他们一伙人。

火小邪缩回身子，惊道："怎么他们没有追上去？还是他们已经抓住了严大哥他们？"

火小邪又探出头打量，看着张四爷他们只不过是在路边休整而已，这才放心下来，把自己的行李拢了拢，就要继续动身。

谁知火小邪身后有人冷冷地说话："你就不怕被张四爷看到了？"

火小邪一惊之下，心中又猛然一喜，慢慢转头看去，只见水妖儿歪着头，靠在一棵树旁，面无表情，而水妖儿的眼睛，这时候却显得异常美艳，牢牢地盯着火小邪，微微地不断眨动。

火小邪不知是喜还是忧，只好轻轻说道："水妖儿，怎么是你？……"

水妖儿缓步走上两步，依旧冷冷地说道："你认识回奉天的路吗？我看你这样子，别说回奉天了，恐怕过一会儿就能迷路，死在这山沟子里。"

火小邪笑了笑，说道："我这人命贱，轻易死不了。"

水妖儿向前走了几步，站在火小邪身侧，并不看火小邪，淡淡说道："你恨我害死了你的兄弟？"

火小邪并不回答，只是静静站着。

水妖儿说道："我带你回奉天，帮你救出你的兄弟，你可以跟着我，也可以自己走！你看着办！"水妖儿说完，从火小邪身边走过，向一侧的山路走去。

火小邪转过身，看着水妖儿的背影，心中五味杂陈，轻轻叹了口气，紧追了几步，跟上水妖儿。火小邪在水妖儿的身后喊道："水妖儿，你慢点走，我跟你回奉天。"

水妖儿停下脚步，低下了头，把脸偏向火小邪看不见的一侧，肩膀微微耸动。火小邪心中一惊，赶忙跳上前，拉住水妖儿的胳膊，急道："水妖儿，你……"

水妖儿猛地扑哧一笑，把脸扬起来，竟是一副顽皮的样子，说道："猴子，猴子，你什么你，你以为我哭了？"

火小邪张口结舌，不知说什么才好。

水妖儿笑道："猴子，你是不是喜欢我冷冰冰的样子？"

火小邪连连摆手："不是，不是，水妖儿，你就不要戏弄我了……"

水妖儿哼道："谁还喜欢戏弄你啊？少臭美了！不说了，走吧，走吧！"说着蹦蹦跳跳向前走去。

火小邪哭笑不得，拿这个水妖儿一点办法都没有，只好快步跟上。

水妖儿似乎对这一带的山路十分熟悉，轻车熟路地带着火小邪翻山越岭。火小邪问了问，水妖儿说是自己父亲水王绘制过这一带的地图，她来奉天之前就已经熟记在心。至于严景天那边，水妖儿也略略说了。

原来水妖儿见火小邪走了，静了片刻之后，就与严景天道别，要去找火小邪一起回奉天。严景天想了想，也没有阻止，仅问了问水妖儿是否要把玲珑镜留给他们，以便引开张四爷他们。水妖儿并没有答应，就这样告别了众人，寻着火小邪而来，其实以水妖儿的身手，早就追上了火小邪，但她并没有马上上前，跟了火小邪一路，直到见火小邪打量山下的张四爷他们，才出来相见。

火小邪和水妖儿一路并不多言，火速赶路，仅路上歇了几次，入夜时分就已经赶到距奉天城还有近二百里的铜山镇。两人并未进入镇中，而是找了个破败无人的农舍歇息下来。

水妖儿让火小邪在房中等着她，自己独行而去，约莫过了一个时辰回来，提了一包衣物。水妖儿展开一套衣物，让火小邪换上，火小邪见衣物面料讲究，却不似新的，猜到定是水妖儿偷的。

火小邪做贼做惯了，没有觉得有什么不妥当的地方，把衣物换了，没想到十分合身，看着倒像是一个破落的富家公子。

水妖儿躲在一旁，窸窸窣窣地摆弄了半天，咳嗽一声走了出来。火小邪一见，扑哧笑了起来。只见水妖儿并不是女孩子的打扮，而是扮成了一个微微伛偻着背的小老头，一举一动十分逼真，根本看不出有什么破绽之处。

水妖儿瓮声瓮气，满嘴京城的官话口音，听着就是一个破落的清朝贵族老头在讲话："我的孙儿啊，你爷爷我这身打扮如何？"

火小邪笑骂道："谁是你孙子！"

水妖儿一口老头的声音，骂道："你这个不肖子孙，连你爷爷都不认了吗？"

火小邪咧了咧嘴，说道："好了，水妖儿，不要逗了，你是打算我们用这个样子，混进奉天城去吗？"

水妖儿换了女声，呵呵一乐，说道："那是当然，要不你想怎么办？孤男寡女的引人注意？"

火小邪抓了抓头，说道："没错，没错。"

水妖儿又换成老头的声音："猴子，我还要给你打扮一下，让人再也认不出你。从此你叫侯金贵，我则是你的爷爷侯尽仁。"

火小邪哼道："姓啥不好，偏偏姓侯。总觉得你取的名字，处处占我的便宜。"

水妖儿走到火小邪身边，一把按住火小邪，笑骂道："乖孙子，不要动，爷爷给你化化装。"

火小邪叹了口气，只好坐下来任凭水妖儿在自己脸上折腾起来。

二日后午时，奉天城东市大街悦来酒楼，这酒楼金字招牌，颇为气派，乃是奉天城里数一数二的馆子。

跑堂伙计看着店中稀稀拉拉的食客，叹了口气，懒洋洋地靠在店门口，双手兜在袖子里，昏昏欲睡。奉天城自从郭松龄反叛事发后，一直戒严封锁，平日里往来奉天的商贩游客惧怕战乱，少了大半，所以悦来酒楼的生意也一直不好。

有一老一少推门而入，伙计一愣，见来了客人，顿时活络了起来，大声吆喝着："哟，两位大爷来了，里面请，里面请。您是要包间还是散座？"

老者有气无力地说道："散座吧。"

这伙计应了声好，将一老一少领到大堂里靠窗的桌边，请两位坐下。可这伙计上下一打量，不禁眉头一皱。

只见那一老一少，老的有六十多岁的样子，年轻的不到二十岁年纪，穿的倒是上好的灰呢料子做成的长袍马褂，却皱皱巴巴的，显得风尘仆仆。两人没什么行李，仅少年手中提着一个布包，也是脏兮兮皱巴巴的。

伙计见两人这般打扮，心里明白了几分，远不如刚刚迎进门的热情，口气酸溜溜地起来："哟，两位大爷，外地来的吧？我们这个悦来酒楼可是奉天城里上好的馆子，没有便宜的东西，您二位可想好喽。"

老者坐稳了身子，咳嗽两声，说道："你还怕我们付不起钱？"

伙计酸溜溜地哼道："那倒不是怕你们两位付不起钱，只是提醒一下，我们店里没有什么不要钱的汤汤水水啥的，省得到时候麻烦。"

少年南腔北调地乱骂，倒听不出是哪里的口音："狗眼看人低的东西！你这里有什么好酒好菜，说出来吧！"说着从怀中摸出一片金叶子，丢在桌上，"这够不够！拿去！"

伙计一看桌子上的金叶子，眼睛顿时直了，脸上的表情变得比水妖儿还

快，一把将金叶子握在手里，兴冲冲地恭维道：“够！够！绝对够了！两位大爷别见怪，千万别见怪，两位想吃什么？我们这里有……”伙计伶牙俐齿地报了十余道菜名，都是十分稀罕的菜肴。

伙计这般态度变化，也不奇怪。大清朝覆灭之后，京城各地的清朝遗老遗少，昔日的贵族公子，大多断了财路，又被一些小军阀趁乱劫财，家道中落，而自己也不知道如何赚钱营生，所以渐渐处境极惨，有的甚至沦落到街头乞讨。奉天城毕竟是清朝入关前的大本营，多多少少还保存了一些大清朝的残脉，保皇派不在少数，所以近些年里，不少破落贵族拖家带口地来奉天城，谋求生计，投靠亲友。他们往往身无几文，还要处处保持自己的体面身份，进些高档的酒楼，却要最便宜的饭菜。在奉天城开酒店的人，最是讨厌他们，不仅招呼起来异常麻烦，打还打不得，碰一下就要死要活的，警察来了也最多息事宁人，让店家自认倒霉。所以最初开饭店的人还都客客气气的，照顾着他们的身份，能躲就躲，能免则免，可越到后来，越明白大清朝回天乏术，再也耐不住性子，大多数时间只问上几句，就直接翻脸，恶毒咒骂把人赶走。

老者和少年的穿着打扮、神态举止，正和他们一模一样，难免伙计冷嘲热讽，以貌取人一番。一朝天子一朝臣，昔日高高在上的人物，都落到如此凄惨的下场，还不及一个打杂的火工挑夫，只能叹造化弄人，他们没生在好时候。

少年倒微微一愣，不知该怎么点菜，看向那老者。老者摸了把下巴上稀疏的胡子，说道：“那就鹿骨煨汤、九节黄、乌冬凤翅和风柳芽肉吧。”伙计听得眉开眼笑，赞道：“这位大爷真是行家！这些菜肴连奉天城的张四爷每次来小店，都必点的。”

老者问道：“张四爷是谁？”

伙计左右看了看，俯身说道：“两位爷，你们是京城来的吧，当然不知道我们奉天城有个张四爷，那可是连张大帅见到都客客气气的大人物。”

老者说道：“哦！那的确不知。我们饿了，麻烦你快点上菜来吧。”

伙计应了声，兴高采烈地跑开，吆喝着后厨做菜。

少年看着老者，说道："水……"

老者一瞪眼："说什么呢？"

少年咧了咧嘴，改口小声道："啊，爷爷，爷爷……你来过这家店？"

老者嘿嘿笑道："那当然，只怕我在奉天去过的地方，比你还多！"

这两人不是别人，正是火小邪和水妖儿。火小邪在奉天城生活十多年，这些破落贵族的德行见得多了，有时候偷都懒得偷他们的，学他们的样子都能学个八成像。水妖儿更是学谁像谁，不在话下。

店里食客不多，转眼间就上了菜，火小邪与水妖儿这两日忙着赶路，早就饿得厉害，敞开了肚皮大吃。

两人正吃得高兴，就听跑堂伙计大声吆喝："哎呀，郑副官！刘管家！各位大爷！你们来了！上好的包房一直给你们备着哪！我还生怕各位今天不来了呢！老板！刘管家带客人来了！"

火小邪和水妖儿抬头一看，只见一行人陆续走入店中，伙计弯着腰，在前面引路。悦来酒楼的老板从侧旁跑出，乐不可支地连连鞠躬，与伙计一起，带着这些人向二楼雅间走去。

火小邪扫了这些人一眼，眼睛一下子直了，那一行人中居中的那个趾高气扬的，正是开枪打死老关枪的郑副官，他的模样，烧成灰火小邪也认得出！

那群人里，火小邪除了认得郑副官，还有那个刘管家。这个刘管家乃是张四爷家的人，火小邪偷了张四爷家的点心，就是刘管家带着人追出，拿棍棒差点要了火小邪的命的那个。

火小邪看着郑副官大摇大摆上了楼，仇人相见分外眼红，一口银牙都要咬碎了，哗地一下站起身。水妖儿把火小邪袖子使劲一拉，说道："乖孙子，你干什么去？"

火小邪低声吼道："谁是你孙子，你别管我！"

水妖儿手上使劲，把火小邪拉得坐下，低声说道："你想去找死啊？报仇也不是你这样的。别乱嚷嚷，你想让人发现咱们吗？"

火小邪想想也对，极不服气地重重喘了口气，算是暂时作罢，但仍狠狠

地盯着楼梯之上。

水妖儿一边吃菜一边慢悠悠地说话，十足一个老秀才的口气："你这个脾气，真是不可教也。真不知道你在奉天城十来年，是怎么做贼的？这么沉不住气？你刚才哪里像个贼，倒像个街头无赖，见到仇人不分青红皂白地上去疯咬，能讨到个好才怪！"

火小邪静了静心，水妖儿这番批评听着倒很受用。火小邪丝毫不生气，反而颇为歉意地说道："水……啊，爷爷，你说得对，刚才的确冲动了。那个郑副官，我时时刻刻都想要了他的狗命，所以刚才一见到他，按捺不住……"

水妖儿老气横秋地说道："你这孩子，年纪还小，血气方刚的，也是常情。我看嘛，要么这样……"说着往嘴中放入一筷子菜，慢慢咀嚼，并不说话。

火小邪根本回不了嘴，尴尬地问道："爷……爷爷，你说该怎么办？"

水妖儿笑了声，看着楼梯处，悦来客栈的老板和跑堂伙计正急匆匆地从二楼跑下来，老板边跑边吆喝着："上菜！上菜！都给我动作麻利点！"

悦来酒楼后厨里忙得不可开交，炸肉的炸肉，切菜的切菜，乱哄哄的，掌勺的大厨吆喝着："小三，牛油呢！没啦！赶快端来！快点，手脚这么笨！耽误了楼上大爷的菜，要你好看！"

那叫小三的后厨伙计忙不迭地翻找橱柜，刚刚把牛油罐子找到，正要转身，迎面撞上一人，小三手一滑，差点把罐子摔出去。小三瞪眼一看，是个佝偻着背的老头，不禁骂道："老不死的，你怎么进来的！出去，出去！"

这老头混混沌沌地说道："怎么这里不是茅房？茅房呢？"

后厨里的人都向小三这边望过来，掌勺大厨骂道："出去，出去！赶他出去！小三，拿牛油过来！快点！"

有切菜的人奔过来，连推带搡地把老头赶出厨房。那老头还嘴上不服气："别推，别推！什么破烂酒楼，连个茅房都不好找！"众人也不愿和他多说，把他推出屋外，指着另一个方向骂道："老头，这里是厨房！你老糊涂了吧！茅房在那边！见你的大头鬼哦，找茅房能找到后厨来！"这老头骂骂咧咧地缓步走了，脸上微微窃笑。这还能是谁？就是易容打扮的水妖儿。

掌勺大厨接过牛油罐子，挖了一大勺出来，看也不看，投入锅内，嘴里还骂道：“小三，再有找茅房的人闯进来，看我不打断你的腿！”

小三抓着头犯嘀咕：“这老头怎么进来的？”

二楼雅间，门外站着几个士兵和张四爷府上的随从，提枪戒备着，而刘管家和郑副官则独自坐在屋内。刘管家给郑副官倒上茶，十分客气地说道：“哎呀，郑副官，张四爷的去向我也不知道啊。他向来说来就来，说走就走，小的也不敢问他啊。”

郑副官喝了口茶，疑神疑鬼地说道：“听守城的士兵报告，张四爷这次出城的动静可不小啊，二十多人，还拖着三辆大车，急急忙忙地出去了，是不是张四爷府上发生了什么大事？”

刘管家满脸堆着笑容，说道：“小的真的不知道啊！郑副官，您看，我不是还在吗？喝茶，喝茶。”

刘管家又给郑副官倒上茶。郑副官扶着茶杯哼道：“这可难办啊，张四爷就这么连个招呼都不打地走了，严景天他们几个也不见踪影。玉胎珠还在那个小子的肚子里，这活不见人，死不见尸，宝贝也不知下落，你叫我怎么向张大帅和日本人交代？”

刘管家说道：“都是我们的不是，以张四爷和大帅的交情，还请郑副官多多体谅，与大帅多多解释，多多解释。”刘管家说着，已经从桌下递到郑副官腿上一个巴掌大的小布包，挤着眼睛说道，“郑副官辛苦，辛苦！”

郑副官眼珠子左右转了转，根本就没有推辞的意思，一把将布包拿过去，用手捏了捏，揣入口袋中，叹了口气说道：“唉，要不是看张四爷的金面，我哪敢乱说乱讲啊，好吧，好吧，我就试着去对张大帅和日本人解释一下吧。提前告诉你，要是我说不通，你自己再想办法。”

刘管家笑道：“郑副官放心，放心！绝不敢再麻烦郑副官。”

两人都貌合神离地笑了笑，这事就算这样摆过。

悦来酒楼老板敲了敲门，带着伙计，一脸谄媚地进屋，亲自把托盘上的菜肴摆上，一一介绍了一番，说道：“郑副官、刘管家，这是小店的几道名菜，

张四爷每次来也都点的，两位爷慢用，慢用。”说着退出屋外。

刘管家赶忙招呼：“郑副官，来，尝尝，尝尝。咱们边吃边聊。”

郑副官笑了笑，说道：“这悦来酒楼其实也是张四爷的家业吧？”

刘管家笑道：“惭愧，惭愧，郑副官说得不错，这悦来客栈的确是张四爷前些年从别人手上盘下来的，不过奉天城里没多少人知道。”刘管家挑着一道菜，用干净筷子给郑副官夹了，放在小碟之中，摆在郑副官面前。

郑副官说道：“这奉天城里，恐怕上得了场面的酒楼，没有几家不是张四爷的吧。呵呵，既然是张四爷的馆子，那我不尝尝，就说不过去了！”说着拿起筷子，把菜夹进嘴里，慢慢咀嚼。

郑副官眉头一展，赞道：“好吃！哈哈！好吃！来，来，你也吃。”

刘管家说道：“那您多来点，多来点。我伺候着您，您敞开了吃。”赶忙又给郑副官夹菜。

郑副官再不客气，敞开了肚子大吃，刘管家端酒倒茶，忙得不亦乐乎，自己真的一口也不吃。郑副官这种场面见得多，并不为怪，就这样不断吃了个足够。

郑副官放下筷子，笑道：“不愧是张四爷每次来都点的菜啊，好味道，好味道，哪天张大帅高兴了，我一定介绍张大帅也来尝尝。”

刘管家忙道：“这哪敢啊，这哪敢。”

郑副官说道：“哦，刘管家啊，这次黑三鞭闹的事情不小，奉天城里议论纷纷，现在暂时让我们给捂住了。不过你那里关着的三个小鬼，不是死了一个吗？剩下的两个，留着也没什么用，放出去又会乱讲，我看刘管家，你就偷偷处理了吧。”郑副官手上做了一个斩的手势，意思是让刘管家杀了还活着的浪得奔和瘪猴两人。

刘管家笑意盈盈，说道：“郑副官放心，我一定处理得干干净净。”

郑副官拿起餐巾擦了擦手，说道：“好吧，那就这样吧，刘管家，我……”郑副官话没说完，面色突然一紧，身子收了收，随即面露难色，看了刘管家一眼，勉强地说道，“失陪一会儿，去去就来。”说着赶忙起身，拉开门快步走出，随从的士兵见郑副官神色难看，正想上前问，郑副官骂道：“没你们的事！跟我走！”

士兵赶忙跟着，不知道发生了什么事情，郑副官满头大汗，慌忙下楼，边走边沉声哎哟，并着双腿，反手抓紧裤裆。这才让人看出来，他是屎逼到屁股门上了。士兵强忍着笑，跟着郑副官下楼。

郑副官刚刚下楼，悦来酒楼的老板就赶忙迎上来，见郑副官脸色难看，十分惊慌，上前赶忙问道：“郑副官，您这是怎么了？”

郑副官颤声道：“茅房在哪里？”

店老板明白郑副官定是三急，赶忙给郑副官带路，来到后院，推开一扇房门，说道：“这里，这里！请请！”

郑副官回头对随从士兵骂道：“你们给我守在这里！”赶忙一头钻了进去，店老板出于礼貌，将茅房门关上。

郑副官进来的茅房，乃是给悦来客栈的贵客用的，不像寻常茅房那样脏臭，相反十分讲究，地面铺着青砖，墙壁抹得雪白，挂着洋画片，墙壁上开着通风透气的三面窗，屋内还点着檀香去味。就是一样没变，出恭的地方还是蹲坑，只不过拉了一道漂亮的屏风遮丑。

郑副官吭哧吭哧把裤带解了，将身上的武装带和佩枪挂在屏风上，蹲下身子，稀里哗啦，拉得惊天动地。郑副官脸上一松，骂道：“怎么搞的，难道油水太大？”

郑副官屎意浓浓，拉得没完没了，正满嘴乱骂，突然面前人影一晃，从屏风处闪出一人，一脚就踹在郑副官的脸上，把郑副官踹了个人仰马翻。郑副官一屁股门的屎没有忍住，喷出来弄得满腿都是。

郑副官正想发作大叫，一把尖刀已经横在他的脖子上，持刀的人穿着短褂，用黑布蒙面，只露出两只眼睛，低声骂道：“敢叫就一刀宰了你！”

郑副官缩在一边，低声道：“英雄饶命！”

这蒙面客正是火小邪，火小邪低声骂道：“饶不得你！”说着就要下手，但火小邪从来没有杀过人，面对着夺人性命的事情，还是心里微微发抖，刀尖微微颤抖。

这郑副官别看现在一副惊慌失措的样子，却是个老江湖，猜到面前这人恐怕是个生手，冤枉道："英雄，至少给个话，我为何该死，也让我死个明白。"

火小邪哼道："去问阎王老子去！"心中一横，猛地一闭眼，就要把郑副官的喉咙刺穿。杀人毕竟不是杀鸡，心要狠，手要快，火小邪这下已经犯了忌讳。

郑副官这个混账，并不是一个文弱书生，能混成张作霖的副官，反应机敏、急中生智的本事还是出类拔萃的，他见火小邪眼睛一闭，便抓住这个机会，猛击火小邪的手腕。火小邪一刀没扎进去，仅把郑副官的脖子划了条血口。

郑副官命在当下，哪管那么多，一个就地十八滚，滚离火小邪的身边，同时大喊大叫起来："来人啊，有刺客。"操起手边的矮凳，挥舞得密不透风，让火小邪一下子不能近身。

火小邪大骂一声"妈的"，却苦于无法靠近，只好发泄般吼了句："你妈的！"返身就跑，从窗户中一跃而出。

郑副官的随从士兵听到茅房里郑副官狂吼乱叫，赶忙端枪冲进去，可见到郑副官那狼狈不堪的样子，都是一愣。郑副官大骂："看什么看！刺客跑了！给我追！从那个窗口跑了！"

士兵急急应了，两人攀着窗户跳出，另几个人打开茅厕房门，绕着去追。

这些士兵追了半天，哪能见到半个人影？只好悻悻然返回。

悦来酒楼有这一番折腾，顿时闹了个天翻地覆。刘管家的打手，郑副官的士兵，悦来酒楼的所有跑堂、厨子、伙夫、杂役、账房等，全部出场，把还在店中吃饭的客人全部抓住，一个都不准走。这伙子人恨不得把悦来酒楼翻了个底朝天，可除了在茅房窗外的墙上，发现有人蹬踩攀爬的痕迹，再没有一丝一毫的线索。

火小邪和水妖儿早在郑副官他们在楼上落座不久，就已经结账离去，早已不见了踪影。原来水妖儿偷偷进入伙房，等到时机恰好时出来和小三相撞，眨眼的工夫已在小三捧着的牛油罐子中下了强力的泻药，大厨一勺子，将泻药全部舀走，放入要给郑副官呈上的菜中，真是神不知鬼不觉。这也多亏了水妖儿情报掌握得好，料定大厨忙忙碌碌的，就是为郑副官准备菜肴。

而给郑副官做菜的大厨，害怕担当郑副官拉肚子的责任，只是一个劲喊冤，说自己做的菜绝对没有问题，根本忘了后厨中曾经闯进来一个找茅房的老头。这也正中了水妖儿的估算。

水妖儿布置停当，拉着火小邪就走，从外面绕到悦来酒楼的后院，和火小邪一起翻墙入内，告诉火小邪郑副官拉肚子后定会来这个茅房方便，火小邪只要找准时机钻进去宰了郑副官就行。水妖儿担心火小邪初次杀人莽撞，又细细叮嘱了许多，让火小邪在没有得手的时候快快逃跑。等水妖儿都安排完，郑副官刚好腹泻发作，冲进茅房。

只可惜，火小邪是个贼，不是个杀手，还是让郑副官逃过一命。

悦来酒楼不远处的一条巷子里，乔装打扮成一老一少的水妖儿和火小邪慢慢走出，混入人群，丝毫没有人注意他们。

两人走得远了，火小邪才咬牙叹道：“这个姓郑的杂碎，真是狡猾。”

水妖儿说道：“好啦，好啦，至少你出了口恶气不是？我光想想郑副官当时的样子，就要笑死了。”

火小邪低头皱眉道：“可是我不甘心，就是犹豫了那么一下。”

“杀不掉他也好，你是贼不是杀手，一旦你杀了人，手上沾了血腥，这辈子恐怕就……”水妖儿说到这里，竟又停住不说。

火小邪问道：“恐怕什么？”

水妖儿轻轻一笑，说道：“杀人总之不是好事，不到万不得已，决不要用这种手段。”

火小邪默默点头，又问道：“爷……爷爷，你杀过人吗？”

水妖儿停住脚步，转过头看着火小邪，看得火小邪心中有点发毛。

水妖儿说道：“听真话还是假话？”

火小邪耸了耸，说道：“这还要分真话假话？”

水妖儿若有所思地缓缓说道：“我杀过人……还是我很小的时候……我

一直很后悔，非常后悔……好了，别问了！我们走吧，去张四爷宅子附近打探一下。”说着移开眼神，默默向前走去。

火小邪愣了片刻，鼻子竟然一酸，水妖儿以前到底怎么生活的？难道和他一样，尝遍人间冷暖，伤透了心？火小邪看着水妖儿模仿着老头佝偻的背影，真的是惟妙惟肖，轻易不能辨出真伪，心中更如同打翻了五味瓶一般，赶忙跟上水妖儿。

火小邪刚刚追上水妖儿，水妖儿却突然伸出手把火小邪袖子一拉，低声急促地说道：“小心，我们被人盯上了！别看！来人是贼道里的高手！快走！”

火小邪顿时惊得头皮一麻。

水妖儿一路上和火小邪贫嘴的时候说起，奉天城里也就三指刘拿得出手，其他的贼都是不入流的。那个东北四大盗之一的黑三鞭，还算是水妖儿还能看得上眼的，否则也不会用他来偷玉胎珠。不过黑三鞭被张四爷抓了，生死不明，张四爷等一干抓贼的好手，追着严景天他们出城而去，所以这个硕大的奉天城里，当属水妖儿恣意妄为的游乐园。

水妖儿这时比火小邪更加吃惊，盯着他们的人如同轻烟一般，只能感觉到这人的存在，却无形无迹，根本发现不了他身在何处。

水妖儿暗道：“怎么还有五大世家的高人？以这种身手，恐怕他是故意让我察觉到，让我和他相见。”

水妖儿定了定心神，带着火小邪加快脚步。说是加快脚步，并不是当街狂奔，而是步伐脉动的频率更快。火小邪见水妖儿眉头紧锁，一言不发地快步行走，不敢多问，只是紧紧跟着。

两人在大街上钻来转去，渐渐走到人迹稀少之处，水妖儿看前方有一片土丘林子，快步走入林中，这才站定，转着身叫道：“偷摸跟着我们，要不要脸，有什么话，出来说。”

林中寂静无声，并无人回答。

水妖儿又喊了几声，仍然没人出来相见。

两人站在林中足足一炷香的工夫，还是毫无动静，水妖儿不禁啧了一声。

火小邪低声说道：“是不是搞错了？”

水妖儿静静地说道：“不会搞错，的确盯着我们的人，也到了这个林子，但现在好像又走了。这是什么意思？看上去不像是要对付我们的。”

火小邪有点紧张地说道：“那的确很奇怪。”

水妖儿说道：“这种让我都发现不了行踪的跟背风，恐怕只有五大世家的人能做到，而且，至少是火家严景天严大哥那种级数的。”

火小邪扳着手指：“金木水火土，五行世家，会不会……会不会和你一样，是水家的人？”

水妖儿说道：“当然有这个可能，只是水家的人，不会不出来相见的！”

火小邪说道：“那咱们现在怎么办？”

水妖儿哼道：“也罢，既然躲着我们，那就让他盯着，我看他盯到什么时候！又想干什么！我们走吧！”

两人回到大道，向张四爷的宅子附近走去，一路上水妖儿全神贯注，刻意观察，但以前盯着他们的人却似乎飞到了九天云外，再无踪迹。

两人找了一家与张四爷宅子相隔不远的简陋客栈住下，已是黄昏，天色渐暗。这客栈年久失修，生意异常冷清，加上火小邪他们两个，总共只见到五六个客人进出，看着都是风尘仆仆，衣着寒酸，和易容后的火小邪他们相似。不知道是开店的老板故意节省，还是懒得点灯，客栈里仅账台旁的柱子上挂着一盏不大的油灯，整间客栈十分昏暗。

好在这家店十分便宜，老板又懒洋洋的什么都不愿问，省了水妖儿、火小邪的口舌麻烦。店小二同样无精打采地提着灯笼，引着水妖儿他们上了二楼，打开了间客房，口齿不清地嘀咕：“有事就出来叫，热水在一楼顶角，自己去倒，小店晚上没吃的，要吃东西出店向东走……”最后几句更是听都听不清楚。店小二说罢转身就走，也不爱搭理人。

火小邪和水妖儿哪会计较这些，正经事要紧，赶忙进了屋。

水妖儿锁好门窗，用手一抹，撤掉了脸上的装扮，一下子从老头又变成了美艳的少女，倒搞得火小邪有点不习惯，连连咋舌。

水妖儿收拾停当，冲火小邪笑了笑，这才打开窗户，躲在窗边向外看出去，刚好能看到张四爷家的院墙一角。张四爷家院墙高耸，庭院颇深，仅能够看到院子里长着的几棵参天柏树露出院墙外，此时树枝上面已经落满了黑漆漆的乌鸦，还有不少乌鸦仍然绕着树飞行，寻找可以落脚之地。这些乌鸦在黄昏的惨红余光中呱呱叫着飞起落下，十分诡异，也不见院子里有人驱赶，任凭这些乌鸦飞舞折腾。远远看上去，张四爷那巨大的宅子，似乎是一座妖异的死城，透着股邪门劲儿。

水妖儿眉头一皱，将窗户关上，慢慢坐在桌边椅子上。火小邪跟过来坐下，问道："是有什么不对的吗？"

水妖儿说道："张四爷才走了两三天，怎么宅子里竟透着一股子邪气？"

火小邪惊道："我怎么没看出来？"

水妖儿说道："你身上火性太旺，是看不出来的。五行之中，水性对事物的阴柔变化，最为敏感。"

火小邪心头一紧，觉得不妙，赶忙问道："难道我那几个小兄弟已经死了……"

水妖儿摇了摇头，说道："不会，张四爷院子里就算死上千百人，也不会让我有这种感觉。我担心，我担心张四爷家……"

火小邪急道："快说啊，张四爷家怎么了？"

水妖儿叹了口气，眼神迷茫，悠悠说道："我只是胡乱猜测而已，不能确定到底发生了什么。猴子，我本想今晚观察一下，明晚再与你去救人，可我心里十分不安，你待在屋里不要外出，我现在就潜进张四爷家看看。"

火小邪一听不干了，急道："是我回来救人，不是你去救，要去怎么也得一起去！"

水妖儿倒笑了："猴子，猴子，急个什么，张四爷家你熟悉吗？你有把握救人出来吗？你跟着我去，我还要腾出一只手照顾你。"

火小邪急道："可我有我的办法！我进过张四爷家两次，一次偷了点心出来，一次带着黑三鞭进去，我也熟悉的。"

水妖儿说道："你不相信我？"

火小邪说道："不是不相信你，而是我那几个兄弟，是我的事，应该我自己去做！"

水妖儿沉默片刻，才慢慢说道："那你还是恨我害死了你的兄弟？"

火小邪一愣，低头叹道："这是哪跟哪啊，我恨你干什么！"

水妖儿抬手按着火小邪的肩膀，说道："猴子，我们有个约定好不好？"

"你说。"

"在我和你一起的时候，你的事就是我的事，你要想救出你的兄弟，就要按我说的来办，好不好？"

"可是……"

"没有可是，你听我的，今晚我去查看一下，不是一定能够救出来的，但至少能够确定他们的生死，到时候自然用得上你。好啦，猴子，你别欺负我了，讨厌死了！"水妖儿说着说着竟然发起嗲来。

"唉，我哪敢欺负你……"

"你不欺负我，你就在屋里坐着，等我回来！一定！"

"这……"火小邪就是不甘心。

两人反反复复嘀咕了半天，水妖儿终于靠又是发嗲又是生气镇住了火小邪的犟劲。火小邪多亏是碰见了水妖儿，在这件事情上，恐怕天下只有水妖儿能够克制住他，还能让火小邪无可奈何，没有脾气。水克火的五行道理，在火小邪和水妖儿身上屡次验证不爽。

初春的天色，黑得极快，刚还是天边泛着微光的黄昏，眨眼就黑沉沉地进入夜晚。

火小邪见水妖儿换上了黑色紧身衣，蒙着脸面，推开窗户就要钻出，还是颇为担心地说道："水妖儿，你小心。"

水妖儿眼睛冲着火小邪眨了眨，笑眯眯地说道："知道啦，张四爷家我闭着眼睛都能走个遍，他们奈何不了我的。"

火小邪面有愧色，他总觉得水妖儿独自一人帮他打探张四爷的宅子，十分惭愧，说道：“好，我在屋里等你回来。”

水妖儿叮嘱道：“猴子，切记，切记，不要离开屋子，在屋里等我回来。”

火小邪点了点头，水妖儿颇为满意地从窗口纵身跳出，也听不到落地的声音，再也看不见踪影。

火小邪连忙把窗户关上，靠在墙上喘了几口气，走回桌边坐下。

水妖儿这一去，不知什么时候才能回来，火小邪坐在桌边，心急难耐，恨不得能跑出屋外，到张四爷家院外转上一转。可就这样过了两三个时辰之后，火小邪一直无事可干，又只能干着急，竟渐渐有些犯困，用手撑住脸庞，眼睛半睁半闭地打起盹来。

正当火小邪要进入梦乡之时，就听客房外面有人惨烈地哭喊：“我的娘亲祖宗大老爷啊，闹鬼啊闹鬼！救命！救命啊！”

火小邪听到这呼喊声，顿时没有了睡意，唰的一下站起身，刚想走到门边细听，却觉得脖子后一凉，屋里冷风劲吹，点在桌边的细弱油灯一下子熄了，房间里漆黑一片。

火小邪心中发毛，骂道：“还真是见鬼了哦！”

火小邪摸黑回到桌边，想找到原本放在桌上的洋火把灯再点着，可桌上空无一物。

火小邪奇道：“明明记得放在桌子上的，怎么没了？”

屋子外面那哭喊声更大，简直撕心裂肺一样，但奇怪的是，整个客栈竟没有人回应。

火小邪天生不信鬼神，听屋外的哭喊实在心烦，咬了咬牙，恨道：“奶奶的，我就看看是闹什么鬼！”

火小邪想到此处，心意已决，把水妖儿的叮嘱忘到九霄云外，气哼哼地走到门边，把门拉开，走了出去。

楼下大堂里哭喊的人见终于有人出来，冲着火小邪大叫：“大兄弟，救命啊！”

火小邪向楼下看去，只见店老板只穿一条内裤，赤身裸体躺在地板上，不知死活，店小二趴在一旁，惊慌得不知所措，只顾着哭喊。

火小邪扶着栏杆冲下面叫道：“怎么了？”

店小二哭道：“有个白衣的女鬼，要了老爷的性命。大兄弟，救命啊，帮帮忙！”

火小邪略略犹豫了一下，还是快步从楼上跑下来，凑到店小二的身边。躺在地上的店老板睁着眼睛，全身没有伤痕，看上去已经死了。火小邪问道：“到底怎么回事？”

店小二惊魂未定地哭道：“我、我正在睡觉，听到老爷叫我，就迷迷糊糊出来，谁知看到，一个白衣的女鬼，站在老爷的身边，动也不动，我吓得大叫，那女鬼一下子就不见了。我跑过来，老爷就一直这样躺着，似乎被女鬼把精气吸走了。这可该怎么办啊？”

火小邪伸出手摸了摸店老板的脖子，微微还有脉搏跳动，也是奇怪得很，说道：“他还没死，有口气在。店里的其他人呢？”

店小二哭道：“我也不知道啊，我叫了半天，只有你一个人出来。”

火小邪心想：“这么大声音，死人都能吵醒了，难道其他房客都怕事不敢出来？”

火小邪知道此事既然让他赶上了，就一下子脱不开干系，于是说道：“来，我们把他抬起来，搬到一边坐下，你去拿衣服来。”

店小二应了，两人合力，把店老板抬到一边的椅子上坐下。

火小邪使劲掐了掐店老板的人中，丝毫没有苏醒的迹象，一抬头正想和店小二说话，就看到店小二指着自己的身后，面孔上五官都扭曲了，上下嘴唇拼命颤抖。火小邪说道：“怎么了？”

店小二狂叫一声：“鬼啊，鬼啊！”一屁股摔倒在地，惨呼着连滚带爬地就跑。

火小邪刚想回头，一双冰凉的手从他脖子后伸出来，摸在火小邪的脖子上，阴柔的女子声音从身后传出来：“不要回头哦。你叫什么名字？”

火小邪全身鸡皮疙瘩乱暴，尽管他不信鬼神，可这一下，还是把他吓得半死，脑中一片空白，根本说不出话，也不敢动。

火小邪身后阴柔的女生继续说道："不要怕，我不是鬼，我就是对你很好奇。你叫什么名字，告诉我吧。"

火小邪坟地里蹲过，死人身边躺过，胆子极大，硬起头皮哼道："我叫火小邪，火焰的火。你是什么人，不要装神弄鬼！"

阴柔的女子声音笑道："好名字啊，我很喜欢呢。你敢跟我来吗？"

火小邪骂道："有本事就出来一见。"

"嘻嘻，我现在不见你，你跟我来，我就见你。"这阴柔的女子声音说着，骤然间收了自己的双手，竟似乎无声无息地飘远了。

火小邪猛地回头，身后一片漆黑，并无一物，火小邪骂道："是鬼也别躲着！"

那阴柔的声音从店门口传过来："你来，你来啊，走出店外，跟着我走，我不会害你，我能帮你。"

火小邪骂道："来就来！"说罢跳起来，冲到店门边，把门拉开，跑了出去。

街道一片漆黑，连户亮灯的人家都没有，显得更加诡异。

火小邪骂道："出来！出来！"

"这里呢，你来……你怕了？"

火小邪抬头一看，客栈拐角处，站着一个全身穿着白纱长裙的女子，披散着头发，看不见脸庞，冲着火小邪盈盈招手。

火小邪最受不得这种激将，骂道："来就来，有种别跑！"说着向白衣女子追去。

白衣女子咯咯笑了声，闪入巷子里，火小邪紧追不舍，白衣女子不停在前面娇笑，引着火小邪不断追下去。

火小邪浑劲发作，咬着牙，黑着脸，玩了命地追赶，但始终和白衣女子保持着一段距离，越追离客栈越远，越来越偏僻，最后竟追进了火小邪和浪得奔他们躲着偷吃点心的林子里。可白衣女子身子一晃，消失在林中，再也看不见了。

火小邪对这个林子十分熟悉，并不害怕。月朗星稀，让这个林子十分光亮，能看清十步之内的景象。火小邪四下乱看，骂道："出来，这个林子我熟悉得很，玩耍得多了！从来也没见过什么鬼！你再装，让我抓到你，无论男女，一律打死！”

火小邪骂了一阵，没有人回答。

火小邪抓了抓头，猛地想起了水妖儿再三叮嘱的不让他外出的话，暗叫：“糟了！我怎么出来这么远了！不好，不好！八成中了什么人的诡计！”

火小邪懒得再与白衣女鬼纠缠，赶忙就往回跑，刚跑了不远，脚下踩到一团软乎乎的东西，差点把他绊倒。火小邪踩住的东西在地上翻滚，呜呜乱叫，竟是一个被绑成粽子一般的人。

火小邪心中一惊，骂道：“谁？”

地上那人滚来滚去，看着火小邪呜呜不停，火小邪借着月光一看，这地上的人，竟是张四爷府上的刘管家。

十七、黑石火令

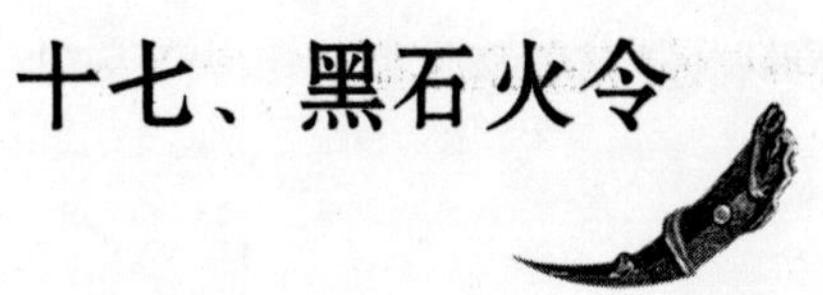

真是冤家路窄！这个刘管家，尽管不如郑副官那样让火小邪恨之入骨，但也是火小邪很想报复的人。火小邪一见是刘管家，突然心中一乐，哼了两声，走到刘管家身边，嘲讽地问道："怎么是你？"

刘管家嘴中绑着布条，说不出话，一脸乞求地看着火小邪。

火小邪侧头笑了笑，伸手把刘管家嘴巴上的布条解开。刘管家长喘一口气，连声说道："好汉救命，好汉救命！"

火小邪哼道："谁是好汉？谁要救你！我倒想问你，你怎么在这里？"

刘管家说道："好汉，好汉，你认识我吗？"火小邪脸上的妆没有卸掉，穿着又是落魄子弟的样子，刘管家估计一下子认不出来。

火小邪说道："当然认识，张四爷府上的刘管家嘛！奉天城有点眼力见的都认识你。"

刘管家说道："好汉，你既然认识我，就救救我，我一定重重有赏！"

火小邪骂道："谁让你赏！谁稀罕你的臭钱！你先告诉我，你怎么在这儿？到底怎么回事？"

刘管家无奈说道："我带着下人出来办点事，刚刚办完，回去的路上，就莫名其妙地被人打晕了，绑住了丢在这里，其他的我啥都不知道啊。"

火小邪心中隐隐觉得不妙，连忙问道："你到这个偏僻的林子里办什么事？"

刘管家愁苦道："好汉，我和你无冤无仇的，就不要问这么详细了吧，你先松开我，我再好好和你讲，你都知道我是张四爷府上的刘管家，就帮帮忙吧。你想要什么，只管说。"

火小邪恨得牙痒，一巴掌抽在刘管家的脸上，骂道："老王八，找的就是你！说！你来林子里干什么？不说的话，别人没弄死你，我照样整死你！"

火小邪目露凶光，咬牙切齿，刘管家知道他不是说着玩的，赶忙说道："好汉，好汉，我说，我说。"

"那就说！"

"好汉，其实这都是我们张四爷府上的私事，见不得光的，你想知道我就告诉你好了。"

"少废话！"

"我们出来，是埋三个死人的。"

火小邪一听，脑子嗡地乱响，一把抓住刘管家的衣服，凶神恶煞一样："三个死人！哪三个死人？"

"好汉，别这样。我说，我说，是张四爷府上抓到了三个小贼，一时失手就打死了，张四爷怕麻烦，所以就吩咐我把尸首偷偷埋在这林子里。"

"什么，什么样的三个小贼，叫、叫什么名字。"火小邪说话的声音都颤抖起来。

"都是十五六岁的年纪，名字，名字我就记得有一个叫什么浪得奔。"

火小邪全身颤抖，松了刘管家的衣领，转身低下头，眼泪泛出眼窝，紧咬着嘴唇，心如刀割。

刘管家不识趣地说道："好汉，我都说了，字字是真，绝无虚言！好汉，我说了都是张四爷家见不得光的事情，和我无关的啊……好汉，救救我吧，咱们有话好商量。"

火小邪暴吼一声："老子要你的命！"说着从怀中摸出水妖儿给他的那把尖刀，一把按住刘管家的脑袋，高高举起，就要一刀结果刘管家的性命。

刘管家惨声道："好汉，我没说谎啊！饶命啊！"

火小邪脑海中水妖儿的话无数次交错地闪过："你是贼不是杀手，你是贼不是杀手，你是贼不是杀手，你是贼不是杀手。我一直很后悔，非常后悔；我一直很后悔，非常后悔；我一直很后悔，非常后悔；我一直很后悔，非常后悔……"

火小邪心里狂喊："水妖儿，不是我不听你的，而是我恨，我恨啊！"

火小邪再也顾不了那么多，举刀就要刺下，宰了这个刘管家！

"呵呵呵呵，我说你跟我来，我能帮你，没错吧，呵呵呵呵。"一阵阴柔的女子娇笑声从林中传来。

火小邪一怔，刀子举在半空中没有刺下，哗的一个反手，把刀持在胸前，全神戒备，慢慢站起身，冲着笑声传出的地方骂道："你到底是谁，出来！"

一个白色的身影在林中晃了晃，从黑暗中走出来一个白衣女子，正是火小邪一直追赶的那个"女鬼"，只是这次，白衣女子没有披散着头发，而是把头发盘起，露出一张俏脸，笑得分外妩媚，哪里像个女鬼，分明是天仙下凡一样。

火小邪借着月光看到这女子的相貌，一下子愣住了，口中轻轻叫道："水妖儿，怎么是你……"

白衣女子掩着嘴轻轻一笑，轻盈地向火小邪走过来，说道："我这么像水妖儿吗？她平时也是我这个样子吗？"

火小邪看着这个白衣女子，想到水妖儿千变万化的样子，还觉得是水妖儿在和他开玩笑，说道："水妖儿，你又怎么了？"

白衣女子轻柔地笑了笑，说道："好吧，好吧，我就是水妖儿。火小邪，我觉得我很喜欢你，所以愿意帮你，你应该谢谢我啊。"

这个女子的确和水妖儿长得一模一样，但神态气质、说话口气却是温柔中夹杂着一股子妖媚。水妖儿尽管当着火小邪的面，也性格多变，但从来没有哪次变成这个样子的。

火小邪心中一寒，警惕起来："你到底是谁！别过来！站住！再过来我就不客气了！”

白衣女子盈盈站住，娇笑道：“你怎么这么凶，我好不容易把你带到这里来，让你找到了刘管家，让你知道了你想知道的事情，你一句谢都没有，还要动刀？哎呀，我真的很伤心呢。”

火小邪狠道：“你这个妖精，不要装成水妖儿的样子！”

白衣女子又娇笑着说道：“一口一个水妖儿，水妖儿的，怪不得水妖儿愿意和你在一起，你果然讨人喜欢。”

火小邪持刀渐渐后退，这个白衣女子若在白天，还真是能迷倒万千男人的风韵，可在火小邪的眼中，却觉得她如同深水毒潭一般可怕。

白衣女子笑道：“怎么？怕了我？不就是水妖儿吗？真是的，水妖儿那样的，我想变就变，不就是这样吗？”白衣女子一转脸，再转回来，一脸顽皮地叫道：“火小邪，我是水妖儿啊，叫你不要出房间，你就是不听！这下尝到厉害了吧，给你个教训，让你以后也长点记性。”

火小邪真的迷惑了，这不就是水妖儿平时的样子吗？

火小邪停下脚步，木讷地说道：“水妖儿，真的是你吗？”

白衣女子跳着脚骂道：“你这个笨蛋、呆子，天下就只有一个水妖儿，不是我还是谁？刚才故意吓唬你的！”

火小邪脑中一团糨糊，迷迷瞪瞪地就要向前走。

“火小邪！别过去！她不是我！”林中猛地又有女子声音高叫。

白衣女子一回头，唰的又变回温柔妩媚的样子，娇声道：“哟！动作挺快的嘛！”

林中哗哗一响，一个黑衣女子从林中跳出，三步两步地跳到白衣女子面前，挡住火小邪。这个黑衣女子并未蒙面，活脱脱又是一个水妖儿，指着白衣女子骂道：“水媚儿！你好大的胆子，居然敢装成我的样子！”

白衣女子笑道：“水妖儿，你是什么样子，你自己能说清楚吗？什么叫我装成你的样子？”

这下才算分清，水妖儿穿黑色紧身衣，白衣女子叫水媚儿。

水妖儿冷冷道："住嘴！轮不到你说话！"

水媚儿笑道："好吧，好吧，不管怎么样，我是帮你们呢，没必要一见到我就这么凶吧。"

水妖儿哼道："谁叫你们帮！我一见张四爷宅子，就觉得不对，没想到真的是你们在乱来！"

水媚儿笑道："得了，得了，水妖儿，你不就是在乎这个叫火小邪的小子吗？我就是好奇，看看这小子到底是什么样，呵呵，果然是个讨人喜欢的小哥。"

水妖儿骂道："你到底闭不闭嘴！你再说一句，我一定会对你不客气。"

水媚儿说道："我又不会抢你的男人，我就是好奇！"

水妖儿脸色一寒，提着手中刀就向水媚儿冲过来，举刀就刺。水媚儿娇呼一声，侧身躲过，娇滴滴地骂道："真的动手？"

水妖儿一言不发，又举刀刺过去，两人一黑一白，在林中不断跳动追逐，根本看不清她们在如何较量，只能听到刀子相撞的声音连绵不绝。

火小邪愣在原地，这一切发生得太快，根本超出了他的想象。

黑影白影在林中斗个没完，火小邪完全傻眼，不知如何是好，却又忽然听到林中有个低沉的男人声音骂道："妖儿、媚儿，你们两个太过分了！还不住手！"

这黑白两人才猛然分开，齐齐跑到林中跪下，齐声道："爹爹，息怒！是我们不对。"

男人的声音又说道："你们两个是同胞姐妹，为何每次一见面就要斗个你死我活？"

水媚儿叫道："爹爹，你应该看到了，是水妖儿不讲道理！先动的手！"

水妖儿也喊道："爹爹，水媚儿不欺人太甚，我也不会动手！"

男人声音骂道："你们两个今天再敢放肆，别怪我关你们半年水牢！"

水妖儿和水媚儿齐齐抱拳喊道："不敢了！爹爹请原谅我们吧！"

两人同声同时地说话，刚说完又彼此瞪了一眼。

男人声音道："你们带那个叫火小邪的小子，去看看他兄弟的坟头，了结他一桩心思吧！水媚儿，你带路！另外，水妖儿，再也不许你和火小邪纠缠！”

水媚儿兴高采烈地说道：“是！”起身就跑到火小邪面前，说道：“喂，火小邪，跟我来，给你死去的兄弟磕几个头吧。”

水妖儿跪在地上，半天才答道：“是……”

水媚儿在前，火小邪在后，水妖儿垂着头一言不发地走在旁边。

火小邪几次都想与水妖儿说话，但见水妖儿的样子，强行忍住。

三人在林中走了一段，水媚儿停下，指着一个小小的土堆说道：“就是这里啦，三个人，一个不少，我亲眼见到刘管家把人丢下去埋了的。火小邪，你要不要拨开土见见你兄弟最后一面？”

火小邪看着土堆，当真是草草掩埋，连个坟包都不算。火小邪心中酸疼无比，两行泪再也忍不住，夺眶而出，扑通一下跪在土堆前，放声大哭：“老浪、老关、小猴，我来晚了啊！是我对不住你们啊！都怪我！都是我害死了你们！都是我啊！”

火小邪情感宣泄而出，哭了个昏天黑地，几乎都要昏厥在地。火小邪从小孤苦伶仃，来到奉天城里受尽欺负，好不容易有三个同生共死的结义兄弟，得以互相安慰，苦中作乐，挣扎着活到十多岁，却刹那之间，只剩下火小邪一个人。火小邪伤心得痛不欲生，觉得这个世界上，又只剩他一个人，再也没有人可以依靠，心里再也没有了寄托。

火小邪千万次地悔恨，如果他们不做贼，去做乞丐，就算天天只能吃猪糠狗食，是不是还能够一起活下来，不至于到今天这个田地。可是，这个世界上，为什么要有贼这个行当呢？火小邪怎么想也想不明白。

火小邪哭得憋过气去，一头扑在地上，全身抽搐不止。水妖儿几次都想要上前，却都犹豫了，她的双眼，也已经红得像个苹果，干脆背过身去，不敢再看火小邪。

水媚儿酸溜溜地哀声叹道：“可怜啊，我都想哭了。”

火小邪慢慢抬起头，看着水媚儿，低声问道：“你们来的时候，已经死

了吗？是刘管家杀了他们吗？”

水媚儿说道：“放心，来的时候，就已经死了，用麻袋装着，倒出来的时候，看着身上完好，都是全尸。你是想杀了刘管家报仇？”

火小邪低声道：“不是，我不想杀人。我就是问问。”说着又对着土堆磕了三个头，再次泪涌，哀声道：“老浪、老关、小猴，是你们大哥火小邪没本事，连给你们修个坟的本事都没有。你们在阎王爷那里等着我，我会来找你们。”

火小邪站起身，用袖子抹了一把眼泪，起身就走。

水媚儿叫道：“就这么走了？”

火小邪头也不回地说道：“谢谢你。”继续向前走去。

水妖儿惨呼一声：“火小邪！你去哪里？”

火小邪低声说道：“去我该去的地方。”说罢加快脚步，没入黑暗之中。

水妖儿惨声大叫：“火小邪，求求你来找我，求求你也救救我！我在山西等你！”

林中一片静寂，无人回答。水妖儿瘫坐在地，双手捂着脸，低声哭了。

水媚儿不冷不热地说道：“水妖儿，你还真的在乎这个小子？唉，他到底有什么好？”

水妖儿根本就不回答，只是捂着脸不住地抽泣。

有两个人远远地从林中走出，其中一个隐在黑暗之中，看不见脸面，另一个人竟是刘管家！

刘管家冲那人鞠了一个躬，说道：“水王，水妖儿和火小邪能有结果吗？”

那人低声说道：“没有，一丝一毫都不会有，水妖儿命中注定孤苦一生。”

刘管家说道：“但是水王，我们是不是对水妖儿和火小邪太残忍了点，至少水妖儿和火小邪在一起，水妖儿看上去很开心啊。”

那人说道：“你忘了水妖儿是什么样的人了吗？她这样下去，会杀了自己，也杀了火小邪。”

刘管家连忙躬身道：“水王说得没错，这个我倒忘了。唉，可怜水妖儿年少时太过聪慧了……”

那人说道：“水信子，不要再提她了。”

刘管家应了声是。

那人说道：“这几年你在张四爷身边做得很好，再过几个月，你就回来吧。”

刘管家说道：“谢谢水王！我的确在张四爷家待得有些闷了……啊，水王，你是对张作霖没有信心了？”

那人说道：“张作霖和其子张学良，都没有争夺天下的命相和手腕，张作霖更是短命之辈，活不过十年！五行世家之中可能火王对他还有点兴趣，我们就作罢吧。你把奉天各地的勾弦也都一并撤掉，不必再关注张作霖的情况。”

刘管家应道：“是！”

那人说道：“水信子，我们走后，你立即让三指刘和齐建二把还活着的那两个小子带出奉天，远去南方小城安顿，永远不准他们回奉天，并告诉他们火小邪也已经死了。我不想让火小邪再顾虑他所谓的兄弟之情。”

刘管家说道：“水王放心，我一定做得漂漂亮亮的。”

那人说道：“好！你去吧！我还有点事情要做。”

刘管家又鞠了一躬，身手敏捷地钻入黑暗中，不见了踪影。

那人见刘管家走了，站住不动，手中一抖，一只很小的黄雀不知从哪里飞出，落在他的手指上，吱吱轻叫。他用手摸了摸这只黄雀的羽毛，将一个小布包别在黄雀的脚上，低声道：“飞吧，去找火小邪！”

黄雀吱吱两声，似乎听懂了，扑棱棱展翅高飞。

黄雀在空中盘旋一圈，低头看着刘管家叫作水王的人，那人的模样，居然就是火小邪所住客栈的店小二，只是他眼神之中，如同有一弯极深的潭水，不可窥探，哪有一点店小二的样子。

黄雀吱地叫了一身，笔直飞走。

黄雀飞过水媚儿的头顶，水媚儿还在对水妖儿低声道：“好了，好了，水妖儿，不要再想那小子了，爹爹都来了，咱们回去吧。”

水妖儿两眼通红地说道："爹爹怎么会来奉天？"

水媚儿说道："爹爹也没有告诉我，你知道我都是听爹爹的安排做事，不像你还有些自由。"

水妖儿说道："你为什么要骗火小邪？"

水媚儿说道："我怎么会骗他？"

水妖儿看着水媚儿的眼睛，说道："因为你的眼睛！你还没有杀了你自己！"

水媚儿漠然不语。

黄雀又向前飞，穿过林子上空，在空中转了个圈，直直向林内一侧飞去。

水王放黄雀寻找火小邪，并非臆想，旧时民间确有此种驯鸟奇术。主要分为雀持术、鹰鸣术、隼坠术三种，都是由飞鸟在半空中追踪目标，锁定后向主人报信或者直接把信息传达过去。大家常见的多为鹰鸣、隼坠，多在山丘、平原这种地形使用。而雀持术寻人通常用在城市、乡镇等房屋丛林密集之处，由黄雀、画眉等类细小的鸟儿低飞穿行，又以黄雀为贵。雀持术在驯鸟术中最为困难，极少有人精通，后来又因为通信科技发达，所以雀持术在民间渐渐失传，到现代已经没有人会了。

火小邪坐在一间破屋角落里，这间破屋就是火小邪和浪得奔、老关枪、瘪猴三人经常待着的地方，在这里他们留下了无数的欢乐，也被齐建二抓到过无数次。

火小邪靠在墙角，浪得奔他们几个如同在眼前一样，挤到身边来问："大哥，大哥，你偷到什么好吃的啦？"

火小邪脸上呆呆一乐，手一抓，却抓了个空。火小邪低下头，把刀子拔出来，慢慢顶在自己脖子上，一使劲刀尖就扎了进去，流出鲜红的血液。

火小邪如同没有痛觉一般，喃喃说道："我这就来找你们。"

火小邪手紧紧握着刀柄，不知怎么手上顿了一下，把刀子从脖子上拿下来，摆在手中一看。月光如水，从房屋的破窗洞中照射进来，投在火小邪的手中。

那把刀的刀柄上，刻着一个“水”字。

火小邪猛地把刀一握，说道：“水妖儿……”顿时和水妖儿相处的日日夜夜的情景都涌现出来。

火小邪叹了口气，说道：“我为何要找你？我为何要救你？你还需要我救吗？我算是个什么东西？”原来火小邪独自离开的时候，清楚地听见水妖儿在身后惨声喊他。可火小邪想到自己死去的几个兄弟，硬下心肠不愿回头。

火小邪把手垂下，突然笑了：“我真是一个没出息的东西，居然刚才想死，至少应该给弟兄们烧烧纸再死吧，咳，怪不得水妖儿说我是个呆子。好吧，好吧，不死了，不死了。”

火小邪正想从地上爬起来，窗口传来吱吱的叫声，火小邪一看，见破窗上停着一只黄雀，正冲着他吱吱地鸣叫。火小邪心中奇怪，把手向前一伸，喃喃自语：“怎么，你找我？”

黄雀又叫了声，展翅飞过来，在火小邪头顶盘旋了一圈，落在火小邪伸出的手指上。

火小邪目瞪口呆，天下还有这样不怕人的黄雀，恐怕是打小由人喂养的，便目不转睛地看着这只黄雀。

这小黄雀丝毫不怕火小邪，在火小邪手指上跳了跳，便用嘴去啄自己腿上绑着的小布包。

火小邪赶忙伸手上前，把小布包解下。黄雀冲着火小邪吱吱吱吱连叫几声，扑棱了一下翅膀，似乎是让火小邪把布包打开，然后飞到火小邪的肩头。

火小邪将信将疑地解开了布包的绳索，只见布包里躺着一颗指甲盖大小的黑石，布包内还密密麻麻写着字。

火小邪把黑石拿出来，却见黑石上刻着一个火字，不得其解，赶忙借着月光，细细阅读布包内写的文字。火小邪尽管是贼，但并非文盲，十岁左右，就能识得千字。做贼的不是做乞丐，就可以大字不识一个，做贼的想登上一定境界，必须要有很高的文化，不仅要能识字计算，还要有一副好记性。因为有的时候，你大字不识一箩筐，狗屁都看不懂，别说偷了，就连富贵人家

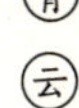

的门都找不到，非把三字经当唐绝韵不可。

布包里用蝇头小字写着：

火小邪，你与妖儿有缘，妖儿也对你十分爱慕，可惜你火性太烈，妖儿水性极强，你们若是结合，必然化作云雾消散。但我爱惜妖儿，还想帮你们一次，你看到的黑石，乃是五行贼王中的火王收纳弟子的信物，我与火王严烈素来交往甚密，行走天下的时候，帮着火王物色些人才，故而我有此物。你拿着黑石，于今年六月十五之前赶到山西王家堡青云客栈，自然有人寻你。若你有此机缘，能成了火家弟子，练成水火交融的法门，可救我家妖儿一生性命。我托付妖儿的终身幸福于你，你不要让我失望。水王流川。

火小邪细细读完，呆若木鸡。火小邪执意回到奉天，人生竟有如此大的转折，火小邪真是万万没有想到。

火小邪又速速看了一遍，默默记下，正想把布包折起，却见布包火苗一闪，轰然一下化作一团火焰，眨眼烧了个干净。

停在火小邪肩头的黄雀吱吱叫了两声，展翅而去，飞出破屋，不见了踪影，只留下火小邪一人捏着黑石，久久呆立在屋内。

火小邪站立良久，直到身子都发凉了，才长长喘了口气，走出这间破屋。他一直寻到和水妖儿分手的地方，哪里还能看到半个人影？林中鸦雀无声，刚刚发生的一切恍如梦境，只有那抔坟头黄土犹新。火小邪跪在土堆前，磕了三个头，低声道："老浪、老关、小猴，本来你们死了，我也不想独活，但有人将水妖儿的性命托付给我，我不能辜负别人，否则我就真的是个孬种了！你们大哥我，火小邪，不是孬种，不是没用的蠢蛋！老子一定要活出个人样来，重新安葬你们！你们，入土为安吧……"

火小邪说完这番话，洒下热泪，再磕了三个头，才起身恋恋不舍地离去。

火小邪在林中转了半圈，寻不到刘管家的身影，并不为怪，料定刘管家要么自己跑了，要么被水妖儿他们抓了、放了、杀了，反正刘管家的生死下落已经与他无关，就懒得再去追究。火小邪明白自己孤身一人，缺少了水妖儿的帮助，绝不能在奉天城久留，便打定了主意，打算一大早就溜出奉天城，向山西进发。

同年六月初五，山西王家堡。

王家堡原先只是一个村落，但清末出了个赫赫有名的晋商，名叫王全，几十年的商业经营，王全的商行可谓在山西富甲一方，王全在王家堡购入了大量土地，兴建了王家大院，占地千余亩，里里外外的房舍近千间。由于王全家生意种类繁多，几乎柴米油盐衣食住行无所不包，所以带动这一带鸡犬升天，使得王家大院外密密麻麻围着近千家商户，常住人口已近万人，加上日夜穿梭往来的商贾车队，各地迁移过来讨生计的游民，这个王家堡赫然成为一个新兴的市镇。

正对着王家大院正门的大街，叫作王兴街，是以王全的大儿子王兴命名。王兴街是王家堡的主干道，能容四辆马车并排通过，道路两旁商贾林立，彩旗招展，游人如织，繁华程度竟让人觉得进了省城闹市一般。

“让开！让开！快让开！”街道一头有人大声吆喝，街上的众人无不转头一看，只见四匹高头大马，向着王家大院的正门急奔而来，扬起一片沙尘。街道上的人赶忙让出一条道路，让这四骑快马通过。人群退开得急了，慌慌张张地挤作一团，有年老腿脚不方便的，颤颤巍巍差点摔倒。

这些骑马人清一色的武师打扮，胸口绣着“金玉祥”三字，死命地抽打着马匹，催促马儿快跑。有王家堡的本地人认得，这些人是王家大院的护院武师。

有人议论纷纷说道：“最近几天都看到王家大院的武师急急忙忙的，不会是出什么事了吧？”

“鬼知道，别说最近几天了，最近一个月，王家大院都神神秘秘的。”

“也是啊，王全王大老爷许多天都没有出来遛弯了！”

“你不觉得最近咱们这里来了些奇奇怪怪的人吗？到处闲逛，啥也不干，

还没有离开的意思。”

“是啊，的确如此啊！前两天王二叔家丢了一只祖传的金元宝，嚷嚷着寻死呢，莫非是这些人偷的？”

“咱们少瞎说，孔镖头正查着呢！”

这些武师快马奔过，人群才渐渐地恢复平静，熙熙攘攘的，仿佛什么事情都没有发生。

大街上刚才一个差点摔倒的瘦弱老汉，突然大叫：“我的钱呢？我的钱！没了！没了！哎呀我的娘啊，我的钱让人偷了！”众人赶忙围拢过来，有好心的人问道：“老汉，怎么钱就没有了？”

老汉四下拍打着身体，哭喊道：“我的钱就放在贴身口袋里的！一共十个大洋啊！哎呀我的娘啊！是我全家的积蓄！来王家堡买药救命的！我们一家七口人！六个人等着买药回去救命的啊！我可怎么活啊！救人啊！抓贼啊！”这老汉伤心至极，蹲在地上不住哭号，拍打地面。围观的众人无不唏嘘短叹，不断安慰着老汉。

人群之外的一个街角旮旯里，有个蓬头垢面、衣衫不整的少年，靠着墙角坐着，慢慢啃食一张干硬的饼子，一双清澈但又犀利的眼睛，静静地看着这一幕。这少年右眉下的脸庞上，有道一指长短的伤疤，倒让他多了几分男子气息。

这少年啃了一口饼子，眼神一转，只见对面的一个平头矮个男人，眼角微微一挑，瞟了人群一眼，闪出一丝幸灾乐祸的表情，笔直走过了街，钻进与少年一侧相隔十余步的巷子里。

少年微微一笑，把饼子胡乱塞进怀中，不停咀嚼着站起身来，拍拍屁股上的灰尘，也一转头钻进身旁的巷子里。

这少年快步前行，走至一丁字路口，探头一看，果然看见那个平头男人背着身快步向前走去。少年左右看了看，这条巷子并无人往来，便走出来，无声无息地跟上平头男人。

平头男人丝毫没有察觉到身后有人跟着，得意扬扬地又走了一段，一个转弯，钻进了一条更为狭窄僻静的胡同中，他刚走了没几步，就听到身后有人叫道："前面的兄弟，慢走！"

平头男人一愣，一下子转过身，神色紧张。平头男人一看，竟是一个嬉皮笑脸的乞丐打扮的少年向他走来，一看就知道不是本地人，顿时脸上一松，骂道："臭要饭的，叫你爷爷搞什么？"这人一张嘴，更是露馅，乃是湖北一带口音。

少年嚷道："嘴巴干净点，谁是要饭的！小爷我和你是同行！"

平头男人哼道："哟，同行？你看到我么样？"

少年说道："看到就是看到了，你不是本地人，咱们按道上的规矩——初来乍到，见面分一半！"

平头男人脸色难看，骂道："臭要饭的，你还晓得规矩？老子拆了你，你信不信？"

少年说道："有本事你来，你来！看是你倒霉，还是我倒霉！"

平头男人骂道："你妈的！老子还信了你的邪！"他边骂边捋着袖子向少年冲过来。

"郭老七！别放肆！"有一个清脆的男子声音从平头男人头顶上传来。

平头男人一愣，赶忙站住。一个身材修长的男子从墙上跳下，落在平头男人身边。

这男人二十一二岁年纪，穿着富贵得体，长相斯文，要不是从墙上跳下来，走在大街上绝对被人认为是一个富家公子哥。

平头男人郭老七赶忙换上一脸笑容，对这男人说道："大少爷！您怎么来了！"

这男人并不搭理郭老七，而是向对面的少年抱了抱拳，满面笑意地说道："在下苏北人，姓郑名则道，有个不成器的绰号，叫作'小不为'。初来乍到此地，得罪了！敢问对面的兄弟怎么称呼？"

少年哼道："我没有什么绰号，我叫——火小邪！奉天过来的！"

郑则道脸色不变，若有所思道："哦！火小邪，好一个火字啊。敢问火兄弟不远千里来这里有什么事？"

火小邪哼道："这你就管不着了，要么你先告诉我，你千里迢迢从苏北来这里干什么？”

郭老七对郑则道说道：“大少爷，让我上去宰了他吧，他连你的绰号都没有听说过，一定是个不开眼的。”

郑则道还是对郭老七不理不睬，对火小邪说道：“哦！既然大家来这里都有事，那我们都别说了，呵呵，火兄弟，初次见面，咱们就别按什么规矩分一半了，都是你的，算我给火兄弟的见面礼。”

郭老七脸上不悦，说道：“大少爷，不能啊！”

郑则道微微一侧头，对郭老七说道：“我说了多少次，在这里不准偷东西，你是哪根手指头痒痒啦？自己剁下来。”

郭老七神色大变，赶忙道：“大少爷息怒，小的错了！求您饶了小的！”

郑则道哼道：“那还不把你偷的东西全部给火兄弟！”

郭老七一脸冷汗，从兜中掏出一个小布袋，一把丢向火小邪。火小邪伸手接了，捏了捏，布袋里约有十个大洋。火小邪把布袋收了，说了声：“既然郑兄弟这么大方，那我也不客气了！先走一步，后会有期。”

火小邪说罢冲郑则道和郭老七笑了笑，一转身就快步离开，没了踪影。

郭老七气得咬牙切齿，骂道：“这么嚣张！大少爷，咱们在苏北，哪个贼听了你的名号，不退避三尺？今天这小王八羔子，太嚣张，太嚣张了！我受点气不要紧，可不能折了您的威风啊！”

郑则道轻轻笑道：“郭老七，这里不是苏北，我们也不是来偷东西的，王家堡现在云集了很多偷盗的高手，你千万不要小看了这里的陌生人，哪怕是一个乞丐模样的小子。”他说着说着脸色一冷，却仍然一脸笑意，轻描淡写地说道，“郭老七，你要再敢手痒偷东西，我就一次剁了你剩下的六根手指！”

郭老七看了看手掌，他左右手都只有三根手指，面如死灰，点头如捣蒜一般说道：“大少爷，打死我也不敢啦！你放心，我再敢偷，我把自己脑袋都剁下来！我这就继续打听青云客栈去！”

郑则道自言自语道：“眼看还有十天就是六月十五，我们来了已经十多天，却连青云客栈的影子都没有见到，难道这是第一道关？”

火小邪拿着装了大洋的布袋飞快地行走，到了人烟稀少之处，打量了一下身后的确没有人跟着，才松了一口气，找了个草堆钻了进去。火小邪明白刚才完全是险中求胜，实属侥幸，如果不是那个叫郑则道的公子哥出现，恐怕不是那个郭老七的对手。

火小邪一路上风餐露宿，从奉天走到山西足足花了近两个月的工夫，第一次出远门，不仅身无分文，而且全靠步行，其中艰辛自然不用多说。为了能够提早几天赶到山西王家堡，最后几天更是连日奔波，顾不上冷暖饥饿，弄得自己和乞丐一般，才提前了十天，于六月初五赶到。但凡做贼的人，都有个好习惯，除非特别叮嘱过，一般赶早不赶点，说是六月十五到，一定要提前到达，以做好准备。火小邪知道来山西王家堡事关重大，自然不敢怠慢。火小邪能这样想，这天下收到黑石火令的贼人，手段比火小邪只怕更高，哪个想不到？所以无不提前赶来！那个郑则道是苏北贼道里响当当的人物，更比火小邪早了十天，就到了王家堡，一直窝在普通客栈中，默默寻找青云客栈的下落。

火小邪刚到王家堡，就看到郭老七偷老汉的东西，心中一口气实在咽不下去。他尽管从小做贼，但十分遵从奉天城“荣行”中的老旧规矩——三不偷。所谓三不偷是指，救命钱不偷，孤儿寡妇钱不偷，砍头钱不偷。救命钱和孤儿寡妇钱容易理解，砍头钱乃是指有的犯人被当街处决，亲戚朋友来收尸的时候，会在尸体手中、嘴里、衣兜中放几个钱，根据家境贫富状况，有多有少，乃是指望着死者能投个好胎，以后能生在富贵人家。还有一种砍头钱，是指有人不幸从高处坠落、被车马撞死等全身流血地暴毙，死的时候身上带着的钱，特别是沾了死人血液的钱。偷这种砍头钱，乃是妨碍别人转世投胎，必遭阴魂怨恨，所以偷不得。

郭老七偷那老汉的钱，就是偷救命钱。火小邪最看不起的就是这种。那老汉面如菜色，衣着破旧，一副病怏怏苦命的样子，还小心翼翼地护着怀中钱袋，是个人都看得出来，这个人处境极为糟糕，身上带了一些银钱。换了火小邪在奉天当贼的时候，见到这种老汉都躲得远远的，绝不会动他分毫，而一到王家堡就看到郭老七如此无贼德无贼耻，真是气不打一处来，心想还有这么不要脸的狗贼，八成是个“贱粽”。“贱粽”是旧时东北一带“荣行”里骂人的说法，是骂有的贼人刚刚学会偷东西，专门干“三不偷”的事情，这些贼人往往好吃懒做，坑蒙拐骗，又嫖又赌，恶习满满，还不懂“荣行”规矩，必将脸腐身烂而死。

贼和贼之间也是互相瞧不起的，照样分成三六九等，有正宗和野路子之分，也不是会偷东西的人都敢称自己是“荣行”。火小邪的老大齐建二，尽管也是一身恶习，却是三指刘正儿八经收入堂下的弟子，算得上奉天城的正宗“荣行”，对“荣行”的规矩看得比命还重要。齐建二带着火小邪他们暴打“贱粽”，乃至于剁了“贱粽”的手指的事情，一年中怎么都有个两三次。

郭老七偷老汉的手段，并不新鲜，火小邪十分精熟，在贼术中称之为“大步颠”。“大步颠”是说要偷的“马儿”做出摔跤、跳跃、蹬梯上楼这些比较大的动作时，下手去偷，这时候人体与衣物之间的空隙较大，注意力比较分散，容易下手，但时机稍纵即逝。还有“小步颠”，是说“马儿”在慢慢行走或站立时，有转弯、弯腰、咳嗽、捡东西等幅度较小的动作时下手，“小步颠”时机较多，更重视手法。

火小邪跟着郭老七，郭老七浑然不觉，最开始火小邪以为这个“贱粽”没什么本事，大可用贼道规矩吓唬吓唬他。谁知郭老七动了杀机，准备对火小邪下手之时，火小邪顿时看出来这个郭老七恐怕更擅长动武杀人，而不是偷盗，惊出一身冷汗。好在郑则道及时现身，止住郭老七，要不火小邪初到王家堡，就要栽个大跟头。

火小邪在草堆中把布袋里的大洋倒出来，除了十块完整的大洋以外，还有七八枚民国通宝（铜币，云南东川铸币，一枚民国通宝相当于十个铜钱）。火小邪嘿嘿笑了声，自言自语道：“老头，算你走运，碰到我啦！这几个小钱打赏给我吧，算是个谢礼！”说着火小邪把那七八枚民国通宝取出塞入怀中，其余大洋依旧放入袋子里。

大街上丢了钱的老汉当街哭了半天之后，被人扶起，搀扶到街边台阶上坐下。那老汉面色惨白，哭倒是不哭了，可行若痴傻，嘴巴不停颤动，连话都说不出来，呆呆地在台阶上坐着。

有几个好心人凑了几十个铜钱，塞给了老汉，让这老汉去找王家堡孔镖头报案，说不定还有追回的可能。说白了，这都只是安慰，旧时被人偷窃了钱财，除非当场抓到，才可能要得回来，否则钱一离身，极难有追回的可能。

老汉失魂落魄地拿了钱，喃喃称了几声谢。众人见暂时安抚住了老汉，渐渐散去。

老汉又坐了片刻，才站起身一步一颤地向前走去，刚走了没几步，一个乞丐打扮的少年急急走来，迎面撞上老汉，生生把老汉撞倒在地。

那乞丐骂道："老头，你走路是不看路啊。"说罢也不搀扶，拔腿就跑。

老汉只能慢慢从地上爬起，拍了拍身上的灰尘。可这老汉的手拍在身上，却停住了，随即剧烈颤抖起来。老汉将手探入怀中，竟摸出一个钱袋，正是自己刚才丢掉的那个。

老汉慌忙把钱袋打开，摸了摸里面的大洋，一块不少，还有一张纸条塞在里面。老汉把纸条取出，展开了一看，纸条上用黑炭写着："帮你要回来了。下次小心！我没钱吃饭，少的几个钱算你赏我的！"这老汉看了纸条，四下张望，可撞上自己的那个乞丐，早就不见了踪影。

老汉哭道："好人啊！恩公啊！救苦救难观世音菩萨！"老汉抬手擦了擦眼泪，赶忙快步离开。

火小邪躲在一边角落，探出头看到老汉走远，才懒洋洋地说道："若再被人偷了去，我可帮不了你。"

火小邪抖擞精神，从角落钻出，打定主意，去寻找青云客栈。

火小邪身上有了七八个民国通宝，便找了一家旧衣店，花一个钱买了一身干净的短褂衣裤，又寻到一个水井，把头脸手脚洗了个干净，才换上干净衣衫。这一番打扮下来，火小邪终于不像乞丐，活脱脱一个省城来的商贾子弟。

火小邪自幼在奉天成长，就算做贼，也是城里人，加上本身气质尚佳，这样打扮，自然比王家堡的乡下小子多了几分洋气。

王家堡尽管常住人口不多，但因为各地客商云集，所以客栈竟有四五十家之众，分布在王家堡各处路口要道。这些客栈规模大的能容二三百人吃住，小一点的也有十多间客房，东南西北皆有，彼此隔得远的，要从王家堡整个地界上穿行而过，走上一两个时辰才能到。

火小邪花钱吃了顿饱饭，便一路打听着青云客栈，本以为很简单的事情，却无论问到谁，都回答王家堡从来没有青云客栈。火小邪并不甘心，坚持去一家一家的客栈进店寻找，问问客栈掌柜、小二青云客栈是不是个化名。可整整找了一天，问了不少人，仍然一无所获。

火小邪寻思着，莫非是自己弄错了，山西还有其他的地方叫王家堡？可想想自己自从进入山西境内，一路打听着找到此地，从没有听到还有第二个王家堡的说法。火小邪又问了一些外地过来的运货车夫，车夫也都说山西只有一个王家堡。

眼看着日头西沉，天色渐暗，街头人烟渐稀，火小邪心想，恐怕今天是没有结果了。

火小邪见前方还有一家客栈，看样子十分简陋，心想这种客栈倒是适合我这种穷光蛋，今晚就在那里住一晚吧，明天再说。

火小邪走到客栈前，才看清了这家客栈的名字原来叫“大道客栈”。火小邪会心一笑，心想：“大道大盗，这名字起的，不是招惹着贼来偷吗？也好，我是个小贼，住在大盗客栈，平升三级！不错，不错。”

火小邪迈步走进大道客栈，有店小二迎上来，一看火小邪单身一人，又不是买卖人的打扮，便问道：“这位小爷，你是找人还是住店啊？”

火小邪故意拿出身段，瓮声瓮气地说道：“小爷我住店，怎么，以为我是个跑堂伙计？”

店小二忙巴结道：“不是，不是，一看您就是城里的大少爷，里面请，里面请。”

火小邪大摇大摆地走到账台前，一个微微发胖的中年男子冲火小邪抱了抱拳，一脸笑意地说道：“我是这家店的老板，我姓张。这位小哥是住店啊？不知有几位？”

火小邪抬头看了看这家客栈的布局，寻常得很，没有什么出彩之处。房屋年久失修，角落里遍布蜘蛛网不说，屋子里还飘着一股酸臭味道。

火小邪明白这家店寒酸，估计也贵不到哪里去，便问道：“哦，张老板，我一个人住，都有什么房间啊？”

张老板一听，赶忙笑道：“哟！我这家店别看破旧了点，倒有两间上好的单间，一间已经被人住了，还剩一间，一块钱一晚？你看行不行？”

火小邪叫道：“你真是见一个宰一个啊，这么贵！还什么有人已经住了一间，我看鬼才住！”

张老板愁着脸说道：“这位小哥，有人住了就是有人住了，我骗你做什么。你要是嫌贵，我们这里还有其他的客房。”

火小邪眼珠一转，口气一缓，问道：“哦，张老板，我问你个事，你要是知道，我就住。”

张老板忙道：“什么事？”

火小邪问道：“这个王家堡有没有一个青云客栈？”

张老板抓了抓头，说道：“小哥，你这个问题，还真不是头一遭听见，算上你，怎么都有十来人问过我了。”

火小邪神色一紧，忙道：“怎么？都有十来人问过你了？”

张老板说道：“是啊，什么打扮的人都有。”

火小邪“啧”了一声，问道：“那你到底知不知道？”

张老板愁道：“我从小就在王家堡生活，都四十多年了，哪里石头缺了一块我都知道，可就是没有听说过我们这里有什么青云客栈。五十里外的平成镇倒有个踏云客栈，就是没有青云客栈啊。”

火小邪追问道：“青是青色的青，云是云彩的云，有没有读音相似的客栈？”

张老板说道：“这个字怎么写我知道，在你前面来问我的人，也是这么说的。可真是没有啊，没有青云客栈。”

火小邪叹了口气，低声自语："看来青云客栈就根本不是一个住人的客栈。"火小邪看着张老板，继续说道，"这样吧，张老板，你没有回答出我的问题，这个住店嘛……"

张老板十分恳切地看着火小邪。

火小邪从怀中摸出一个钱，丢在桌上，说道："我就这一个钱，你看我能住哪里吧。"

张老板看着桌上的钱，面露难色，犹豫了一下，还是慢慢捡了起来，塞进袖子里，说道："那，那只有住柴房了。"

火小邪说道："行啊！那就带我去吧！小爷我不是出不起钱，是我就喜欢睡柴房！"

张老板只好招呼着店小二，让店小二带着火小邪去后院的柴房。

火小邪刚想跟着店小二走，张老板在身后叫他："这位小哥，问你个问题！"

火小邪哼道："还有什么要问的，快问，快问。"

张老板说道："敢问一句，你们找这个青云客栈是有什么事情吗？"

火小邪笑道："想知道啊，给我三个钱我就告诉你。"

张老板赶忙把袖口中的钱袋一捏，连连说道："怎么你们都是些怪人！不说就不说，我也不想知道了！"

火小邪说道："我可给你机会了啊。"说罢一挥手，对店小二说道，"走吧，带我去柴房。"

店小二领火小邪进了柴房，有气无力地说道："就是这里啦，茅房在出门右手边走到头。"

火小邪看了看，说道："不错，不错，你这个柴房不错！上好的睡觉的地方。"

火小邪走到干草堆边，一屁股坐了下去，见店小二还站着不走，说道："那你就走吧，还等着我打赏不成啊？"

店小二突然谄媚地笑了笑，说道："这位小爷，我有个消息，和你要找的青云客栈有关，你听不听？”

火小邪坐直了身子，说道：“哦？那你说。”

店小二说道：“小爷，这哪能随便说的啊，你给我三个钱，我就告诉你。”

火小邪骂道：“没有！你能知道什么，懒得听。”

店小二赶忙说道：“别这样啊，一个钱，给我一个钱，我就告诉你！保证物超所值！”

火小邪略略一想，说道：“行，你说！”

店小二伸着手，猴巴巴地看着火小邪，说道：“小爷，先给钱。”

火小邪骂道：“谁还会赖你的！”说着摸出一个钱，丢给店小二。

店小二赶忙接了，连声称谢，然后神秘兮兮地说道：“小爷，我们这客栈里有两个单间，平时也没有人愿意住，不过昨天晚上，有一个找青云客栈的人，住进去了，就再没有看见他出来。”

火小邪一愣，问道：“什么样子的？”

店小二说道：“小爷，这又是一个问题了，要么您再给我一个钱？”

火小邪骂道：“你要说就说！信不信我告诉你老板去，看他怎么收拾你。”

店小二慌了神，说道：“别，别，小爷你可千万别和老板说，他会打死我的。哎呀，你怎么这么抠门啊，太狠了你！”

火小邪骂道：“你当我赚钱容易啊？要说就说，不说就走，你自己掂量，反正说出来我就不告诉你老板了！”火小邪抓店小二的把柄，一试就准，这多亏了火小邪在奉天城里市井中摸爬滚打出的识人相面经验。

在贼道里面，判断一个人好不好偷，要有“三道眼”，乃是：一看面相喜善富贫，二看身手迟重缓快，三看脾气冷暖愁困。像这种店小二是不是害怕店老板，耐不耐得住咋呼，几乎写在脸上，火小邪一看就知，一问就明。哪像一些狗贼，以为人长得胖，就定会身上藏金带银，皮肉太厚不敏感，便下手去偷，没准偷到个刚被炒了鱿鱼的厨子，体胖但身手敏捷，不仅偷不到，还能让厨子拿着菜刀追砍几条街。又没准偷到个看似粗笨，实则精细的悍妇，让悍妇五爪齐伸，抓个满脸花。

店小二连忙说道："我说，我说就是。嗯，那个，那个客人，我也不知道是男是女……"

火小邪说道："得，幸好没给你钱！"

店小二说道："不是我蒙你，是那个客人穿着大袍子，个子不高，脑袋包得严严实实的，声音又尖又细，听着好像是男人，也好像是女人。"

火小邪挠了挠下巴，说道："好了，我知道了，你去吧，我要睡觉。"

店小二笑道："谢小爷打的赏，谢了，谢了，千万别和我老板说。"说着点头哈腰地退出柴房。

火小邪见店小二退出柴房，身子一松，躺在干草堆里，拔出一根干草棍，叼在嘴上慢慢咀嚼，喃喃自语道："看来，我没有找错地方，青云客栈就在王家堡，只是没有人能一下子找到而已。这些和我一样来找青云客栈的人，都是些什么人呢？那青云客栈，又到底是什么呢？"

火小邪翻来覆去，琢磨了半天，不得其解。火小邪又累又困，拢了拢衣服，慢慢进入梦乡。

"火小邪，火小邪，醒醒。"火小邪在睡梦中隐隐约约听到有人叫他名字，火小邪迷迷糊糊的，还以为在做梦。

"火小邪，嘻嘻嘻嘻。"睡梦中那声音渐渐清晰，竟是女子的声音。

"水妖儿！"

火小邪脑子里精神一振，大喊一声，翻身坐起，四下到处观看。柴房里黑乎乎、静悄悄的，并没有任何人在。

火小邪从柴房窗口看出去，一轮皓月当空，四周寂静无声。

火小邪叹道："又是场梦？唉，水妖儿，你在哪里呢？"

火小邪长叹一声，正想躺下继续睡觉，大道客栈的前厅却猛然嘈杂了起来。

十八、青云客栈

火小邪顿时没了睡意，赶忙仔细凝听，只听到大道客栈前厅有人吵闹。

“孔镖头，我们这里总共就五六个客人，哪有什么贼啊！”

“少废话！你这客栈叫大道，大道大盗！不查你查谁？”

“孔镖头，您这一查，我这小店也开不下去了啊！把客人都吓跑了！”

“去，去，欠着我家王老爷的钱都还不上，我看你还是早点把这破烂客栈卖了！赶紧还钱，另谋生路！”

“王老爷说了不着急……”

“放屁，王老爷不着急，那是王老爷仁厚！我是干啥的？你不还钱，我才着急！滚一边去！来人啊！搜！搜！一间房一间房地搜！敢在王家堡偷东西！我看是哪个毛贼吃了熊心豹子胆了！在老子的地头撒野！”

大道客栈前厅十来个人吆喝着四处搜索，脚步声杂乱而又沉重，震得房屋乱响，同时骂骂咧咧声不绝于耳。

火小邪向窗外一看，几间二楼的客房已经亮起了灯，里面人影婆娑，颇多争执打闹之声。

火小邪正觉得奇怪，就听到有几个人大踏步向柴房走来，一路吆喝。

“柴房里住人没有？”

“住了，住了，一位外地来的小哥。”店小二小心翼翼地回答。

火小邪暗想：“这可糟糕，若是搜到我这里了，我还真不好和他们解释，奶奶的，睡个觉都不踏实，三十六计，走为上计！我溜！”

火小邪最后从柴房窗口看了一眼，这一看不打紧，一看顿时吓出一身冷汗。只见一个魁梧彪悍的大汉身后，跟着三个同样穿着王家大院镖师衣服的男人，其中有一个年纪略长的中年男人，并不显眼。月光明亮，火小邪看得清楚，这个中年男人，竟是奉天城的张四爷！

张四爷的威风气质，尽管此时不显山不露水，好像是个跟班随从，但以火小邪的记性，哪怕张四爷露出片头皮，火小邪都能认出！

张四爷跟着大汉走进后院，向着柴房走来，尽管不露声色，但不怒自威，看得火小邪心中狂跳不已。只是奇怪，张四爷脸上多了一块巴掌大小的烧伤，头发也剃秃了半边，好像被火烧过一样。

火小邪哪里顾得上细想，赶忙退开一边，飞快看了眼柴房四周。这柴房除了眼前的大窗，房屋两侧的高处还有两面小窗，下面堆满了乱柴，并没有踩脚之处。

火小邪急得汗如雨下，从正窗出去，会被当场抓住，而爬上小窗，恐怕这会已经来不及了！

领着张四爷进到后院的魁梧汉子，就是王家堡王家大院的孔镖头。孔镖头尽管只是王家大院的人，可实际上在王家堡却相当于“警察局长”，行使些维护治安、抓贼防盗、日常巡逻等职能。王家堡作为新兴的市镇，规模颇大，民国政府在此地倒是设立了行政机构，也不过是个摆设，三五个人做做样子，王家大院的势力仍然是一手遮天，王家堡的大事小事生老病死嫁娶丧葬，都是由王家人说了算。

孔镖头领着张四爷，显得十分谨慎，不时地回头看看张四爷，生怕张四爷有什么眼色。他们一行人快步走到柴房前，店小二把柴房门打开，叫道：“小爷，打扰你休息了！”

孔镖头、张四爷等人鱼贯走入，四下一看，柴房里空空如也，哪有火小邪的人在？

孔镖头皱了皱眉，骂道：“小二，人呢？”

店小二看着房中无人，也是惊道：“没看他出来过啊，难道上茅房去了？”

孔镖头骂道：“把人给我叫出来！”

张四爷哼了声，鼻子嗅了嗅，说道：“我看刚刚还有人在。”

张四爷走上一步，向着柴堆走去。

火小邪此时正钻在柴堆后，眼看着张四爷走来，心中暗叫：“完了，完了！这下子跑不掉了！”

就在张四爷还差一步走到柴堆之时，只听柴房外凄厉的哨声不断响起，屋顶瓦砾乱响，竟似屋顶上有无数人跑过，随即传来稀里哗啦的重物撞击和瓦片碎裂的声音。

张四爷猛然一顿，头也不回地跑出柴房，孔镖头等人哪敢怠慢，顾不得再勘查柴房，也跟着张四爷跑出屋外。

大道客栈的屋顶上，站着十来个钩子兵，不少人都已经放出绳索，牢牢拽住，剩下的则挥舞着三爪钩，全神戒备！后院的正中间，一个身穿黑色披风，头脸包得严严实实的人，已经被七八个钩子咬住身体，拉扯在地上动弹不得。这个黑袍人尖厉地怪声骂道：“张四！你们好狠！居然玩这种阴招！”

张四爷跑到近前，笑道：“灰毛虱，你以为你跑得掉吗？追到王家堡才抓到你，算你有本事！”

灰毛虱骂道：“张四，俺从来不曾招惹你！也从来没去过东北犯事，你是不是太狠了点！”

张四爷笑骂道：“老子就是看你们这些做贼的不顺眼！抓你又怎么的？我高兴！”

灰毛虱哼了哼，又用力挣了挣，知道已经回天乏术，和张四爷根本说不通，干脆闭嘴不语。

周先生从屋顶跳下，跑到张四爷身边，说道：“张四爷，抓到了！”

张四爷点了点头，冲孔镖头抱了抱拳，说道：“孔镖头，谢谢了！要不是你帮忙，恐怕我们还不能一下子把他赶出来。”

孔镖头赶忙说道：“张四爷，您可是贵客，天下闻名的大捕头，能来我

们这个王家堡抓贼，亲眼见到您的威风，实属我三生有幸！张四爷，请，请，王兴老爷一定等着见您呢。”孔镖头根本对抓没抓到人不关心，他关心的是张四爷什么时候去王家大院见王兴。

张四爷微微点头谢了，冲灰毛虱喝了声：“绑了！带走！”

有数个钩子兵从屋顶跃下，七手八脚将灰毛虱捆了个结实。有钩子兵上前把灰毛虱头巾拽掉，倒是吓得一愣，只见这人生得极丑，一张老鼠脸上，五官歪斜，一双黄豆大小的眼睛，贼光乱冒，满口尖牙伸出嘴唇，哪里像是个人。

张四爷骂道：“把他的脑袋蒙上，看着碍眼！”说罢转身就走。

钩子兵应了，把灰毛虱的脸蒙住，几个人提着他的手脚，跟着张四爷快步走出后院。

张老板和店小二见真的抓到贼人，吓得全身战栗，毕恭毕敬地送孔镖头和张四爷走出大道客栈。张四爷颇有风度地对张老板抱了抱拳，说道：“掌柜的，多有打扰！还望见谅！”

张老板恨不得跪下给张四爷磕头，慌得手足无措，满嘴词不达意地回话：“不敢，不敢！您慢走！下次再来，下次再来！恕不远送！不是，您留步，不是，您不送了！啊！对不起！我糊涂了……我的亲娘。”

张四爷不以为怪，孔镖头带路，一行人眨眼走了个干净。

大道客栈的几个客人，开始还对孔镖头半夜查房颇有微词，见真的抓到了贼人，一个个议论纷纷，在前厅闹成一团。

张老板擦着满脸的大汗，赶忙安抚众人：“各位大爷，各位客官！不好意思，不好意思，惊扰各位了！”

有住客骂道：“你这个开店的！居然让这种恶人和我们同住！以后再也不住你这破店了！退钱！退钱！”

“对！退钱！退钱！我现在就要走！一刻都不想在这里待着啦！”

张老板安慰了这个安慰那个，好不容易才打发了这些住客暂时回房。

张老板叹道：“我就说住单间的这个人模样古怪，花钱又不吝啬，没想到还真的是个恶贼！万幸啊万幸，要不是给抓到了，估计我这两年的积蓄都要让他偷了去。”

张老板正在长吁短叹，就听角落里有人叫他：“喂，张老板！抓走的那个，就是住在你宰人的单间里的？”

张老板一转头，看见火小邪从阴暗处走了出来，连忙上前拉住火小邪，低声道：“小爷啊，您别嚷嚷啦。我真是怕了你们这些人啦！”

火小邪说道：“什么叫你们？我是我，他是他，你可别瞎说话。”

张老板压低声音说道：“刚才抓走那人，也是来找青云客栈的。”

火小邪哼道：“他找是他找，我找是我找，哦，你是说找青云客栈的，都是坏人啊？这是个什么道理！”

张老板擦汗道：“是啊，是啊，是我的不对。我不是怀疑你，您可别见怪。您如果要走，我退您钱！”

火小邪双手一摊，说道：“谁说我要走？你是要赶我走？嘿嘿，我偏偏还要在这间店里住几天！但是明天的房钱，我就不给了！今晚都快吵死了！”火小邪想得清楚，张四爷在这店里抓到了人，任务达成，定然不会再来这家客栈了，这家大道客栈反而是目前王家堡里最安全的所在。

张老板无奈道：“行！行！听你的，听你的！”

火小邪打了个哈欠，说道：“那好，咱们可说好的啊。你可别反悔！回去继续睡觉喽！”

火小邪大摇大摆地回到柴房，躺了下来，这才松了口气，想刚才若不是张四爷抓到人，恐怕自己一定落在张四爷手上，那可就糟糕了。

火小邪细细琢磨一番，猜想刚才那番事情，一定是张四爷提前用钩子兵悄悄围了这间客栈，然后让孔镖头进来大闹大吵，把灰毛虱赶出来，落入他们的圈套，然后一举擒获。火小邪感叹道：“这个张四爷，真是不简单啊！不过看他脸上的烧伤，是不是被严景天严大哥他们弄的？估计张四爷还不是火家人的对手。唉，严大哥啊，你在哪里，你知道我也来王家堡了吗？青云客栈到底在哪里呢？”

王家大院内，火把如林，一片通明。这个巨大的院落，就如同一座小城池一般，七横七纵的道路，错落有致地把大院内的房屋隔开不同的群落。

王家大院居中又有一套显赫的院中院，乃是王全大老爷和王兴大少爷的会客居所，里面亭台楼阁，都是金碧辉煌，丝毫不落于皇家气派。

孔镖头带着张四爷、周先生走入硕大的客厅，有七八个人赶忙迎上，打头一个穿着上好的丝绸长衫，四十多岁年纪，头发梳得油光发亮，一看就知道是个大富大贵之人。

这人迎上张四爷，抱拳深深一鞠躬，说道："张四爷！在下就是王兴。"

张四爷习惯了这些场面，满面笑意，说道："王先生，多多打扰，多多打扰，在下奉天城的张四。"

两人寒暄几句，王兴一一介绍了一番自己的兄弟、妻妾，请张四爷坐了上座。十多个女仆，忙忙碌碌地给张四爷、周先生等人上了茶和糕点。

几人又彼此寒暄了几句，这才说到正题。

王兴说道："张四爷，御风神捕重出江湖，咱们这些买卖人，可有福气了！"

张四爷说道："什么御风神捕，都是前朝的事情啦，老皇历，不提也罢。"

王兴说道："张四爷，我们王家在清末开始经商的时候，御风神捕可是我们家的恩人哪！"

张四爷笑道："哦？这怎么说？"

王兴说道："当年我们王家刚有起色之时，倾其所有家财，打造了一对风水珠，打算卖给京城的王爷，谁知在半路上让贼人盯上了，把我们的珠子偷了去。多亏碰上御风神捕，连追了三天，把贼人抓住，找回了珠子！从此才有我们王家以后的兴旺发达。这可是大恩啊！"

张四爷笑道："哦！原来我们记录的案卷中，那王姓商户的风水珠失窃一案，就是说你们啊。这个我记得，记得！"

王兴说道："但后来再没有遇见你们，只听说不少你们的江湖传闻。大清朝颠覆之后，又听说御风神捕退出江湖了，不知身处何处，所以连个报恩的机会都没有。今日得见恩人，请受我一拜。"

王兴说着站起身，就要跪在张四爷面前，张四爷赶忙起身扶住王兴，说道："王先生，万万不可，受不起，受不起啊！那都是老一辈的功绩，我万万受不起！现在所谓的御风神捕，早已不复当年的威名，惭愧得很！惭愧得很哪！

请坐请坐！再勿如此！要不然我没法在这里待着，只好告辞了。”

张四爷把王兴按在椅子上，才回到座位坐下。

王兴叹道：“张四爷，敢问一句，御风神捕真的重出江湖了吗？”

张四爷抿了抿嘴，微微点了点头，缓缓说道：“是啊，不得不重出江湖。”

王兴赶忙问道：“是有惊天的大案发生了吗？”

张四爷笑了笑，说道：“王先生，这些事情我就不方便讲了，还望见谅。”

王兴说道：“明白！明白！我非常明白！不问了，不问了。”

张四爷说道：“今日我们路过此地，乃是在追踪一个叫灰毛虱的大盗，这个贼在山东一带极有名气，做过无数大案，但足迹从未出过山东！我这次在山西境内发现了他的踪迹，十分奇怪，就一路追来，没想到在王家堡抓到他。这还多亏了孔镖头的帮助！”

孔镖头在一旁眉开眼笑，乐开了花。

张四爷向孔镖头微微示意，继续说道：“不过我这次来山西王家堡，并非只为了这个灰毛虱，而是另有要务。所以，惊扰了各位，十分过意不去。如果王先生不介意的话，留我们在此借一宿，我们明天就动身。”

王兴忙道：“张四爷还要去哪里？”

张四爷说道：“王家堡并非我们必经之地，抓贼也是顺带着手，王先生要问我们再去哪里，实话实说，我们还没有想好，可能需要在附近一带做些调查以后，再做决定。”

王兴眉目一展，哈哈大笑。

张四爷纳闷道：“王先生笑什么？”

王兴笑道：“我是高兴，是高兴！本来不敢留张四爷在此，怕耽误了你们办事，既然张四爷暂时不知道去哪里，那我一定要让张四爷在我们这里好好住上十天半个月的！答谢御风神捕对我们王家的大恩大德！”

张四爷忙道：“这怎么行！”

王兴说道：“你们该调查，就调查你们的，但一定要住在我这里，让我好好招待各位，什么时候调查好了，你们就什么时候走，我绝不挡着。张四爷，你要是不答应，我只能给你跪下谢恩啦！”

张四爷连忙伸手阻止，说道：“王先生，万万不可！你容我商量一下。”

张四爷转头看着周先生，周先生沉吟片刻，凑在张四爷耳边低声说道：“自从我们败给严景天那些人以后，嚼子们受了火攻，伤了鼻子，一时分辨不出他们的气味。所以我们一路寻到山西境内，眨眼过了数月，还是毫无踪迹。严景天既然说了镜子在他手上，就算是假话，他必然也知道镜子的下落，我们还是以抓住他为主。而我们自从进入山西，却感觉到贼气渐盛，到了这个王家堡，更是贼气冲天，连山东的灰毛虱居然都能在此逗留。恐怕王家堡这一带有群贼聚集，不是针对王家的，就是另有图谋。我们不妨就在王家堡住下来，先审出灰毛虱为何来山西，再多多派人在附近观察，没准能发现些线索！”

张四爷低声回道：“周先生说得有理，我看我们就卖他们一个人情，一则休养人马，二则另议对策。”

周先生点了点头，说道：“那好！”

张四爷转头说道：“王先生，既然盛情难却，我们也不好推辞！麻烦各位了！”

王兴满脸高兴，站起身喊道：“来人啊，给张四爷他们准备酒菜！再腾出一个安静的院子，让张四爷他们好好休息！”

仆人们齐齐应了，匆匆忙忙下去收拾。

张四爷、周先生和一众钩子兵，就算在王家大院住下。他们和王兴酒肉吃喝一番，暂且不表。

子夜时分，张四爷他们终于安顿下来，王家大院内恢复平静。

踏踏踏，急促的脚步声在王家大院一条僻静黑暗的走廊中响起，一个男仆提着灯笼，在前方引路。这个镖师身后，王兴紧紧跟着，神色紧张，快步不停。

这两人奔至一个别致的小院落内，男仆退下，王兴独自前行，进了一间大屋。

有个丫鬟上前，低声说道：“老太爷在书房等着您呢。”

“好。”王兴并不停步，继续向房内走去。

王兴走至一古色古香的门边，轻轻推开房门，叫了声：“爹，我来了。”

屋里书桌旁正坐着一个花白头发、白面无须的老者，正借着烛光读书。这老者看着十分精神，丝毫没有病态，他并不抬头，仍然用心看着书，问道："王兴啊，把人都留下来了？"此人就是王家大院的老太爷，乃是王兴的父亲，名叫王全。

王兴站在屋内，毕恭毕敬地躬身说道："留下来了，十分稳妥，住的院子也都是爹爹安排的那套。"

老者说道："那就好，办得不错。王兴啊，你明天在大街上多多鼓噪，说是御风神捕莅临王家大院，王家堡要连唱十天大戏，请众位乡亲多多捧场。"

王兴说道："知道了，我立即去安排。"

老者说道："还有，他们要去哪里，找人留意一下即可，千万不要惊扰，随便他们。"

王兴说道："明白了。"

老者说道："好了，那你下去吧，好好款待张四爷他们，每顿饭至少一两金子的价钱，多多益善。"

王兴应了声，说道："爹，您也早点休息，外面的事，您就放心吧。"

老者挥了挥手，王兴缓步退出了屋内。

老者叹了口气，把书放下，自言自语道："御风神捕啊，你们早不来晚不来，偏偏这个时候来凑热闹。呵呵，也罢，也罢，就让他们热闹一下吧。"

王家大院中的一处院落，是张四爷他们的驻地。

院内，有的钩子兵在给马匹喂草料，有的围坐在一起抽烟聊天，有的打磨着自己的三爪钩，看着十分平静。院子一角，三只豺子犬懒洋洋地趴在地上，面前是一大堆连皮带肉的骨头，看样子也吃了个十成饱，张开大嘴打哈欠，无所事事。他们数月奔波，难得有这番清闲安稳。

这院落中的一间房内，火烛通明，照得屋内如同白昼。

张四爷坐在房间正中的一张椅子上，周先生则坐在一旁，而他们面前的地上，躺着捆成粽子一般的灰毛虱。张四爷手中拿着一块指甲盖大小的黑石，翻来覆去地仔细打量，这石头正是火小邪也有的黑石火令，乃是火家招弟子的信物。

张四爷对周先生说道："这黑石上一个'火'字，不知道是什么意思？"

周先生一直盯着黑石，说道："难道又和五行世家有关？这个'火'字，代表火家？"

张四爷说道："这倒很难说。"

张四爷把黑石捏住，用脚踹了踹地上的灰毛虱，骂道："你想清楚没有，说还是不说？你既然知道我张四的名头，早点说了，我饶你一命。"

灰毛虱尖声笑了几下，说道："张四，别太看得起自己了！俺灰毛虱，从来没让人抓到过，今天让你抓到了，俺真的佩服你！但你想从俺嘴里问出点事情，却比登天都难。"

周先生说道："灰毛虱，知道你是条好汉。我是觉得你划不来……"

灰毛虱尖声笑道："你这老哥，你好本事，俺也佩服你。想要花招套出俺的话，你还是想都不要想了。来来来，痛快点，要么给俺身上挠挠痒，要么就一刀送俺见阎王老子喝酒去。"

周先生笑道："灰毛虱，我不打你，也不骂你，就是想和你交个朋友。"

灰毛虱说道："朋友？你这老哥，是不认识俺吧，俺灰毛虱，啥时候有朋友？哈哈哈哈，废话说得多了，俺累得慌，莫问了莫问了，要打要挠，你们随便。"

张四爷说道："周先生，我看不用问了，这种江洋大盗，哪个问得出半句真话？"

周先生说道："不妨，咱们还有时间。"

周先生站起身，把灰毛虱扶正，将他脑袋上的头巾揭开，牢牢看着灰毛虱的眼睛，眼神猛地迷离起来，如同呓语一般问道："灰毛虱，这黑石和五行贼王有关吗？"

张四爷看见周先生这个样子，神色顿时严肃起来。

灰毛虱看着周先生的眼睛，脑袋猛地一晃，抖擞了精神，尖声骂道："你还会读心？哈哈哈哈，好玩，好玩！俺看你能读出个啥。"

周先生并不搭理，还是喃喃自语："灰毛虱，这黑石和五行贼王有关吗？"

黑夜沉沉，王家堡万籁俱静，仿佛所有人都已经睡去，谁能知道王家堡现在要发生什么，未来又会发生什么？

火小邪倒是睡得踏实，一夜无梦，一觉睡到了天亮。

火小邪并非忘了在张四爷来之前，似乎有水妖儿在睡梦中叫他，而是火小邪觉得如果是水妖儿他们，要出来见就见了，如果刻意躲着他，就算去找也找不到，还不如安心睡大觉呢。火小邪不是那些优柔寡断的情种，能够念叨一个女人整夜不眠，火小邪有自己的观点，天下之大，我就是我，犯不着巴结任何人，期望别人给你什么奇迹，更不必刻意为别人活着。

火小邪睡醒之后，到院内的水井边简单地洗漱了一番，抖擞了精神，打算今天去西边找找青云客栈的线索。

此时王家大院张四爷所住的院子内，众钩子兵已经吃过了早点，聚在院中各自操练。

张四爷和周先生推门而出，钩子兵们停下手，都向张四爷和周先生问好。张四爷笑了笑，示意大家继续操练。

张四爷和周先生慢慢走到豹子犬身边，三只豹子犬别看个头巨大，见张四爷和周先生来了，还是异常兴奋地用大头在两人身上乱蹭，十分亲热。张四爷和周先生摸了摸豹子犬的大脑袋，继续向前走去，一直走到一个角落。

张四爷问道：“周先生，辛苦了！很久没见你用读心术审问了！”

周先生说道：“倒不辛苦！这读心术再不用，就生疏了。说是读心术，其实也就是提出一个问题后，观察对方心里想的是肯定还是否定，问题问得多了，好像就能读心了，呵呵，不算什么大本事。只是这个灰毛虱，能名震山东，果然不是平常人，我花了一个晚上，也没读出什么所以然。而且我们对灰毛虱为何来山西，毫无头绪，不容易提出问题，进展艰难啊！”

张四爷问道：“那现在有些什么线索了？”

周先生说道：“目前只能判断出，这个灰毛虱来山西，的确和五大贼王有关，而且是和火贼王有关，他要在王家堡落脚，找一个什么东西，这个东西可能关乎着他以后的出路。”

张四爷说道：“嗯，那的确还摸不着头绪。”

周先生说道：“不过我们时间还多，问个十天八天的，应该能够搞清楚六七成。”

张四爷点了点头，两人慢慢走了几圈，伸展了一下拳脚。两人见时候不早，便安排着钩子兵整装，打算去王家堡周边巡查。

他们正在收拾行装，就隐隐约约听到远处有咚咚锵锵的锣鼓声传来。

张四爷十分纳闷，这一大早就敲锣打鼓，是有什么高兴的事？

火小邪刚刚走到大道客栈前厅，就听见门外锣鼓喧天，敲锣打鼓，十分喜气。张老板、店小二和几个房客正挤在客栈门边看热闹，火小邪凑过去，和大家打了个招呼，向外看去。

火小邪不看不要紧，一看就乐了。

火小邪面前的街面上，一队彩妆的人马敲锣打鼓地正在游街，打头的一个小丑打扮的大嗓门男人，走不了几步就大声唱道：“御风神捕莅临王家堡，抓获山东大盗灰毛虱，王大老爷喜迎贵客，连唱十天大戏，乡亲老少爷们都去看热闹咧！”这男人身后，除了锣鼓队以外，还跟着一辆两匹马拉着的平板大车，上面四个戏子，三个装扮成钩子兵的样子，挥舞着不伦不类的三爪钩，一个则是扮成灰毛虱，一来一往地用戏剧的路子对打，直到按住灰毛虱，如此往复表演个不停。一大堆小孩跟在车后，不断跳着脚拍着掌高喊：“哦，抓到贼喽，抓到贼喽！”

这一队人马热热闹闹地沿街行去，一路张贴迎客喜报，引得王家堡老老少少、男男女女都从屋里出来，驻足观看。

店小二乐得眉开眼笑，嘟囔着：“嘿嘿，有大戏看咧！好久没看戏了咧！”

张老板一个响指敲在店小二脑袋上，骂道：“有你什么事，你敢溜出去看戏，打断你的腿！”

店小二捂着脑袋，叫苦不迭，揉了揉半天脑瓜，说道：“老爷，昨晚上来的那些耍钩子的天兵天将，就是御风神捕吗？好厉害的啊！”

张老板说道：“估计就是他们，那身手，唰唰唰唰，在屋顶上跑得跟飞似的。别说是人了，就算是个成精了的黄鼠狼子，也跑不掉。”

其他住客没事干，听张老板他们讲昨晚的事情，都拢过来你一言我一语地乱侃。隔壁一些商号的伙计，知道昨晚大道客栈闹得天翻地覆，也跑过来探听消息，众人顿时聊得热火朝天。

“御风神捕”这四个字，眨眼间就传遍大街小巷，深入人心，连三岁小孩都明白御风神捕是抓贼的。

火小邪没有与他们掺和，独自走开，心中暗暗发笑：“这王家堡的王老爷，真是有趣，这样喧闹，生怕人不知道御风神捕在王家堡是不是？感情像是给来这里的贼通风报信的。哎！也许他们小地方的人，大人物来了都这样吵吵闹闹的。”

火小邪懒得管这么多，向着西边寻找青云客栈去了。

张四爷、周先生害怕豹子犬外出吓人，也就没带豹子犬，留下了几个钩子兵看住院落和灰毛虱，领着其他人出了院子。孔镖头一直在院外等着，见张四爷出来，赶忙给张四爷引路，带向王家大院正门。

张四爷他们走了没多远，外面锣鼓声越发响亮，好像正向王家大院走来一般，便问孔镖头：“孔镖头，外面一大早就迎亲吗？”

孔镖头笑道：“不是，不是，您出去看看就知道了。”

张四爷将信将疑地跟着孔镖头，众人快步走到王家大院门口，孔镖头打开大门，众人鱼贯而出，向正前方的王兴街看去，无不惊得呆了。

只见那队刚才走过火小邪所在的大道客栈门前，为御风神捕歌功颂德、极力炫耀的彩妆锣鼓队伍，此时正在王兴大街上游街，闹得一片欢腾，缓缓向王家大院正门走来。

张四爷、周先生看着远远而来的锣鼓队伍，愣在原地，下巴都要掉下来。孔镖头还在两人身边恭维：“张四爷、周先生，怎么样，我们这里尽管比不上省城，还是置办得挺热闹的吧。”

张四爷、周先生哭笑不得，又丝毫说不出别人有什么不对的之处。张四爷哑巴吃黄连，有苦说不出，只能咬牙切齿地笑道：“是啊，热闹，热闹，满城皆知，满城皆知了。”

孔镖头浑然不觉，自顾自地说道：“匆匆忙忙的，排场还没做够，要不怎么也要弄二三十个戏子，好好展现一下张四爷你们的威风。”

张四爷叹了口气，实在无话可说，只好任凭他们折腾，打算速速带着钩子兵溜走。

张四爷和周先生带着钩子兵还没走几步，呼啦啦地从街角涌出一大堆人，都是王家堡能够上得了场面的商户老板以及账房、掌柜，足足有二三百人之多，齐齐把张四爷他们围住，拥着张四爷他们，都是请他们去自己商号参观，顺便让他们教授些防盗防贼的法子的。一个个面色诚恳，好言好语，极为恭敬。

张四爷他们挤在人群之中，走也不是不走也不是，还不敢发作，张四爷只好高声大喊："各位乡亲，慢点来，慢点来！我们还要办事！还有要事要办！一家只去一个人！"张四爷这话本来意思是说，派一两个钩子兵一家一个人地去看看就行了。谁知张四爷话音刚落，人群躁动起来，立即开始瓜分钩子兵，抢到人的，都像抢到宝贝一样，簇拥着把人带走。

孔镖头兴高采烈地高声大叫："这可都是王老爷的贵客，你们若是怠慢了，可要给你们好看！午时之前，必须恭送回来！谁敢多留，别怪我不客气！"

张四爷好不容易推辞掉无数人的邀请，衣衫不整地溜回孔镖头的身后，抬眼一看，十多个钩子兵早已不见，甚至连周先生都让人簇拥着带走了。张四爷一摊手，愁道："孔镖头，你们王家堡的人，实在太……了。唉！"

暂不表张四爷的窘境，说回火小邪这边。

火小邪在西边寻了半日，还是毫无线索，已近午时，火小邪腹中饥饿，便找了个露天的煎饼摊，买了张大饼，坐在阴凉处的桌边，就着凉水吃了起来。

火小邪刚吃了一半，余光一瞥，就见到两人凑了过来。火小邪刚想打量，这两人一左一右坐在火小邪身边，一个人笑道："咱们又见面了！"火小邪抬头一看，这两人正是自己昨天碰见的郑则道和郭老七。郑则道一脸笑意，而郭老七仍对火小邪恨得牙痒，歪着嘴也不正眼看火小邪。

火小邪微微一愣，并不想逃跑，而是不悦道："怎么？不服气，寻仇来了？"

郑则道笑道："哪里，哪里，火兄弟可别多心，我是觉得我们两人有缘，见你在这里，所以赶忙上来打个招呼。"

火小邪冷冷说道：“咱们可没什么交情，你忙你的，我忙我的，井水不犯河水。”火小邪对郑则道这个人尽管不讨厌，但是非常厌恶郭老七，想郭老七既然叫郑则道大少爷，估计是他的下人，有这种没贼德的仆人，主子估计好不到哪里去。

郑则道还是淡淡一笑，说道：“火兄弟，昨天还见你衣衫褴褛，今天换了一身打扮，真是十足的精干，差点都没认出来呢。”

火小邪咬了一口饼子，说道：“还不是托您两位的福。”

郭老七重重地哼了一声。

郑则道说道：“火兄弟，我知道你觉得郭老七偷了救命钱，有违贼道的规矩，所以对我也看不顺眼。我不仅理解，而且还对火兄弟十分佩服。”

火小邪说道：“郑大少爷，你就别绕着说话啦，我是奉天来的，就喜欢干脆，你有话就直说好了。这个南方人和北方人，差别咋就这么大呢。”

郭老七嘴巴里嘀嘀咕咕地乱骂，就是不敢骂出声，不断斜着眼睛瞪火小邪。

郑则道笑道：“那好！其实我就是想问问火兄弟，是不是你也在找青云客栈？”

火小邪一愣，心想：“估计这两个家伙，跟了我一路了！听到我找别人打听青云客栈。”

火小邪说道：“呵呵，既然郑大少爷都说了，我也认了。是啊，是啊，我就是在找青云客栈。郑大少爷，你也是吧？”

郑则道点了点头，笑道：“既然大家都在找青云客栈，要不咱们互相照应着，谁有线索就通报一声，总比自己去找方便很多。火兄弟，你觉得呢？”

火小邪看了看郑则道，倒一下子摸不透他的心思，但是他的提议，又未尝不可。火小邪略略犹豫了一下，说道：“这个王家堡里，恐怕打听青云客栈的贼道高手不少，我昨天才刚到这里，你不找别人，为何找上我？你就不怕我拖你的后腿？”

郑则道笑道：“的确王家堡里，已经云集了各路好手，可他们大多老奸巨猾，独来独往，不仅彼此都看不起，更互相信不过。与火兄弟昨日一见，尽管有些冲突，闹得不太愉快，但我也能看出火兄弟乃是一个重信用、讲道理、懂规矩的好汉，信得过！火兄弟，你把钱还给那老汉了吧，我可是看到了哦，呵呵。”

火小邪心想：“你这个郑则道，估计也和他们一样，老奸巨猾！不过你愿意和我分享情报，对我倒是没什么坏处。”

火小邪说道：“那好，你既然信我，我也信你！你说吧，咱们怎么合作？”

郑则道说道：“白天，我们就各自忙各自的，每天晚上八点，你来王兴街的红马客栈甲三房找我，若有人问你，你就说找江苏过来卖货的郑少爷。”

火小邪说道：“你怎么不来找我？”

郑则道说道：“你住的大道客栈，店小了点，住客不多，你又住在柴房，所以进进出出的恐怕招人耳目，呵呵，还是到我这里来吧。”

火小邪暗骂：“既然连我住哪里都摸清楚了，敢情你一直留意着我。”

火小邪说道：“行，我找你就我找你！”

郑则道抱了抱拳，笑道：“那就不打扰火兄弟了，告辞了！记得啊，今晚八点，咱们在红马客栈甲三房见！不见不散！”

郑则道和郭老七起身走远。

火小邪仍然坐在桌边，有些发愣，慢慢吃着手中的大饼。

郑则道他们走得远了，郭老七才不甘心地说道：“大少爷，我就是想不通，咱们与谁合作，都不用和这个小子合作吧？您不是说了，他顶到天会拿盘儿，论身份也最多是下五铃里的品一品二，这种小贼毛，到哪里都是一抓一大把啊！”

郑则道说道：“郭老七，你打打杀杀是个好手，却不是个好贼！有些事情，跟你说了你也不明白！”

郭老七愁道：“大少爷，那你就教教我吧。我郁闷得很，真的想不通啊。”

郑则道慢悠悠地说道：“一个小贼毛，怎么会拿到黑石？又怎么会从奉天不远万里地来山西王家堡？就算他现在本事不大，也一定有特殊的天赋！更重要的是，我怀疑他认识火家的人，万一有人给他走后门，透露给他一点青云客栈的情报，那不是方便了我们吗？”

郭老七抓抓头，说道：“这火王招弟子，都能走后门？”

郑则道笑道：“我看这小子拿到黑石，八成都是走的后门！嘿嘿！”

郭老七一拍大腿：“大少爷，我真是太佩服你了！”

郑则道不再言语，大摇大摆地向前走去，郭老七紧紧跟着，把郑则道奉若神明。

火小邪想来想去，也想不出郑则道玩的什么鬼花样，既然想不出，就懒得再想。火小邪把饼子吃完以后，慢悠悠地在王家堡闲逛，不再打听青云客栈，只是看看这个摸摸那个，十分轻松自在。

火小邪浪荡了一个下午，自然青云客栈所在没有一点进展。火小邪并不着急，入夜之后，花了一个钱饱餐一顿，看时间差不多了，就优哉游哉地向郑则道所在的红马客栈走去。

王家大院里，王兴大宴宾朋，摆了二三十桌酒菜，把张四爷他们奉为主宾，菜肴奢华至极，席间吹拉弹唱，歌舞杂耍，弄得极为热闹！张四爷、周先生、钩子兵一干人等，被人轮番敬酒，片刻都不能安闲。这场酒席，一直从中午折腾到天黑，才逐渐散去，张四爷、周先生、钩子兵们常住奉天，东北那地界的人都是酒量极大，但他们喝到此时，仍然都有点微醉了。

孔镖头和一众王家大院的仆人，送张四爷他们回到院中，张四爷大着舌头说道：“麻烦各位！辛苦各位！谢王先生了！实在太丰盛了！”

孔镖头他们满面笑意地客气一番，目送着张四爷他们进院以后，这才离开。

张四爷和周先生互相搀扶着，步伐不稳地走进院子，张四爷一路嚷嚷：“要是天天这样吃喝玩乐，还怎么在周边巡查！走到哪里，就被人请到哪里！又不能发作！怎么办才好啊！”

周先生也苦着脸说道：“唉，咱们人在异乡，比不上奉天能够随心所欲，过了这两天，再好好和王先生说说，看能不能给我们一些方便。”

张四爷和周先生进了内屋，张四爷如同一摊烂泥一样坐在椅子上，用手撑着脑袋，就要睡觉。周先生缓步走到门前，把门关上。

周先生本来也是满脸微醉的样子，门一关上，脸上唰的一变，顿时双眼精光四射，毫无醉态。周先生一回头，只见张四爷也神采奕奕地端坐在椅子上，哪有一丝一毫的醉意。

周先生微微一笑，走到张四爷身边坐下，两人对视一眼，几乎异口同声地说道："这个王家堡，有古怪！"

周先生说道："果然不出我们所料，他们根本就不想我们四处巡查，早上拉我们分散出去，应该就是他们的计策。我们装了一天白痴，尽管十分辛苦，但也有所收获。"

张四爷沉声道："现在收回来的情报如何？"

周先生说道："这个王家堡，五成的大户商家都和王兴有或多或少的亲戚关系，他们刻意掩饰，绝口不提王家堡的近况，但毕竟人多嘴杂，还是让我们探听到，最近一段时间，有许多外地人，来这里寻找一家客栈。"

张四爷说道："什么客栈？"

周先生说道："青云客栈。"

张四爷说道："王家堡有这家客栈吗？"

周先生说道："依我看，并没有什么青云客栈，也许只是一个代号，恐怕寻找青云客栈的，都是灰毛虱这样的大盗贼人！"

张四爷笑道："嘿嘿，我就说灰毛虱怎么会离开山东，到山西王家堡来，果然是有大事发生！江湖上有名的大盗，看来都聚到这里来了！"

周先生说道："没错，我们有了青云客栈这个线索，再审灰毛虱，就方便了！"

张四爷说道："事不宜迟，速速把灰毛虱带来！"

周先生点头称是，速速退出房间。

片刻过后，周先生急急推门进来，身后跟着两个钩子兵。那两个钩子兵面如土色，一进门就跪倒在张四爷面前，咚咚咚连连磕头，哭道："张四爷，都怪我们，灰毛虱……他……他死了！"

张四爷啪地站起，怒道："废物！你们怎么看着他的？怎么就死了？"

钩子兵哭道："灰毛虱一天都不吃东西，只是用头巾包着脸面静静坐在屋角，一动不动，下午的时候，还是活着的，能够说话，我们以为他就是这个德行，便没有太在意。刚才周先生来了，揭开头巾，才发现他已经七窍流血而死。张四爷，请您处罚我们！”

张四爷缓缓坐下，紧锁眉头。

周先生低声道：“死得十分蹊跷，口舌干净，不似中毒，这一天除了我们，再没有人进到关押灰毛虱的房间。不排除灰毛虱用了什么法子自杀身亡。”

张四爷哼道：“好手段啊！高明！我们的一举一动，还是在王家大院的掌握之下。周先生，咱们连夜验尸！我想搞清楚灰毛虱到底怎么死的！”

周先生应了声是，拉起跪在地上的两个钩子兵，出了房间。

张四爷静静坐在屋内，面色一片肃杀。

火小邪晃晃悠悠来到红马客栈跟前，抬头一看，这个红马客栈真是比大道客栈排场了千百倍，灯红酒绿，万分气派。尽管已经入夜良久，仍然车水马龙，人员进进出出，繁忙无比。

火小邪暗哼：“奶奶的，都是有钱人住店的地方。有啥了不起的，没准都是黑心钱。”

火小邪大摇大摆进来红马客栈，一个店小二赶忙上前，客客气气地问道：“这位爷，您是吃饭住店，还是找人？”

火小邪装作大大咧咧的样子，说道：“找人！”说着就要向前走。

店小二赶忙拦住，说道：“这位爷，您可不能这样进去啊，我们红马客栈，可不是寻常的客栈，您要是不说找谁，就这样进去，恐怕小的要挨掌柜骂的啊。不行，不行，这位爷请您留步。”

火小邪哦了一声，哼道：“什么狗屁规矩？我找甲三房的郑少爷，这下行了吧。”

店小二一听，哦哦连声，说道：“找甲三房的郑少爷啊，我知道，我知道，这边请，这边请。郑少爷吩咐过，今晚有一位贵客要来找他，敢情就是您啊，请请！”

火小邪哼了一声，心里骂道：“狗眼看人低，到哪里都是一样！”

店小二毕恭毕敬地将火小邪领至三楼，在一间硕大的厢房门前轻轻敲了敲，说道：“郑少爷，您的客人来了。”

里面郑则道叫了声：“好！太好了！稍等！”

郑则道满面春风地拉开了房门，异常亲切地把火小邪肩膀一搂，笑道：“火兄弟，我等你等得好辛苦！快进来，快进来。”

店小二在一旁赔笑，猴巴巴地看着郑则道，嘀咕着：“郑少爷，客人我给您带来了。”

郑则道从口袋中丢出一块大洋，店小二熟练地接住，更是恨不得捧着郑则道的脚底板乱舔，鞠躬都要脑袋挨到地板上，极为谄媚地说道：“谢郑少爷，谢郑少爷！”

郑则道笑道：“以后记得我这位客人，不要怠慢！我们有事商议，不准任何人来打扰！听到了吗？”

店小二忙道：“是，是，郑少爷放心！放一万个心！”

店小二快步退下，郑则道领着火小邪进了房间。

火小邪本来在心里乱骂这个店小二是个天生做狗的奴才样，可进了这间屋子一看，顿时张口结舌，眼睛都看不过来，赞叹这房间装修得豪华，还以为进了皇宫。

郑则道笑道：“火兄弟，这边坐，这边坐。郭老七，上茶来！”

郑则道把火小邪拉到一张硕大的红木圆桌边坐下，郭老七提着茶壶，像是吃了蜂蜜一样笑容满面地快步走来，见到火小邪更是如同见到祖宗一样客气。火小邪见郭老七这个样子，也是纳闷，心想今天中午的时候还有一口吃了我的恶劲儿，怎么一下午就想通了，把我当老子供着啦？

郭老七给火小邪、郑则道倒上茶，笑道：“大少爷，火少爷，两位慢用，我在一旁候着，你们聊你们的，有事叫我。”

郑则道挥手让郭老七退下，郭老七诺诺连声，退至侧房，不见了踪影。

火小邪看着郭老七的方向，喃喃道：“吃了狗屎了吧，他这样子我还真不习惯。”

郑则道笑道：“火兄弟，不管他，咱们聊咱们的。”

郑则道这人不知道是真心还是假意，对火小邪知无不言言无不尽，还拿出张手绘的王家堡地形图，细细密密地和火小邪讲了王家堡地理位置、人文风情、商家布局、街道市井、风水方位、历史由来等，几乎把他来王家堡的这十多天所查所见所知无不详细说了一遍。

火小邪听得头昏脑涨，但也佩服这个郑则道短短十多天，竟能把王家堡摸了个底朝天，恨不得比当地人还当地人。

郑则道说得连绵不绝，丝毫没有问火小邪打听到了什么，只是边说边征求火小邪的意见：“火兄弟，你觉得这里有什么线索？”

火小邪当然回答不出来，只好木讷地嗯哼着点头。郑则道并没有丝毫不耐烦，还是说个不停。

郑则道说了半个时辰，终于停下，对火小邪笑道：“火兄弟，这就是我掌握的王家堡的情况，不知对火兄弟有没有用？”

火小邪尴尬道：“啊！有用，有用！郑兄弟，您说得实在太详细了，我都不知道该怎么回答你了。”

郑则道笑道：“我现在认为，青云客栈很可能就在王家大院内的某处地方，如果我们没有结果，我可能晚上就要去王家大院一探究竟了！”

火小邪忙道：“可是御风神捕就住在王家大院内，这十分危险！”

郑则道说道：“王家老爷今天大吹大擂，不就是为了告诉我们，御风神捕住在院内吗？要么是欲盖弥彰，要么是考验我们的贼术。俗话说，不入虎穴焉得虎子嘛！”

火小邪说道：“青云客栈在王家大院内，的确合情合理，但我却觉得我们想太多了。你容我再想想？”

郑则道缓缓喝了一口茶，说道：“不妨，不妨，火兄弟，你慢慢想想，看看你能想到什么。”

火小邪心中叹道：“这个郑则道，看来是真心真意地与我合作，现在反而是我亏欠着人家。唉，我是以小人之心度君子之腹了，惭愧！不管如何，我也得说些什么，要不让郑则道把我看扁了。”

火小邪慢慢摸着脸颊，回味了一下郑则道的介绍，沉吟片刻，说道：“郑兄弟，我倒是有一个想法。”

郑则道连忙说道：“火兄弟请讲。”

火小邪笑了笑，说道：“我胡说八道，郑兄弟千万不要责怪。”

“不会不会，火兄弟随便讲就是。”

“从你对王家堡的描述来看，我觉得青云客栈恐怕根本就不在我们视线之内，也就是说，青云青云，并非一定是高处，也可能是地下！”

“嗯，对！火兄弟，我也想过这个问题，可是青云客栈若是在地下，这王家堡方圆近万亩，入口又在何处呢？”

“郑兄弟，你拿到黑石，是否只得到王家堡青云客栈这一条线索？”

“是啊，六月十五之前，山西王家堡，青云客栈，线索仅此而已。怎么？火兄弟还有其他线索？”

“不是，不是，我和你一样，只有这个线索。我现在猛然觉得，青云客栈所在，恐怕就在‘青云客栈’这四个字上面。”

郑则道眼中放光，忙道：“从字上面入手？有趣！但是‘青云客栈’这四个字，无论猜字谜，凑字，组字，同音，还是引申周边的含义，青石？云彩？季节？气候？诗词歌赋？这些好像都没有合适的结果。”

火小邪深深吸了一口气，说道：“是啊，但我目前就是觉得，答案就在‘青云客栈’这四个字上面。呵呵，郑兄弟，我纯粹是凭感觉行事，瞎蒙的，不用当真。”

郑则道笑道：“火兄弟，我反而觉得你的感觉很对！要么咱们就推敲一下‘青云客栈’这四个字如何？”

火小邪说道：“好！那就有劳郑兄弟开个头。”

郑则道沉思片刻，悠悠道来，火小邪用心听着，两人一来一往，又商议了数个时辰，仍然不得其解。火小邪头昏脑涨，他这个人平时最怕麻烦，没有这个精力天马行空地琢磨，实在支撑不足，便起身告辞。

郑则道看着精神头十足，也没有拦着火小邪，他和郭老七一直将火小邪送到红马客栈门口，这才返回。

火小邪一路昏沉沉地向大道客栈走去，嘴巴里不住念叨着：“青云客栈，青云客栈。”走着走着，脚下不稳，磕绊到一块石头，一个趔趄差点摔倒。火小邪骂骂咧咧，又要前行，脑子里突然火光一现，想起一件事情。

火小邪哎呀一声，暗哼道：“难道是这个道理？”火小邪本想跑回红马客栈告诉郑则道，但是转念一想：“不过我这突发奇想，也说不准，还是明天我自己先看看，确认之后再和郑则道商量吧。”

火小邪想到这里，耸了耸肩，脑子里倒不再昏沉沉的了，于是快步向大道客栈走去。

十九、火灵乍现

王家大院内张四爷所住的院子内，一间房门窗紧锁，门外站着七八个钩子兵，眼睛一眨不眨地全神戒备，三只豹子犬也来了精神，在院中来回兜圈，不断昂起巨大的头颅观望。

房内，两张桌子拼着的一面台子上，趴着浑身赤裸的灰毛虱尸体。张四爷和两个钩子兵站在灰毛虱脚边，钩子兵举着烛台，照着灰毛虱的尸体。张四爷全神贯注地注视着周先生，周先生正仔细地按压摸索着灰毛虱的背部。

周先生手一停，摸在灰毛虱的腰椎之上，俯下身去细细观察，在灰毛虱的脊柱上，竟有一个细小的血点。周先生低声说道："有了！"

张四爷赶忙凑过身，看着周先生手指点住的地方，说道："这是一个血点？"

周先生说道："像是极细的针刺入体内留下的。"

张四爷说道："不错！看这种血点，应该是刺入体内极深造成的，看部位，正是脊柱骨之间的接缝处，这一针下去，刺入脊髓中下毒也未尝不可。"

周先生点了点头，说道："张四爷，你还记得我们在奉天抓获的黑三鞭说过的话吗？"

张四爷沉吟道："你是说黑三鞭说自己中过火家的火曜针，弄得他每次发作，都生不如死？"

周先生说道："对！可惜我们没有来得及亲眼看看黑三鞭的火曜针位于何处，就出城追赶贼人。否则我们就能确定是不是火家人杀了灰毛虱，那么王家大院和火家的关系，就清楚了！"

张四爷疑道："如果就是火家人杀了灰毛虱，但他们怎么下手的呢？并没有其他人接近灰毛虱啊。"

周先生说道："恐怕我们住的这间院子，就有暗道机关。"

张四爷说道："这个王兴就不怕我们发现？"

周先生说道："恐怕这个王家堡，就是一个极大的贼窝！我们现在没有丝毫证据，和王兴说了，他也不会承认，反而惹来杀身之祸！"

张四爷骂道："好个王家堡，好个王家大院，好个贼人！欺负到我头上来了！奶奶的，老子端他们个底掉！"

周先生说道："端不掉的，这里是山西，不是奉天，况且我们在明，他们在暗，我们只能继续装傻下去，暗暗摸清楚这里到底要发生什么事情！只要能找到严景天的下落，我们立即就走！此地绝不可久留！"

张四爷哼道："想当初在大清朝时，我们御风神捕能够纵横天下！什么时候要装傻充愣，躲着别人，可眼下！唉！不提也罢！"

周先生说道："现在说是民国，实际上群雄割据，天下大乱，而越是乱世，贼道越盛。从清末起，短短几十年，平添了多少名震江湖的大盗！就算是张作霖张大帅，都是一身贼气！"

张四爷黯然道："盗民心，盗天下啊！天地，万物之盗。万物，人之盗。人，万物之盗。三盗既宜，三才既安。"

周先生点了点头，俯下身子，又要仔细打量灰毛虱的尸身，却听到院子里豹子犬惊天动地地吼叫起来！

张四爷和周先生一愣，张四爷骂道："看来有贼找上门了！"

张四爷和周先生快步出门，只见豹子犬疯了一样抓着墙壁，想向上跳跃。钩子兵无不持械，摆好了身形，准备动手。

张四爷奔出房门，一个钩子兵上前来报：“张四爷，刚才屋顶有一贼人过去了！让豹子犬发现，就在院子外墙那边，我们追还是不追？”

张四爷说道：“这是别人的宅子，我们不便动手！你看清是什么了吗？”

钩子兵答道：“那人身手极快，从屋顶一跃而过，模糊能认出，是一个光头和尚，穿着袈裟。”

周先生惊道：“和尚？”

张四爷走上几步，喝道：“嚼子们，不要叫了！过来！”

嚼子们极为听话，止住了叫声，仍然愤怒不已地低吼着，走到张四爷身边。

张四爷隔空抱了抱拳，叫道：“哪路的贼子，出来一见！”

“阿弥陀佛！好厉害的禽兽！”一声佛号传来，墙头猛然站起一人，穿着破旧的灰布僧袍，看不清脸面，笔直地站在墙上，如同一根木头一样微微左右摇晃，似乎风一吹就能吹走一般。

豹子犬又要冲过去，张四爷低吼：“别动！”

豹子犬极为不甘心地站住，不再前冲，以前爪撑地，不断低吼。

张四爷冲墙头那人叫道：“你是何人？报上名号来！”

那和尚说道：“小僧法号苦灯。张四爷，御风神捕，久仰大名。”

张四爷说道：“你来这里做什么！和尚现在也做贼吗？这是什么道理？”

苦灯和尚说道：“阿弥陀佛，和尚就不能做贼？你又是什么道理？我就是来这里看看，别无他意！不过见到各位，我突然想明白了一件事情！多谢各位！告辞了！”苦灯和尚话音刚落，身子一晃，已经从墙头跳下，再无踪影。

苦灯和尚刚走，才听见王家大院内锣声震天，有各处的护院镖师大叫：“有贼啊，有贼啊！抓贼啊！”王家大院顿时乱成一片。

张四爷怒哼一声：“现在才知道有贼！已经晚了！”

周先生慢慢说道：“好厉害的贼和尚，和尚若是做贼，恐怕真的世道沦丧了……”

火小邪在柴房里睡得昏天黑地，哪知道王家大院此时正闹得天翻地覆。

火小邪睡着睡着，做起了好梦，梦见自己钻进了一团暖烘烘的云彩里，而且香气扑鼻，火小邪在梦中高兴，干脆一翻身，把一团香喷喷的云彩搂在怀中。

火小邪说着梦话："真软乎啊。"

"嘻嘻。"似乎有人忍不住地娇笑。

火小邪继续梦话："云彩还会笑呢。"手紧了紧，把云彩抱得更紧，又伸手摸了摸。

而火小邪越来越感觉不对劲，那云彩渐渐有形有质起来，摸着竟是一个软绵绵的人。

火小邪心中一惊，猛然把眼睛睁开，吓得愣住不动，他怀中果然紧紧抱着一个穿着黑衣的女子，那女子的脸近在咫尺！

火小邪大叫一声，一把将这个女子推开，连滚带爬退后几步，指着这女子骂道："你是谁？你干什么？"

黑衣女子慢慢坐起，轻轻地说道："火小邪，不认识我了？"

月光明亮，从柴房的窗中洒入，这黑衣女子分外俊俏动人。

火小邪算是看清了黑衣女子的长相，木然说道："水、水妖儿……"

水妖儿冷冷说道："见到我像见到鬼？是不是看见我就讨厌？"

火小邪赶忙爬过来，坐在水妖儿身边，说道："我……我没想到是你，刚才，刚才得罪了，我刚才在做梦……"

水妖儿并不看火小邪，冷冷说道："没想到你如此轻浮！刚才抱得那么紧！"

火小邪脸涨了个通红，说话都结巴了："真的，真的不是，我刚才真的在做梦！我骗你我就不是人。"

水妖儿转过身子，看着火小邪，淡淡一笑，说道："算了……火小邪，没想到是我吧。"

火小邪尴尬劲儿还是丝毫不退，说道："是，是，你怎么在这？我……我……"

水妖儿笑道："你忘了？我说过，我在山西王家堡等你嘛，我当然在这里。”

火小邪不知道该怎么说，咬着嘴唇不说话。

水妖儿止住笑容，眼波流转，突然头一低，掉下眼泪，说道：“火小邪，你到底是来找我的，还是来当火王弟子的？”

火小邪最怕见到女人哭，又一下慌了，忙道：“水妖儿，别哭，我……我……”

水妖儿抬起头，一双美目，浸着泪水，在月光下熠熠生辉，那模样真是让人无比爱怜，火小邪看得心中一荡，耳根发烫，更是一句话都说不出来。

水妖儿身子一扭，靠到火小邪的怀中，轻启朱唇，说道：“火小邪，我等你等得好辛苦，我爹爹不让我见你，我是偷偷跑出来的，只求见你一面。不管你是不是真心寻我，我都认了……”

火小邪温玉满怀，手微微颤抖，搂住了水妖儿的细腰，低声道：“水妖儿，我……”

水妖儿柔声道：“今晚，我这身子就给了你。”

火小邪满脑飞絮，根本不知该想些什么，做些什么，火小邪一个处子之身，从未感受过男女之情，朦朦胧胧地只觉得那是件异常美好的事情。

水妖儿用手一勾，把火小邪的脸拉近，眼睛半闭，无限柔情地说道：“火小邪，亲我。”

火小邪不断哼着：“不，不，不，不，不要这样，水妖儿，不要这样……”却止不住地贴近水妖儿的朱唇，淡淡幽香从水妖儿的口中吹出，火小邪更是迷乱，水妖儿的呼吸也急促起来，干脆闭上了眼睛。

正当火小邪要和水妖儿嘴唇接触上的一刹那，火小邪心中猛然火光一闪，和水妖儿相处的一幕幕飞一样地掠过，火小邪一下子睁大了眼睛，坐直了身子，一把将水妖儿推到一边。

火小邪睁圆了眼睛，说道：“你！你不是水妖儿！你是谁？”

水妖儿面露惊慌，说道：“我怎么不是水妖儿？”

火小邪指着水妖儿说道：“你不是水妖儿！水妖儿绝对不会这样！”

水妖儿挪近一步，怒道：“你凭什么说水妖儿不会这样！”

火小邪骂道："别过来！再过来我就对你不客气！"

水妖儿呆呆看着火小邪，半晌才说道："好吧！我输了……"

这个水妖儿把脸一扭，再转过来已经是一副阴柔妩媚的样子，嘻嘻笑道："火小邪，真没想到，美色当前，你居然忍得住。看来水妖儿没看错人，好吧，好吧，本来我刚才还挺有兴致，你这一折腾，我也没劲儿了，我不是水妖儿，我是水媚儿。"

火小邪十分警惕地说道："水妖儿呢？"

水媚儿笑道："她不能见你，在你没有成为火王弟子之前，她都不能见你。"

火小邪说道："谁让你这样做的！为什么要这样陷害我于不仁不义？"

水媚儿说道："呆子，我乐意这样做，水妖儿喜欢的男人，我也喜欢。她得不到的，我却可以得到。普天之下，能分辨出我们的，屈指可数，你算其中一个。火小邪，我和水妖儿长得一模一样，你就一点不喜欢我吗？"

火小邪骂道："水媚儿，你少胡说八道！水妖儿在哪里？我要见她。"

水媚儿笑道："我说过了，她不会见你的。"

火小邪说道："水媚儿，那你来找我干什么？你再不走，我就要赶你走啦！"

水媚儿咯咯娇笑，说道："告诉你吧，我爹爹水王怕你找不到青云客栈，让我给你带个口信，青云客栈在哪儿，我现在就可以告诉你。你听不听？"

火小邪怒道："不听！不听！少来这一套，你回去转告水王他老人家，我感谢他对火小邪的栽培和厚望，我能不能成为火家弟子，绝不靠别人，全凭自己。找不到青云客栈，怪我自己没本事！"

水媚儿笑道："你还真是一身的火家性子，愣头愣脑，不懂圆滑。你不想见水妖儿了？"

火小邪说道："我没有本事，我也没脸见水妖儿！你如果没事了，就请你赶快走。"

水媚儿悻悻然站起身，娇笑道："好吧，呆子，你可别后悔！"

水媚儿走了几步，突然转身对火小邪说道："火小邪，你不会次次都分辨得出我和水妖儿的，下一次，我一定会偷到你的心！嘻嘻，嘻嘻！”

水媚儿拉开柴房的门，身子一晃，就不见了。

火小邪赶忙跑上前，把柴房门关上，靠着房门不住喘气，悲伤慢慢涌上心头，神色凄凉，说道：“水妖儿，对不起。”

王家堡一处僻静之地，屋顶上站着一高一矮两人，遥遥看着火小邪所在的大道客栈方向，两人一动不动，如同雕像一般，任凭夜风吹得衣裳飞舞。

另一条人影无声无息跳上屋顶，来到这两人身边，此人就是刚刚从火小邪那里回来的水媚儿，而屋顶上的两人，一个是水王流川，一个则是真正的水妖儿。

水媚儿走到水王流川身边，说道：“爹爹，我回来了。”

“火小邪愿意知道青云客栈所在何处吗？”穿着一件暗黑色丝质长袍的消瘦男子说道。

“不愿意，他让我转告你，感谢你对他的栽培和厚望，他能不能成为火家弟子，绝不靠别人，全凭自己。找不到青云客栈，怪他自己没本事！”

“呵呵，极好！”

“爹爹，万一他真的找不到呢？”

“他一定能够找到，我不会看错人。”

“爹爹，火小邪不过是一个寻常的小贼，你怎么对他这么重视，就是因为水妖儿喜欢他？”

“水媚儿，这话你不该问。你下去吧，我有话和水妖儿说。”

水媚儿极不情愿地说了声“是”，快步从屋顶上跳下，再无踪影。

“水妖儿，刚才水媚儿替你去见了一次火小邪，你该满意了吧。”

水王流川身边的水妖儿，还是穿着一身紧身黑衣，面色憔悴，夜风吹得头发四下飞扬，她眼睛也不眨一下地说道：“水媚儿永远不是我。”

“可火小邪根本不会喜欢你的，你何苦如此执着？”

“他爱我，恨我，烦我，恼我，我都无所谓，我只是在他身上，看到我原来的样子。爹爹，你不是和我一样吗？”

“放肆！水妖儿，你现在说话越来越放肆了！”

“爹爹，你为什么要帮火小邪，让他来山西？”水妖儿根本不搭理水王流川的愤怒，自顾自地说话。

“我自有我的打算。”

“可是以现在的火小邪，根本通不过火门三关。”

“水妖儿，火小邪并不是一个普通的小贼，你只知其一，不知其二。”

“为什么是青云客栈？”

“火家贼道，其性急，其情恭，其味苦，其色赤，化繁为简，取直舍弯，不为所动，不受所惑，以形定物，不曲不绕，无须周折，火灵若在，眼见即是。若没有火性之纯粹，周番杂念不息，纵以五行伦理繁杂推导，断然是找不到青云客栈的。”

“我明白了，火小邪的确能够找到。”

“火小邪若是今天听了青云客栈所在，下面的火门三关，必然没有一丝通过的希望！我就会把他的黑石火令收回来，以免他去送死。”

“爹爹，我知道了。”

“水妖儿，这次来到王家堡的各地好手，有一人名叫郑则道，乃是苏北少年贼王，绰号小不为，此人天生命格中就有水火双生，如果他这次通不过火门三关，我倒想吸纳他成为我门下弟子。此人和你倒是般配，水妖儿，你想不想见见他？”

“郑则道，他是个什么东西？我不见！”

“水妖儿，火小邪就算进了火家，那水火交融的法门也不见得能够学会，十年之后若有变数，你会心脉迸裂而死，死的时候人不人，鬼不鬼，你不怕吗？”

“我现在就不知道自己是人还是鬼！不怕！”

“郑则道和你在一起，能保你多活三十年，而且你并不用喜欢他，水妖儿，你就一点都不理解爹爹的苦心吗？”

“爹爹，你不要逼妖儿，我不想和你一样活一辈子。”

水妖儿身子一动，跳下屋顶，消失在黑暗中。

水王流川看了看天空中的月亮，说道：“月亮又要圆了。”说着身子一晃，如同一缕青烟一样，眨眼间消失不见。

火小邪没了睡意，再也睡不着，他生怕他再睡过去，水媚儿又钻到他怀里。火小邪抱着膝盖，缩在草堆中，枯坐了整整一夜，直到天亮。

火小邪不愿在大道客栈待着，出门洗漱一番，就大步流星出了客栈，直奔东边的小山方向。

火小邪爬到山顶，已是中午，便找了个避风的位置，坐了下来，向山下看去。王家堡所有景物，都一览无余。

王家堡方方正正一块，面朝东，背向西，主要是因王家大院的正门开向东边，正对着王兴街，所以东边房屋密集，越往西边则越发稀稀拉拉，林木稠密，罕见房屋。王家堡地面上的王家大院，占地巨大，几乎占据王家堡市镇面积的一半大小，而且同样是正正方方的。王家大院内尽管有七横七纵的道路，但主干道只有两条，乃是一横一纵，分别贯穿东西门、南北门。

火小邪端详了一两个时辰，还是难解青云客栈所在，不免有些难过，颇为沮丧地下了山，慢慢走回王家堡，已经天黑。火小邪没有胃口，胡乱吃了些东西，见与郑则道约谈的时间将至，抖擞了一下精神，向红马客栈走来。

刚走进红马客栈，远远就看到昨天给他带路的店小二兴冲冲地跑过来迎住，火小邪没好气地说道：“不认识我了？我找郑少爷！”

店小二满脸堆着笑，说道：“这位爷，我当然认得你，只是今天郑少爷出去了，还没有回来。要不我给您砌壶好茶，上两个小点心，您坐着慢慢等？”

火小邪囊中羞涩，知道自己花不起这个钱，皱了皱眉，说道：“不用了，我出去转一会儿，再回来。”

店小二赶忙应道：“哪行咧，如果一会儿郑少爷回来了，我告诉他一下，说是您来找过，一会儿再回来。”

火小邪说道：“也好！有劳了！”

店小二恭维道：“小爷您可别对我客气，这都是小的分内的事情。小爷您慢走，您慢走。”

火小邪走出红马客栈，心中奇怪，郑则道按理说不该这个时候还不回来，难道出什么事了？

火小邪在王家堡闲逛了半个时辰，回到红马客栈，店小二赶忙又迎上来，愁眉苦脸地说道：“郑少爷还没有回来，唉，平日里怎么也都回来了啊。莫非碰上了熟人，喝酒喝忘了？”

火小邪问道：“你看看郑少爷是不是退房了？”

店小二说道：“哟，这可不会，郑少爷包了我们甲三房整整一个月，到十八号才到日子呢，钱都给足了，他就算不回来住，我们也不敢当他退房了。对了，对了，我想起来了，今天郑少爷的确是提着行李出门的，我也没敢问。”

火小邪道了声谢，心神不宁地出了红马客栈，快步走回自己住的大道客栈。

大道客栈的张老板和店小二正趴在桌上打瞌睡，见有人回来了，才迷迷糊糊地起身问好。火小邪问了问是否有人来找他，张老板一问三不知，连连摆手。

火小邪心中一紧，恨道：“莫非，莫非郑则道已经找到青云客栈了？”

火小邪当晚又去了红马客栈几次，直到午夜时分，郑则道还是没有回来，火小邪只好作罢，回到大道客栈的柴房，越想越觉得别扭：“难道昨晚我和他聊了聊，就让他找到青云客栈了？唉！我怎么这么笨！”火小邪并不记恨郑则道连个招呼都不和他打，就悄悄离去，火小邪只是觉得委屈，为何别人与他聊了聊，就有所斩获，而自己究竟是什么没有想到呢？

往后的两三天，火小邪再也没有见到郑则道的身影，他好像真的和郭老七一起消失了，以郑则道的性子，离开王家堡是绝不可能的，而最大的可能，就是郑则道已经住进了青云客栈。

王家堡每天还是热闹非凡，各地商户马队来来往往，片刻不停，川流不息，每天都能在大街上看到无数陌生的面孔出现。王兴老爷安排的十天大戏，也是如约天天下午敲锣打鼓地进行，张四爷每天乐呵呵地带着周先生和钩子兵看戏，看上去一众人乐不思蜀，没有一丝想抓贼的念头。水媚儿再没有来找过火小邪，连刚到王家堡时呼喊火小邪的声音都再也不会响起。

谁是贼，谁是民，谁还在找青云客栈，谁已经消失不见，在这个太正常、太平静的王家堡，好像任何人物事情都会迅速湮灭在歌舞升平之中。

转眼已经是六月十一，离六月十五只剩四天。火小邪还是孤身一人，默默在王家堡四处游荡着，他这样的外地来的半大小子，衣着平常，满大街都是，毫不起眼，不会有人关注他。

直到六月十一夜晚，火小邪在柴房中发愣，他身上的钱已经花完，再次身无分文。明天一早张老板若要找他付一个钱的店钱，火小邪只能离开大道客栈，另谋落脚之处。

别看火小邪落魄至此，他反而心情不错，火小邪想得通，没钱的日子又不是第一天过，没人搭理还能落得个清闲，找不到青云客栈还能每天有点事情做，该吃就吃该睡就睡该找就找，没啥大不了的，何必给自己徒增无数烦恼？

火小邪咬着草梗，躺在草堆上，望着柴房的门窗，无所事事地哼唧着：“青云客栈，你在哪里？青云啊青云，客栈啊客栈，这个青是三横一竖，下面一个月，这个云是上面一个雨，下面一个云。青云，呵呵，青云。”火小邪边哼，边用手凭空写着这两个字。

火小邪写着写着，脑袋里火光一现，唰的一下坐起来，用手指在地面上工工整整地又把“青云”两字写了一遍。

火小邪噗的一口把嘴中的草梗吐掉，盯着地上青云二字骂道：“他奶奶的，就是这么回事了！”火小邪翻身而起，拉开柴房的门，跑进大道客栈前厅。

张老板正在账台上趴着睡觉，迷迷糊糊睁眼看了看，火小邪拉开大道客栈的大门，冲张老板喊了句：“不住了，我退房了！”

张老板张大嘴巴，哦了两声，又趴下来，嘟囔着：“退房就退房，退个柴房，还这么大动静。慢走啊，慢走……”眼皮子一沉，又睡了过去。

火小邪出了大道客栈，一路直直向王家大院外墙奔去，奔到王家大院院

墙下，火小邪绕着院墙就走。

王家大院占地颇大，火小邪急急忙忙行走，还是花了一刻钟，才走到王家大院的西边后墙，再往前行了一阵，就到了王家大院西院墙的正中，这个西门生得古怪，不是贴着院墙开启，而是平白无故地从墙里面修出来一小截。西门的两侧墙上，每隔几十步，还另开着几扇狭窄小门。

火小邪停下脚步，四下看了看无人，走到一扇小门跟前，打量了一番，自言自语："没有两根。"火小邪又向前走，打量第二扇小门，仍然说道："没有两根。"

等火小邪走到第三扇小门的时候，火小邪嘿嘿笑了，只见那扇厚重的小门，一人宽窄，落满了灰尘，看似很久都没有打开过了。这扇门上面，什么装饰都没有，只钉了两道黄铜做的衬条，看着不伦不类，别在门上十分扎眼。

火小邪走近小门，低声道："雲，雲，雲。"果然眼睛一亮，在门下的石阶上的一角，看到雕刻着盘云的图案。火小邪嘿嘿傻笑，低声唠叨："雨，雨，雨。"四下一看，门边不远处就有一石质水槽，里面盛着清水，火小邪捧了一把水，送入嘴中含着，走到门前，噗的一口，吐在盘云图案上。火小邪擦了擦嘴，见没有动静，哼道："看来雨下得还不够啊。"

火小邪又这样折腾了几次，直到把台阶上的盘云图案淋了个透湿。火小邪最后一口水喷在盘云上，骂道："还不开门！"

火小邪刚刚骂完，只听咯吱一声，那扇灰扑扑的小门竟然慢慢开了一道小缝，火小邪大喜，顾不得那么多，推门而入。

火小邪进了此门，见到一条狭长石室，上不见天，两边墙壁上挂着亮光微弱的油灯，不知通向何处。火小邪向前走了几步，身后的房门便慢慢弹回，咔嚓一声竟又锁上，似乎有人操作一样。

火小邪并不在意，快步沿着石道向前走去，可是走了十余步，却到了尽头，竟是一个死胡同。火小邪骂了声："见鬼！"走到尽头的墙边，细细抚摸，那面墙滑不溜秋，十分干净，竟似经常有人擦拭一般。

火小邪把这面墙从头到脚摸了一遍，毫无开启机关和缝隙之处，火小邪奇道："这里无路可走，上不见天，不能翻越，墙壁坚硬，打也打不破，难道是让人在这里等着？既然好不容易找到这里，等就等一下吧。"

火小邪打定主意，便坐了下来，岂知屁股还没坐稳，就觉得身下地面一震，轰的一声，火小邪所坐的一端竟然沉了下去，原来整个地面就是一个硕大的翻板。火小邪惊得大叫一声："哎呀我的妈！"手上乱抓，可毫无着力之处，骨碌一滚，便掉了下去。

火小邪落下了二三尺，就碰到了一个陡坡地面，火小邪一个翻身，想站起来，但落下的余势未减，站也没站得住，咕隆咕隆沿着陡坡向下翻滚，足足滚出了两三丈远，这才停住。

火小邪骂骂咧咧站起来，眼前已经一片明亮，他竟已经滚到了缓坡底部。火小邪心中大喜，向前走了一步，迈出这个缓坡地道。只见一个宽大的地下广场，面对着火小邪耸立着一栋建筑，这建筑的门楣上，挂着一个巨大的黑底红字招牌——"青云客栈"。

火小邪大喜过望，呼喊了声："终于找到了！"快步向门口跑去。

火小邪找到青云客栈的法子，还真是应了水王流川所说的火家贼道，"化繁为简，取直舍弯，不为所动，不受所惑，以形定物，不曲不绕，无须周折，火灵若在，眼见即是"。火小邪来到王家堡，打听青云客栈未果，已经觉得青云客栈恐怕不在视线之内，必须要领悟到青云客栈的含义才行。火小邪不像郑则道那样，大费周折，推理得极为复杂，他的确不愿动这个脑子，也花不起这个时间，一概直来直去地猜想，是这样就是这样，绝不引申推导。

火小邪去了东边的山上，从上方观察整个王家大院，倒是在王家大院的七横七纵布局中，看出一个"青"字，但又受一横一纵主干道所惑，仍然难以判断出青云客栈在王家大院何处。火小邪在郑则道走后几日，慢慢书写"青云"二字，终于让他想出这么一个道理。

"青"字上部，乃是一个"王"字出头，这个"王"字，正正方方地书写，不就是代表王家大院吗？而且在方位上，王家大院正门向东，背面向西，一个王字写在王家大院上方，头顶上多出的一笔，就应该是王家大院的正西，

也就是西门位置，恐怕王家大院的西门，就是方位。

再看“青”字下部，乃是一个“月”字，看到“月”字，一般人都会想象到月亮、时间、含义等，而火小邪看到这个“月”字，只以形状判断，觉得不过是一扇窄门，上面有两条横线罢了。既然“王字出头”，王家大院的西门是青云客栈的方位，那么“月”字不就是代表有一扇门，上面有两根横线，能找到这扇门，不就是找到入口了吗？

火小邪就凭这个看似无聊的道理，找到了地点。

找到地点还不行，还要能够进去，这对于火小邪可就更加简单了，那个“雲”字，上雨下云，不就是地面上有片云，上面给云浇点雨就行了吗？于是火小邪用嘴含着水，在台阶上的盘云图案上乱喷，当成雨落到云上。

这些法子，就破解了“青云”两字的含义，自然青云客栈便找到了。火小邪自始至终都认为，客栈就是客栈，是能够住人的地方，不至于弄个地沟破窑让人像老鼠一样窝着住吧。至于焚烧黑火石令，或者在哪儿点把大火弄个烟雾升腾，火小邪想都没敢想，万一把黑火石令烧化了，烧坏了怎么办？又万一纵火烧得不对，害人害己不说，就算见到青烟升腾，还能腾云驾雾走了不成？

火小邪纯粹以形定物，决不周折，反倒顺应了火家贼道的基础道理。火家之所以用这种法子，就是希望所纳的弟子，能够火性纯粹。只要你抛除一切杂念，仅以火性直觉思考，眼见即是所在，那就能够找到青云客栈了。这些道理，水王流川已经说得透彻，就不再多做解释。

火小邪跑到青云客栈门口，见大门洞开，便大步流星走了进去。刚刚跨入门内，只听一声锣响，有人叫道：“第十一位！”

火小邪一愣，停住脚步。一个店小二打扮的人提着一个小锣，从旁边匆匆跑出，看他的长相，火小邪十分眼熟，但就是想不起在哪里见到过。店小二笑着对火小邪说道：“这位客官，欢迎来到青云客栈，客官，请问住店的信物呢？”

火小邪“哦哦”连声，赶忙从贴身的衣袋中把黑石火令取出，交在店小二的手中。

店小二笑嘻嘻地把黑石火令捏在手指中一看，一把捏住，笑道：“请问客官怎么称呼？打哪里来？”

火小邪连忙一抱拳，十分恭敬地说道：“我叫火小邪，奉天来的。”

店小二依旧笑容满面地说道：“火小邪，好名字啊。请跟我来，已经给您准备了上好的客房休息。”

火小邪尴尬道：“那个，那个，我现在身无分文，付不起钱。”

店小二笑道：“青云客栈，从来就不收钱，你能在小店住多久，就住多久，吃穿用度，分文不取。请随我来。”

店小二领着火小邪再往里走，穿过厢房，才算进了青云客栈的前厅。火小邪四下看去，竟和普通的客栈别无二致，若不是这般离奇地寻来此处，又是建在地下，真看不出这里能够聚集天下一等一的贼人。

前厅里摆着十余张桌椅，此时坐着六七个人，一个和尚与一个喇嘛坐在一块儿，低声细语，面色虔诚，不知是不是在交流佛经。其余人则各占一桌，静静喝茶食用点心，也不言语。火小邪走进来，向他们张望，这些人才抬头打量了一番火小邪，似乎对新来了客人并不为怪，微微点头示意。

在前厅一侧，还有四个店小二打扮的人分头忙碌着，就是不见店老板。

火小邪知道这些人一定是比他早到一步的贼道高人，十分恭敬地向他们顿首示好，心中豪气顿升：“我火小邪能来到这里，与这些比三指刘和黑三鞭更厉害的高手同住一处，光是想想就知足了！哈哈！”

店小二目不斜视，继续带着火小邪向前，上了三楼，推开一扇挂着“三五”标牌的房间门，客客气气地笑道：“客官，您就住这个房间。”

火小邪连忙谢过，店小二又说道：“无论需要什么，都可以下楼来找我，若是不方便，不想出门，床边墙上，有一红线拉绳，拉动一下，马上就有人上来伺候着。”

火小邪谢道：“辛苦了，辛苦了！”

店小二微微鞠了一躬，说道：“客官，还有四天，才到十五日，这几天您待在店中，可以随意串门走动，就是千万不要外出，否则就回不来了。您好好休息，我不打扰了。”

店小二说完，笑了笑，转身退开。火小邪压根没把这人当店小二，恭恭敬敬地目送店小二离开，这才走进房间。

这间十一号房，尽管没有红马客栈郑则道住着的甲三房那般富丽堂皇，但别有一番风味，房间各处都摆设着古董字画，看着十分风雅。火小邪慢慢观赏，所见之物都是异常精美别致，绝对不是寻常的器物，火小邪并未在意，继续观赏，停在一幅画前，那幅画上画着数只雀鸟，活灵活现，站在刚刚发出翠绿新芽的树枝之上，似乎在欢声鸣叫对话。火小邪赞道：“画得好啊！”火小邪细细打量，只见画作一边，写着画作名字，乃是“江南春风鸟语图”，再往下看，火小邪顿时愣住，那落款处竟写着“乾隆”两字，紧跟着几方拓印，如果火小邪没有看错，其中一个竟是皇家玉玺印章，他之所以认得，乃是在奉天见过杂书上清朝皇帝玉玺的表印影像。

火小邪惊得目瞪口呆，如果这幅画真的是清朝乾隆皇帝的画作，那可是价值连城之物，怎么就这样随随便便地挂在客房里？火小邪一头冷汗，慢慢转身看着房间里十多件字画古董，突然明白过来，恐怕这屋里的每件摆设，不是历朝历代皇家的御用之物就是稀世罕见的珍宝，随便拿走一样，一生都吃穿不愁。

火小邪擦了擦汗，连连长叹，暗道：“这……这……难道火王富可敌国？这样的宝贝都不放在眼里？我的娘亲祖宗啊，他们到底偷了多少东西……今天算是开眼了……”

火小邪尽管看着眼馋，但丝毫没有偷窃之心。火小邪从小做贼，却绝不是贪财之人，见到眼前这番情景，心中更多的是赞叹佩服，想那火家的严景天等人衣着平常，花钱也绝非大手大脚充阔绰，相反似乎还有点抠门，如果火家富贵至此，火小邪和严景天分手的时候，不至于严守义抠抠搜搜，只给了一片金叶子，看来火家贼道，早已看破富贵钱财，另有所求。

火小邪叹了叹，暂把眼前的宝物忘掉，再去房间卧室查看。里面的卧室十分宽大整洁，桌边摆着洗漱用品和几套干净衣物，甚至配有几双鞋子，再往里走，还有一间浴室，摆着一个硕大的木质澡盆，有一根竹管缓缓流出热水，注入木盆之内。火小邪倒乐了，他一路风尘仆仆，没有好好洗个澡，觉得身上都有点痒痒了。火小邪当下把衣服脱了个精光，跳入木盆内，先泡个澡轻松一下再说！

火小邪洗完澡，换上了青云客栈准备的衣服，衣服十分舒适，而且合身，如同为火小邪量身定做的一样。火小邪见怪不怪，知道火家理应有这个本事，也就不客气，踏踏实实穿戴齐整。

这一番打扮下来，火小邪神清气爽，精神为之一振，近日的烦躁担心一扫而光，胃口大开，肚子叽里咕噜叫了起来，感到分外饥饿。

火小邪不敢拉床边的红绳叫店小二来服侍，推开房门走了出去，来到青云客栈前厅。店小二笑盈盈地快步走过来，问道：“客官，有什么吩咐？”

火小邪十分小心地说道：“不好意思，肚子饿得厉害，有没有什么吃的？”

店小二笑道：“有！有！客官想吃点什么？”

火小邪说道：“嗯，嗯，什么都行，怎么方便怎么来，能吃饱就好。”

店小二说道：“那行咧，请一旁稍坐，一会儿就来。”店小二转身要走。

火小邪连忙叫住他：“哎，那个，请问，你怎么称呼？”

店小二说道：“哦！我是店小二。”

火小邪笑道：“这可不好，你可不是店小二，你的大名怎么称呼？”

店小二笑道：“哈哈，我姓店，名小二，我就叫店小二。那边还有几个，分别叫店小一、店小三、店小四、店小五。”

火小邪哑然失笑，天下之大，无奇不有，还真有这样的客栈，里面跑堂的伙计，叫这种名字。火小邪只好说道：“怪不得你们的袖口上分别绣着一二三四五，原来是这样……”

店小二笑道：“客官，好眼力啊。呵呵，您稍坐，稍坐，我这就给您准备吃的去。”

火小邪在前厅捡了张桌子坐下，此时前厅里还有三人，和尚和喇嘛已经不见。那三人还是如同火小邪刚进青云客栈时一样，各占一张桌子，互相不搭理，自顾自地喝茶，慢慢食用点心。

这三个人，一个是体型魁梧的髯须大汉，留着齐肩长发，但两鬓头发剃得精光，在脑后绑了一个小辫，此人穿着一身麻布衣服，背上斜背着一个鼓鼓囊囊的黑色帆布包，一只大手拿着茶杯，把茶杯在手中转来转去，另一只手捏住桌上的盘中的豌豆，手指一弹，一颗豌豆就弹入口中。

第二个人穿着笔挺的西装，带一副圆形的金丝眼镜，梳着中分头，面颊消瘦，精神不振，双目无神，似乎大病初愈的样子。看着极像一个大学里的教书先生。他动作缓慢地把一块点心放在嘴边，细细地咬下一点，然后慢慢咀嚼，这样子吃下去，恐怕一块点心要吃一个时辰才能吃完。

第三人一看就知道是个矮子，坐在桌边，足足比火小邪低了半个头，这个矮子留着光头，脑门上横七竖八地文着弯弯曲曲的刺青，却不像个图案。矮子个矮，却长了两条冲天眉，一双眼睛又细又长，鹰钩鼻，樱桃口，身上披着一件大红的披风，脑袋从披风中钻出来，领口极高，还是绿色的。反正这个矮子，越看越怪，但又觉得十分令人发笑。这个矮子也不吃东西，就是拿着一双筷子，一颗一颗地扒拉盘子里的豌豆，聚精会神，旁若无人，让人莫名其妙。

火小邪心想："这大汉看着像是个屠夫，西装男人看着像病号，矮个的看着像小丑。刚进来的时候，竟还有和尚和喇嘛，怎么来的都是些怪人？"

火小邪正想着，远远有人高声叫他："啊！这不是火兄弟吗？"

火小邪一转头，只见郑则道兴冲冲地快步向他走来，还是红马客栈的装扮，一身阔少爷的行头。郑则道这打扮，在青云客栈中倒显得十分正常。

火小邪暗念："果然他在这里！"

火小邪站起身，冲郑则道抱了抱拳，不冷不热地说道："啊！郑兄弟！咱们又见面了！"

郑则道一屁股坐在火小邪身边，笑道："火兄弟，我就知道你一定能够找到这里。"

火小邪说道："还不是托郑兄弟的福。"

郑则道说道：“唉！我知道火兄弟一定记恨我独自离开，连个话都不留。可是我那天出去，不过是打探一下，没想到能够找到，当时我见到门能打开，高兴得忘乎所以，便不加犹豫地下来了。而这个青云客栈进来了，就不能出去，我是干着急，没办法啊！这几天一直愧疚得很啊。”

火小邪想了想，这个郑则道说得合情合理，如果换了是他，估计也忍不住。

火小邪轻轻一笑，说道：“郑兄弟客气了。我理解你的心情。”

郑则道如释重负一般：“那就好，那就好。”

火小邪说道：“你那个手下郭老七呢？他也来了吗？”

郑则道说道：“他跟我一起下来了，但他没有黑石，不能住店，所以被人带走了，不知道现在住在哪里，我也有几天没见到他了。”

火小邪轻轻“哦”了一声，也不说话，若有所思。

郑则道凑到火小邪身边，低声说道：“火兄弟，我俩真的十分有缘，咱们在地面上一见如故，今日都来了这个青云客栈，要不咱们还是联合起来，互相照应一下？我这两天在青云客栈闲逛，搜集到一些有趣的情报，不妨告诉你。”

火小邪听郑则道又在拉拢他，谈不上高兴还是不高兴，说道：“这里有这么多高手，你何必找我？”

郑则道笑道：“火兄弟，你不知道，我要是能够和他们合作，早就合作了。你看那个戴眼镜的西装男人。”

郑则道微微一斜眼，火小邪跟着郑则道的目光看去，郑则道低声说道：“这个人我在苏北就见过，乃是上海那边的大盗，江湖绰号病罐子，偷东西的爱好古怪，专门偷珍稀的药材，传说他有个妹妹，从小就得了怪病，无药可治，他家里又没钱，于是他便去偷各种药材，后来他妹妹病死，他这偷药材的毛病却改不过来。此人独来独往，性格孤僻，别说与他合作，说句话都难。”

火小邪一听，来了兴趣，又问道：“那个穿着大红大绿的矮子，你认得吗？”

郑则道说道：“这个人倒是从来没有见到过，只是江湖传说，有一个行走在川黔滇边境的大盗，叫作红小丑，就是个矮子，偷东西也怪，好像最喜欢偷年轻貌美女子的头发。不知是不是他？”

火小邪点了点头，问道：“那个大胡子的壮汉呢？”

郑则道说道：“这个人我就一概不知了。”

火小邪转过头，看着郑则道，突然问道：“那你呢，郑兄弟？我只知道你叫郑则道，绰号小不为，其他一概不知呢。”

郑则道嘿嘿一笑，说道：“火兄弟，实不相瞒，我郑家乃是苏北的名门望族，我又是独子，所以根本不愁吃穿，要什么便能有什么。我偷东西仅仅是因为喜欢，觉得乐趣无穷。可我越偷就越想偷难偷到的，但明白自己能力有限。而火行贼道，传说是天下至尊的本事，没有偷不到的东西！所以我得到黑石火令，欣喜若狂，来到此地，更是势在必得，一定要成为火王弟子！火兄弟，我都说了，你呢？你为何来到这里？”

火小邪为之语塞，他到现在，都没有一个合适的理由。说自己不服气不认输？理由牵强；说自己受水王所托？简直像是胡扯；说自己为了水妖儿？太过儿女情长；说自己不来白不来？又得让人看扁。

火小邪啧了啧嘴，慢慢说道：“因为我叫火小邪，仅此而已。”

郑则道愣了愣，略略思考一番，笑道：“高深！有理！若不是为了自己，谁愿意来此地？因为我是郑则道，所以在此地！真是好啊！好！”

火小邪尴尬地笑了笑，真不知这个郑则道是故意巴结他，还是嘲讽他。

店小二这时端着托盘快步走到火小邪跟前，见郑则道和火小邪坐在一起，并不吃惊，一边上菜一边说道：“哟，两位认识啊？是一起吃饭吗？还要不要加点菜？”

郑则道对店小二客气地说道：“一见投缘，以前倒不认识。不用加菜了，我不饿，就是陪火兄弟聊聊天。”郑则道看来绝不会提自己曾经在红马客栈和火小邪商议过青云客栈地点的事情。

店小二笑道：“那两位客官有什么需要，随时招呼小的。”店小二把两菜一汤、一叠馒头放好，“请慢用！”说罢微微鞠躬，快步离去。

火小邪一见桌上摆着的饭菜，胃口更是大开。一道菜是猪肉炖粉条，一道菜是小鸡烧蘑菇，一道汤是酸辣汤，三个白面馒头，看一看就让人口水直流。火小邪眼睛放光，抓起馒头，顾不得搭理郑则道，放开手脚大吃，不断哼叫：“好吃！娘的！太好吃了！”倒不是火小邪饿得发晕，吃个驴粪蛋子都觉得是好味，而是青云客栈给火小邪呈上的这两菜一汤，乃是地道的东北家常名菜，做的口味不仅正宗而且浓香入骨，猪肉粉条放在嘴里一滚，便能化作浓汁，鸡肉蘑菇嚼劲十足，每一口嚼下去都奇香满嘴！

郑则道看着火小邪狼吞虎咽，十分不理解，想着不过是乱烧乱炖的一锅，黑乎乎的，连个菜品的模样摆设都没有，他碰都不愿碰，火小邪还能吃得如痴如狂？

郑则道十分恭敬地问道：“火兄弟，这是什么菜？真的很好吃吗？”

火小邪呼哧呼哧地哼道：“好吃啊！好吃！猪肉炖粉条，小鸡烧蘑菇，我天天做梦吃大餐，总是这两个菜！郑兄弟，你尝尝，尝尝，不蒙你！真的好吃！”

郑则道略一思量，呵呵笑道：“那好！我就尝尝。”郑则道从桌上筷笼中抽出一双筷子，夹了一块蘑菇，放在嘴中慢慢咀嚼，很快就微微皱了皱眉，没敢再嚼，咕隆一口生吞下去。郑则道极不习惯这种偏咸的口味，丝毫不觉得有什么好吃，吐出来又不雅，只能一口吞掉了事。

郑则道把筷子放下，摸出手绢擦了擦嘴，笑道：“的确味道不错，不过我就不吃了。”

火小邪含糊道：“味道不错，就多吃点，还多得很，我吃不完。”

郑则道笑道：“不用了，不用了，尝尝即可。”

火小邪管他吃不吃，呼哧呼哧自己猛撑，简直要把这两年欠下的吃喝全部补回来一般，吃得震天作响，不多久，便把两菜一汤三个馒头一扫而光，恨不得把盘子都给舔了。

火小邪拍了拍肚皮，心满意足地哈哈大笑：“哈！饱了，饱了！好久没吃得这么痛快了！”火小邪见郑则道眼睛眨了眨，余光向一边看去，不禁也转头一看，只见前厅里那大汉、病罐子、小矮子正牢牢盯着自己，和火小邪目光一碰，就转开来，继续各自静坐桌边。髯须大汉把桌子一拍，站起身来，

火小邪吓了一跳，怎么他要打人？

髯须大汉自己对自己说道："不吃了！回去睡觉！"迈出大步，咣咣咣走离桌边，便要回房。

火小邪打了一个嗝，说道："对不住啊，太好吃了，没注意各位，打扰了，打扰了！"

那个矮子和病罐子见髯须大汉走了，一个一个也都起身，便要离去。矮个子边走边瞪了火小邪几眼，快步离开。病罐子一副大病初愈的样子，慢腾腾地向回走去，一步一晃，几乎随时都要摔倒一样，根本不看火小邪。

这三人走后，青云客栈前厅只剩下火小邪和郑则道两人。

火小邪抓了抓头，惭愧道："唉，可能我刚才吃相粗鲁，把别人都气走了，真是不好意思。"

郑则道反而阴阴一笑："我看他们三个，刚才应该是在密谋什么，结果被火兄弟打乱了。火兄弟，你这招用得巧啊。"

火小邪一愣，根本是丈二和尚摸不着头脑。

原来贼道之中，除了寻常能听见的黑话套口，还有一种罕见的交流方式，称之为"啜黑"，都是江湖中的独行大盗彼此间使用。"啜黑"与商人之间互相伸手在袖子中讨价还价的"掌价"十分类似，但是更为复杂，是以极细微的变化来交流。小矮子拨弄盘中的豌豆，病罐子慢慢吃点心，大汉往嘴里弹豆子吃，看似啥也没有，实际上毫微之处都有深意。

几个贼人合作行窃之时，有时候不能言语，要靠眼神手势交流，遇到复杂的情况，要先讨价还价一番，谁去做什么能够分到更多的赃物，都要事先说好才行，这就是"啜黑"的缘由。髯须大汉、病罐子、小矮个一直静静坐在青云客栈前厅，看似一个个呆呆傻傻的，啥都没干，实际上正用"啜黑"的手段，密谋着什么，也许与偷盗有关，也许与联合有关，反正绝不能让别人知道他们在商量什么，因为若没有"啜黑"先前约定的"引黑"，谁都看不明白。

以火小邪的贼家盗行，哪懂得这么高深的贼道手法？

郑则道见火小邪有些发愣，心里明白了几分，没等火小邪开口，继续说道：“咳！火兄弟，咱们不说这个，管他们做什么？要不去我房间里坐坐，我给你讲讲青云客栈的其他情况？”

火小邪赶忙答应，跟着郑则道起身回房。

郑则道一路说着：“火兄弟，这青云客栈的绍兴菜做得极为地道，咱们明天尝尝？这里竟有兰香馆的招牌菜绍兴小扣！万分正宗！恐怕青云客栈的厨子就喜欢满天下都偷菜谱、佐料，还有绍兴什锦菜，肉饼也极好味！”郑则道絮絮叨叨说个不停，领着火小邪回房，暂且不表。

火小邪从郑则道口中，了解到青云客栈不仅供人所住的这一片建筑，绕过后院，还有无数洞口通往地下，但是都被铁栅栏锁住，挂着告示不准住客入内、违者逐出。这里的贼人忌讳青云客栈的地位，谁也不敢贸然打探，郑则道更是如此，在火小邪没来之前，他除了到处闲逛，闭门练功，吃饭睡觉以外，没有其他事情可做，连个说话的人都没有，过得实在郁闷。所以郑则道见到火小邪来了，总算有个不用太过提防的“傻小子”陪着，倒显得十分开心。

郑则道亦云，这个青云客栈客房里的古董字画摆设，几乎个个都是价值连城，看来火家的富贵早已超乎想象，所以这些宝贝根本都不放在眼里。由此可想而知，火家贼道愿去偷的东西，已经超凡脱俗，非他们这些民间草贼可以领会。郑则道每每说到此处，都是两眼放光，如痴如醉。

火小邪对郑则道这个人爱也爱不起，恨也恨不起，尽管能够感觉到郑则道与自己交好，多是利用之心，但无论怎么琢磨，仍觉得时时亏欠着郑则道一点情面。郑则道对他讲东讲西，分析青云客栈里人物的种种异常，都显得真心实意，而且句句是真，不像火小邪三竿子打不出一个有价值的闷屁，最多能够讲几个市井笑话，就算讲讲笑话，也能把郑则道笑得前仰后合。火小邪得过且过，郑则道又十分热情，每天一觉醒来，就敲门喊火小邪一起享用早餐，火小邪便日日和郑则道厮混，除了睡觉、出恭不在一起，几乎形影不离。青云客栈中的住客，渐渐也有三两成群的，尽管不如火小邪和郑则道那般亲

热，但吃饭的时候肯定聚在一起。

几日里青云客栈相安无事，风平浪静，除了不断看到陌生脸孔一脸错愕惊讶地来到青云客栈以外，这里的生活分外安逸，乃是火小邪活到这么大年纪最悠闲舒服的一段时光。青云客栈深处地下，不见天日，分不清早晚，饿了由青云客栈提供天南海北的各地美食，闲了去后院的池子里钓金鱼乌龟，困了回房泡个热水澡睡觉，安逸得火小邪都差点忘了来这里做什么。

眨眼便到了六月十五。

“咣咣咣，咣咣咣”，锣声不断，火小邪正睡得踏实，被这锣声吵醒，只听有人敲着锣在门外叫喊着：“各位客官！六月十五啦！请火速来大堂聚集，正事来啦！不要慢了！不要慢了！”

火小邪一个激灵，翻身而起，哪还有什么睡意。火小邪麻利地把衣服穿好，就听郑则道在门外敲门叫道：“火贤弟，起来没有？不要误了时辰！”这几日火小邪和郑则道相处下来，火小邪改口称郑则道为郑大哥，郑则道则叫火小邪为火贤弟。

火小邪赶忙叫道：“起来了！起来了！这就来！”

火小邪推开门，郑则道衣着光鲜，笑吟吟地站在门口，冲火小邪点头示意。

两人快步走入青云客栈大堂，大堂中早已或坐或站地聚了不少人，一个个面色凝重。火小邪、郑则道寻了一张桌子坐下，陆陆续续又有人进来。片刻之后，似乎人已聚齐。

店小一到店小五从各处钻出，打量了众人一番，其中一个说道：“怪了！还少一人！”

“来了！来了！”一声喊从侧旁传出，只见一个光头小胖子满头大汗地跑出来，看也不看大家，哧溜溜就往人群中钻。众人正奇怪怎么回事，又听到侧旁有人大吼：“你这个吃货！偷你爷爷的菜谱！”一个光头大胖子飞也似的追出来，手里提着两把黑漆漆的锅铲，这个光头大胖子和先前一个简直形如兄弟，只是体型更大，脸上留着八字胡而已。

留胡子的大胖子大叫大嚷，提着锅铲如同一头蛮象一般冲入人群，直直向小胖子追来，小胖子边逃边骂:“说好了只是看看！谁偷你的！血口喷人！”

大胖子挥舞着锅铲乱砸，怎奈小胖子总是快了一步，碰不到他分毫。大胖子气得嗷嗷大叫，撞得桌椅歪斜，拼命追赶，大堂中乱成一团。

大小胖子追逐一圈，小胖子终于停住，站在大堂前方空地处，从背后抽出一把黄灿灿的锅铲和一个黑漆漆的铁锅，迎着大胖子双手一架，挡住大胖子的双铲猛击。两人都“嗷”了一声，僵持在原地。

大胖子咬牙骂道：“你这吃货，从你来后就发现你不对劲，专让我做些怪菜！还敢说不是想偷我的菜谱的！”

小胖子拼死架住大胖子，也骂道：“说了只是看看！看后还你！还要我说几遍！老子是住店的！你是店里的厨子！还有厨子追打客人的吗？”

大胖子骂道：“偷我的菜谱，天王老子也要打！”大胖子手臂一振，把小胖子推开，两人嗷嗷大叫，又冲上来锅铲铁锅乱挥，叮叮当当金铁相击，砸得乱响，打成一团!

众贼十分好奇，并无人上前劝说，围在一边冷冷看热闹。火小邪在一旁看得心惊，这两个胖子别看都是一身肥肉，但动作均灵活无比，脚步轻盈，如同两大块猪肉在空中飞舞撞击，皮肉相交，啪啪闷响。

“咣咣咣，咣咣咣”，又是一阵锣响，压住了大小胖子的全力搏杀之声，店小二们叫道：“掌柜的到！”

大胖子微微一愣，腾腾跳开几步，瞪了小胖子一眼，赶忙单膝跪下，垂首不语。

小胖子累得气喘，见大胖子暂时不打，又听到有掌柜的出来，呸了一声，退下一旁。

一个穿暗红丝袍，留着三寸长短山羊胡子的消瘦老者从前厅后侧急急走了出来。此人头发灰白，向脑后梳得光亮，论长相只是平常，除了衣着富贵以外，看着不显山不露水，真的就像一个发了点小财的客栈掌柜。

这掌柜的走出来，首先指着大胖子厨子低声骂道：“胡闹，胡闹！还在这里丢人现眼？”

大胖子厨子委屈地说道：“有人趁着住客在大堂会聚的时候，偷了我的菜谱，我不甘心，才追出来。”

掌柜的骂道：“先下去吧，我给你要回来。”

大胖子连连点头，乖乖地站起来，一溜烟地跑回后厨去了。

掌柜的堆起一张笑脸，冲大堂里的各位团团鞠了一躬，说道：“都是在下管教无方，让各位见笑了。我姓店，是青云客栈掌柜的，今天由我来给大家传达火王的消息。”

人群中有人冷哼：“店掌柜，我本以为青云客栈十分了不起，还不是让人偷了东西！今天算是见识了！我看什么火王的弟子，不过尔尔！”

随即有人附和，嘿嘿冷笑，嘲讽道：“就是！我们不辞辛苦来到这里，你们除了会折腾人，倒也亮亮你们的本事！”

店掌柜的连连鞠躬：“各位客官！不要着急，我们这儿就是一落脚客栈，照顾着各位吃好住好，别的还真不行。”

偷了菜谱的小胖子心中得意，站出一步喊道：“我并不是偷，我就是借来看看！只怪那胖厨子一惊一乍的！怪不得我！”

店掌柜的笑道：“这位客官，你若是真喜欢研究菜谱，不用急于一时嘛！只要能成为火家弟子，别说是借着看看，天下菜谱都是你的。”

店掌柜说罢，一翻手，从袖子中抽出一本灰扑扑的小册子，在手中挥了挥，说道：“就暂时还给厨子吧，日后有的是机会。”

小胖子一见店掌柜手中的册子，顿时愣在原地，随即反应过来，啪啪啪连拍自己的身上寻找什么，显然那本小册子就是小胖子一直藏在怀中的。小胖子瞪圆了双眼，手停在身上，惊道：“怎么会！怎么在你那里！这……这……这……你什么时候拿走的？我……我……我……”

店掌柜把小册子丢给店小一接着，吩咐道：“拿下去。”

店小一赶忙退下一边。

小胖子还在四下乱摸，但汗如雨下，嘴中不停地喃喃说道：“什么时候，什么时候？不可能，不可能的啊。”

店掌柜这一招下来，大堂里顿时鸦雀无声，刚才冷言冷语嘲讽的几个人更是大气都不敢出，乖乖静立一边。到底是什么人，什么时候接近的小胖子，怎么从这种好手身上偷出来的，又是怎么突然间落到店掌柜的手上的？谁都没有看到是怎么回事！这简直是匪夷所思，想想都让人不寒而栗！如果在青云客栈中放肆，被人一刀杀了，恐怕连人影都见不到。众贼想到此处，谁还敢说青云客栈的人没本事？

店掌柜还是客客气气地对众人说道："闲话就不多说了！首先恭喜各位在六月十五之前来到青云客栈相会。此次黑石火令发出三十五枚，收回十八枚，那便是在场的各位了！从今日起，各位将接受火家贼道的试炼，共有三关，称之为火门三关，能通过三关者，即可成为火家弟子。这火门三关，虽是考量各位的火性贼术，但十分危险，恐有性命之忧，所以话说在前面，若是现在反悔，还可退出。不知有人退出吗？"

众贼中有人高叫："店掌柜，我们能找到青云客栈，已是不易！相信没人愿意退出的！请你往下安排吧。"

众贼嗡嗡一片，都应了，没有人要在此时退出。他们这些人，脑袋一向别在裤腰上走路，性命之忧的话，都如耳边风一般，还赶不上被啐一脸唾沫。

店掌柜笑道："好！店小二，拿号牌来！"

店小二早就准备好，提着一堆长方形的红色木牌，走到店掌柜身边站住，另一只手递给店掌柜一张信笺。

店掌柜把信笺展开，说道："现在给各位发牌，此牌乃是各位火门三关的身份象征，若是丢了，便视作退出！号牌乃是用各位先来后到的顺序发放，我念到名字的，请上前来。"

店掌柜环视了一下众人，开始念道："第一位，吐鲁番来的阿提木。"

"哦，在这里，来啦！哦啦啦！"一个西域口音的喊声传出，从人群中跳着舞走出一个穿着异族服饰的高挑男子，戴着八角帽，鼻子下一撇浓须，一路跳着民族舞步，来到店掌柜身前，显得十分喜庆。店掌柜把号牌交给阿提木，阿提木把号牌拿在手中，展示给众人观看，只见号牌上刻着一个巨大的"壹"字。阿提木高兴地说道："哦啦啦，我是一位，一位，哦的的！"跳回人群。众贼中有人不禁眼露凶光，没想到居然是这个蛮夷第一个找到青云客栈的！

店掌柜看着信笺，念道："第二位，四海为家，苦灯和尚！"

"阿弥陀佛！"人群中苦灯和尚高声念着佛号，双手合十走了出来，慢慢行至店掌柜跟前，接过号牌，说道："谢施主赐牌。"说罢慢慢走了回去。

店掌柜念道："第三位，苏北郑则道，绰号小不为！"人群中有人轻轻低呼，看来小不为这个绰号在江湖中极有名气。

郑则道站起身，向众人团团抱了抱拳，笑道："在下郑则道，承让，承让！"

郑则道笑着看了眼火小邪，走上前来，把号牌接了，揣入怀中，对店掌柜微微一鞠，十分谦卑地说道："请掌柜的多多包涵！"店掌柜笑着摸了把自己的胡子，似乎对郑则道的举止颇为满意。

火小邪心想："郑则道一直没和我说他是第三位找到青云客栈的，藏得好深。咳，可能他不好意思说，觉得是炫耀吧。"

店掌柜继续念道："第四位，拉萨来的卓旺怒江大喇嘛。"

一个个头不高的喇嘛走了出来，并不作声，快步走到店掌柜跟前，接过号牌便走回人群。

店掌柜念道："第五位，上海来的王孝先，绰号病罐子。"

那个戴圆形金丝眼镜，一身西服，病恹恹的男人咳嗽了几声，慢慢走出，拿走号牌，刚走了几步，就站着剧烈咳嗽，他掏出手绢捂住嘴，手绢上满是鲜血，他叹了口气，便颤巍巍地走回。

"第六位……"店掌柜继续念道。

二十、火门三关

“第六位……广东，甲丁乙……”店掌柜继续念道，人群中顿时爆发出一片愕然之声，纷纷扭头看谁是甲丁乙。原来这甲丁乙，乃是最近几年突然活跃在广东贼道上的神秘人物，名震华南一带，可谁都没有见过他的样子。甲丁乙每次作案得手，都要留下一朵红色纸花，纸花内写着“甲丁乙”三字，所以贼道江湖中才称他为甲丁乙。而甲丁乙如此有名，能引得群贼哗然，关键并不在于他偷了什么或者有什么本事，而是他专门偷贼的东西，也就是说甲丁乙所偷之物全是被窃的赃物。为此甲丁乙得罪了广东一带的无数贼人，无不对其咬牙切齿，恨不得除之而后快。可是甲丁乙从来神龙见首不见尾，只能见到红色纸花在各地出现，不露蛛丝马迹，乃是华南贼道中的一个谜。

众贼看了半天，却没有人站出来。店掌柜把六号牌拿在手中，说道：“甲丁乙，若是你不方便出来，就待我们把所有号牌发完……”

店掌柜话刚未落，一道黑芒从上空滚落，唰的一下把号牌卷住，嗖的一下，号牌被黑芒带离店掌柜的手中，越过众贼的头顶，没入青云客栈黑暗中，竟然再无声息，如坠泥潭一般。

众贼大惊，纷纷后撤一步，拿稳身形，全神贯注以防不测。

店掌柜苦笑道：“我们这住客只有十八个人，你藏着也不是办法，号牌发完，你是谁不是人人皆知了吗？”

“哈哈哈。”三声大笑，一个干瘦老者从人群中走出，双目血红，阴沉沉地笑道：“我就是第六位，但我不是甲丁乙！因为我已经死了！”众贼大惊，凝视着这老头，老头哈哈哈大笑，把额头上的一块膏药一把揭开，额头上赫然刻着一个血红“炎”字，深可见骨，这老头厉声叫道：“我来到青云客栈，报了甲丁乙的名号，但甲丁乙并不是我！不要怕，若你们怕了，大可作废这次火门三关！否则甲丁乙定会成为火王弟子！到时看你们怎么办？哈哈！”老者说完，突然眼睛一翻，一口鲜血喷出，瘫倒在地，身子在地上抽搐两下，竟似死了。

这死去的老头，火小邪和郑则道只在青云客栈见过一次，不过他只是独处一处，行为诡异，匆匆而过，就是一双眼睛血红得令人不安，印象深刻。

店掌柜脸色一片严霜，牢牢盯着地上的老者尸体，脸上不禁狠狠抽了抽，低声吩咐店小二他们：“把尸体抬走，找个地方好好安葬。”

店小二他们应了，上来两人，把老头尸体抬走。

众贼一片死寂，都觉得这事情来得古怪万分。火小邪见到这种死人方式，心中一片冰凉，暗想：“好厉害！竟用人顶包！说死就死！到底这个甲丁乙是何方神圣？手段如此狠辣，难道甲丁乙和火家有仇？”火小邪转头看了看郑则道，郑则道也是一脸肃穆，眼中透着层层杀气，再不是平日里嬉皮笑脸的样子。火小邪想道：“只怕这下麻烦大了！”

店掌柜看着老头尸体抬走，生硬地笑了笑，对着黑暗之处说道：“甲丁乙！你若能过了火门三关，火王必会见你！但是你若在其中乱来，绝对出不了青云客栈！信不信由你！”

店掌柜定定了心神，抿着嘴喘了几口气，说道：“下面，第七位，川贵滇交界红小丑。”

刚才有甲丁乙闹了这么一番，众贼一片安静，都是漠然不语。

那个红披风、绿领子的小矮个走出，默默接过号牌，揣入怀中，退了下去。

接着往下交牌，速度也快了起来，众人心事重重，都是一言不发上前，拿了号牌便走，大堂里静静无语，只能听到店掌柜生硬的说话声和众贼的脚步匆匆。

第八位，福建三奇峰，乃是一个细眉细眼的精瘦汉子，穿了件身上缝着无数口袋的衣服，还背着三根皮带，上面又挂着几个皮袋。

第九位，开封亮八，就是火小邪见过在大堂和病罐子、红小丑密谋的髯须大汉。

第十位，荆州尖耳朵，一张尖脸的瘦小汉子，有一只耳朵缺了一半。

第十一位，就是火小邪，火小邪上前拿了号牌，回头见众贼都冷冷打量着自己，心中一阵乱跳，赶忙把号牌放入怀中，强行镇定地匆匆走回。这号牌乃是木制，巴掌大小，一指厚度，没有挂绳孔洞，这么大一块牌子，无论放在身上何处，都是十分显眼。

火小邪知道面前的十来号人，随便拎出一个，恐怕都比奉天城的三指刘要厉害，他以前见到三指刘这种辈分的，都是夹着腿屁都不敢放，可到了青云客栈，与众多大盗为伍，并不分江湖辈分，多少胆子不同以往。

第十二位，山西鬼龙，身形巨大，满头头发如同钢针一样，穿着件熊皮短褂，露出长满黑毛的胸膛，光着膀子，不像个贼，倒像个土匪。

第十三位，四川胖好味，就是偷了胖厨子的菜谱，店掌柜没来之前，和胖厨子对打的小胖子。

第十四位，哈尔滨李彦卓，绰号烟虫，此人穿着一身夹克洋装，皮鞋擦得铮亮，油头粉面，嘴上总是叼着一根香烟，吞云吐雾从不间断。这个男人火小邪听说过，乃是东北四大盗之首，俄国毛子数次悬赏上万大洋抓他，都是毫无结果，烟虫这几年在东北从不现身，没想到在这里见到。东北四大盗，烟虫为首，乔大脑袋和乔二爪子两兄弟排二三位，黑三鞭则是第四位。

第十五位，湖南郭宝宝，绰号闹小宝。这闹小宝看着年纪比火小邪还小，最多十五岁，打扮和火小邪无异，穿着青云客栈提供的衣服，就是颜色比火小邪身上的略浅，此人长得白白嫩嫩的，十分讨人喜欢，众贼一片冷寂的时候，就他还能笑嘻嘻地跑出来拿号牌。

第十六位，南京章建，绰号窑子钩，一看长相就知道常年混迹在春花柳巷之地，黑着个眼圈，獐头鼠目，头发稀疏，一笑露出半嘴金牙。

第十七位，北平赵顺财，绰号大毛，身材短小厚实，面色黝黑，穿得倒很体面，不亚于郑则道的装扮，就是怎么看怎么像个暴发户。

第十八位，杭州余娟儿，绰号花娘子，是这次来到青云客栈的十八人中唯一一个女子，此女穿着一身贴身暗红绣花丝质高衩旗袍，露出两条雪白的大腿，烫着卷发，涂着口红，穿了双平底黑皮鞋，这在当时乃是极另类的打扮，只有妓女才会如此。此女也就二十出头的年纪，千娇百媚，眼波流转，十分勾人。

店掌柜发完号牌，松了口气，这才说道："各位拿到号牌，想必互相都认识了。这个号牌只能随身携带，不可损坏，若是被人偷了，或者丢了坏了，都视作淘汰。不过号牌可以互换，只要有号牌在手，无论几号，都算作你的。各位客官可否明白？"

众贼点头应了。

店掌柜说道："那好，请各位随我来，我们这就去第一关！"

店掌柜带着众贼，走出大堂，向后院走去，来到地下尽头墙壁处的一处洞口，洞口有铁栅栏锁着，店掌柜伸手一抚锁头，也没见用个钥匙，门便开了。

众人跟着店掌柜向洞中走出，走不了几步，就是向下的石阶，又向下了数百步，才到了底。洞底乃是一个巨大圆形石室，石室内火把通明，在一侧墙上，开着十个路口，黑漆漆的，不知道通向何处。

店掌柜环视众贼一眼，说道："各位听仔细啦！此处为火门三关第一关，亦名为乱盗之关，各位请任选一个路口进入，每个路口都会通向一地下岩洞的不同位置，请各位客官各显身手，从别人身上盗来号牌！无论自己的号牌是否丢失，只要集齐两块，就可立即回到此处，算作过关。时限为三日！若是三日期满，手中无牌或只有一块者，便算为淘汰。三日内，身上无牌或只有一块牌返回此处，作为弃权，也算淘汰。而中途返回者手中多出的号牌，我们将重新投回岩洞之中，但位置不明，找到就算你运气。还有一种情况，各位切记，那就是如果手中集齐两块号牌，但未在三日内赶回此处，亦算为淘汰。不知各位客官明白了吗？”

众贼面面相觑，随即数人纷纷高声赞同。

“好！这段日子手痒得厉害！正想和各位兄弟切磋一下！分个高下！”

“要得，要得，若不乱盗，怎能显出本事？哈哈！”

“极好！火王英明，正合我意！以免一些猫狗之辈混在里面！看着极为碍眼！”

没有说话的人，也都轻轻哼笑，点头同意。

店掌柜抱了抱拳，说道：“各位客官，岩洞之内各处储有食物净水、被卧铺盖，还有无数照明火盆，各位可以随意行事。岩洞正中，有一大钟，每过半个时辰，都会鸣钟报时，请各位千万不要误了时间，以免遗憾。另外，再次嘱咐各位，乱盗之关仅为考量各位贼术，不可故意伤人性命，但刀剑无眼，难免有失手之时，生死有命，富贵在天，望各位多多保重！”

众贼齐声应了，有人已经按捺不住，几步跳出人群，找了个路口一头钻了进去，没入黑暗之中不见踪影。

其他贼人也都各择门路，眨眼工夫走了个七七八八，不剩几人。这些贼人走得极为规律，第一批人都是各寻一条路口，绝不重复，而第二批中，有人追着某人从同一个路口进去的，恐怕是心怀鬼胎，认为比前一个的手段高明，紧追过去，打算对前一个先行动手。

苦灯和尚双手合十，念了声佛号，选了个路口，缓缓走入，消失在黑暗之中。

郑则道冲火小邪笑道：“火贤弟，既然是乱盗之关，我们俩就在洞中见吧，先走一步。”郑则道选了苦灯和尚旁边的一个路口，快步走入。

火小邪头皮发麻，全身紧绷，他心里明白，以自己的本事，能在三日之内不把号牌让人偷了去，就算本事，而想从这些高手身上拿到一块号牌，恐怕难如登天。

火小邪暗骂一声：“算个屁啊！老子拼了！也让你们这些浑球看看老子的本事！走！”

火小邪心中一横，大踏步迈出去，根本记不住谁进了哪个路口，反正硬着头皮，全凭感觉，随意寻了一个路口，急急跑入。

地下石室中所有人走了个干净，店掌柜四下一看，叫道："甲丁乙，你也该去了吧。"

"嘿嘿，嘿嘿。"冷笑声传来，从石室一角猛然现出一个黑影，看都看不清这人高矮胖瘦，只看到黑色人影如一股黑烟般急速翻滚，钻入一个路口，而那个路口，正是火小邪进去的那条！

火小邪走进路口，道路曲曲折折，一路向下。火小邪摸着墙壁快步前行，再通过一个弯折后，便看到前方有微光透过来。火小邪加快脚步，向着亮光之处奔去，终于来到一个能容一人钻出的洞口，火小邪想也没想，钻了出去。

火小邪眼前微微一亮，他所在之处，竟是一个溶洞的高处，向下看去，洞中央一块不大的小广场上，摆着一座四面钟，前后左右点着四盏长明灯，但光亮不盛，仅能照到二丈方圆。火小邪这里，离洞底小广场有三四层楼高矮。这个溶洞黑沉沉一片，但能感觉到十分巨大，可见之处无不高低起伏，怪石嶙峋，而从溶洞各处的微弱反光能够大概看出，这个岩洞孔洞无数，乃是一个隐藏自己的绝好地方。

此时溶洞中一片寂静，落针可闻，丝毫不像刚刚才进来了十多人。

火小邪知道一众贼人都已藏好，不敢怠慢，连忙屏息静气，摸着洞壁小步前行，大气都不敢出。火小邪走了一段，四周黑乎乎的，越发难行，只好趴了下来，四肢着地向前爬行，心想赶快找一个藏身之处。火小邪胡乱爬了一段，终于摸到一个四面巨石环绕的小洞，便一头钻了进去，这个地方还真是一个狗洞一样的好地方，蜷着身子刚刚好挤满。这小洞尽头尽管堵死，但石头之间有缝隙，刚好能够向下看到四面钟所在的小广场。

火小邪暗笑："天助我也，寻到了这么好的地方，我先在这里躲上半日，看看情况再做打算。"

火小邪静静坐了一盏茶的时间，溶洞中仍然毫无声息，火小邪暗想："难道十多个人，都打算和我一样躲上半日？"刚刚想到这里，就听见溶洞中传来一声闷哼，尽管声音不大，但在这个空旷静寂的溶洞内，却听得十分清楚，随即有脚步追逐之声传来，同样听着分外清晰，火小邪赶忙从石缝中向外看去，黑暗之中确实有人追逐，但不明方位。片刻之后，追逐声戛然而止，又是一片寂静。火小邪刚暗叹怎么这就完了，就见远处高空嘭的一声，火光升腾，燃起了一团大火，顿时照亮了一大片区域。火光中，一个身形巨大的汉子，站在火盆边，位置乃是一块巨石之上，十分显眼。这汉子一眼就知，乃是第十二位山西鬼龙。

鬼龙高声大叫："你们这些孬种，一个一个躲在黑暗之中，和土鳖耗子有啥区别！憋屈死了！老子山西鬼龙在此，有本事的就来下方空地找我！"鬼龙这一番大吼大叫，震得溶洞嗡嗡作响，回声不断，只要耳朵不聋，没有人听不见。

鬼龙从巨石上纵身一跃，迎着一块钟乳石跳过去，在空中双臂一环，把石柱抱住，而撞击之力巨大，竟把石柱撞断，抱着石柱又往下坠。鬼龙喝了声，把石柱一丢，一只大手一伸，咔地抓住旁边的巨石凸起之处，顿时缓了缓下坠的势头，鬼龙用脚一蹬，又向低处坠去，鬼龙空中连连换手，或抱或抓，身体砸在石头上，嘭嘭作响，换了平常人，恐怕都会撞死，可鬼龙竟如同猿猴一样，左右腾跳着，一路撞下，大石纷纷坠落，引得洞中碎裂撞击之声不绝。

鬼龙跳到四面钟旁边，拍了拍大手，浑然无事，好像整个人都是铁打钢铸的一般。鬼龙叫道："我就在此处，要来的请便！躲着的都是孬种！"

火小邪暗骂："老子就是孬种，你能怎么样？老子就是不出来！"

"哼哼！哼哼！好本事嘛！可是我看你像个开山砍柴的樵夫，哪有个做贼的样子！你能到此处来，定是撞上了狗屎运！你站好了别动，我来会一会你这个樵夫！哼哼！"溶洞中一侧的黑暗中有人不断冷笑，嘲讽不止，同样中气十足，响彻洞中。

鬼龙脸色一沉，大骂道："你要是个好汉，就不要躲着说话！出来！"

黑暗中火光一闪，又是一个火盆燃起，有两个火盆照耀，洞中亮了一大片。火小邪放眼一看，这个溶洞恐怕比自己想象中的更大，尽管仍然曲曲折折看不见尽头。但不禁要赞叹这个溶洞生得妙，实乃世间少见！天工造物，鬼斧神工，把这个岩洞变化得如同一个七八层楼高的戏院，层层叠叠，错落有致。

火盆边站着一人，指着鬼龙笑道："你这个樵夫！不要乱叫，我来了！"

这人是个髯须大汉，正是开封亮八。

亮八所在之处没有鬼龙先开始那么高，他只是纵身跳下，寻着几个踏脚处，便跳到了四面钟旁边的一块石头之上，站直了身子和鬼龙四目相对。

鬼龙骂道："亮八，果然是你，我早就看你不顺眼了！"

亮八哼道："就没想让你顺眼过！哼哼，你想怎么比试？随便你！"

鬼龙哈哈大笑："好！爽快，咱们这里既然是乱盗之关，比拼的是贼术，那咱们就比摸背！上前来！我们双脚绑在一起，把号牌插在腰后，谁先拿到，就算谁赢！你敢来吗？"

亮八冷哼："小儿科的把戏！如你所愿！"

鬼龙大笑："好！"说着从腰带上拽下一卷细绳，双手一折，张开大嘴在绳子中间一口咬下去，嘎嘣一下将绳子咬断，一甩手将一截绳子丢给亮八。

亮八伸手接住，两人都十分默契地蹲下身子，把绳子绑在自己右脚脚踝上。两人把绳子绑好，从石头上跳下来，互相瞪视着走到四面钟旁边的空地上。鬼龙手一指，两人跳上旁边的一块顶部平坦的石头上，各自把自己手中的绳子一端丢给对方，又都蹲下绑在左脚上。

亮八、鬼龙绑好了绳子，一言不发地把自己的号牌拿出来，在手中亮了亮，缓缓插到自己的后腰上。

两人站直了身子，紧紧盯住对方，猛然间两人齐声闷哼，几乎同时扑上前去，啪地一下四臂在胸前相交，顿时僵持在原地不动。

火小邪在小洞的缝隙中看得起劲，这亮八、鬼龙两人面对面捆住双脚，要从对方身后把牌子偷到手，真需要眼明手快才可以做到，这和比武较量不同，甚至更难，十分讲究扭、钩、钻、绕、封、撑六种身法，不在于制敌之术，而在乎让对方露出破绽。这摸背乃是贼道里能够登堂入室，排上辈分的一项基本功。

火小邪在奉天的时候，也和浪得奔几兄弟这样玩耍过，但每每将脚绑住，就不好施展手脚，十分别扭，别人移动，你也不得不动，所以总是互有输赢。这里面的无数贼术道理，他们的老大齐建二是个半吊吊，根本说不出什么。

火小邪看到亮八、鬼龙这两个高手过招，心中激动，这可是难得一见的场面，不禁脸紧贴着岩缝，看得入神。可就在这时，火小邪猛然感到腋下一痒，胳膊被一股难以抗拒的力量抬起，随即怀中一空，号牌已然不见。火小邪大惊失色，猛地转头，一把细长尖刀已经顶住了自己的喉咙。

黑暗之中，只能见到闪亮的刀尖和一个模糊的黑色人影，对手是谁完全不知道。火小邪越是在这种生死攸关的时刻，反而心中一片冰凉，不像寻常的小子早已吓得痴傻。这本事火小邪似乎从小就有，加上在奉天做贼，手艺不精的时候，屡屡被人逼到死角，都是靠这种紧要关头不慌反静的本事，才逃过无数生死劫难。

火小邪轻轻说道："你都拿走了我的号牌，已经赢了，就没必要杀了我吧？"

黑色人影"嘿"了一声，忽然贴近过来，一团黑色离火小邪的鼻尖只有一掌距离。火小邪从岩缝的光亮中能够看到，这个人全身如同包裹在一层纯黑轻纱之下，连眼珠子都看不见，模模糊糊像是个人形。此人呼吸细密悠长，但在靠近火小邪面前的时候，突然长长吸了一口气，嘿嘿笑了两声，刀尖一收，立即如同一股黑烟般涌出这个小洞，没了踪迹。

火小邪见此人走了，才长喘一口气，方觉得全身酸软，心中狂跳不止，不禁把脑海中记得住的人物全部闪了一遍，可根本就没有这样神秘怪人的印象。火小邪猜道，莫非是那个没有露面的甲丁乙？

火小邪暗骂："刚进来才没一会儿，就丢了号牌！还是这种妖怪一样的人偷走的！完了，完了，这下躲都不能躲了，只能出去和他们玩命了！"

火小邪气得直哼，耳边却传来大吼，火小邪忍不住，凑过脸，向外看去。

鬼龙和亮八脚上的绳索本来还留有一大截子，此时却都已紧紧缠在脚踝上，不再多留一寸，使得两人的脚贴在一起。这两人贴身站立，互相抓住对方的手腕，正在较劲，鬼龙闷声大吼，极力想把亮八的手拧到胸前，可亮八也十分彪悍，生生地稳住不动。

鬼龙大叫一声，脚下一分，把亮八拉得身形一晃，鬼龙借着这个工夫，双手一下子松开，一个熊抱，竟把亮八抱在怀中。鬼龙这招使得巧，双臂环绕之处，正好箍紧了亮八的手肘之下，使亮八抬不起手来。这一招鬼龙要是用得不当，必然会被亮八趁着贴身的机会，翻手把后腰上的号牌取走。鬼龙暴吼连连，手臂上青筋乱暴，把亮八提离地面半寸，一只大手的手指已经在亮八腰上触到了号牌。

亮八知道成败就在毫微之间，突然身子一抖，竟猛地瘦了半圈，就借着这个工夫，身子一滑，一下子从鬼龙的熊抱中下坠半寸。鬼龙就差一指，便能把亮八的号牌取走，见亮八突然使出这种伎俩，知道完蛋了，中了亮八的计谋，赶忙要把双臂松开。

亮八坠下半寸，手肘已经可以活动，没等着鬼龙完全展开双臂，肩膀一抬，用上臂把鬼龙的胳膊架住，一只手绕到身后，已经唰的一下把鬼龙后腰的号牌摸到手中。亮八摸到号牌，身子往地上一滚，松开些脚踝的绳索，半跪在地上，抬头对鬼龙冷笑连连："哼哼！樵夫！你以为你蛮力大，下手准，我就没办法了？我一直在等着你这一招！哼哼！我赢了！"

鬼龙哇哇大叫："你赢了，你赢了，但老子现在要宰了你！"说着就要扑上。

亮八骂道："还能由着你杀人？"

亮八手上亮光一闪，一个圆盘从身后变出，咔嚓一下插入正扑过来的鬼龙胸膛。鬼龙一双大手正要掐住亮八脖子，顿觉胸前一热，低头一看，只见一个亮闪闪的风水盘，半个边缘都已插入自己胸内，血正汩汩流出。用风水盘作杀人武器，恐怕就这些大盗想得出来。

鬼龙眼中一暗，哼了声："好！"手臂一软，双手尽管仍紧握着亮八的脖子，但人已经站着死了。

亮八一脚将鬼龙踹倒，顺势把手中的风水盘拔出，哼道："是你先下杀手，你不仁，我就不义！不要怪我！"亮八手一晃，用风水盘把脚上的绳索斩断，走到鬼龙面前，踹了两脚，鬼龙早已死透，就是睁着眼睛，五官歪斜，高举着双手，五指齐张，想必死得极不甘心。

亮八蹲下身，把风水盘在鬼龙的衣服上擦了个干净，这才站起身来，把风水盘收入背后的黑色帆布包。亮八手中拿着鬼龙的第十二位号牌，冲四周抱了抱拳，高声道：“各位躲在暗处看戏的朋友，多谢你们不出来打扰！大家都看到了，并非是我要杀了鬼龙，而是他先动杀机，为求自保我才动手！怪不得我！请大家给我做个见证！我开封亮八，只要人不犯我，我决不犯人，公平较量贼术，亮八一概不拒，但如果谁想玩些不上道的手段，下场就如鬼龙！谢了！”

亮八把鬼龙的号牌放入怀中，跳下大石，身子晃了晃，便隐入大石后，消失无踪。

火小邪看得心惊胆寒，刚才最后的一番恶斗，看着十分漫长，其实就是眨了眨眼的工夫，尚不及亮八最后对大家说话时间的一半长短。十八人刚进溶洞片刻，已经有一个鬼龙一命呜呼，这火门乱盗之关，果然事关生死，不可有分毫的狂妄大意。

火小邪再不敢待在这个小洞之中，光是回想刚才甲丁乙偷他号牌的一幕，就觉得甲丁乙取他性命，比杀一只小鸡还容易。火小邪爬出小洞，外面由于被鬼龙和亮八点着了两个火盆，不再漆黑一片，隐约能看到地形走势，火小邪提着十二万分的小心，贴着洞中巨石，缓缓向下方阴暗处走去。

火小邪慢慢前行，一直走到一片略微开阔处，才停了下来，蹲下身子仔细打量。前方是一片高台，上面摆着一个硕大的火盆，火盆一侧搭了一个石片做成的半人高小屋，里面似乎堆了一些被卧铺盖。火小邪心想，谁敢来这种宽敞的地方拿东西吃，不是找死吗？

火小邪退后几步，拣着狭窄之处又向前行，火小邪并无明确的去向，就是想尽快走到洞里面不见火光之处。

火小邪走了没有多远，猛然觉得身上一凉，似乎有一只耗子在身上乱钻，火小邪一拍没拍到这只“耗子”，手还没放下来，又觉得裤裆一凉，那“耗子”又钻到裤裆里转了圈。

火小邪闷哼一声，四下乱抓，可什么都没有抓到。身下有人“咦”了一声，低声骂道：“小子，你的号牌呢？”

火小邪知道刚才是有人偷他的号牌，气得耳根子都红了，低头乱看，就看到从脚下滑出一个人影，哧溜哧溜窜到三步外的石头上蹲着。说是蹲着，仔细一看才知道他是站着，这个人就是那个小矮子，第六位红小丑。红小丑阴阳怪气地看着火小邪，尖声道：“号牌你是藏起来了，还是已经被人偷了？”

火小邪一摸裤子，自己整个裤裆都被刀子划开，又一摸上半身，更是从后背到前胸割开了三个大口子，这衣服简直不能穿了，火小邪气得大骂：“小矮子！你要偷就偷，为啥把我裤裆都割烂？”火小邪本来就胸中恶气翻滚，碰到这种丢人的事情，忍不住放开嗓门大叫，整个溶洞之中回声不断。

红小丑一皱眉，尖声道：“这么大声喊叫干什么！”

火小邪大骂：“我的号牌早就没了！把你的给我！”说着就向红小丑追过来。

红小丑咯咯一乐，腾腾往后跳了几步，尖声骂道：“没了号牌就早点退出！小子，你是怎么混进来的？还以为你是个人物，原来是个废品！嘿嘿！”

火小邪怒火万丈，撸起袖子想上前和红小丑拼命，红小丑根本不愿搭理火小邪，身子一晃，跳入黑暗之中，窸窸窣窣轻响，眨眼不见。

火小邪知道自己追不上，又恨又气，干脆啥都不顾了，腾腾腾爬上放置着火盆、被卧的高台，站在高台上大骂：“我是火小邪，谁敢上来比试！”

溶洞中回声不断，就是没有人回应他。

火小邪脾气发作，跑到火盆旁边，摸到两块火石，嚓嚓嚓打出火花，把火盆点着。火光明亮，把这个高台四周照得一片通明。

火小邪站在火盆边继续高喊：“我是火小邪，想比试的上来！”

这次黑暗中有人冷笑：“傻小子，和你比试什么？裤子都能让人割破了，还在这里丢人现眼！早点退出吧！嘿嘿！”

另一边的黑暗中也有人接话：“有号牌就丢出来，没有的话就滚蛋！”

火小邪不怒反笑：“好！小爷我偏偏要在这里待着！坐在这里看你们！谁不服气，谁就上来！告诉你们，小爷我的本事，你们闻所未闻，见所未见！

施展出来，吓死你们！”

“哈哈！”

“嘿嘿！”

杂乱的笑声响过之后，无声无息，再也没有人和火小邪说话。

火小邪把裤子紧了紧，将开裆之处掩住，一屁股坐了下来，环视着洞中情景，倒也乐得清闲。

黑暗中，一个和尚静静地站着，打量着火小邪，他就是苦灯和尚。苦灯和尚紧紧盯着火小邪，皱了皱眉，默默说道：“这个叫火小邪的少年难道明白乱盗纷争先失后得、火形不动的道理？这怎么可能？”

除了苦灯和尚，在洞中的另一角，有黑烟一样的人影，似乎浮在黑暗中一样，看着光亮之处稳稳坐在地上的火小邪，低声冷笑不已，随即唰的一晃，无影无踪。

火小邪坐在高处，整整十几个时辰，都没有人愿意来搭理他。洞内前几个时辰还颇为平静，但越往后闹得越欢，似乎这些贼已经彼此确定了对手，摸清了地形，想好了谋略。不断有各处的火盆轰然亮起，慢慢地，硕大的洞穴之中，燃起的火盆数量已经多达十余个，光亮处比黑暗处更多了。

火小邪能够看到洞中不断闪出彼此追逐的身影，能够听到众贼在溶洞中的互相叫骂声、挖苦声、厮打声，几乎片刻不能安静，心中渐渐踏实下来，觉得哪怕就在这里坐着混上三天，也心满意足了。

火小邪吃饱了干粮，喝足了水，躺在火盆旁边有些昏昏欲睡，本还想坚持，后来实在困得厉害，就顾不了这么多，倒头就睡。

火小邪睡得迷迷糊糊，鼻中渐渐闻到一股子浓香，不禁抽了抽鼻子，慢慢睁开眼睛，只见他前方高台之下，有一个艳妆女子靠在大石上，冲他妩媚地娇笑。火小邪顿时一个激灵，翻身而起，那女子正是花娘子。花娘子把手指放在朱唇边，轻轻嘘了一下，示意火小邪不要喧哗。火小邪不知怎么，脑中昏昏沉沉的，竟遵循了花娘子的暗示，闭口不语。

花娘子朱唇微启，细细地说话，声音直传到火小邪的耳中："火小邪，你来，你来，我有话和你说。"

火小邪晃了晃脑袋，脑袋中如同一团糨糊，不知想些什么，身子微微一动，就爬起来，迷迷瞪瞪地向花娘子的方向爬过去，一骨碌滚下高台，跌在花娘子脚边。

花娘子蹲下身子，白花花的美腿亮在火小邪面前，伸出一只小手，摸住火小邪的脸颊，细声娇语："火小邪，姐姐很喜欢你这样的美少年，你喜欢姐姐吗？"说着，把火小邪的手拉起，放在自己的大腿上，轻轻带着火小邪手摩擦。

火小邪满脑子都是一个"不"字，可脑袋却不受控制，竟连连点头。

花娘子娇声道："既然你喜欢姐姐，那你告诉我，你是不是把自己的号牌藏在什么地方了？你告诉姐姐，姐姐会对你好。"

火小邪身子摇了摇，使劲嚅动了一下嘴唇，说道："我，没有，藏……"

花娘子把火小邪的头扶起来，放在自己的大腿沟上，此处香气更盛，火小邪眼中一乱，竟看着花娘子长得和水妖儿一般，而且身体半裸，满面春色。火小邪胡言乱语道："你，水……妖……我……你走。"火小邪已经明白，自己肯定中了花娘子的招数，可就是想不清楚现在是怎么回事，应该怎么做。

花娘子细声道："不要紧，就算你没有号牌，只要你听姐姐的话，按照姐姐说的做事，姐姐还是对你好。"

火小邪紧紧闭着眼，重重喘气，脑中只有一丝火光闪烁，但已经摇摇欲坠。火小邪手在地上乱抓，极力控制着自己心智不要全失，可是心灵仍然向着黑暗中坠去。

"花娘子，你这娘们怎么这么骚？"一个男子的声音传来。

花娘子放下火小邪，脸色一凛！转过头看去，只见第十四位，东北四大盗之首的烟虫叼着烟，一只脚蹬在石头上，手插进裤兜，玩世不恭地看着花娘子和火小邪，不断吞云吐雾。

花娘子冷笑一声，说道："烟虫，你这个人怎么这么讨厌，追在人家屁股后面，恶心死了！”

烟虫喷出一口烟，无所谓地说道：“你这娘们屁股这么大，在我眼前晃来晃去的，十分显眼，不追着你追谁？”

花娘子露出一丝媚笑，娇声道：“烟虫，我知道你是东北四大盗之首，有些本事，小女子也很佩服。那这样吧，我们找个僻静的地方，我让你好好地舒服舒服，然后我们合作，一起通过这个乱盗之关，你看怎么样？我可是很有诚意的哦！”

烟虫抽了一口烟，手中一晃，再变出一根香烟，低头续上嘴里的烟屁，把烟屁弹开一边，笑道：“花娘子看上我了？你不是只喜欢小男人吗？我一把年纪了，没这个福气享受你的花活。”

花娘子神色又是一冷，厉声道：“烟虫，那你到底要怎么样才不跟着我？你信不信我会杀了你。”

烟虫哼道：“我这个人，就是有点贱，巴不得你过来杀我。”

花娘子眼睛微微眨了眨，换出一副千娇百媚的样子，娇声道：“好吧，好吧，不就是想要我的号牌吗？我可以送给你，但是你自己过来拿。就在这里呢！”花娘子把旗袍撩开，露出两条修长的美腿，在大腿根部，用纱巾绑着号牌。

烟虫看了眼，笑道：“腿是长得挺好看，可惜我现在没啥兴趣，你不用勾引我过去，你身上的那些春毒，对我没有效果的。”

花娘子娇声道：“那烟虫哥哥，我就不懂了，你到底想让小女子怎么办？”

烟虫说道：“很简单，只要你不再跑，施展出你的拿手本事，我们分个高下。”

花娘子眼中杀气闪了闪，冷笑道：“烟虫，算你狠！我看你追我追到何时！”话音刚落，花娘子拔腿就跑，踩着石头腾起，曲线动人的娇躯在空中扭了几下，没入石林之中。

烟虫慢悠悠抽了一口烟，并不着急追赶，反而慢慢走到火小邪身边，踢了火小邪几脚。火小邪睁着眼睛，一动不动，只是紧咬着牙关，双目迷茫。烟虫蹲下身子，冲火小邪吐了一口烟，哼道：“知道你正难受，不过我也帮不了你，小兄弟，奉天城来的？奉天除了三指刘凑合着能看看，还真没啥好手，小兄弟，劝你一句，别在这里硬撑了，回去吧。”

火小邪翻着白眼，胡乱地摇头，不知是否听见了烟虫的话。

烟虫站起身，说道：“你好自为之吧，呵呵，别怪我刚才搅了你的好事就行。”

烟虫抬头四下嗅了嗅，笑道：“花娘子你这骚娘们，想躲着我就先把你一身的骚味消停消停再说，否则你跑不掉的，呵呵。”

烟虫叼着烟，狠狠抽了一口，快步向着花娘子逃走的方向寻去。

火小邪有没有听到烟虫刚才和花娘子的说话？答案是没有。火小邪中花娘子的春毒极深，而春毒药效对情窦初开、血气方刚的少年最为猛烈，见效极快，这一点恐怕东北大盗烟虫都没有料到。如果心智全失，火小邪将会任人摆布，数日之内都痴傻疯癫，搞不好就会一命呜呼。火小邪唯一的一丝心智之火，正向黑暗中坠去，这火若是熄了，恐怕火小邪就再也起不来了。

火小邪感觉到自己带着一丝微光，正向无底的黑暗中坠去，胸中的火光越来越暗，越来越暗，啪地一下全部熄灭……火小邪顿时浸没在无边的黑暗之中，漂浮在软绵绵的水面，四周无数娇滴滴的女人声音响起：“火小邪，来爱我，来摸我，来，来，听我的话，你要听话，你是我的，我的……”随着声音，又有无数只手伸出，慢慢抚摸着火小邪的全身。火小邪心智已失，再也无力反抗，任凭自己沉沦下去。

“不……”火小邪最后在内心中喊了一句，然而随着这句话，火光腾地又在火小邪胸膛中亮起，极为细弱。“不！”火小邪又在心中狂喊，那细弱的火猛然变大，更加明亮。“不！不！不！不！不！我是火小邪！我不能输！”轰地一下火小邪胸中的火焰如同爆炸一样熊熊燃起，转眼之间，那片黑暗的水面变成了无尽的火海，娇媚的靡丽之声顿时烟消云散！

火小邪一声长喘，从地上坐起，大口大口地急促呼吸。火小邪握住胸膛，心脏咚咚咚乱跳，手也不住地颤抖。火小邪知道自己从鬼门关上走了一遭回来，万分幸运，就是不解为何心中能够突然现出一片火海，救回自己一命。难道是和常常出现在自己梦境中那无边大火有关？越是自己黑暗孤寂不明方向之时，这片大火就会出现？可这到底是吉还是凶，是福还是祸呢？

火小邪尽管想不明白，但暗暗庆幸自己的神志清醒过来。火小邪静静坐了片刻，才慢悠悠地重新爬回高台之上，四仰八叉地躺在火盆边。火小邪已经想明白，刚才自己一动，离开高台，就噩运连连，差点送命，如果花娘子刚刚出现的时候，趁着自己心神尚存，便下定决心不动，花娘子可能不敢上到高台上对他进行蛊惑，毕竟这是高处，而且光线明亮，一举一动都在众贼的视线之内。

火小邪想得没错，不仅是洞中的众贼，就连甲丁乙这样的怪物，都不愿上到火小邪所在的这个高台来。

火小邪心力交瘁，就这样平躺着，再次呼呼睡了过去，直到惨叫声把他惊醒。

“啊！”一声惨叫，震得洞中乱响，火小邪骨碌一下坐直身子，向惨叫声传来处看去。只见一人捂着脖子，从暗处跑出，脚步趔趄，没能站住脚，一下从岩壁上掉下，咚咚几下身体砸着下面的尖石，震得弹了几番，滚到一块大石头上，仰面一动不动，半边身子血红一片，看似死了。此人身上挂着无数口袋，乃是第八位，福建来的三奇峰。

一个喇嘛跳到三奇峰跌下的岩壁凸起处，向下看了一眼，转身指着黑暗中大骂：“滚出来！你是何人？我们在公平比试，你怎能不守贼道规矩，胡乱杀人！”

“嘿嘿！嘿嘿！嘿嘿！”黑暗中有人厉声长笑。

这个喇嘛乃是第四位，拉萨来的卓旺怒江，此时他身子微微有些颤抖，但仍然声音洪亮地吼道：“杀人者报上姓名！我们这里是贼道，不是杀人道！都是江湖上成名的大盗，岂能乱来！你这样坏了规矩，定会不得好死！”

“嘿嘿！嘿嘿！什么规矩，什么贼道，全是胡说八道。你们这些贼人，满口道理，谁不是自私自利的小人？嘿嘿！嘿嘿！我甲丁乙，是盗，却是杀

贼的盗！我忍了多年，就等着今天大开杀戒！嘿嘿！嘿嘿！”

卓旺怒江骂道：“甲丁乙，你不要鬼鬼祟祟地躲着，你要杀，就出来和我一决生死！”

“嘿嘿！卓旺怒江，你罪不该死，我就不要你死。”

“三奇峰有何罪？”

“我说他有罪该死，他就该死！嘿嘿！”

侧面远处突然站出一人，冲着黑暗处高声大骂：“你这个叫甲丁乙的！你是个什么玩意儿！你也太嚣张了！你是一人，我们这里有十多人！大不了先联合剿杀了你，还怕了你不成！”此人个子矮小，但穿着华丽，乃是第十七位的北平赵顺财。

赵顺财高声骂完，却听不见甲丁乙回嘴。

赵顺财继续骂道：“甲丁乙，你出来站到光亮处，让我们看看你是个什么熊包样，你是不是不敢见人？是不是头顶绿帽子，头戴裤衩子，嘴里含着驴蛋子？你先人的咧，二傻子蠢鳖货！”赵顺财满口京城京片子话腔调，口齿伶俐，损人十分厉害。

还是没有人回嘴。

赵顺财这个人混不吝死，以为把甲丁乙骂得说不出话，竟然得意起来，又喊道：“洞中的各位老少爷们，这个甲丁乙太乌龟王八蛋了，大家齐齐现身，我们先把甲丁乙收拾掉……”赵顺财还没说完，一道黑芒从天而降，唰的一下缠住了赵顺财的脖子，生生把赵顺财的话堵在了嘴里说不出。

赵顺财一把拉住黑芒，再也喊不出话，随即绕住他脖子的黑芒一扯，把他带着在地上转了三圈，扑通一下趴倒在地，身子抽了抽，一命呜呼。

“嘿嘿！嘿嘿！逞口舌之能，其罪当死！嘿嘿！”黑暗中甲丁乙冰冷的话语声又传出来。

“阿弥陀佛，甲丁乙施主，做人何必如何专横？苦灯和尚愿与施主一较高下。施主对在下可杀可剐，但在下定要逼你现身。”苦灯和尚默默从赵顺财对面不远处的大石后走出，站上了一块大石顶端，苦灯和尚右手屈臂上举于胸前，手指自然舒展，手掌向外，这乃是佛教手势中的无畏印。这一手印表示佛为救济众生的大慈心愿，能使众生心安，无所畏怖，所以称无畏印。

“嘿嘿！苦灯和尚，你不就是那个四处盗佛法的和尚吗？嘿嘿！”

“阿弥陀佛，小僧已得盗法罪，日后定会自罚。甲丁乙施主，请现身一战！不然小僧定会对你穷追不舍。”

“嘿嘿！苦灯和尚，真没想到，你愿意来争夺火家弟子的席位！嘿嘿！可惜我不会出来与你过招，你也不可能把我逼出来。不过，我倒要送你两样好东西！省得你不愿偷号牌左右为难。”

甲丁乙阴沉沉地在黑暗中说完，就见两块号牌从黑暗中飞出，直直向苦灯和尚射来，苦灯和尚大袖一卷，把号牌收下，拿在手中一看，不禁微微皱眉。

“嘿嘿！苦灯和尚，这两块号牌，正是三奇峰和赵顺财的，三奇峰不久前，偷偷杀了荆州尖耳朵，却没能从尖耳朵身上找到号牌，乃是因为尖耳朵的号牌早就丢了，刚才三奇峰又想借着和蠢驴喇嘛较量的时候故伎重演，你说三奇峰该不该死？而那个臭嘴赵顺财早已被我偷走了号牌，却想骗大家现身出来与我为敌，以便他趁火打劫，此人该不该死？苦灯和尚，不是我专横，而是你我本就是一类人。你既然拿了他们的号牌，望你大慈大悲，为他们两人超度吧！嘿嘿！嘿嘿！嘿嘿！”甲丁乙的笑声不绝，竟渐渐远去，很快就没了声息。

苦灯和尚手上的两块号牌，正是第八位福建三奇峰和第十七位北平赵顺财这两个死人的号牌。

苦灯和尚愣在原地，道了声佛号，再不说话，慢慢盘腿打坐在这块石上，闭目念经。众贼见苦灯和尚能把甲丁乙喝退，就算此时苦灯和尚破绽百出，却谁都不敢轻易动偷苦灯和尚手中号牌的心思。

卓旺怒江喇嘛站在高处，听甲丁乙最后一席话听得瞠目结舌，低头看了看死在下面的三奇峰，念了声佛号，正要退下一旁，却听一个有气无力的声音边咳嗽边缓缓说道：“咳咳，大喇嘛，我和你较量一下，你看如何？咳咳，咳咳！”

卓旺怒江站住脚步，向一侧下方看去，那个病恹恹的上海王孝先，绰号病罐子的人正慢慢走到离苦灯和尚不远的光亮处，抬头看着卓旺怒江。病罐子慢慢扶了扶眼镜，神情不振，站立不稳，几乎一个手指就能推倒似的。

卓旺怒江笑道："哦！上海的病罐子王先生，你要与我比试？"

病罐子咳道："咳咳，是，是我要和你比试！"

卓旺怒江显得十分无奈地摇了摇头，说道："好！你等我下来，与你一会！"

卓旺怒江说完，纵身从高空跳下，这高矮有三层楼，平常人跳下怎么都会摔个骨断筋折，而卓旺怒江跳在空中，双臂大袖一挥，整个僧袍鼓起，竟坠落速度顿减，如同彩色气泡一样飘落在地，不伤分毫。

卓旺怒江落地，把袖子一卷，缠在手臂上，笑道："王先生，你说怎么比？"

病罐子咳嗽一声，说道："大喇嘛好本事！既然你是修佛的，那咱们比一比定力如何？"

卓旺怒江笑道："有趣！你说怎么比？"

病罐子说道："我们把号牌放在头上，单足站立于石头上，相隔三尺距离，在空中可以互相推击，若是号牌从头上掉落，或者整个人掉下石头，又或者双足落地，就算输了？你看如何？"

卓旺怒江哈哈大笑，说道："好！就依你！只是你不要怪我欺负病号。"

病罐子咳嗽一声，十分艰难地说道："不怪，不怪，我没什么本事，跑动打闹肯定喘死，大喇嘛能胜我，我绝无怨言。苦灯和尚，你德义俱佳，我佩服得很，能否请你做个见证？"

苦灯和尚微微睁开眼睛，念了声阿弥陀佛，说道："此法甚妙，小僧斗胆给两位做个见证。"

卓旺怒江冲苦灯和尚行了一礼，算是谢过，转头对病罐子说道："王先生，你挑地方吧。"

病罐子慢慢悠悠走到两块彼此相邻的尖石上，缓缓爬上一块，显得十分吃力，不住咳嗽，说道："大喇嘛，你站我对面。"

卓旺怒江哼了哼，走到病罐子身边，一跃跳上尖石，身子在尖石上一转，身形一稳，抬起一只脚，放在另一只脚的膝盖上，微微一蹲，竟如同脚上生根一样，牢牢扎在石头上，纹丝不动。

病罐子咳嗽一声，艰难笑道："好本事，好本事，看来我凶多吉少啊。"

病罐子从怀中把号牌摸出，放在自己头上，抬起一只脚，勾住另一只脚的膝盖弯处，说道："大喇嘛，你把号牌放在头上，我们这就开始比试。"病罐子边说，身子还不住晃动，摇摇欲坠。

卓旺怒江哼了声，把僧帽捏了捏，摘下来丢在一旁，自己的那块号牌已经躺在脑袋上，看来卓旺怒江的号牌一直就在头顶帽子里藏着。

病罐子说道："好，那就开始吧。"

卓旺怒江大笑一声："好！"双臂一展，亮出大袖，向病罐子猛然挥去，数道劲风吹得病罐子头发乱飞，风力之劲，几乎能把病罐子吹落石下。

病罐子扶着眼镜，身子后仰，任凭卓旺怒江的两只大袖在面前挥舞，自己如同一根枯草，吹得东倒西歪，脚下摇晃，可就是掉不下石头。

卓旺怒江舞了一阵大袖，见病罐子尽管狼狈不堪，但浑然无事，心中一紧，暗道："这是韧草扎根！不妙！"卓旺怒江把袖子一收，念了声佛号，双手合十，两目微垂，如同一棵山崖寒松，牢牢站稳，不动如山。

病罐子扶正眼镜，微微笑了下，镜片后的眼神一闪，脸上的病恹恹样一扫而光，反而露出兴奋的模样，身子一挺，站得笔直，垂下双手，也一动不动。

这两人在这里较量着，一时分不出胜负，暂且不表。而刚才甲丁乙连杀两人，已经令有的贼人吓破了胆。

青云客栈中，众人下到溶洞中的石室内，店掌柜悠悠然地坐在一张藤椅上喝茶，店小二们聚在一旁，也是有说有笑。此时一条下到溶洞的路口中，连滚带爬钻出一个人，翻滚着冲到店掌柜面前，才站立起来。店掌柜赶忙迎上一步，笑道："这不是第十六位章建吗？怎么回来了？"此人是第十六位，南京来的章建，绰号窑子钩，他满头大汗，面色慌张，一把将怀中的号牌拿出来，丢在店掌柜面前。

窑子钩惊道："不来了，不来了，我退出，我退出！我没这个本事过关，号牌还你们，让我走吧，我一刻都不想待在这里了！"

店掌柜把号牌捡起来，问道："到底怎么了？"

窑子钩哭喊道："那个第六位的甲丁乙，在下面胡乱杀人，已经杀了三个，不，四个了！这个人是个怪物，专门杀人取乐的！根本就不是贼！”敢情这个窑子钩，把被亮八杀掉的鬼龙、三奇峰杀掉的尖耳朵，都记在了甲丁乙的账下。

店掌柜紧锁眉头，问道：“都是谁死了？”

窑子钩说道：“荆州尖耳朵，福建三奇峰，山西鬼龙，北平赵顺财大毛，我的亲娘唉，我不比了，不比了，我本就是想来凑个热闹，没想会让人无缘无故地给宰了，我要回南京，我要走，我要走！”

店掌柜说道：“客官，客官，我知道了，我这就安排你出青云客栈。叮嘱一句，青云客栈这里的事情，万万不可对外人说起，否则我们十分难办……”

窑子钩喘着气，说道：“我在南京贼道混了三十年，知道规矩！我现在发重誓，我章建，绰号窑子钩，若是泄露有关青云客栈以及火王招弟子的一字一句，天打五雷轰，死无葬身之地，万世不能翻身。”

旧时这样发誓，一般都是胜过无数契约，好使得很。特别是贼道中人，对发誓看得极重，哪怕马上被人逼问死了，都不敢破誓，这乃是贼人们相信三尺之上有神灵，打小就十足的迷信。

店掌柜说道：“那好，那好！店小三、店小四，你们两个送这位客官出青云客栈！”

店小三、店小四应了，引着惊魂未定的窑子钩快步离去。

店掌柜看着手中的十六号号牌，微微一招手，叫道：“店小一、店小二，你们两个去把这块号牌放回洞中，鸣锣相告。”

店小二上前一步，把号牌接过，问了一句：“店掌柜，这已经过了近两日了，怎么一个过关的人都没有上来？尽管这次成名的强手如云，但功力仍然参差不齐，不至于难分难解啊！”

店掌柜说道：“恐怕这次来的这些江洋大盗，不同以往了，很多狂妄贪心之人，两块号牌对他们来说，可能填不满胃口。呵呵，乱世贼道，理当如此。”

火小邪坐在高台之上，看着下面这一幕幕生杀予夺，又听了甲丁乙的一番话，心中也十分恍惚：“到底这个甲丁乙是好是坏，是正是邪？最初甲丁乙偷走我的号牌时，确实有杀我之心，不然不会用刀子顶住的我的咽喉。但他没有杀了我，是手下留情还是我罪不该死？甲丁乙是否觉得我一定要了什么该死的手段，才混到这里来的，还是另有留我一命的原因？”

火小邪百思不得其解，向下打量着病罐子和卓旺怒江的古怪缠斗，足足看了近半个时辰，这两人还是站着一动不动，不知搞些什么名堂。火小邪没有兴趣，正想爬起松松筋骨，却听到高台一侧的下方，有人唤他：“火贤弟！你怎么还在这里坐着？时间不多了啊！”

火小邪一听耳熟，赶忙向一侧看去，果然看到郑则道从石缝中探出半个身子，忧心忡忡地看着自己。火小邪不知为何，看到郑则道心中一喜，连忙左右打量一番，挪过身子，但并不离开高台，低声对郑则道说道：“郑大哥，你怎么来了？”

郑则道说道：“我已经拿够号牌了，现在要回去，但担心回去的路口有人伏击，所以还在游荡观察入口的动静。可我看你看得心急！你已经坐在这里两天啦！你到底葫芦里卖的什么药？你到底还有没有号牌？”

火小邪尴尬道：“郑大哥，我一块都没有。”

郑则道紧皱眉头：“那你还要坐在这里坐到何时？还不去偷别人的！你是想被淘汰，还是想被那个甲丁乙杀了？”

火小邪说道：“郑大哥，我现在没有更好的方法，只能先坐在这里观望！”

郑则道说道：“火贤弟，你对我说真话，你有没有号牌？是不是把自己的号牌藏在什么地方了？”

火小邪急道：“郑大哥，我真……我真没有，实话对你说，我一进来，我的号牌就让甲丁乙偷走了。”

郑则道愁道：“又是甲丁乙！他这个人真是难惹！火贤弟，我现在帮你一个小忙。”

火小邪问道：“怎么帮？”

郑则道从怀中摸出一个号牌，向火小邪晃了晃，说道：“我手上有三块号牌，现在送你一块，不管你现在有没有用，这一块都十分重要！你保留好这块号牌，就有过关的机会！呐，拿去！”郑则道说着就要丢过来。

火小邪一咧嘴，惭愧地说道：“郑大哥，我不能要，谢谢你了！我自己没本事，我宁愿过不了关！”

郑则道脸色不悦，轻声骂道："火贤弟，你怎么这么糊涂！现在不是你逞能的时候，往后一天，更加艰难，你要是一块号牌都没有，就算能保住一命，却没有人愿意与你比试！快拿去，一切等过关后再说！"

火小邪摆了摆手，说道："郑大哥，我真的不能要！求你了，不要逼我了。"

郑则道叹了一口，说道："火贤弟，我真是不明白你！真的！"

火小邪心中六神不定，也许郑则道说的是对的，自己一块号牌都没有，谁愿意搭理他？连个较量的机会都没有！但是要了的话，就是受人怜悯施舍。

火小邪紧紧咬了咬牙关，还是听从了自己的主意，对郑则道说道："郑大哥，谢谢你的好意，我、我都不明白我到底怎么了。可是，我真的不能要。"

郑则道跺了跺脚，骂道："迂腐！迂腐！算了，我不管你了！"

"哦啊啊，他不要，我要，郑则道，你还我一块牌子，哦啊啊！"一阵怪腔怪调从高台一旁传来，郑则道和火小邪都转头一看，只见第一位的异族人阿提木，从一边大石上飞也似的冲到高台之上，指着郑则道，但一下子不敢冲上前，显然对郑则道颇有忌讳。

郑则道骂道："阿提木！你怎么知道我在这里？"

阿提木拼命飞快地捻着自己的八字胡，气呼呼地说道："哦啊啊，你、你，郑则道，我找你一天了！你这个坏蛋，你和他是兄弟，哦啊啊！牌子一定得还给我一块！啊哦！"

郑则道哼道："阿提木，亏你还是第一位，你输了就输了，凭什么还你？"

阿提木叫道："啊啦啊！我是输了，但只输你一块牌子，可你偷了我两块！你要还我一块！你还我一块，我和你再比一比！啊哦哦！"

郑则道骂道："你纠缠我也没用！我看你就是一个不认识汉字的笨蛋，什么第一位！我不会再和你比试！你追我也没用！还有这么多人呢，你省省力气，赶快另寻目标吧！告辞了！"

郑则道翻身就跑，哧溜一下不见了踪影。

阿提木跺着脚大骂："啊啦！有本事就别跑！啊哦啦啦！"边骂边紧紧追去。

火小邪抓了抓头，疑道："什么意思？输了一块，却被偷走了两块？"